ちくま文庫

キャッツ・アイ

R・オースティン・フリーマン
渕上痩平 訳

筑摩書房

THE CAT'S EYE

by

R. Austin Freeman

1923

主な登場人物

ロバート・アンスティ……………法廷弁護士（語り手）
アンドリュー・ドレイトン………〝ローワンズ荘〟の当主
ローレンス・ドレイトン…………アンドリューの弟、大法官庁裁判所の弁護士
ベナム夫人……………………〝ローワンズ荘〟の家政婦
ウィニフレッド・ブレイク………画家
パーシヴァル・ブレイク…………ウィニフレッドの弟
ウィングレイヴ夫人………………ブレイク家の家政婦
シンプスン……………………バルティック・ホテルの管理人
オスカー・ハリバートン…………バルティック・ホテルの宿泊客
ソルトウッド…………………動物標本の製作者
ロブスン……………………ソルトウッドの助手
ジョゼフ・ヘッジズ（モーキー）……窃盗の常習犯
ブロドリブ……………………事務弁護士
アーサー・ブレイク……………ビーチャム・ブレイクの当主

マイヤー……………………………アーサー・ブレイクの従僕
ジェームズ・ヤースベリー……………セント・ピーター教会の牧師
ミラー……………………………スコットランド・ヤード犯罪捜査課警視
バジャー…………………………スコットランド・ヤード犯罪捜査課警部
ジョン・イヴリン・ソーンダイク……法医学者
ナサニエル・ポルトン………………ソーンダイクの助手

まえがき

小説では決して許されないが、現実の世界ではしばしば起きる偶然がある。そうした偶然のひとつで、『キャッツ・アイ』のストーリーに出てくる、ある出来事とほとんどそっくりの事件が実際に起きたことが新聞で報道された。

この現実の事件とは、ある著名な警察幹部に起きた大変な災難のことだ。創作上の事件が本書第十章で起きるのだが、その章を読むと、いやおうなしに、私が現実の事件を借用し、自分のストーリーに採り入れた印象を与える。こうなると、読者が胡散《うさん》臭いと思ったとしても当然だろう。

このため、第十章は、この実際の悲劇が起きる数か月前に書かれたことを説明しておくべきだろう。実はその頃には、本書はほぼ完成間近だったし、その出来事もプロットの不可欠な部分だったため、省くことができなかったのだ。

こんな偶然が起きたのは遺憾だが、あやうくもっとまずい事態になるところだった。

ほかの作品を仕上げるため、本書の執筆をしばらく中断することになったのだが、そんな状況にならなかったら、その犯罪が起きた時には、『キャッツ・アイ』はもう出版されていたはずだ。もしそうなっていたら、その犯罪は小説の中の犯罪からヒントを得たものではないと言っても、誰も――著者すらも――信じなかっただろう。

R・A・F
グレイヴズエンド
一九二三年六月十九日

目次

キャッツ・アイ

ロケット

ロケットのホールマーク

ハリバートン氏のマスコット

第一章　生のさなかにも*——

私は迷信深い人間ではない。それどころか、無知や証拠の軽視と表裏一体の迷信は、勅選弁護士が着るシルクのガウンにふさわしくない。私はそんな迷信に感化されるはずもないが、魔よけやお守り、マスコットなどを持つことで、原始的な未開人の呪術崇拝が、まがりなりにも教養ある人々のなかで奇妙にも甦ることがある。

事情異なり、もし私にそうした古代人のごとき妙な心情があったとしたらどうだろう。私の人生の進路が新たな局面に大きく舵を切ったのは、この記録の題名にその名を用いた質素な宝石が、なにか不思議な魔力を発揮したからだと信じていたに違いない。だが、私はそんなことなど信じない。というわけで、その後の人生はおろか、自分の人間性までが根本から変化したようではあるが、それがたまたま〝キャッツ・アイ〟の登場と時期を同じくしたとしても、さらには、新たな人生の展開が常に〝キャッツ・アイ〟と関わりがあるように思えたとしても、その名は、おのずとまとまった一連の出来事を集約する標題として使っているだけだということをご理解いただきたい。

この物語で紹介する一連の出来事は、夏期休暇が終わろうとする、ある日の晩にはじまった。確か、その晩は曇り空で、すっかり暗くなっていた。既に八時過ぎだったし、日もどんどん短くなっていたからだ。私はハムステッド・ヒースを通って、ヴィレッジにある下宿に帰るところだった。スパニアーズ・ロードの西側にある、ハリエニシダが覆い、木が生い茂ったでこぼこのくぼ地を横切っていると、誰かが走ってくる足音が聞こえた。足音の間隔の短さと砂利を蹴散らす音からして、かなりの速さで走っているようだ。立ち止まって耳をすますと、足音の間隔が調子の狂った時計の刻みのように少し不規則なのに気づく。そのまま佇《たたず》んでいると、走ってくる者の姿が見えた。だが、ほんの一瞬で、ぼんやりとだけ。男の不明瞭な姿が暗闇の中から現れると、視野をあっという間にかすめて走り去った。どんな男かも分からない。ぼんやりした姿が、現れたかと思うと暗闇に消えたのだ。私は身じろぎもせず突っ立ち、なんとなくうろんな気持ちで遠のく足音に耳をすませ、どうしたものかと考えあぐねていた。

突然、静寂はつんざくような叫び声に破られた。助けを求める女性の叫び声。妙なことに、その叫びは男が走り去ったのと反対の方角から聞こえた。私はすぐさま踵《きびす》を返し、声が聞こえたと思《おぼ》しき場所に向かってでこぼこのくぼ地を走った。砂利だらけの小丘をはい上ると、目の前の丘が空に接するぼんやりしたラインを描き、その上にかすかな人影が見える。男と女が激しく取っ組み合う姿だ。どうやら男は逃げようともがいていて、女を殴りつけると、彼女は金切り声を上げて倒れた。こうして男は身をふりほどき、向こう側の斜面へと駆け降り、暗闇の中に姿を消した。

女性のもとにたどり着くと、彼女は脇腹を右手で押さえて座り込んでいた。私が近寄ると、彼女は激しく声を上げた。

「追いかけて！　あの男を！　私のことはかまわないで！」

私は一瞬迷った。脇腹を押さえる手に血がにじんでいたからだ。だが、ためらっていると、彼女はもう一度言った。「追いかけて！　逃がしちゃだめ！　あいつは人を殺したのよ！」

そこで、男が逃げた斜面を駆け降り、ハリエニシダの茂みや白樺《しらかば》などの灌木《かんぼく》が広がる、でこぼこで砂利だらけの小丘やくぼ地をつまずきながら越えていった。だが、見込みのない追跡だった。男の姿はもうなかったし、真っ暗な荒れ地からは音一つ聞こえず、男が逃げた方向の手がかりもない。道らしい道もなく、男が道を選んだとも思えない。谷や砂丘を超えていくと、追跡しても無駄だと次第にはっきりし、むしろ、怪我をして見るからに出血しているのに、座り込んだまま置き去りにしてしまった女性のほうが心配になった。とうとう追跡をあきらめ、来た道を引き返しはじめた。今度は、彼女を残してきた場所を見つけられないのではという不安が膨《ふく》らみ、彼女が口にした殺人の被害者が実はまだ存命で、一刻も早い救助を必要としているかも、と考えたりした。

方角を慎重に見きわめ、むなしく目印を見つけようと試みながら、とにかく急いで引き返した。しかし、ハリエニシダの覆うでこぼこした土地は、形の定かならぬ地平でしかなく、あらゆる方向に不明瞭な小道が交錯し、多くの白樺や矮小な樫《かし》の木が乱立している上に、四方を闇の壁が取り巻いている。やがて、完全に道に迷ったと知り、絶望感に襲われて立ち止まったが、そのとき、丘の一部らしきものが暗闇を通して右手のほうにぼんやりと見えた。すぐさま走り出し、その斜面を登ると、そこがもとの場所のように思えた。すぐにそこだと特定できた。ショールかスカーフらしき物が落ちていたからだ。そう言えば、あの女性が脇腹を押さえて座り込み、暴漢のあとを追ってくれと頼んだとき、彼女のそばに落ちていた物だ。

だが、その人自身はいない。ショールを拾い上げて腕に掛けると、しばらくそのまま周囲を見まわして耳をすませた。だが、なにも聞こえず、消えた女性の足跡も見えない。すると、二、三ヤードほど向こうに、雑木林か植林地らしき鬱蒼《うっそう》とした空間に続く一本道があるのに気づき、その道をたどると、やがて彼女に追いついた。柵につかまり、体を支えながら立っている。

「男には逃げられました」と私は言った。「影も形もありません。ところで、大丈夫ですか？　怪我はどうです？」

「たいしたことありません」と彼女は小さな声で答えた。「あの悪党は私を刺そうとしたの。でも、たいしたことは——」その声はかすれ、柵のほうに倒れかかり、まさにくず折れようとした。私は彼女の体をつかまえて抱き上げ、一本道を運んでいった。その道は邸《やしき》に続いているようだ。やがて開いた門にたどり着き、柵に囲まれた敷地に入ると、古風な邸が建っている。ドアは半開きで、中からかすかに光が漏れていた。ドアに近づくと、電話のベルが鳴り、激しく動転した女の声が耳をつんざいた。

「聞こえますか？　こちらは〝ローワンズ荘〟です。すぐ警察を寄こしてください！　強盗が入って、ドレイトン様が殺されたんです！　そう、ドレイトン様ですよ。お部屋で死んでるんです。私は家政婦です。警察と医者を寄こしてください！」

そのとき、私はドアを押し開けて中に入った。気を失った女を抱えた私の姿を見て、家政婦は金切り声を上げて受話器を落とし、恐れおののきながらあとずさりした。

「ああ、なんてこと！」と彼女は叫んだ。「どうなってるの？　ほかの方までが！」

「大丈夫ですよ」と答えたものの、私は不安をぬぐい切れなかった。「この方は逃げる男を捕まえようとしたのですが、その悪党に刺されたのです。どこに寝かせたらいいですか？」

家政婦はめそめそ泣きながらドアを大きく開けると、玄関ホールのテーブルからマッチ箱を取り、マッチに火を点けて部屋に案内してくれた。マッチの明かりは震える手のせいで揺らめいたが、部屋にソファがあったので、そこに彼女を寝かせ、ショールを巻いて頭の下に差し入れた。家政婦はガス灯をつけ、ソファのそばに来ると、両手を固く握り合わせ、恐怖と憐れみに満ちた目で死体のように動かない体を見つめた。

「かわいそうに！」彼女はすすり泣いた。「こんな美しいレディーまで！ なんてことでしょう！ どうしたらいいですか？ こんなに出血したら命にかかわるかも！」

私も同じことを考え、同じ心配をしたが、医者が来るまでなにもできないと言うと、その女性――というより、せいぜい二十六の娘――は目を開けてかすかな声で尋ねた。

「ドレイトンさんは亡くなったの？」

家政婦はすすり泣きながらかすかに頷《うなず》き、言い添えた。「でも、そんなことは考えないでください。医者が来るまでどうか安静に」

「亡くなったのは間違いないのですか？」私は声を落として聞いた。

「間違いならいいのですが」と彼女はしゃくり上げると、うら若きレディー――少し元気を取り戻したようだ――を心配そうに見つめながら付け加えた。「一緒に見にきていただけますか。あなたのほうは、戻ってくるまで静かに寝ていてくださいね」

こう言うと、彼女は私を案内して部屋から出た。玄関ホールから短い廊下を急いで通り抜け、ドアの前で立ち止まった。「ここにおられます」彼女はすすり泣きながら、震える声でそう言った。ドアをそっと開けて中を覗くと、ぞくりとするような叫び声をあげて、もと来た部屋に駆け戻っていった。

家政婦がいなくなると、私はためらいがちに部屋に入った。悲劇と恐怖の気配が強く私をとらえていた。昆虫収集家が用いるようなキャビネットが並んでいるだけの、ほとんどなにもない小さめの部屋。キャビネットの一つの前に、男が身じろぎもせず倒れている。ぴくりともしない蒼白の顔はかっと目を見開き、不気味な蠟人形《ろうにんぎょう》のように見える。かがんで、生きている気配がないか確かめた。しかし、素人目にも、微動だにしない硬直したさまは見間違えようもない。男は明らかに死んでいる。その口に耳を寄せ、冷たい手首に指をあててみた。だが、最初に見たとおりだ。男は死んでいる。

私は立ち上がりながら、不気味に目を見開いた顔を見つめると、なんとなく見覚えがある気がしてきた。いかめしく意志の強そうな顔つき。死してなお、凍りついた表情からは恐怖よりも怒りが伝わってくる。どこで見た顔だろう？　はっと、家政婦が電話で話していた名前を思い出した——ドレイトン氏。間違いない。テンプル法学院の隣人で、著名な大法官庁裁判所の弁護士、ローレンス・ドレイトン卿の兄だ。ハムステッドに兄がいると言っていたが、この男のことに違いない。見間違えようもなく似ている。

だが、そうと分かると、この犯罪は確実に自分の仕事にも関わってくると気づいた。ローレンス卿ならきっと、この事件を我が友、ジョン・ソーンダイク——法医学の最高権威で、今日最も優れた刑事弁護士——に委ねるだろう。ソーンダイクとの関係からすれば、私も調査にかかわることになるはず。そうと分かれば、警察が来てかっさらう前に、できるだけ手がかりを集めておくことが肝要だ。

犯罪の成り行きは明々白々だが、謎めいた要素もいくつかある。倒れた死体のそばのキャビネットは、引き出しが一つ引き抜かれていたし、取り外し可能なガラス・カバーははずされ、死体のそばの床で粉々に割れていた。引き出しの中身を見れば、犯罪の動機は明らかで、そこには宝石類の標本が入っていた。いずれもそれなりに年代物で、多くは質素で飾り気のないものだが、宝石は宝石だ。空っぽの中箱から見て、かなりの数が盗まれたのは確かだが、引き出しの中身の多くは手つかずのままだ。

中身を盗まれていたのは、上から二番目の引き出し。ガス灯をさらに明るくし、二つめのガス灯をつけてから、一番上の引き出しを開けた。中身は手を触れられていないが、引き出しは開けられたらしい。カバーのガラスに多数の指紋がはっきりと付いていた。むろん、それらの指紋が強盗のものとは限らないが、その可能性が高い。明瞭な指紋は汚い汗まみれの手を示唆しているが、身に迫る危険に緊張したプロの泥棒ならそういう手をしていそうだ。それに、この引き出しを無視した理由も明らかだ。中身は主に、刻銘入りのバッキンガムシャー・レースの糸巻きや同様の質素な代物で、物自体の価値はなかった。

次に、三番目の引き出しを開けてみたが、それも手つかずだったたし、カバーのガラスにも指紋はないことから、一番上の引き出しのガラスに付いた指紋がおそらくは強盗のものだと裏づけられた。この疑問にけりをつけようと、割れたガラスの破片を拾い上げ、注意深く観察した。すると、いくつかの破片に同様の指紋がくっきりと付いている。これで、殺人者の指紋だという見込みはほぼ確信に高まった。

これらの指紋がソーンダイクの関心をさほど引くとは思わない。むしろ、警察と〝常習犯記録係〟が確認する問題だ。だが、彼が同じ状況にあれば、今後必要になることを考えて試料を採集するだろうし、私も目の前の機会を逃してはなるまい。割れた破片をもう一度よく見て、四インチ四方ほどの破片を二つ選んだ。いずれも指紋がいくつも付いている。まず、隅を紙に包んで表面に手を触れないようにし、ポケットから取り出した大きな封筒に、慎重に目を凝らしながら入れた。

封筒をレター・ケースに収めてポケットにしまうと、玄関ホールから男の声がした。ドアを開けて廊下を行くと、警部と巡査部長が家政婦と熱心に話しこんでいる。医師と思《おぼ》しき年配の男が、うしろに立って聞き耳を立てていた。

「うむ」と警部は言った。「その女性と話したい。彼女を診察してくれますか、先生。診たら、質問に答えられる状態かどうか教えてほしい。だが、まず死体をちょっと見てもらったほうがいい」ここで警部は私に気づいて質問した。「ちょっと、この方は？」

私は彼らと廊下を歩きながら、事件と関わった経緯について簡単に説明したが、警部はなにも言わなかった。私たちは部屋に入り、医師は死体のほうにかがみ、すばやく検査した。

「そうですね」医師は首を横に振りながら、立ち上がって言った。「間違いなく死んでいます。気の毒に。恐ろしいことですな。だが、詳しく検査する前に、女性のほうを診察しなくては」

こう言うと、医師はパタパタと出ていき、警部と巡査部長は死体のそばに膝をついたが、手は触れなかった。

「見たところ刃物傷だな」と警部は言い、突き出した右腕と脇腹のあいだから流れ出た小さな血の海を見ながら陰気そうに頷いた。「それと、犯人は左利きのようだ。背後から刺したのなら別だが、どう見ても違う」彼は立ち上がり、問いかけるような目で再び私を見ながら言った。「お名前と住所をお聞きしたい」

「アンスティ——ロバート・アンスティといいます。勅選弁護士です。住所は、インナー・テンプル、キングズ・ベンチ・ウォーク八A番地です」

「おお、存じております」警部は急に態度を改めて言った。「ソーンダイク博士の主任弁護士ですな。なんとまあ、まったくのめぐり合わせとはいえ、こんな事件に出くわすとは、実に奇遇ですな。まさにあなたの専門分野ですよ」

「どうでしょう」と私は言った。「むしろ、あなたの専門分野では。スコットランド・

ヤードにこれらの指紋の記録があれば、犯人を捕まえるのも、有罪を立証するのも難しくないでしょう」

そう言いながら、割れたガラスに付いた指紋に注意を促したが、上の引き出しに付いた指紋のことは黙っていた。

二人の捜査官は罪を暴く指紋をしげしげと観察し、警部は今後の検査のために破片をいくつか慎重に手際よく採集した。警部は、破片をキャビネットの上にそっと置きながら言った。「よくある棚ぼた式の拾いもののようですが、あまりにできすぎで信じがたいですな。近頃のプロの犯罪者は先刻承知だから、こんなふうに自分のトレードマークをベタベタ付けたりしない。指紋と刃物の使用からして、むしろ衝動犯か素人の犯行のようだ。この男は手袋もはめていなかったし、手を拭うこともしなかった。それに、強く拭《ふ》かないと消えないような指紋だ。キャビネットはみな宝石でいっぱいですか？」

「なにが入っているかは私もよく知りませんが、貴重なものが収められているとすれば、ずいぶんと不用心です」

「そうですね」と彼は頷いた。「それぞれのキャビネットには止め木が一つ付いているだけ。バールでぐいとやるだけでみんな開いてしまう。さて、部屋を詳しく調べる前に、家政婦と話さなくては。こんな場所で我々と話したいとは思わないでしょう」

彼はそう言うと、私を伴って玄関ホールに引き返したが、これから調査をする現場から私を巧みに遠ざける如才ないやり方には舌を巻かざるを得なかった。

玄関ホールに入ると医師がいて、部屋の戸口で救急用かばんを片付けているところだった。

「患者は」と彼は言った。「必要最小限のことなら話しても大丈夫だと思います。でも、余計な質問で悩ませないでください」

「というと、怪我はさほどでもないと?」私はほっとしながら言った。

「ええ。でも、かなり危ういところを免れた。この悪党は本気で危害を加えるつもりでしたね。ナイフの切っ先は肋骨《ろっこつ》をかすめ、もっと奥まで皮膚と筋肉を刺し貫いている。ひどい傷ですが、浅手だし、命に別条はありません」

「そうか、その程度でよかった」と警部は言いながら部屋のドアを開け、私たちは中に入った。もっとも、巡査部長は私を胡散臭そうに見ていたようだが。このときはじめて、私は怪我をした女性を注意深く観察した。取り調べのあいだ、ゆっくりと観察できたのだ。実に美しい娘だ。誰もが認めるほど美しいかは分からないが、私の目には確かに美しかった。なにしろ、私は常々、バーン＝ジョーンズ(エドワード・コーリー・バーン＝ジョーンズ。十九世紀後半のラファエル前派の画家)の絵と、彼が好んで描いた女性のタイプに深い親しみを抱いてきたのだ。この娘なら、かすかにきらめく赤みがかかった金髪、情熱にあふれたグレーの目、なめらかな白い肌――今は大理石のように蒼白だが――、特徴のある口や目鼻立ちといい、そんな絵に独特の魅力を与えるモデルになっただろう。ありきたりな日常世界に属する人ではなく、伝説や伝奇物語《ロマンス》の中から抜け出してきたような女性だ。彼女の容貌の非凡さは、話し方——独特の柔らかい声、よく洗練された抑揚、優しそうでいて重々しく威厳のある話し方——のせいで一層際立っていた。

「この恐ろしい事件ですが、ご存じのことをお話しいただいても大丈夫ですか？」と警部は聞いた。

「ええ、もちろん」と彼女は答えた。「もう立ち直りました」

「ドレイトン氏はご友人ですか？」

「いいえ、お会いしたのは今夜がはじめてです。むしろ、私がここに来た経緯や、実際になにが起きたかをお話ししたほうがよろしいのでは」

「そうですね」と警部は頷いた。「それが一番手っ取り早いでしょう」

「ドレイトン氏は」と彼女は話しはじめた。「ご存じかと思いますが、ご自身の言う〝銘入り品〟のコレクションを所有しておられました——つまり、宝石や装飾品のような個人所有だった小物で、特定の人や出来事や時代との関係を示す銘が入っている品です。しばらく前に『美術鑑定』誌でそのコレクションの解説を読んで、銘入りの宝石に興味を引かれたものですから、コレクションを見せてほしいとドレイトンさんに手紙を書いたんです。私は昼間ずっと多忙なので、晩に拝見させてもらえないかとお願いしました。宝石の標本についてもいくつか質問を。そうしたら、とても親切な返事の手紙をくださって――ご覧になりたければ、ポケットにあります――質問へのお答えと、貴重品の見学に丁重なご招待をいただいただけでなく、駅で出迎えて邸までご案内いただけると。もちろん、ありがたく招待をお受けして、私と分かるように自分の特徴をお伝えしました。夜、駅でお会いし、この邸まで一緒に徒歩で来ました。着いたときは邸に誰もいなかった――少なくとも、あの方はそう思ってらした。家政婦は一時間ほど外出中だとおっしゃってましたから。ご自分で鍵を開けて中に入り、この部屋に案内してくれました。それから、ドアを半開きにしたまま出ていかれたの。廊下を歩いていく音が聞こえ、ドアを開ける音がしたとたん、あの方が大声で怒ったように叫ぶ声がして。それから銃声が聞こえ、すぐにドスンと倒れる音が聞こえたんです」

「銃だって！」と警部は声を上げた。「刃物傷だと思ったが。おっと、話の腰を折ってはいけませんな」

「銃声が聞こえたのは、玄関ホールに飛び出して廊下を走っていったときです。その途中、取っ組みあうような音が聞こえて、陳列室の入り口に来ると、ドアが大きく開いたまま、ドレイトンさんが床に身じろぎもせず倒れていて、男が窓から出ていこうとしていました。男を制止しようと窓に駆け寄ったけど、行き着くまでに逃げられてしまって。立ち止まってドレイトンさんを見たら、生きている様子がなく、部屋には銃の硝煙の臭いが立ち込めているのに気づいたわ。それで、玄関ホールに駆け戻って、庭を抜けて外に出ると、柵沿いに走って例の窓のあたりまで来たんです。でも、しばらくは誰の姿もなかった。そしたら、いきなり男が柵を越え、私のすぐそばに飛び降りてきたの。男が体勢を立て直す前に、駆け寄って両手首をつかまえたわ。男は激しくもがいたけど、それほど強そうでもなかった。でも、私をずいぶん引きずったあげくに、逃げてしまって」

「その男はなにか言いましたか？」と警部は聞いた。

「ええ。ひどい悪態を。それと、こう繰り返してたわ。『放せ、このばか。やったやつは逃げたんだ』って」

「それは本当かも」と私は口をはさんだ。「この方が助けを求める声が聞こえる前に、男が一人、ちょっと離れたところを駆け抜けていきましたから。尋常な勢いではなかったので、追いかけようかと思ったほどです」

「どんな男か分かりましたか？」警部は熱を込めて聞いてきた。

「いや。ほとんど分からなかった。目の前を駆け抜けていったときも、三十ヤードほど離れていたし、あっという間に見えなくなりましたから。そのあと、この方の叫び声を聞いて、当然ですが、彼女のほうに駆けていったのです」

「ふむ」と警部は言い、「当然ですな。だが、そいつがどんな男か見なかったのは残念です」と、もう一度女性に話しかけた。

「その男は問答無用で刺したのですか？　ミス――」

「ブレイクと申します」と彼女は応じた。「いいえ。放さなければ『刺すぞ』と何度か脅してきました。とうとう左手をふりほどかれて。その手になにか握ってたようだけど、落としたようです。そしたら、上着の下からナイフを出してきたの。男の腕をもう一度つかんだので、傷もこんな浅手ですんだのでしょう。でも、刺されたとたん、めまいがして倒れたから、逃げられてしまった」

「では、ナイフを握っていたのは左手だったと？」と警部は聞いた。「確かですか？」

「ええ。もちろん、たまたま自由になった手が左手だったけど――」

「右利きなら、きっと右手のほうをふりほどいたでしょう。ナイフをどっち側から出してきたか分かりますか？」

「ええ。上着の下の左側からです」

「男の特徴を説明できますか？」

「無理だと思います。また会えば間違いなく分かるけど、特徴は言えません。ひどく混乱してたし、それにもちろん、とても暗かったので。あえて言えば、小柄で華奢《きやしや》な男でした。布製の帽子をかぶり、髪は短めだけどふさふさ。細面で妙な表情――ひどく興奮して、怒ってたから当たり前だけど――それと、大きくぎょろっとした目で、湾曲した目立つ鼻」

「ほう」警部は嬉しそうに言った。「まずまずの特徴をとらえてますよ。髪は黒か金髪か？　髭は剃っていたか、それとも顎鬚がありましたか？」

「髭はきれいに剃ってありました。髪は黒っぽかったと」

「服装はどうです？」

「布製の帽子に、確かツイードの服。ああ、それから手袋——薄手の滑らかな手袋——たぶん、とても薄手のヤギ革の——」

「手袋だと！」と警部は声を上げた。「それじゃ、指紋はもう一人のやつだな。確かに両手に手袋を？」

「ええ、間違いなく。見ただけでなく、触りました」

「ううむ」と警部は言った。「これはやっかいだ。その男は外で見張りをしていただけで、本ボシはもう一人のほうだな。実に謎めいた事件だ。家に押し入るにも妙な時間を選んでいる。晩の八時だぞ。まるでドレイトン氏の行動を知っていたみたいだ」

「きっと知ってたんです」と家政婦は言った。「ドレイトン様は毎晩七時少し過ぎに外出されました。ヴィレッジに行ってクラブでチェスをして、たいてい九時半から十時の間に帰宅されます。私はだいたい、陳列室とは反対側の台所で座って仕事をしてました」

「ドレイトン氏は盗難の備えをしてなかったのかね？」

「外出されるときは、いつも陳列室に鍵をかけておられました。それだけです。神経質な方ではなかったし、陳列室にある物は泥棒が狙うような物じゃないから、盗難の心配などないとおっしゃってました」

「そろそろ陳列室を見て、コレクションがどんな物か確かめますか」と警部は言った。

「連中がどうやって入り、なにを盗っていったかも確かめなくては。溶かしたり売ったりするような値打ち物じゃないと」

「いえ、ありません」と家政婦は答えた。「陳列品のリストを作ってはとドレイトン様にお勧めしたのですが、公開のコレクションじゃないし、標本はみんな自分で分かってるから、番号を付けたり、目録を作る必要はないとおっしゃって」

「それは間の悪いことだ」と警部は言った。「あなたがキャビネットにあった物を憶えていないとなると、なにがなくなっているかも分からず、説明書きを配布することもできない。ちなみに、身近な友人以外で、ドレイトン氏が来客にコレクションを見せたことは？」

「たまにです。ミス・ブレイクがおっしゃった『美術鑑定』の記事に出たあと、よその方が二、三人、ドレイトン様に手紙を送ってきて、宝石類を見せてほしいと頼んできました。それで、ドレイトン様は彼らをお招きして、みんなお見せしたんです」

「ドレイトン氏は訪問者台帳とか、なにか記録をつけていたかね？」

「いえ。私も訪問者までは憶えておりません。メリルボーン・ロードのバルティック・ホテルから手紙を送ってこられたハリバートンさんという方は憶えていますが。ドレイトン様がかなり困っておられたので憶えてるんです。無理に都合を合わせてハリバートンさんをお迎えし、見学の希望のあった宝石を説明なさいました。ところが、そのときドレイトン様がおっしゃってましたが、その方、宝石のことは、昔のだろうと今のだろうと、明らかに無知だったんです。ただのいい加減な好奇心で見に来られただけだったんですよ」

「そうとも言い切れまい」と警部は言った。「ちょっと怪しいな。バルティック・ホテルに確認しなくちゃなるまい。さて、陳列室を見に行きますか。先生も死体を動かす前に予備的な検分をしておきたいでしょう」

こうして私たちは立ち上がり、警部が玄関ホールに向かおうとしたちょうどそのとき、玄関のドアを激しくノックする音がし、続いて大きな呼び鈴の音が聞こえた。

＊1　（訳注）「生のさなかにも我ら死のうちにあり」は、グレゴリオ聖歌の一節。平穏な生活のさなかにも死がいつ襲ってくるか分からないという教訓を表現する言葉として使われる。

第二章　ローレンス卿、復讐を誓う

ノッカーの音が最初にしたとき、私たちはそのまま立ちすくんだ。呼び鈴のけたたましく鳴り響く音が徐々に消えていくまで。どちらもごく当たり前の音だったが、みな少々神経過敏になっていたのだと思う。いきなり静寂を破る騒々しい呼出音には、なにやら不吉で脅かすような響きが感じられた。なかでも家政婦は過敏に反応し、両手をいきなり顔に当ててしくしくと泣きはじめた。

「どうしましょう！」と彼女は叫んだ。「ローレンス卿――弟さんです！　あの方のノックは分かるんです。どなたからお話しされますの？」

誰も答えなかったので、彼女は仕方なく部屋をそっと横切り、もごもごとつぶやき、首を横に振りながら玄関ホールに出ていった。ドアの開く音に続いて、不明瞭ながらもしゃべる声が聞こえた。家政婦が急ぎ足で部屋に戻ってくると、あとに続く男が、威勢のいい、冗談めかした口調で言った。「わけが分からんな、ベナムさん」すぐに姿を見せた声の主は、急に立ち止まり、驚きで眉を寄せながら部屋の中を凝視した。

「こりゃいったいどういうことだ?」と問いただすと、最初に二人の捜査官、それから私のほうを見つめた。「なにが起きてるんだ、アンスティ?」

しばらく言葉が見つからなかった。だが、家政婦の訴えるような目が、私に説明しろと促していた。

「恐ろしいことが起きたんです、ドレイトン」と私は答えた。「この邸が強盗に入られ、お兄さんは殺されました」

ローレンス卿はひどく青ざめ、ほんの少し前に見せた、色白のしっかりした顔とは打って変わり、顔を厳しくこわばらせた。しばらく眉をひそめたまま私の顔を凝視し、身じろぎもせず、言葉も発しない。それから、ぶっきらぼうに尋ねた。「兄はどこに?」

「現場に倒れたままですよ。陳列室です」と私は答えた。

すると、彼はいきなり踵を返し、部屋から出ていった。廊下を急ぎ足に歩いていく音が聞こえ、陳列室のドアが閉じる音がした。私たちはみな、気まずく互いを見つめあっていたが、誰も口をきかなかった。家政婦はほとんど音もなくすすり泣き、時おり低い嗚咽《おえつ》を漏らすだけ。ミス・ブレイクは静かに涙を流し、二人の捜査官と医師は気まずそうに床に目を落としていた。

やがてローレンス卿が戻ってきた。まだ青ざめている。だが、目は充血し、潤《うる》んでいたものの、表情には悲しみで気落ちした様子はなかった。歯を食いしばり、眉をひそめ、運命を司る神のように、厳しく、険しい、容赦を知らぬ表情をしている。

「教えてくれ」私と警部を交互に見ながら、穏やかな声で言った。「正確な経緯を」

「まだ誰にも分からないんです」と私は答えた。「この女性はミス・ブレイクという方ですが、殺人犯を目撃したのは彼女だけでしてね。その男をつかまえようと取り押さえにかかったが、刺されてしまった」

「刺された！」彼は声を上げ、ソファに横たわる姿を気遣うような目で見ると、部屋を横切ってそっと近づいた。

「たいした怪我じゃないんです」ミス・ブレイクは慌てて安心させようとした。「ちょっとした傷にすぎません」

彼は厳しい表情をにわかに和らげ、彼女のほうにかがんでその手に触れ、家政婦がかけた毛布をいたわるように整えてやった。

「そう願っておりますよ」と応じると、私のほうを向いて尋ねた。「この勇気ある女性は、ちゃんと治療を受けたのかね？」

「ええ」と私は答えた。「ここにいる――医師の――」

「ニコルズです」と医師は言った。「傷は念入りに診た上で手当てしました。心配するほどの問題はないと請け合いますよ。ただ、受けたショックを考えれば、すぐに帰宅したほうがいいでしょう」

「そうだな」とローレンス卿は頷いた。「動かしても大丈夫なら、彼女を家まで送っていくよ。車は外に待たせてある。アンスティ、よければ君にも一緒に来てほしい」

もちろん同意したが、彼は警部に話しかけた。

「この方を送りとどけたら、そのままソーンダイク博士のところに行き、この事件の捜査で警察に協力してくれるよう依頼するつもりだ。すぐに連れてくるから、彼が検査するまで——死体はもちろん——なにも動かさぬようにしてもらいたい」

これを聞いて、捜査官は少し怪訝《けげん》な顔をしたが、礼儀正しく答えた。「私に限ってのことなら、ご希望を尊重しますよ、ローレンス卿。ただ、ここに来る前にスコットランド・ヤードに連絡しましたし、この事件はおそらく犯罪捜査課が担当することになるでしょう。当然ながら、私は彼らのやることに口出しはできません」

「うむ」とローレンス卿は応じた。「当然だな。スコットランド・ヤードの連中は私が自分で対応する。さて、行こうか。ミス・ブレイクは車まで歩いて行けそうかね、先生？　道まではほんの数ヤードだが」

「もちろん歩けます」とミス・ブレイクは言った。ニコルズ医師も同意したので、私たちは彼女を助け起こし、ローレンス卿は、ベナム夫人がかけた毛布で彼女の体を丁寧に包《くる》んでやった。私はショールを取り上げて小脇に挟み、ローレンス卿に支えられてゆっくり歩く彼女のあとに続いた。

庭の門のところで左に曲がり、小道を歩いていくと、すぐに二台の車が停まっている道に出た。一台は大きな箱型乗用車で、ローレンス卿の車と分かったが、もう一台の小型車はニコルズ医師の車だろう。ミス・ブレイクはローレンス卿の車に乗せられ、車内にあった毛布をかけてもらった。そのあと私も車に乗り、彼女と向かいの座席に座った。

「ご住所はどちらですか、ミス・ブレイク？」とローレンス卿は聞いた。

「ハムステッド・ロード、ジェイコブ・ストリート六十三番地です」と彼女は答えたが、運転手も含めて誰も場所を知らなかったので付け加えた。「モーニントン・クレセントを過ぎて、道を左に二、三回曲がったところです」

運転手にそう指示すると、ローレンス卿は車に乗り、空いている座席に座った。車はゆっくりと静かに、ほんの少しずつ加速しながら走り出した。

道中、ほとんど会話はなかった。荒れ野の暗さは街路の明るさに代わり、田舎の静けさは往来の喧騒に代わった。数分後には、どうやら〝マザー・レッド・キャップ〟（カムデン・タウンのパブ。〝ワールズ・エンド〟という名で今も存在）がある広い交差点に来ていたし、さらに数分経つと、狭くて汚らしく、ややむさ苦しい感じの脇道に入った。車はゆっくりと進み、運転手が強力なライトの光をみすぼらしいドアに浴びせると、六十三番地という大きな真鍮の表示が付いた幅の広い木製の門の前にようやく停まった。車から降りると、私は驚きを感じながら門に近づいた。その外観と舗装された車道は、工場か建築資材置き場への入り口のようだったからだ。だが、それが目指す家に違いない。番地という証拠を裏づけるように、横の小さな真鍮板《しんちゅうばん》には、〝ミス・ブレイク〟とはっきり書かれていた。その上には、呼び鈴の紐が付いていた。紐を強く引っ張ると、すぐに遠くで大きな呼び鈴のジャラジャラ鳴る音が聞こえた。まるで野外で鳴っているような響きだ。

やがて舗装路を急ぎ足でやってくる足音が聞こえ、門の中のくぐり戸が開き、十二歳くらいの少年が顔を突き出した。

「誰にご用でしょうか？」少年は愛想のいい大人びた声で尋ね、その礼儀正しく落ち着いた言い方で社会的な階層がすぐに〝値踏み〟できた。答えを返す前に、少年は私の背後にミス・ブレイクがいることに気づいた。彼女は支えられて車から降り、門に向かうところだった。これを見た少年は、すぐにくぐり戸から飛び出して駆け寄った。

「心配いらないわ、パーシー」彼女は元気な声で言った。「ちょっとした事故なの。この方たちが家まで送ってくださって。でも、なんの心配もないのよ」

「顔色はひどいし、やつれてるよ、ウィニー」と彼は応じると、私に話しかけてきた。

「姉さんの怪我は重傷ですか？」

「いや」と私は答えた。「診てくれた医者によると、すぐによくなるそうだ。私もそう思う。なにかできることはありますか、ミス・ブレイク？」

「いえ、大丈夫です」と彼女は答えた。「あとは弟と友人が介抱してくれるでしょう。ご親切にはなんとお礼を申し上げていいか」

「それは私のほうですよ」とローレンス卿は言った。「あなたには借りができた――とても大きな借りです。勇敢な行いのために、あなたの身に万一のことが起きたりせぬよう祈っております。おっと、こんなところに立たせておいてはいけない。さようなら、ミス・ブレイク。どうかお大事に」

彼は優しく彼女の手を握り、弟には昔気質なおじぎをした。私は弟のほうに畳んだショールを手渡し、二人と握手を交わすと、友に続いて車に乗った。

「ソーンダイクは在宅だろうか？」車が角を曲がってハムステッド・ロードに戻ると、聞いてきた。

「たぶん」と私は答えた。「だが、彼にたいしたことがやれるとは思えませんね。証拠の指紋がたくさん残っていた。きっと警察は、簡単に男の行方を突き止めるでしょう」

「警察などくそくらえだ！」彼はぶっきらぼうに言い返した。「ソーンダイクの助けが要るのだ。指紋といえば、君はあのホーンビイ事件（『赤い拇指紋』の事件のこと）の主任弁護士だったんじゃないか？」

「ええ。でも、あれは特別な事件ですよ。あなたはまさか――」

「あの事件は」と、彼は私の話を遮《さえぎ》った。「指紋という証拠の意義を根本から覆したんだ。あの指紋は記録に載ってないかもしれん。記録になければ、警察には男の身元を突き止める手がかりはないし、ほかの手がかりも得られそうにあるまい」

警察に対して不当なもの言いにも聞こえたが、どのみちソーンダイクに事件を委ねるつもりなら、そんなことを議論してもはじまらない。なので、私は無頓着に頷き、残りの短い道中、二人とも自分の考えに耽《ふけ》り、口をきかぬまま座っていた。

車はようやく、インナー・テンプル法学院の門の前に停まった。ドレイトンは車からさっと降りて、運転手に待つように告げ、くぐり門を抜けて足早に狭い小道を歩いていった。クラウン・オフィス・ロウの端まで来ると、彼はキングズ・ベンチ・ウォークのほうに目を凝らした。

「ソーンダイクの事務所は明かりがついてるな」と言うと、ほとんど走り出しそうなくらいに歩調を速め、広いスペースを横切った。五A番地の入り口に飛び込むと、階段を二段ずつ駆け上がった。私は必死でついていき、踊り場まで来ると、力強いノックに応えてソーンダイクが戸口に姿を見せたところだった。

「おお、ドレイトン！」と彼は声を上げると、「あなたの歳でそんな無理は――」と急に口をつぐみ、友人を心配そうに見ながら尋ねた。「なにかまずいことでも？」

「ああ」ドレイトンは息切れしながらも穏やかに答えた。「兄のアンドリューだ――憶えてるだろう――卑劣な強盗に殺されたんだ。自分の部屋に横たわったままだよ。警察には、君が調べるまで手を触れぬよう言っておいた。来てくれるか？」

「すぐに行きましょう」とソーンダイクは答えた。厳しい表情をし、急ぎながらも慌てずに必要な準備を整えた。見たところ――いかにも彼らしく――なにも質問せず、あらゆる事態を想定して準備に集中していた。小さな緑色のキャンバス張りのケースをテーブルに置いて開けると、中の器具を素早く確認した。そのとき、私はポケットのガラス片のことを不意に思い出した。

「出発前に」と私は言いながら、「これを渡しておくよ。付いている指紋はまず間違いなく殺人犯のものだ」と、二つのガラス片を注意深く取り出し、ソーンダイクに手渡した。彼は受け取ると、注意深くへりのほうを持ちながら綿密に調べた。

「持ってきてくれてよかったよ、アンスティ」と彼は言った。「これで少しは警察とは別に調査ができる。警察は君が持ち出したことを知ってるのかい？」

「いや」と私は答えた。「警察が来る前にせしめたのさ」

「そうか、それなら」と彼は言い、「この件はなにも言わないほうがいい」と、ガラス片を明かりにかざしながら、最初は裸眼で、次にレンズを使って綿密に確認して見比べた。最後に、顕微鏡を棚から取り出してテーブルに置くと、ステージにガラス片を置き、接眼レンズを覗きながら検査した。ほんの数秒ほど検査してから、身を起こして、様子をじっと観察していたドレイトンのほうを向いて言った。「この指紋を手に入れたのはとても重要でしょうね。だが、警察には原物を提示できないし、とても大事なものだから、持ち運んで壊したりするリスクも冒せない。でも、待っていただけるなら、五分もあれば、とりあえずの写真を撮っておけるでしょう」

「君の言うとおりにするよ、ソーンダイク」とドレイトンは言った。「思う存分にやってくれたまえ」

「では、すぐ実験室に行きましょう」とソーンダイクは言い、二つのガラス片を取り上げると、踊り場から階段を上がり、実験室と作業場のある上階に案内した。一緒に階段を上がりながら、ソーンダイクがドレイトンの気持ちを引き寄せる機転といたわりに舌を巻かざるを得なかった。遅れが生じて待つ気分も、しかとした目的があるという気持ちのおかげで和らげられるだろう。

実験室とそこでのやり方は、いかにもソーンダイクらしかった。なにもかも準備ができていて、手順もみなあらかじめ整っていた。中に入ると、助手のポルトンがそれまでやっていた仕事の手を止め、たった一言言っただけで、ためらいも慌てもせず、新たな仕事に取りかかった。ソーンダイクが、ガラス片を大きな脚立カメラの被写体フレームに固定した。そのあいだに、ポルトンは照明と集光レンズを調整し、ブロマイド印画紙を入れた遮光板を取り出した。一分も経たずに露光がすんだ。その三分後には、プリントの現像、定着、水洗、水の拭き取りをし、アルコールに浸して、二枚にカットし、ハサミで縁を切り揃えると、湿り気はあるものの急速に乾きつつある二枚のプリントを小さな折り畳み式ボードに画鋲《がびょう》で留めた。ボードは、湿ったプリントをポケットに入れて運べるように特別にあつらえたものだ。

「さあ」とソーンダイクは言い、畳んだボードをポケットにすべり込ませ、棚から強力な懐中電灯を取り出した。「これで準備は整った。この数分は無駄ではなかったよ」

下の階に戻ると、ソーンダイクは、キャンバス張りの〝調査ケース〟に懐中電灯を入れ、帽子と外套を身に着け、ケースを取り上げた。全員出発の途に就き、足早にインナー・テンプル・レーンを歩いて門まで来ると、待たせてあった車に乗り、ドレイトンが運転手に簡潔に指示を与えた。

それまでソーンダイクは事件のことをなにも質問しなかったが、車が発進すると、ドレイトンに言った。「着いたらすぐ調査をはじめられるようにしたいですね。なにが起きたのか、簡単に説明してくれますか？」

「アンスティのほうが詳しい」と彼は答えた。「殺人の数分後に現場にいたのさ」

こうして質問の矛先は私に向き、自分が体験したことを洗いざらい説明した。ソーンダイクは注意深く耳を傾け、ほんの一度か二度、質問を差し挟んで不明瞭な点を確かめた。

「つまり」説明を終えると、彼は言った。「コレクションの目録も記録もないし、標本の説明書きもないと？」

「ああ」とドレイトンが答えた。「だが、キャビネットは何度も見てるし、中身は取り出して吟味したこともあるから、なにがなくなっているかはだいたい分かるし、物品についても肝心な点は説明できるだろう。実物が出てくれば、ほとんど確認できるはずだ」

「追跡するのは難しいでしょう」とソーンダイクは言った。「殺人犯がこんな状況で盗んだ物の処分を試みるとは考えにくい。だが、いざというときに確認できるのは大事なことです。犯罪者は、しばしば信じられないような過ちを犯すものですから」

彼が話し終えると、車はスピードを落とし、〝ローワンズ荘〟の敷地の周囲をめぐる、くぼんだ砂の道に入り、やがて門の前に停まった。私たちは車を降り、庭を通って邸の玄関に向かった。

第三章　ソーンダイク、調査にとりかかる

邸の玄関は閉まっていたが、一階の部屋はみな明かりがついていた。呼び鈴の最初の音が鳴り響くと、制服警官がドアを開け、私たちを無表情に見つめ、用件を尋ねた。ところが、答える間もなく、男が玄関ホールに出てきて、すぐに犯罪捜査課のバジャー警部だと気づいた。警部は鋭い口調で聞いた。「誰だ、マーティン？」

「ローレンス・ドレイトン卿、ソーンダイク博士、それにアンスティ氏だ」と私は答えた。警官が退いて道を開けると、私たちは中に入った。

「これはひどい惨状ですよ、ローレンス卿」とバジャーは言った。「実におそろしいことです。心からお悔やみ申し上げます。慰めの言葉になるかは――」

「ならないさ」とドレイトンは遮った。「だが、いずれにしても感謝申し上げるよ。慰めになることがあるとすれば――ささやかだが――こんなことをやった悪党が縛り首のロープに吊るされるのを見届けることだけだ。ソーンダイク博士に事件の捜査に手を貸

してもらうことにした。地元の警官が伝えたと思うが？」

「聞きましたよ、ローレンス卿」とバジャーは答えた。「ただ、非公式な協力を了解しろと言われましても――」

「おいおい、君！」ドレイトンはいらいらと遮った。「了解してくれなんて頼んでないぞ。私は被害者の唯一の遺言執行者だし、たった一人の弟だ。その資格に基づいて、兄の全財産は、遺言書に従って処分されるまでは私に委託されている。もう一つの資格に基づけば、殺人犯に報いを与えるのを見届けるのが私の職務だ。この敷地内を調査する自由と便宜は与えるが、その所有権まで譲るつもりはない。なにか見つかったかね？」

「いえ」バジャーは少しむっとして答えた。「ここに来てまだ二、三分ですよ。家政婦から詳細を聞いていたところです」

「ソーンダイク博士が兄の遺体を検分するあいだ、私から話せることもあるだろう」とドレイトンは言った。「博士が検分を終えて、遺体が然《しか》るべく寝室に安置されたら、君と一緒に陳列室に行って、なにがなくなっているか確かめるよ」

バジャーは同意したが、そのやり方に明らかに不満な様子だ。警部とドレイトンは、警部がさっき出てきた客間に入り、私はソーンダイクを陳列室に案内した。

部屋は、開いていた引き出しが閉じているのを別にすれば、私が最後に見たとおりのままだ。硬直してこわばった遺体が床に横たわり、動かない蒼白な顔は今も天井をひたと睨《にら》んでいる。遺体を見ているうちに、その後の経緯は印象が薄れ、突然の悲劇がもたらした恐怖がありありと蘇ってきた。

ソーンダイクは、ドアから入ってすぐ立ち止まると、部屋の中をゆっくりと眺めまわし、配置を頭に入れ、明らかに記憶に刻んでいる様子だ。やがて、死体のある場所に歩み寄り、しばらく立ったまま死者を見下ろしていたが、かがんで右胸の傷を念入りに調べはじめた。

「銃創にしては、普通より出血が多くないか？」と私は聞いた。

「ああ」と彼は答え、「ただ、この血は前側の傷口から流れたものじゃない。背中の傷口からだ。おそらくそこが弾の出口だね」と言いながら立ち上がり、再び部屋の中を探るように見まわすと、開いたドアの壁側に特に注目した。不意に視線の動きが止まり、ドアのそばにあるキャビネットにすばやく歩み寄った。私もあとに続くと、引き出しの一つに、前のほうにぎざぎざの穴があるのに気づいた。

「つまり、ソーンダイク」と私は声を上げた。「銃弾は体を貫通したと？」

「そのようだね」と彼は答えた。「しかし、引き出しを開ければ、はっきり分かるだろう――バジャーの了解なしには開けられないが。だが、すぐやれることが一つある」と、テーブルに歩み寄り、そこに置いた調査ケースを開けて黒板用のチョークを取り出し、死体のところに戻ると、「倒れた位置は、撃たれたときに立っていた場所と考えるべきだ」と言った。「であれば、ここに立っていたとみるべきだろう」カーペットに、被害者が倒れたときの足の位置を示す輪郭を大まかに二つ描き、ケースにチョークを戻すと、話を続けた。「次は背中の傷の存在を確認しよう。死体をひっくり返すのを手伝ってくれるかい？」

　私たちが死体を右側にそっとひっくり返すと、左肩の下に大きな血痕の染《し》みがあり、その中央に上着の繊維がぎざぎざに裂けているのがすぐ目に入った。

「これではっきりした」とソーンダイクは言った。「明らかに弾が出ていった傷だ。おそらく銃弾は肋骨をすり抜け、心臓か大血管を貫通して出ていったんだ。見たところ、ほぼ即死だね。顔は無表情だし、目は開いたまま、手は両方とも死後硬直で固く握った状態だ。右手になにか握っているようだが、バジャーが確認するまでは触るわけにいかない」

　このとき、廊下を歩いてくる足音が聞こえ、バジャーが地元の警部と一緒に部屋に入ってきた。二人の捜査官はソーンダイクのほうを問いかけるように見たが、彼はすぐに観察した事実を簡潔に説明した。

「まず間違いないな」バジャーは引き出しの前に空いた穴を確認してから言った。「これは発射された銃弾でできた穴だ。だが、その疑問はすぐけりをつけてしまおう。どのみち鍵が必要だな」

彼は死者の服を探り、鍵の入ったポケットの位置を突き止めると、大きな鍵束を引っ張り出し、それを持ってキャビネットのところに行った。それらしい鍵を二つ、三つ試して、正しい鍵を見つけて回すと、蝶番《ちょうつがい》式の止め木がうしろにはじけ、キャビネットの引き出しがすべて開くようになった。警部は、前が壊れた引き出しを引っ張り、中を探るように見た。中身は主に真鍮製やシロメ製のスプーンだったが、明らかに散乱し、裂けた木屑が混じっていた。引き出しの奥にあるスプーンの匙《さじ》に歪んだ弾丸があり、バジャーは弾丸を取り上げて慎重に調べた。

「ブローニングのオートマチックでしょうね」と彼は解説した。「それなら、床のどこかに薬莢《やっきょう》が落ちているはずです。いずれ探さなきゃいけないが、その前に死体を動かしたほうがいい。あなたの検査が終わったのならですがね、博士」

「右手になにか握っています」とソーンダイクは言った。「髪の毛の房のようですね。死体を動かす前に確認したほうがいい。落ちるといけませんから」

私たちは死体のところに戻った。二人の捜査官はかがむと、ソーンダイクが硬直した手をなんとか開かせ、小さな髪の房を取り出すところをじっと見ていた。

「硬直はかなり進んでいますね」彼はそう言いながら髪を調べ、ポケットから取り出したレンズを使って、さらに検査してから話を続けた。「毛根の状態からすると、髪は引き抜かれたものです――もちろん、そうだと思いましたが」

「どんな男か、なにか分かりますか？」とバジャーは聞いた。

「いや」とソーンダイクは答えた。「最近釈放された犯罪者じゃないとは言えますが。ただ、髪の外観は、ミス・ブレイクが自分を刺した男について説明した特徴と一致する。男の髪は短めだが、ふさふさだと言っていましたね。この髪は短めです。ふさふさかどうかまでは分かりませんが。たぶん、もっと綿密に検査すれば新たなことが分かるかも」

「おそらくは」とバジャーは頷くと、「徹底的に検査させて報告させますよ。私に任せていただけますね？」と手を差し出しながら言い添えた。

「いいでしょう」とソーンダイクは答えた。「ただ、差し支えなければ、さらなる検査のために少しサンプルを採らせていただきます」

「その必要はありませんよ」とバジャーは言い返した。「照会していただければ、我々の情報はいつでもお知らせします」

「分かっていますよ」とソーンダイクは言い、「その申し出はありがたく思います。でも、このほうが時間も手間も省ける」と、それ以上議論することなく、房の三分の一を分離し、残りを警部に手渡した。警部は、ポケットから取り出したメモ帳の紙に房を包むと、ソーンダイクが自分の取り分を手帳から取り出したサンプル採取袋に入れ、簡単な説明を表書きして手帳に戻すのを苦々しく見ていた。

「先ほど」とバジャーは言った。「この髪がミス・ブレイクの説明と一致すると言われましたね。しかし、実際の殺人は、もう一人の男がやったともほのめかしましたよ。いささか矛盾していませんか？」

「そんなことはありません」とソーンダイクは答えた。「もう一人の男が殺人犯だという公算が大きいと思いますね」

「でも、どうして？」とバジャーは異議を唱えた。「この髪はミス・ブレイクによる男の説明と一致するとおっしゃった。だが、この髪は明らかに殺人犯の髪だ。しかも、その男は左利きで、傷は右の胸にあることからすると、殺人犯は左手に銃を握っていたのでは」

「違いますね」とソーンダイクは言った。「この髪は明らかに殺人犯のものではないと申し上げたい。床に描いたチョークの印を見てください。銃弾が当たったときに被害者が立っていた場所を示すものです。さあ、キャビネットの位置に戻ってチョークの印のほうを向いて、その直線方向を見てください」

警部は言われたとおりにし、「なるほど」と言った。「つまり、窓というわけか」

「そうです。窓は開いていますが、明らかにそこから強盗が入ったからです。窓敷居は地面からほぼ五フィート（約一五二センチ）。銃弾が逸れたこともあり得るので、単なる公算としてですが――もう一人の男が外で見張りをしていて、この部屋から騒ぐ音が聞こえて窓から覗き込み、仲間が故人に捕まりそうになっているのを目撃し、銃を発射して、故人が倒れるのを見て逃走した、と考えられます。こう考えれば、もう一人の男が去ったあとに、ミス・ブレイクが目撃した男が姿を見せたのも説明がつく。その男は、死者の手をふりほどき、さらに窓を乗り越えなくてはならなかったわけです。しかし、空《から》の薬莢が落ちている位置から——見つかればですが——この問題も解ける。銃が窓から部屋の中に撃ち込まれたとすれば、薬莢は外の地面に落ちているはずです」

彼は調査ケースを開けて懐中電灯を取り出し、足元の床を明るく照らしながら窓にゆっくりと歩み寄った。二人の捜査官があとに続き、床を注意深く探したが、なにも見つからなかった。ソーンダイクは窓から身を乗り出し、電灯の光で外の地面を照らして、光をあちこちにゆっくりと動かした。そのあいだ、警部は首を伸ばしてじっと観察していた。突然、バジャーは叫び声を上げた。

「そこですよ、博士！　光を動かさないでください。外に出て薬莢を拾いますので、そのままに」

「待ってください、バジャー」とソーンダイクは言った。「焦《あせ》ってはいけない。薬莢より重要なものがそこにあります。明瞭な足跡が二組あるのが見える。踏み荒らされないようにするのがなにより大切ですよ。まず遺体を動かしましょう。それから、マットを何枚か持ち出し、足跡を徹底的に調べながら、あわせて薬莢も確保すればいい。注意深くやれば、地面はそのままの状態にして、明るくなってからもう一度調べることができます」

この提案が賢明なのは明らかだったし、警部はすぐ行動に移った。巡査部長と巡査を呼び、警部の監督のもとで、殺された男の死体を二階の寝室に運ばせた。それから、二枚の大きなマットをベナム夫人に用意してもらい、みんなで玄関から庭に出た。しかし、ここで一旦停止を求められ、ソーンダイクの提案で一同は二班に分かれると、ソーンダイクとバジャーは柵の内側の地面を探索し、地元の警部とほかの捜査官たちは外側の足跡を追跡した。

私とローレンス卿はどちらの班にも加わらなかった。逃亡者を追跡しても無駄だし、ソーンダイクの提案は不要な定員外の人員を外そうとしただけだと分かっていたのだ。そこで、私たちは柵の外に陣取って内側を覗き込み、ソーンダイクとバジャー警部の捜査ぶりをじっと観察した。彼らは、バジャーのランタンの光で地面を照らしながら、邸の側面に沿ってゆっくりと歩いていった。

彼らがほんの二、三歩進むと、柔らかいローム質の地面に、邸の裏手に向かって進む二人分の明瞭な足跡に気づいた。二人の探偵が立ち止まり、かがんで足跡を調べると、バジャーが言った。「ということは、彼らは正門から入ってきたわけだ――むろん、それが一番簡単だからな。だが、邸に自分たちを見咎める者は誰もいないと踏んでいたに違いない。とすると、連中は家人の動きを把握していたし、ドレイトン氏とベナム夫人が外出する機会をひそかに窺っていたんでしょうな」

「二人の男の違いを識別することはできるのかね？」とドレイトンが聞いた。

「ええ、簡単ですよ」とバジャーは答えた。「一人は大柄な男です――六フィート（約一八〇センチ）近い。おそらく――もう一人はかなり小柄。ミス・ブレイクが出くわしたのはその男でしょう」

　彼らは邸の裏まで足跡を追跡した。柵の外側でその動きについていくと、ソーンダイクが呼びかけてきた。「連中が柵を乗り越えたときの足跡を踏まないようにね、アンスティ。飛び降りたときの足跡は、特にきれいに取りたい。明かりは持ってるかい？」

「車からアセチレンランプを一つ取ってくるよ」とドレイトンが言った。「戻ってくるまで、ここで待っていてくれ」

　彼はほんのしばらく姿を消しただけで、強力なランプと小さなマットを二枚持って戻ってくると、「こんなものも持ってきたよ」と説明した。「きれいな足跡があったら、これを被せて、うっかり踏み乱さないようにね。かすかな手がかりの痕跡も失わないようにしないと」

　明るい光の助けを借りて、ドレイトンと私は柵の下の地面を探索した。突然、ローレンス卿が叫び、「おや、これは女の足跡みたいだぞ！」と言うと、柵と平行に続く多少不明瞭な足跡を指差した。

「彼女はこっちのほうに走ってきた」と私は言った。「ミス・ブレイクの足跡でしょう」と私は言った。「彼女はこっちのほうに走ってきたわけだ。そう、ここが男の乗り越えた場所ですよ。この地面についた足跡は実に鮮明だ。踵《かかと》の鋲《びょう》の跡がくっきりと見える」

「うむ」と彼は頷いた。「これぞハムステッドの砂だよ。そう、この国で一番きめ細かい鋳物砂だ」

彼はマットの一つを一対の足跡の上に慎重にかぶせ、私たちは邸の裏側に向かって探索を続けた。そこにはソーンダイクと警部がいて、二人ともマットの上に膝をつき、陳列室の窓から柵までの地面に乱雑に残る足跡を調べていた。

「薬莢は見つかったかい？」と私は聞いた。

「ああ」とソーンダイクは答えた。「バジャーが持っている。〝ベビー・ブローニング〟だ。この照明のおかげで、ここで確認できるものはすべて確認したと思う。大柄なほうの男が柵から飛び降りた場所が分かるかい？　いま照明を当てている場所を越えたんだ」

私たちが慎重にその場所に近づくと、示された場所には、大きな右足の非常に明瞭で深い足跡と、さほど明瞭ではない左足の足跡があり、両足の踵がいずれも柵のほうを向いているのに気づいた。そのすぐ前方には、柔らかいローム質の地面に、指を広げた状態の左手の明瞭な跡と、右手のやや不明瞭な跡がついていた。

これらの事実をソーンダイクに知らせると、彼はすぐにこっちに来て跡を調べた。柵越しに数歩の距離から電灯を寄こすと、柵を乗り越え、私のそばに身軽に降りてきた。バジャー警部もすぐあとに続いた。

「これは」警部は、足と手の跡を見つめながら言った。「柵の内側で確認したことを裏づけるものだ。こいつはさほど機敏なやつじゃない。おそらくは太った――つまり、大柄で体重も重く、臆病なやつです。柵を越えるのに庭の椅子をここまで引っぱってこなきゃならなかったとは。こんなに大きな横桁《よこげた》なら、簡単にのぼれる柵なのに。それに、ほら、降りたら手と膝をついてしまっている。とはいえ、こんなことはさほど役に立ちませんがね。太った男は、世界でこいつだけじゃない。さて、邸内に戻って部屋を調べ、なにが盗まれたか確かめましょう」

私たちは門のほうに引き返していったが、途中で立ち止まり、マットを取り上げ、小柄なほうの男の足跡を調べた。歩きながら、ドレイトンはなにか重要なものが見つかったか尋ねた。

「いえ」とバジャーは答えた。「連中は、窓の留め金をこじあけて難なく入ったんですよ――窓がすでに開いていたのなら別ですが。二人とも屋内に入ったかどうかまではよく分からない。大柄の男は邸の周囲や柵のそばをうろうろすると、庭の椅子を柵まで持ってきて、これを頼りによじのぼったんです。二人とも屋内にいたとすると、最後に窓から出てきたのは小柄な男だ。これを落としたのもそいつでしょう――柵を乗り越えたとき、手に握っていたに違いありません」――ここで、警部はポケットから丸い石を一つだけ嵌《は》め込んだ指輪を取り出し、ローレンス卿に手渡した。

「おお」とローレンス卿は言った。「ポージーリング（銘入りの指輪）だ。キャッツ・アイのセットの一つだよ。同じ引き出しにいくつも入っていたし、ムーンストーンの指輪のセットもあった」

「すると、コレクションのことはよくご存じなんですね、ローレンス卿？」

「かなりね。死んだ兄さんとよく一緒に見たものだ。だが、もちろん、すべての標本を憶えているわけじゃない。この指輪がどの引き出しにあったかは教えられると思うが」

そのときには私たちはすでに邸内に入り、陳列室に向かっていた。室内に入ると、ドレイトンはキャビネットにまっすぐ向かったが、それは開いたままになっていたキャビネットだった。彼は上から二番目の引き出しを引き抜いた。

「これがそうだ」と彼は言った。「連中はガラスの上蓋を取りはずしたんだ――床に散らばっている破片がそのガラスだろう」

「ええ」とバジャーは言った。「開いたままになっていましたよ。かき回された引き出しはそれだけのようです」

ドレイトンは一番上の引き出しを引き抜き、ガラス・カバーを入念に確認すると、言った。「この引き出しも開けたんだな。ガラスにはっきりと指紋が付いている。カバーもはずしたんだ。ガラスの内側にも指紋が付いているからね。なぜそんなことをしたのかな」

「分かりませんねえ」とバジャーは言った。「なにか盗った様子もないし——なにせ、盗る値打ちのある物はないですよ。とはいえ、ガラスまではずさなくても分かっただろうに。もっとも、実に好都合でした。〝指紋鑑識班〟にこのガラス・カバーを検査させれば、きっと誰の指の指紋か突き止めてくれますよ」

彼はそう言いながら、カバーを取りはずすそぶりを見せたが、ソーンダイクが先を越した。彼は革のつまみを持ってガラスを注意深く取り上げ、へりの部分を持ちながら光にかざし、表面と裏面に付いている指紋を綿密に調べた。

「親指の指紋が表面に付いている」と彼は言った。「裏にはほかの指の指紋がある。ということは、ガラスをそのままはずし、両手で持ったわけですね」

彼が警部にガラスを手渡すと、それまで不安げに見ていた警部は、あからさまに安堵した様子でカバーを受け取った。バジャーがカバーを安全な場所に置いているあいだに、ソーンダイクは一番上の引き出しを元に戻し、次に二番目の引き出しを調べにかかった。

「この引き出しからも、確かにいくつか消えている物がある」と彼は言った。「窃盗犯が処分を図るとは考えにくいが、盗られたのがなにか知るのも重要でしょう。分かりますか、ドレイトン？」

「おおまかになら分かるよ」と彼は答えた。「この引き出しには、ポージーリングのコレクションがあった。見てのとおり、ほとんどは手つかずで残っている。前列にはムーンストーンとキャッツ・アイが嵌め込まれた指輪があったが、そのほとんどが消えている。それに、ムーンストーンとキャッツ・アイの装飾品もいくつかあったが、主にブローチとイヤリングで、ペンダントも一つあった。いずれも消えている。それともう一つ、この引き出しにあったが、それもどうやら盗られている。ロケットさ。本のような形をして、表面にギリシア語の銘が刻まれているやつだ」

「分かる範囲でけっこうですが、ローレンス卿」とバジャーは言った。「盗られた物に値打ち物はありますか？――本物の値打ち物ということですが」

「つまり、売りさばけそうな値打ち物だね」とドレイトンは言い直した。「ないな。値打ち物といえるのは、すべてとは言わないが、大半は金製品だ。だが、ここにあった石ときたら、おそらく、せいぜいで数シリング程度の物ばかりさ。これらの価値は、主にそれぞれの品にまつわる記憶や個性にある。いずれも銘が刻まれていて、由来を記した物もあった。だが、そんなものは窃盗犯には無意味だろう」

「おっしゃるとおりです」とバジャーは言った。「だと思いましたよ。この盗みにはなにか素人くさいところがある。常習犯の犯行とはちょっと思えないんですよ。盗みに入った時間帯も変だし、発砲したり、刃物を使ったりするのも、手慣れた犯罪者の仕業というより、流れ者の外国人の犯行っぽいですね。おっしゃるように、リスクを冒すほどの値打ち物でもないし――なにか別の価値でもあるというなら、話は違いますが。ほかのキャビネットも調べてみましょう」

彼がポケットから鍵束を取り出し、隣のキャビネットの鍵穴に差し込むと、ドレイトンが割って入った。

「その必要はないよ、警部。キャビネットが施錠されたままで、こじ開けられていないのなら、中身は無事ということだ。それに、中にある物はそれ自体たいした価値はない」と言うと、鍵を穴から抜き、鍵束を自分のポケットに入れた。警部はその様子を見て苦笑いを浮かべながら言った。「ということなら、当面の仕事はすんだと思います。このガラス・カバーを包んだら、地元の警察が連中の行方を追跡できたかどうか確かめますよ。では皆さん、これで失礼させていただきます」

ローレンス卿は警部を客間まで案内し、あとで知ったが、警察の一行に茶菓を提供したようだ。私たちだけがあとに残ると、私はソーンダイクに向き直った。

「我々の仕事もすんだんじゃないか？」

「まだだ」と彼は答えた。「些細《ささい》なことだが、留意すべき点が一、二ある。だが、警察がここを引き払うまで待とう。彼らのほうも内密にしておきたいことがあるだろうが、私もそうなのさ。あっさり手がかりを与えていい場合は別だが」彼は調査ケースを開き、中身をじっと見ていたが、ドレイトンが戻ってきて、警察が引き払ったと告げた。

「まだなにかやり残したことがあるのか、ソーンダイク？」と彼は聞いた。

「ええ」と彼は答え、「まず、指紋がほかにないか確認したい」と言いながら、キャビネットの引き出しを次々と引き抜き、ガラス・カバーを調べた。しかし、見たところ、いずれも手を触れられていなかった。どのみち、ガラスに指紋はなかった。

「仕事にとりかかって、すぐ邪魔が入ったんだな」とドレイトンは言った。「引き出しを二つ開けただけだからね」

「おそらくは」とソーンダイクは頷くと、黄色っぽい粉が一杯に入った、ガラス管が二つにゴム球が一つ付いた小さなガラス瓶をケースから取り出した。この器具を使い、荒らされたキャビネットの木製部分にきめ細い粉をたくさん吹きかけた。粉が磨き上げられた表面に薄く撒布されると、ポケットナイフの柄でそっと木製部分を叩いた。叩くたびに、撒布された粉が表面から振り落とされ、粉が付着したままの部分が楕円形の斑点になって表れてきた。さらに、粉の残りをそっと吹き払うと、楕円形の斑点は指紋となって現れ、黒っぽい木製部分から白くくっきりと浮かび上がった。ソーンダイクがポケットから折り畳み式ボードを取り出して開き、例の写真とこれらの新しい指紋とを見比べると、ドレイトンと私は彼の肩越しに覗き込んだ。

「間違いなく同じものだ」私は、これらの奇妙な指紋がいとも簡単に同じものと確認できたことに少し驚きながら言った。「確かに同じものだ——そう言うのも変だが、左手の二本の指と右手の四本の指の指紋しかないからね。どうやら、この特定の指だけが油脂かなにかで汚れていて、他の指はきれいだったから指紋を残さなかったんだな」

「見事な推測だよ、アンスティ」とソーンダイクは言った。「私も同じことを考えた。この特定の指の指紋だけが異常に際立っているからね。裏づけが得られるか確かめてみよう」彼が指紋を一つずつ吹き払うと、粉はほとんど振り払われ、指紋はほぼ見えなくなった。さらに、柔らかいシルクのハンカチを取り出し、球形に丸めると、それで弧を描くように木製部分を拭きはじめた。最初は非常に軽く、次第に力を込めていき、最後に強くこするように拭いていく。その結果は、私の推測を裏書きするように思えた。こすり続けるうちに、ドレイトンのランプがいろんな角度から照らしてくれるおかげで、指紋が、磨かれた木製部分とはいくぶん異なる光沢を持つ、楕円形のきらきらした染みになって広がっていくのが分かったからだ。

ローレンス卿は興味深げに観察していたが、ソーンダイクが手を休めて木製部分を調べようとすると質問した。「この実験のそもそもの目的はなんだね？」

「要は」とソーンダイクは答えた。「数学的な理論家のいう指紋は、なんの特性も持たないただの抽象概念ですが、現実にある指紋は、物理化学上の特性を持った物質であり、こうした特性は証拠として使える意義を十分持っているということです。たとえば、こうした指紋は、皮膚から出る通常の分泌物のほかにも、なんらかの物質を含んでいるものです。そこから次のような問いが生じる。その物質はなにか？　どうやってそこに付着したのか？　それはある特定の人物や活動と通常関係しているものか？　アンスティが賢明にも採取してくれた標本は、最初の問いに対する答えを得るのに役立ちそうだし、我々の持ち前の機転をきかせれば、ほかの問いの答えも得られるでしょう。かくして、我々は検討に必要なデータを集めたわけです。そう言えば、採取しなくてはならないデータがほかにもある」

「なんのことかね？」ドレイトンは熱心に尋ねた。

「柵の外の砂に残っていた跡です。保存用の記録を取っておかなくては。さあ、取りにいきましょうか。水差しと明かりを用意してください」

ドレイトンが水を汲みにいくあいだに、ソーンダイクと私は庭を通って柵の外に出た。彼は調査ケースを携え、私はドレイトンのランプを持っていた。マットで覆った場所に来ると、ソーンダイクはケースを下に置き、もう一度マットをめくった。

「小さな足だな」と、彼は足跡を見ながら言い、かがんでケースを開いた。「もう一人の男の足とはずいぶん違う」

彼はケースから石膏《せっこう》粉の缶を取り出し、スプーンで少量すくい、きめ細かい白い粉を、足跡を薄く均等に覆うまで注意深く振りかけた。そして、ゴムボールのスプレー噴射器が付いた水の瓶を取り出し、それを使って足跡の上にふんだんに水を振りまいた。すると、白い粉は次第に萎縮し、足跡は薄い漆喰《しっくい》の膜に覆われたようになった。

「なぜ足跡に石膏液を直接流し込まないんだ？」そのとき、ドレイトンが大きな水差しを運んできて尋ねた。

「それではおそらく砂をかき乱してしまうでしょう」とソーンダイクは答えた。「それに、水はすぐにしみ込むので、石膏もぼろぼろの塊になってしまいます。しかし、この薄い層が固まれば、石膏を流しても、しっかりした型を取れますよ」

彼がさらに一、二度、スプレー噴霧を繰り返すと、私たちはもう一人の男が足跡を残した場所に移った。ここでも同じ手順が繰り返され、足跡のほかに、手の跡にも作業が施された。それから最初の場所に戻り、ソーンダイクが足跡のへりにそっと触れ、石膏の薄い膜が固い殻に凝固しているのを確かめると、小さいゴム製の鉢を取り出して半分くらいまで水を満たし、一定量の石膏を加えて、全体がクリーム状に練り上げられるまでかき混ぜた。さらに、それを白い膜ができた足跡に少し溢れるくらい流し込んだ。

「これのメリットが分かるでしょう？」ソーンダイクは鉢を空《から》にしながらそう言い、二つめの足跡の場所にゆっくりと戻りはじめた。

「もちろんだ」とドレイトンが答えた。「バジャーが保存用記録を取らなかったのは驚きだよ。これらの型があれば、必要とあらば被告人の実際の足を証拠にできる」

「そのとおりです。それに、ゆっくりと調べることもできますよ。新たな証拠が出てくれば、これらを参照することもできる」

二つめの足跡と手の跡にも同じ処理を施し、石膏を注ぎ込むと、ソーンダイクは器具を片づけた。

「型がしっかり固まるのに二十分は必要です」と彼は言った。「最良で新品の石膏だし、アルミニウムの粉末を少し混ぜて、固まりやすく、型がしっかり取れるようにしてありますが。だが、焦《あせ》らないようにしましょう」

「慌ててはいないさ」とドレイトンは言った。「今日はここに泊るよ――ベナム夫人を邸に一人にするわけにもいかない。君は車で事務所まで送るし、アンスティも下宿まで送るよ。明日はもっと長期的な段取りをつけなくては。だが、重要なのは、二人の悪党の尻尾をつかむことだ。ほかのことはどうでもいい。亡き兄の死体が天に裁きを求めて叫んでいる。殺人犯が報いを受けるまで、私は決して安らぐことはない」

「心から同情申し上げますよ、ドレイトン」とソーンダイクは言った。「言葉だけの同情ではありません。持ち得る手段をすべて尽くして支援することをお約束します。草の根分けても追及します。友情に基づく使命というだけではありません。こうした許しがたい犯罪には、完全なる裁きをもたらすことが公的な義務でもある」

「ありがとう、ソーンダイク」ローレンス卿は激しく熱を込めて言い、一息つくと、話を続けた。「こんなことを聞くのは時期尚早かとも思うが、少しは見込みがありそうかね？　なにかつかんだとか？　困難で見通しのきかない事件だとは私にも分かるが」

「そのとおりです」とソーンダイクは頷いた。「もちろん、指紋ですべてが解決するかもしれない。〝常習犯記録係〟のファイルに載っていればですが。それ以外に証拠はほとんどない。とはいえ、なにもないわけではないし、推論によってさらに積み上げることもできるでしょう。もっと見込みのなさそうな事件でも解決した事例を知っていますよ」

そうこうするうちに予定の二十分が過ぎ、私たちは最初の足跡の場所に戻った。石膏は、試してみるとしっかり固まっていたので、ソーンダイクは注意深く白亜色のプレートを地面から二つ取り出した。ランプのやや不明瞭な照明でも、その外観は驚くべきものだった。ソーンダイクが裏返すと、どちらの型もまるで白い足そっくりに見えたし、靴底を見るかぎり、細部まで驚くほど完璧だったからだ。

しかし、これらの型の外観が見事だとすれば、次の石膏型のセットはそれ以上だった。後者には手の跡の型もあり、その表面は実に不気味だった。なかでも、より深く押された手の跡は、仕上がりはまるで雪のように白い手で、伸ばした指、ねじった指、折り曲げた指があるという具合だ。この手の型も、きめ細かいロームのおかげで予想外に細部の特徴がよく表れていた。掌のしわや模様がきわめて明瞭にくっきりと出ていたし、指先の指紋すら見分けられるのではと思ったほどだ。

その場を離れる前に、私たちは注意深く石膏の痕跡をすべて取り除いた。足跡は明るくなってから調査されるだろうし、石膏型の存在を知るのは我々だけに限ったほうがいいとソーンダイクが考えていたからだ。足跡はほぼ手つかずの状態に戻したので、警察も必要と思えば型取りができるだろう。

「ところで」邸に戻り、石膏型をテーブルに置いて改めて調べていると、ソーンダイクが言った。「念のため、それぞれの石膏型には我々の署名を残しておこう。いつ証拠として提示しなくてはいけなくなるか分からないから。そうしておけば、石膏型が正真正銘のものだと議論の余地なく証明できる」

この点はドレイトンも私も文句なしに同意し、一人ひとり自分の名前を日付とともにそれぞれの型の滑らかな裏側に書き込んだ。この〝記録〟が注意深く包装され、調査ケースにしまわれると、ソーンダイクと私はドレイトンと握手し、車に向かった。

第四章　シャロットの姫君

近代的なロンドンの郊外は、品のよい旧時代の姿にはどうしても戻れないようだ。都市や田舎町の街路は、過ぎ去った年月からそれなりに心地よさを受け継いで魅力を増すようにできている。だが、郊外は事情が違う。郊外の魅力は、まばゆいばかりの若々しさに伴うものであり、短命な性格を持つ。都市や町は歳月とともに荘厳さを増すが、郊外はただみすぼらしくなっていくだけだ。

ハムステッド・ロードのジェイコブ・ストリート界隈に向かううちに、そんな深遠な考察が頭に浮かんできた。むさくるしいと言わぬまでも——冴えない雰囲気がそこにあり、これから向かう家の女性がもつ見栄えや物腰とそぐわない気が次第にしてきたせいでもある。しかし、「操《みさお》があばら屋に住まうこと、見事な真珠が醜い牡蠣《かき》の中にあるがごとし」（シェークスピア『お気に召すまま』第五幕第四場）とするなら、〝美〟というものも、みすぼらしい住まいで我慢するのかも、などと考えて勝手に得心した。そんなことを考えるうちに、あの工場のような門に着いたので、私は真鍮板の上の呼び鈴の紐を勢いよく引っ張った。

しばらくしてくぐり戸が開き、昨夜の少年が出てきて、控えめな微笑で私と気づいたことを示しながらおじぎした。

「こんにちは」私は握手の手を差し出しながら言った。「お姉さんの具合が心配でお訪ねしました。昨夜の恐ろしい体験のせいでひどくなっていなければいいのですが」

「ありがとうございます」彼はやけに丁寧に答えた。「今日は大丈夫そうです。でも、お医者さんは仕事をすることを認めてくれなくて。腕を吊り包帯で固定したんです。お入りになって、会っていきませんか?」

私はためらった。こんなみすぼらしい環境の中で、彼女が同じ中流階級の他人に会いたいと思うか心もとなかったのだ。しかし、少年は言い添えた。「姉はきっと会いたいと思いますよ」そう言われ、会いたいという強い気持ちが遠慮する気持ちを上回り、くぐり戸を抜けて中に入った。

我が若き友――青い亜麻製の上っ張りを着ていた――が舗装路を案内してくれたが、左右の壁にはいずれも棚があり、石膏の胸像や小像が並んでいた。そこから中庭に出ると、小柄な年配の男が、まるでエイヴベリー（ストーンサークルの所在地として知られる）の縮図のように、石材と大理石の石塊やら石板やらに囲まれて、装飾の施された大理石の墓石にノミと木槌を振るっていた。庭の奥には大きな納屋のような建物が建っていて、巨大な窓が壁の上のほうに一つあり、さらに、大きな両開きドアと小さな通用口が付いている。案内役の少年は通用口のほうに入り、私のためにドアを開けて支えてくれたが、中に入ると真っ暗闇。だが、それも一瞬のことで、少年がドアを閉めて厚手のカーテンを開けると、そこはがらんとした大きなホールで、天井の高い白塗りの壁、梁《はり》むき出しの木造屋根、敷物が一、二枚あるだけで厚板張りそのままの床という中の様子が目に映る。窓に向かってアトリエ用の画架が二脚立っていて、隅のほうにシーツらしきものに覆われた、不気味な人体模型がある。一番奥に大きな暖炉があり、そばにミス・ブレイクが本を手にしながら安楽椅子に腰かけている。私が中に入ると、彼女は目を上げ、椅子から立ち上がり、こちらに来て出迎え、握手をしようと左手を差し出した。

「ご親切に、アンスティさん、わざわざ来ていただけるなんて！」と彼女は声を上げた。「昨夜は本当に助かりました！」

「いえ、とんでもない」と私は答えた。「でも、昨夜の経験のせいで、お加減が悪くなければいいのですが。痛みはひどいですか？」

「もう痛みはありません」彼女は微笑みながら答えた。「こんな吊り包帯は不要なのに。でも、お医者様の指示には従いませんとね」

「そうさ」弟が口をはさんだ。「吊り包帯をしたのは指示に従わせるためなんだ。無理ができないようにしたんだよ、ウィニー」

「仕事ができないようにしたのよ。言ってる意味がそういうことならね、パーシー」と彼女は言った。「仕事をすることが無理をするという意味なら、お医者様は正しいんだろうけど」

「そのとおりです」と私は言った。「傷を早く治すには休息が一番ですよ。昨夜はお休みになれましたか？」

「よく眠れませんでした」と彼女は答えた。「あの恐ろしい瞬間がずっと頭から離れません――陳列室に入り、床に倒れたあの気の毒な方の姿が目に入った瞬間が。身の毛のよだつ体験でした。あまりに突然だったし。あの方が生き生きと元気よく歩いていく姿を見たと思ったら、次の瞬間には死体に変わり果てていたんだもの。あの悪党たち、本当に逃げおおせてしまうんでしょうか？」

「なんとも言えないですね。警察は男の一人の指紋を採りましたから、その男が常習犯なら、きっと何者か突き止められるでしょう」

「本当に？」と彼女は声を上げた。「素晴らしいわ。どうやって突き止めるんですか？」

「とても簡単なことです。犯罪者はいったん有罪判決を受ければ、その指紋は一式、刑務所で採取されるんですよ。指をインク練り板に押し当ててから、紙の上に押捺する――それぞれの指の欄がある押捺用の特別な用紙があるんです。この用紙は、スコットランド・ヤードの〝常習犯記録係〟のファイルに囚人の写真とともに保管されます。こうして、怪しい指紋が出てくると、ファイルの指紋と照合され、正確に一致するものがあれば、その人物が指名手配されるわけです」

「でも、そんなに多くの情報量の中から、どうやって一致するものを見つけるの？　ファイルに収められている数は膨大でしょうに」

「それも思ったより単純でして。指先の紋様は非常に明瞭な模様をなしています——渦巻きや螺旋《らせん》模様、木材の木口《こぐち》のような閉じた輪の形、開曲線やアーチ形といった具合に。それぞれの指紋は見出し——螺旋、輪、アーチ等々——を付けて分類されていて、しかも、その模様をもつ個々の指ごとに分類されているので、調査の対象ははじめから比較的わずかな数に絞り込まれるわけです。一つ例を挙げましょう。左手の小指に、ある渦巻き模様があり、同じ左手の薬指に輪形の模様があったとする。次に、渦巻き形の左手小指のファイルと輪形の左手薬指のファイルを調べ、その名前のリストに目を通します。両方のリストに出てくる名前があれば、その中の一つが探している男の名前のはず。あとは、指紋をそれぞれの記録と順に照合していき、正確に一致する指紋にたどりつく。その指紋に付された名前が目当ての男の名前というわけです。むろん実際の作業の流れはもっと緻密ですが、基本はそういうことです」

「ほんとに巧妙ですね」とミス・ブレイクは言った。「それに、おっしゃるとおり、とても単純です。完全無欠みたい」

「警察はそう主張しています。ただ、当然ですが、このシステムが犯罪の解明に役立つのは、指紋の登録がある犯罪者が起こした事件に限られます。我々のチャンスも、その点にかかっている。ドレイトン氏を殺した男はキャビネットのガラスに指紋を残し、警察はそのガラスを押収して検査しています。彼らが記録簿の中にその指紋と一致するものを見つければ、ドレイトン氏の殺害犯も分かるでしょう。しかし、指紋が記録になければ、なんの役にも立たない。私の知るかぎり、殺人犯の正体の手がかりはそれだけですよ」

ミス・ブレイクは、どうやら私が説明したことを夢中になって思案しているようだった。こうして沈黙が続くあいだ、私は大きなアトリエとそこにあるものをこっそり観察していた。なかでも、多くの絵画が目を引いた。どうやら大きめの包装紙にテンペラ画を描いたもので、目の高さよりやや上の位置の壁にピンで留めてある。寓意的な性格を持つ人物画だ。バーン゠ジョーンズの手法を強く連想させる描き方で、並はずれた才能を感じさせる。私の視線は絵画から画家――きっと彼女だと思うが――に移った。とても目を引く、鮮やかなほど美しい人だ。かすかに血色を感じさせる青白い表情、熱意のこもったグレーの目、わずかに上向きの小さな鼻、柔らかそうな赤味がかった金髪、スリムだと勘違いしそうだが実はふくよかさを持つしなやかな体つき。それは彼女が模範とする芸術家が描く人物像にも認められる体つきだ。私は心地よい気持ちで――審美的な意味でそう感じただけではあるまい――いかにも自然とそんなふうに落ち着いた、彼女のしとやかな姿勢に目を留めた。目移りする私の視線は、壁に掛かる〝プランシェット〟（ハート形の占い板）や、隅っこにある小さな祭壇風のテーブルに置かれた、黒いビロードのクッションに鎮座する水晶球に泳いでいった。違う状況なら、そんなものは内心馬鹿にするところだが、この場では差し控えた。オカルティズムや迷信の気配があっても、あながち場違いとも思えなかったからだ。彼女はシャロットの姫君（アルフレッド・テニスンの詩「シャロット姫」の登場人物）を連想させるし、マーリン（アーサー王伝説に登場する魔法使い）が囁く魔法の呪文が、心地よい響きのハーモニーになりそうなほど似合っているのだ。

　私たちが話すあいだ、弟のほうは黙々と自分のことに集中していた。指紋の説明には手を止めて聞き耳を立てていたが。アトリエの床の中央に巨大な石板――以前にアトリエを使っていた彫刻家が残していったもの――があり、少年はその上に、今まで見たことのないおもちゃのブロックで建物の模型を実に規則正しく積み上げていた。彼を見ていると、姉とはおよそ似ていないと思った――やや色黒で、鷲のように精悍《せいかん》な顔立ちの少年なのだ。すると、ミス・ブレイクがまた口を開いた。

「盗まれた物がなにか分かりました？」

「ええ」と私は答えた。「おおよそは。値打ち物で消えていたものはありません。盗まれたのはほんの数個だけで、それも、ほとんどはムーンストーンやキャッツ・アイを嵌め込んだ質素な装身具でした」

「キャッツ・アイ！」と彼女は声を上げた。

「ええ。ポージーリングが数個、イヤリングが数個、それとペンダントが一つだったと思います」

「ペンダントが盗まれたの？」

「ええ、そのようです。ローレンス卿の話では、引出しから消えている物の中にキャッツ・アイのペンダントがあるとか。ペンダントが特に気にかかるとでも？」

「ええ」彼女は考え込みながら答えた。「私が見せてもらおうとしたのも、そのペンダントです。『美術鑑定』の記事に解説が載っていたので、調べてみたいと思ってドレイトンさんに手紙を書いたんです。だとすると」と声を落とし、深い悲しみの表情を浮かべて言い添えた。「私がペンダントを見せてもらおうとしたのが、あの方のご不幸の原因なのね。私がそんなことしなきゃ、あの時間に邸にいることはなかったのよ」

「いたかいなかったかは、誰にも分かりませんよ」彼女が気落ちしたように思えたので、私は話題を切り換えた。「ほかにも『美術鑑定』の記事に出ていたもので盗られた物がありますー―ロケットが――」

「そうよ！」と彼女は叫び、「うっかり忘れてたなんて」と慌てて立ち上がり、窓の下にある古いクルミ材の机に行き、小さな引出しの一つを開けて小物らしきものを取り出した。

「ほら」と言いながら、彼女は手を差し出したが、そこには小さな金色のロケットがあった。「これです。すぐに気がつきました。どうして私の手元に来たか、お分かりかしら」

さっぱり分からず、そう言ったが、なにかの拍子に彼女の服に入ったのではと当てずっぽうを述べた。

「そうです」と彼女は言った。「ショールの中にあったの。私が捕まえようとした男が手になにか持っていて、ナイフを抜いたときに落としたって話をしたでしょ。もつれ合っていたときにショールがたまたま落ちて、その上に男が立つ格好になったの。ロケットはきっとショールの上に落ちたのよ。この小さな真鍮のフックは、誰かがロケットの輪に付けたものだけど、きっとそれがショールの編み目に引っかかったんです——ほら、シルクをかぎ針編みしたショールよ。そのあと、あなたがショールを拾って、丸くくるめてくださったけど、今朝になるまで広げなかったんです。掛けようと思って広げたら、ロケットが下に落ちたの。まずいことに、落ちたときにロケットが開いて、中のガラスが割れてしまって。ずいぶんと気に病んだわ。だって、とっても素敵な小物ですもの。そう思いません？」

その安っぽい小物を手に取ってみたが、あからさまに言えば、見栄えにさしたる魅力はなかった。しかし、礼儀上の手前もあるし、愛想よくふるまいたいという思いもあって体裁を繕い、「奇妙で風変わりな小物ですね」と理解を示した。

「とても魅力的な小物よ」彼女は熱心に声を大にして言った。「それに神秘的で謎めいていて。きっと、内側にある参照指示にはなにか隠れた意味があって、表側の風変わりな銘文にも面白い謎を秘めた呪術的な意味があると思うの」

「そうですね」と私は頷いた。「ギリシア語の大文字のせいで目を引く銘文になっている。特にこのアンシアル字体がそうです。でも、内容はさほど深遠なものではありません。それどころか月並みですよ。〝人生は短く、芸術は長し〟とある」

「あら、そんな意味だったの。パーシーには解読できなかったし、私もギリシア語は分からないから。でも、美しい標語です。〝芸術は長く、人生は短し〟というもっと一般的な言い方も悪くないと思いますけど」

「それは、〝Ars《アルス》 longa《ロンガ》, Vita《ウィータ》 brevis《ブレウィス》〟というラテン語の言い回しですね。そう、私もあなたの意見に賛成ですよ。ラテン語の言い回しのほうが警句らしい。ところで、さっきおっしゃった、ほかの銘文とはなんですか？」

「中に聖書の節の参照指示が載っているの。みんな出典を突き止めました。一つだけ分からなかったけど。メモをもってきて、出典をお見せしましょうか？」彼女は期待のまなざしで私を見たが、その様子があまりに魅力的で、私も熱心に頷いた。その出典がなんだろうと別にどうでもよかったが、調べる作業はお互いに親しくなるよいきっかけになる。ロケットにさほど興味を感じなくても、シャロットの姫君にはとても興味があったのだ。

　彼女がメモを探しにいくあいだ、この安っぽい小物をもっとよく調べた。単純な装身具で、なかなかうまく仕上げられている。丈夫そうだが、技量の高さは明らかで、かなり古い物と見たが、骨董品と呼ぶほどでもない。小さな本の形をし、背部分に蝶番があり、両側にそれぞれ堅固な金色の輪が付いていて、二つの輪は二重の吊り下げ紐用の穴になっている。輪の一つに小さな真鍮のフックが付いているが、おそらくそれで展示ケースの中に吊り下げてあったのだろう。表側には、太いアンシアル字体のギリシア語で〝Ο《ホ》 ΒΙΟϹ《ビオス》 ΒΡΑΧΥϹ《ブラキュス》 Η《ヘー》 ΔΕ《デ》 ΤΕΧΝΗ《テクネー》 ΜΑΚΡΗ《マクレー》〟と刻まれ、それ以外の装飾はない。ロケットをひっくり返して裏側——製本屋なら裏表紙と呼ぶところ——を見ると、てっぺん近くのホールマーク（品位試験などを行った証明記号）を別にすれば無地だった。そこで、その小さな本を開いてみた。裏側の半分には円形のくぼみがあり、小さな真珠で縁どられていて、中には渦巻き状にきつく巻いた小さな黒髪の房が入っていた。もとはガラス・カバーをかけてあったようだが、割れてわずかな破片だけが残っている。表半分の内側には非常に細かい文字が刻まれていて、よく見ると、聖書の節の参照指示らしく、文書名はラテン語で記されている。

そこまで観察したところで、ちょうどミス・ブレイクが、ノートと聖書、それに小さな虫めがねを持って戻ってきた。

「これがあれば」彼女は虫めがねを手渡しながら言った。「小さな文字を読みとるのに便利でしょ。一つずつ参照指示を読み上げていただければ、私がその箇所の節を読み上げます。字面《じづら》以上の意味があることに気づいたら、教えてくださいな。私にはぜんぜん分からなかったから」

私はそうすると言い、微細な文字に虫めがねを当て、最初の参照指示を読み上げた。

「レビ記第二十五章第四十一節」

「その節は」と彼女は言った。「『その時が来れば、その人もその子供も、あなたのもとを離れて、家族のもとに帰り、先祖伝来の所有地の返却を受けることができる』とあります」

「次の参照指示は」と私は言った。「詩編第百二十一編第一節です」

「『目を上げて、わたしは山々を仰ぐ。わたしの助けはどこから来るのか』。なんのことか分かります?」

「全然」と私は答えた。「信仰上の勧告とみるなら別ですが。だとしても、あまりにとりとめもない」

「ええ、漠然としてます。でも、見かけ以上の意味があると踏んでるの。意味を解読できればだけど」

「簡単に解けるかも」と私が言うと、弟がこちらを見ているのに気づいた。少年は作業の手を休め、にっと笑いながら私たちを見ていた。私は、少年が私のことを内心馬鹿にしているのではと勝手に勘ぐった。

「次は」と私は言った。「使徒言行録第十章第五節」

「『今、ヤッファへ人を送って、ペトロと呼ばれるシモンを招きなさい』とあります」

「おっしゃるとおりだと思えてくる」と私は言った。「その節はまったく無意味ですから。なにか暗号のたぐいでもないかぎりは。それだけ捉えれば、なんの教理にも倫理にも無縁のものだ。次に行きましょう。ネヘミヤ記第八章第四節です」

「その部分もほかの節に負けないくらいチンプンカンプンです」と彼女は言った。「『書記官エズラは、このために用意された木の壇の上に立ち、その右にマティトヤ、シェマ、アナヤ、ウリヤ、ヒルキヤ、マアセヤが、左にペダヤ、ミシャエル、マルキヤ、ハシュム、ハシュバダナ、ゼカルヤ、メシュラムが立った』と」

そのとき、くすくす笑う声が、建築家君のほうからはっきりと聞こえ、私はさっき抱いた不安がよみがえった。ばかげたことに鋭い嗅覚をもつ学童なるものに、なにやら不穏な気配を感じたのだ。

「なにがおかしいの、パーシー？」と姉が聞いた。

「その人たちの名前だよ、ウィニー。細切れバナナ《ハッシュド》なんて名前のやつがほんとにいたと思う？」

「ハシュバダナよ、パーシー」彼女は間違いを正した。

「そう。じゃ、ハッシュド・バダダだね。でも、それじゃもっとひどいよ。風邪ひいて鼻声になったみたい」

「おばかさんね、パーシー」ミス・ブレイクは弟に優しそうに微笑むと、メモに目を戻して言った。「次の参照指示は間違いみたい。少なくとも私には分かりません。『列王記第三、第七章第四十一節』とあります。そうじゃありません？」

「ええ、『列王記第三、第七章第四十一節』ですね。でも、なにが変だと？」

「だって、列王記は上下の二書しかないのに」

「ああ、なるほど。でも、それは間違いじゃない。欽定訳では、サムエル記の上下二書に、列王記第一、第二という別題も付いているんです。そして、列王記上には、『通称、列王記第三』という副題が付いている。でも、今日では、これらの文書は、もっぱらサムエル記上下、列王記上下と呼ばれているわけです。調べてみますか？」

彼女は聖書を開いて、列王記上のページを繰った。

「そうね」と彼女は言った。「おっしゃるとおりです。どうして気づかなかったのかしら。どのみち知らなかったけど。じゃあ、この参照指示は、ほんとは列王記上第七章第四十一節なのね。でも、やっぱり変。これって、なんのことか分かります？『彼の作ったものは、二本の柱、柱の頂にある柱頭の玉二つ、柱の頂にある柱頭の玉を覆う格子模様の浮き彫り二つ』。文脈から切り離すと、まったく無意味よ」

「確かにわけが分からない」と私は頷いた。「これはソロモンの神殿の備品を説明した箇所からの抜粋です。これらの聖書のテキストの寄せ集めが、なにか宗教的、道徳的な真理を説くことに目的があったのなら、この引用句の意味はさっぱり分からない。でも、これらの聖句は、ロケットの本来の持ち主にとってはなにか意味があったのかも」

「きっとそうよ」彼女は熱を込めて頷いた。「全部をまとめて検討すれば、謎を解く手がかりが見つかるかも」

「あるいはね」私はさほど熱もなく頷いた。「次の参照指示は、詩編第三十一編第七節」

「その節は、『慈しみをいただいて、わたしは喜び躍ります。あなたはわたしの苦しみを御覧になり　わたしの魂の悩みを知ってくださいました』とあります」

「これも問題の解明にはさほど役立たない」と私は言った。「最後の参照指示は、テモテへの手紙二、第四章第十三節」

「『あなたが来るときには、わたしがトロアスのカルポのところに置いてきた外套を持って来てください。また書物、特に羊皮紙のものを持って来てください』と」彼女はメモを下に置き、実に神妙な面持ちで私を見ながら声を上げた。「突飛だと思いませんか？

これが一番奇想天外。だって、聖パウロがテモテに伝えた、ほんとに些細なただの伝言よ。ほかの誰にも意味のない、まったく個人的な事柄に触れているだけ。でも、テキストを全部寄せ集めても、すごく奇妙です。互いになんのつながりもないようだし、おっしゃるとおり、信仰や倫理の面でもなんの意味もないわ。どう思われます？」

「私にも思案がつきかねますね」と私は答えた。「ロケットの本来の持ち主にしか分からない意味があったのかも。なにか個人的な思い出にまつわるものです。あるいは、事前に合意した条件に従って、特定の誰かに語りかけたものとか。つまり、暗号の性質を持つものかもしれない」

「そうね」彼女は熱心に頷いた。「私もそう思います。どんなメッセージを伝達しようとしたものなのか、もう好奇心でいっぱいなの。この謎を解くまでは気が休まらないわ」

私は思わず苦笑し、またもや壁のプランシェットとテーブルの水晶球に目が行った。新たに友人となった素敵な人は、明らかに根っからの神秘主義者、オカルトや超常現象という怪しげな分野の熱烈な探求者だ。自分の現実主義的な気質からすると、そんなものにはほとんど共感を抱かないが、こんな神秘主義にも別の魅力がある。実に生き生きとした彼女の個性と見事に調和しているようなのだ。

だがそのとき、あまりに長居をしたと不意に気づき、私は時間に無頓着だったことをくどくどと詫びながら立ち上がった。

「謝ることないわ」彼女は誠意を込めて言った。「こんなうわべだけの病人のために時間をたっぷり割いていただいて、本当に感謝しています。でも、ゆっくりなさって、お茶でもご一緒しません？　ほんとにだめですの？　じゃあ、お時間のあるときにまた来ていただければ。そうそう、このロケットをお渡ししますので、ローレンス・ドレイトン卿にお返しいただけませんか？」

「その必要はありません」と私は答えた。「お会いするまで持っておられたらいい。案外、そのあいだに秘密を見つけられるかもしれないし。彼には、信頼のおける方が持っていると伝えますよ」彼女と親しく握手を交わし、パーシー坊やが作った建物を少しばかり観察したあと、この建築家の卵は中庭を通って出口まで私を送ってくれた。彼は親しげに別れの挨拶をし、「また来てね」と温かい招待の言葉を告げると、ひと気のないジェイコブ・ストリートに私を送り出した。

第五章　ハリバートン氏のマスコット

どんよりと活気のない通りに出て、ハムステッド・ロードに向かってぶらぶらと歩き、その界隈まで来ると、角で立ち止まって懐中時計を見た。四時になったばかりだが、四時半にユーストン・ロードの角でソーンダイクと会う約束だから、まだ三十分、半マイル弱は歩けるくらいの時間がある。お茶の誘いを断ったのをしまったかなと思い、のんびり歩いていくと、飲み物を提供する店の前に来たので、中に入って茶菓を注文した。

大理石張りの貧相で小さなテーブル席に座ると、またもや、ジェイコブ・ストリートのがらんとした大きなアトリエと、風変わりで謎めいた、それでいてあまりに魅惑的な個性を持つ住人のことを考えはじめた。彼女に好印象をもったと言えば控え目にすぎるだろう。私は、どんな女性にも感じなかったような興味と称賛の念で彼女のことを考えていた。目の覚めるような美しい女性だ——少なくとも私には。だが、それだけが魅力ではないし、主たる魅力でもない。前夜の悲劇的な出来事で知った、彼女の性格に宿る勇気と強さ、それに、洗練された物腰と気さくで品のいい礼儀正しさ、知性と心からの優しさ、品位を損なわぬ素直な好意は、みな一つとなって、その気高く素敵な個性をなしている。そして、あの絵画。彼女の作品だとしたら、かなり才能のある芸術家だ。本当にそうなのか用心深く探ろうとしたが、ロケットを調べるのに気を取られ、ほかのことは紛れてしまった。ロケットのことだけでなく、彼女がその秘密（なるもの）の解明に傾ける、ほとんど子供じみた情熱のことを考えると、プランシェットと水晶球にもおのずと思いが及ぶ。普通なら、そんなものは馬鹿にしてかかるのだが、彼女となると、神秘主義やオカルティズム——迷信とはあえて呼ぶまい——も違和感がないし、彼女の中世風の気品にさらに興趣を添えるものに思える。そんなことを考えるうちに、不意にキャッツ・アイのペンダントのことを思い出した。彼女はそんな物のどこに興味があるのか？　はじめは彼女が宝石通だと思ったが、実際そうかも。だが、ロケットに示す異常な関心からすると、違うとも思えるし、今度訪ねたときに探ってみよう——温かいお招きを受けたのに、これに応じないわけにいくまいと、すでに心に決めていた。要は、シャロットの姫君にいたく好奇心を刺激されてしまったのだ。

あれやこれやと考えるうちに、空き時間の三十分もうまい具合につぶせてしまい、こうして四時半きっかりにユーストン・ロードの角に着いた。とたんに、すらりと背の高い我が同僚がトテナム・コート・ロードをゆっくりと歩いてくる姿が目に入った。私たちはすぐに合流し、西に向けて出発した。

「急ぐことはないさ」と彼は言った。「五時に行くと伝えてあるからね」

「なにをしに行くのか、よく分からないな」と私は言った。「このハリバートンという男は、行きずりの赤の他人にすぎないように思えるが。そいつからなにを期待してるんだ?」

「特に考えがあるわけじゃない」と彼は答えた。「今のところ事件全体がつかみどころがない。状況を言えばこうだ。殺人が行われ、犯人はほぼ痕跡を残さずに逃走した。指紋鑑識班が犯人の一人を特定できなければ、どちらの犯人の正体も手がかりはないと言っていい。ただ、この殺人には前触れがあった。ハリバートンの訪問はその一つだ。おそらく、なんの因果関係もないだろうけどね」

「ハリバートンは容疑者じゃないとでも?」

「おいおい、私は誰にも容疑をかけてないよ。そこまで先には進んでないさ。だが、この犯罪と関わりがあるのなら、どんなに些細だろうと、あらゆる物、人物、状況を調べてかからなくては。さあ、目的地に着いた。言うまでもないが、アンスティ、我々の目的は情報を得ることであって、提供することではないからね」

〝バルティック〟ホテルは、グレート・セントラル駅からさほど遠くない、大きめの私邸だった。玄関は開けっぱなしで、扇形の明かり取りにかすかに名前が記されていたおかげで、かろうじてほかの私邸と見分けることができた。登り段をあがり、玄関ホールに入ると、背の低い、愛想の好さそうな男が管理人室から出てきて、私たちを順に探るように見て、「ソーンダイク博士ですかね？」と尋ねた。

「そうです」と我が同僚は答えた。「管理人のシンプスンさんですね。お会いいただき感謝します。ご迷惑でなければよいのですが」

「とんでもないこってす」と相手は答えた。「ご高名はよく存じておりますよ。喜んで協力させていただきます。ハリバートンさんの住所をお知りになりたいとか」

「お差し支えなければ教えてください。手紙を送りたいのです」

「住所なら、そらで言えまさあ」と管理人は言った。「『オスカー・ハリバートン殿、ウィンブルドン』です」

「それでは完全な住所とはいえませんね」とソーンダイクは言った。

「まったく」と管理人は言った。「私も手紙を書いたんですが、返送されちまいましたよ。〝宛先不十分〟ってね」

「つまり、住所はご存じないと？」

「そういうこってす。宿泊簿をご覧になりますか？　管理人室で待っていただければ、持ってまいりますよ」

私たちを管理人室に案内すると、彼はすぐに帳簿を持って戻り、テーブルの上に置き、署名が載っているページを開いた。

「ホテル備え付けのペンで書いたものではないようですね」ソーンダイクは、横の署名と見比べてから言った。

「ええ」と管理人は頷いた。「自分の万年筆を使ったようですな」

「この書き込みによれば、日付は九月十三日だ。滞在期間は？」

「引き払ったのは九月十六日ですから——五日前ですね」

「ここに泊っているあいだに、少なくとも手紙を一通受け取ってますよね？」

「ええ、一通だけだと思いますが。そう、十六日の朝に届いたな。その日の晩に引き払ったんです」

「ここに滞在中、よく出かけていましたか？」

「いや、ほとんど終日屋内にいましたよ。大半は、ビリヤード・ルームでファンシーショットの練習をして過ごしてましたね」

「どんな男でした？——たとえば容貌とか」

「そうさねえ」シンプスンはちょっとためらいながら言った。「そんなに見かけたわけじゃないし、私もたくさんの人に会いますんでね。確か大柄な人で、肌の色は普通だけど、ちょっと日焼けしてたな」

「顎鬚とか、口髭は？」

「いや、きれいにあたってましたよ。髪はふさふさ――長めで刈り込みはなし」

「目立った訛《なま》りとか、声の特徴とかは？」

「それほど話したこともないんで――ほかの連中もそうでしょう。無愛想で口数の少ない人で。声には特に目立った特徴はなかったけど、訛りということなら、そう、ごく普通でしたが、コックニー訛りっぽいところがあったかな。ほんの少しですがね。ありゃ、正確には英国紳士の話し方じゃなかった」

「憶えているのはそれだけですか？」

「それだけでさあ」

「この署名を写真に撮ってもかまいませんか？」

管理人は少し怪訝そうな顔をし、「そんなことが知れちまうと、まずいんだが――」と言いかけたが、ソーンダイクは押しとどめた。

「シンプスンさん、私たちのあいだでやりとりしたことは、お互い秘密厳守ですよ。〝口慎めば災い少し〟です」

「そりゃ真理というもんですな」管理人は微笑んで言った。「ホテル業の場合は特にそうでさあ。ふむ、そうと分かりゃあ、写真を撮ってもらっても文句はありませんや。でも、どうやって撮るつもりで？」

「カメラを持っています」とソーンダイクは答えた。「テーブルのランプは六十ワットですね。露光にそれほど時間はかからないでしょう」

彼は帳簿を適当な位置に据え、ページを斜めから照らすようにランプを置き、ポケットから小さな折り畳み式カメラと遮光板入りの革ケースを取り出した。シンプスン氏は驚きで目をみはり、「そんなおもちゃみたいな代物じゃあ、いい写真は撮れんでしょうに」と言った。

「思ったほどおもちゃでもないんですよ」ソーンダイクは、その小道具を開きながら答えた。「このレンズは近距離撮影用に特別にこしらえたもので、これだと署名を原物と同じ大きさで撮影できます」と、巻き尺をテーブルに置き、カメラを刻み目盛で調節し、遮光板を差し込むと、懐中時計を見ながらシャッターを開いた。

「シンプスンさん、今ほどの話ですが」私たちがテーブルの周りに座ってカメラを見ていると、ソーンダイクは再び口を開いた。「ハリバートン氏に手紙を書いたことがあるとのことでしたね。手紙を書いたきっかけはなにか、お尋ねしてもいいですか？」

「もちろんでさあ」と管理人は答えた。「ばかげたことでして。ハリバートンさんは、チョッキの下にお守りかマスコットみたいなものを身に付けてたんです。金色の輪っかに紐を通してぶら下げてね。つまらん小骨みたいなもんでした。なんの価値もない代物ですよ。ずいぶんと大事にしてるようでしたがね。ところが、ホテルを引き払ってから失くしちまった。輪が壊れて、紐から外れてしまったんです――たぶん、服を脱いだときのことだろうって話で。それで、二日後——つまり十八日ですが——ホテルに戻ってきて、そいつを拾わなかったかといつになくまくし立てて聞いてきたんですよ。部屋係のメイドたちに、部屋かどこかでマスコットを見なかったか聞いてみたけど、そんな者はいなかった。そしたら、やっこさん、ひどく動転しましてね。もう一度確認してくれと頼んできて、見つけて返してくれた者には十ポンドくれるって言うんでさあ。十ポンドですぜ！」シンプスン氏は心底馬鹿にしたように繰り返した。「考えてもごらんなさいな！　ただのウサギの骨みたいなものに金時計と同じ値段とは！　いやはや、そんな人はざらにいませんや」

我が同僚は強く興味を惹かれたようだったが、無表情な顔には作業に集中する様子が窺えるだけだった。彼は時計をしまい、レンズのシャッターと遮光板を閉じて、最後にその小道具をポケットにしまうと、管理人に尋ねた。「そのマスコットの特徴を詳しく説明してくれますか？」

「実物をお目にかけますよ」とシンプスンは答えた。「まったく皮肉な話でして。ハリバートンさんが出てって三十分も経たねえうちに、ビリヤード・ルームの管理をしてるボーイが猛《たけ》り狂ったみたいに興奮して管理人室に飛び込んできたんでさあ。報酬十ポンドと聞いたもんだから、すぐにビリヤード・ルームの敷物やマットを片っ端からめくったんですな。そしたら、一枚のココマットの端っこの下にお宝を見つけたってわけで。

きっと、ハリバートンさんがロングショットをやろうとして、テーブルに身を乗り出したときに輪っかが壊れたんでしょうな。で、そいつをボーイから受け取って金庫にしまい、マスコットが出てきたって手紙を書いて、すぐに宿泊簿にある住所に送ったんですが、さっきも言ったとおり、〝宛先不十分〟の印が押されて戻ってきたわけで。ほら、これですよ。あの方も、もういっぺんここに来るか、手紙でも書いてくれないと、マスコットは取り戻せませんな。ボーイも十ポンドもらいそびれちまいます。お宝をご覧になりたいですか？」

「ぜひお願いします」とソーンダイクは答えた。そこで、管理人は部屋の隅にある金庫に行って鍵を開け、掌《てのひら》に小さな物を載せてテーブルに戻ってきた。

「これでさあ」彼はソーンダイクの前のテーブルに置きながら言った。「こいつが十ポンドなんて大した値打ちもんかどうかは、あなたも同意見でしょうな」

私は、我が同僚が手の中でその小物をいじるのを興味津々で見ていた。それは明らかになにかの骨で、形はだいたい三角形、穴が三か所空いていて、一つは大きく、あとの二つは小さな穴だ。さらに、四つめの穴がてっぺん近くに穿たれていて、金色の吊り下げ用のリングを通してある。そのリングは残っていたが、壊れていた。一部がすり減って細くなっていたため、力が突然加わったことで壊れたようだ。骨の表面は几帳面に刻み目を入れた彫刻が施されていたが、シンプルで多少粗野な彫刻。骨全体は濃く黄味がかった茶色に塗られていたが、摩擦に一番さらされる部分がかすかに剝げていた。表面全体に、長年にわたって手に触れられたり、すり減ったりしてできる光沢と古色がはっきりと生じていた。

「なんだと思います？」とシンプスン氏は尋ねた。

「小動物の首の骨ですね」とソーンダイクは答えた。「だが、ウサギじゃない。もちろん、表面の模様には独自の特徴があります」

「あなたなら十ポンド出しますか？」管理人はにやりとしながら聞いた。

「出さないとは言いませんよ」とソーンダイクは答えた。「物自体の価値ということなら出しませんが。でも、金額を受け入れれば必ず売るという〝確定申し込み〟は、あなたにはできませんよ。売り主じゃありませんから。もっとも、しばらくお借りしたいところではありますね」

「お貸しするわけには」とシンプスンは言った。「だって、私の物じゃない。ただ預かってるだけですからねえ。それに、ハリバートンさんがいつやってきて、返してくれと言うかも分からないし」

「預かり証をお渡しして、明朝十時までにお返ししますよ」とソーンダイクは言った。「むろん、銀行に預けてあると言えばいいわけで。でも、なにか意味があるとでも？　なんでこんなものを借りたいのか、教えちゃくれませんか？」

「類似品とよく比べてみたいのです。あるのが分かっていますので。今夜作業して、必要ならすぐお返ししますよ。比較することに意味があるのかと問われれば、なんとも言えません。ハリバートンがやってきて、ちゃんと届く住所を教えてくれたら、なんの意味もない作業になるでしょう。しかし、彼が二度と現れず、消息を突き止める必要が出てくれば、この小物を徹底的に調べて情報を集めれば役に立つかも」

「なるほど」とシンプスンは言った。「いわば世のため人のためと。むろん、それなら話は別ってもんです。それに、あなたの地位と人柄を考えれば、こいつを少しばかりお貸しするのを渋る理由はありませんや。ただ、できれば明朝九時までには返してほしいですな」

「必ず九時までに、信頼できる者を通じてお届けすると約束しますよ」とソーンダイクは言った。「預かり証をお渡しします。使いの者がお返しした際に、引き換えに渡してください。念のためですが、シンプスンさん、この取引については、お互い誰にも話さないようにしましょう」

これには管理人もきっぱりと同意した。仕事はこれで終わり、私たちはシンプスン氏に快く協力してくれたことの礼を言い、帰途に就いた。

「あの値打ち物の骨にやけにご執心だったね、ソーンダイク」メリルボーン・ロードを歩いて戻りながら、私は言った。「でも、わけが分からないよ。そんな物からハリバートンのことがたいして分かるわけじゃなし。仮に分かるとしても、なにが知りたいのかとんと見当がつかないな。彼はどう見ても間抜けだ。そんなことを確かめるのに苦労して調べる必要はないし、間抜けってのはたいがいそうだが、すぐにすっからかんになっちまいそうなやつさ。ほかになにが知りたいんだ?」

「我が学識ある友は」とソーンダイクは答えた。「法曹としての経験からさほど学んでいないね。長年の経験から得た一番重要な原則の一つは、調査の初期段階においては、調査の対象となんらかの関わりのある事実は、関連の大小を問わず、どんな事実も軽んじたり無視してはならないということだ。それどころか、そうした事実は、なに一つ無関係なものとみなすわけにはいかない。あらゆるデータを集め、吟味するまでは、どんなデータも、その意味や価値を判断することはできないからね。

この事件を見てみたまえ。ハリバートン氏とは何者か? 我々は知らない。彼はなぜドレイトン氏のコレクションを調べたかったのか? 知らない。彼が訪ねたとき、ドレイトン氏とのあいだでなにがあったのか? やはり知らない。知る意義のあることはないかもしれない。ハリバートンはこの事件と無関係という公算のほうが大きい。だが、彼が絵の中に存在しているのは否定できない」

「ああ、背景の人物の一人としてならね。その名はコレクションを見学に来た来訪者の一人として出てくる。だが、来訪者はほかにもいただろ」

「そう、彼らのことが分かれば、やはり情報を得たいと思う。だが、ハリバートンは、我々が知っている唯一の来訪者だ。彼が事件の経緯とどう関係しているかについて君が解説したことは、事実を適切に述べているとは言えないよ。実際の状況はこうだ。ハリバートン——ドレイトンには見ず知らずの相手——は、コレクションを調べる機会を得るのにずいぶん骨を折っている。なぜそんなことをしたのか？　ベナム夫人の話によると、彼は宝石については、古いか新しいかを問わず、無知だったようだね。彼は宝石通ではなかった。では、なぜコレクションを見たがったのか？　さらに、約束をとりつける手紙を自宅ではなくホテルから出している。そのホテルに行ってみると、確認可能な住所を残していなかった。漠然とした町の名は嘘の住所とも考えられる。さらに言えば、貴重品扱いの所有物を失くした——それも彼自身、ホテルで失くしたと思っている——という事実を考えれば、正確な住所を教えて当たり前なのに、現にこうして自分の居住地を隠しているようだ。これに加えて、コレクションが盗まれたのは彼がドレイトンを訪ねた四日後だったこと、強盗は明らかにコレクションの保管場所を正確に知っていたし、家人とその習慣についてもある程度知っていたことを考えれば、ハリバートンがただの絵の背景人物の一人ではないと認めざるを得ないだろう」

私は、ソーンダイクがハリバートン氏を調査の射程内に〝捉える〟論法にひそかに舌を巻いたが、むろん、そう認めるのも業腹だ。自分の主張を貫かねばなるまい。

「検察側の主張としては」と私は応じた。「実に説得力がある。だが、弁護側に立てばこうも言える。『片田舎に住む一人の紳士が、ロンドンに二、三日ほど滞在しにやってきて――』」

「目的はビリヤードの技能を磨くことのようだが」とソーンダイクは口をはさんだ。「これはロンドンにしかないスポーツだ」

「そのとおり。そして、ロンドンにいるあいだに、出版物で目にしたコレクションを見学する機会を得る。彼が訪ねた数日後、コレクションは、やはり出版物で情報に接したと思しき連中に盗まれる。彼をその連中と結びつける積極的な事実はない。そんな結びつきがあるという想定はまるで根拠がない、と私なら主張するよ」

ソーンダイクはおおらかな微笑を浮かべ、「残念だね」と言った。「我が学識ある友が、メリルボーン・ロードという砂漠の大気に、ああ言えばこう言う陪審員団流の突っ込みを芳香のようにまき散らしたがるのは。だが、北部人式に言えば、あれこれ思い煩《ファッシュ》う必要はないさ（fash はスコットランドの方言）。グラッセ夫人という女性が料理人に助言したことが今度の事件にも当てはまる。ウサギは煮るより先に捕まえよ、とね――〝煮る《ジャグ》〟という言葉は、変に駄洒落のつもりで使ったわけじゃないが」（ハナ・グラッセは料理本で野ウサギのシチューのレシピに「まず野ウサギを捕まえること」と記したという俗説がある。jug には「刑務所に入れる」という意味もある）

「では、その捕獲は、我が学識あるシニア・パートナーが大切にポケットにしまっているウサギの骨の神通力で実現するというわけかな?」

「そう思っているのなら」とソーンダイクは応じた。「君は私よりはるかに先を見ている。私はただ、この小物を調べることで、この男の来歴や習慣、それに、あわよくば正体をつかむ情報でも得られればという、かすかなチャンスに賭けているだけさ。そのチャンスは見かけほどかすかでもない。性格に基づく習慣的な行動は、たいていは、その人間についての情報をもたらしてくれる。それに、この小物は、君も気づいただろうが、いろんな点で際立った特徴がある」

「私には特に目立つ特徴があるようには見えないが。この男がそいつを身に付けて、妙に後生大事にしていた事実から分かることはある。つまり、この男は迷信のとりこだね。だが、迷信のとりこなら世間にたくさんいる。その小物がどんな点でそれほど特徴的だと? そこからどんな情報を得られると期待してるんだい?」

「後者の質問についてなら」と彼は答えた。「探偵は、はじめから期待を抱いたりはしないものさ。前者について言えば、あとで見せてあげるから、自分で確かめて君なりの結論を得たらいい」

私は、戻ったらすぐ、その掘り出し物をきめ細かく徹底的に調べてやろうと決めた。明らかになにか見落としていることがある。ソーンダイクは、確かにこの小物には、私がさっき言ったことより重要なものがあると考えているようだ。私が見落としたポイントがなにかあるし、そいつを見つけてやろう。

だが、その機会はすぐには来なかった。ソーンダイクは事務所に着くと、上階の実験室に直行したからだ。そこには助手のポルトンが宝石鑑定用の作業台に向かって座り、精巧そうな歩数計になにか構造上の手を加えようとしていた。

「仕事をもってきたよ、ポルトン」ソーンダイクは、作業台にマスコットを置きながら言った。「君に気に入ってもらえそうな、なかなか素敵で慎重さを要する仕事さ。これの複製を作ってほしい――できるだけ完全なものをね。原物は明朝九時までに返さなくてはいけない。それと」と、ポケットからカメラと遮光板を取り出しながら言い添えた。「現像してほしい写真もあるが、こっちは特に急ぐ必要はない」

ポルトンはマスコットをそっと取り上げ、掌に載せると、時計職人用の単眼鏡を目にはめて念入りに調べた。

「妙な小物ですね」と彼は言った。「小さな頸椎《けいつい》の骨から作られた物のようです。色も同じ、硬さもできるだけ同じ複製ですね?」

「可能なかぎり、あらゆる点で実物に近い複製だ。硬さも現物と同じ複製となると、なかなか難しいだろうけど。ゼラチンの型を取るのに時間がかかるんだろう?」

「かかるでしょうね。こうした刻みのある物は、ほかに手がありません。とはいえ、ぐずぐずしていられませんね。色を同じにするなら、実験して試してみることも必要だし、ゼラチンの準備をするあいだにやってみますよ」

「けっこうだ、ポルトン」とソーンダイクは言った。「では、これは君に任せるから、いつものことながら、信頼しているよ。もちろん、原物は決して傷つけないでくれ」

「ええ、もちろんですとも」この小男は、すぐにマスコットを作業台に置いてあった小さなガラス蓋の箱に注意深く入れ、いかにも嬉しそうに準備にとりかかった。ポルトンほど自分の仕事を心底楽しむ男には出会ったことがない。

「今から外科医師会に出向いてくるよ」とソーンダイクは言った。「来客の予定はないはずだが、誰か会いに来たら、一時間後くらいには戻ってくると言ってくれ。一緒に行くかい、アンスティ？」

「もちろんさ。予定もないし、君の動きを観察していれば、少しは情報をつかめるかもしれないしね」そのとき、ポルトンが私を見ているのに気づいたが、この熟練工の顔に奇妙な皺《しわ》だらけの微笑が広がり、「実に多くの方が同じことを試みられます」と彼は言った。「そんな方々より幸運に恵まれることを祈っておりますよ」

「よく思うんだが」ソーンダイクが一緒に階段を降りながら言った。「『創世記』の筆記者がポルトンのところに立ち寄る機会があったら、労働の呪いという考えは行きすぎだったと判断しただろうね」

「ほかの聖書筆記者たちもだいたい同じさ」と私は言った。「学究肌の人間――つまり、私みたいなやつだが――には、手作業の面白さは決して分からないものだよ。ポルトンは貴重な実例だと思う」

「そのとおり」とソーンダイクは言った。「彼は社会的美徳――勤勉、忠実、清廉、充足――の輝かしいお手本さ。技術者としても優れた才人だよ」こうして誠実な助手への温かい評価を口にすると、彼はフリート・ストリートのほうに曲がり、裁判所棟に向かった。

第六章　アリクイと探偵をご紹介

私たちが外科医師会の玄関ホールに入ると、ソーンダイクは、職員の名前が記されたボードに目をやり、満足そうにかすかに唸った。

「すると」とソーンダイクはポーターに話しかけた。「ソルトウッド氏はまだおられるね」

「はい」とポーターは答えた。「今夜は最上階でずっと仕事をしておられます。ご案内しましょうか？」

「お願いするよ」ソーンダイクが答えると、ポーターは私たちをエレベーターに案内してくれた。エレベーターを降りると、大きな陶製の鍋や瓶が占め、アルコールと死臭が入り混じった、奇妙な臭気が立ち込める空間に出た。私はひどい臭いだと口にした。

「うん」ソーンダイクは心地よさそうに鼻をクンクンさせながら言った。「古き良き博物館の芳醇な香りだね。学芸員室へ行けば、どこでもこんな臭いがするよ。感覚的には芳しくないが、私には決して不快じゃない。嗅覚の効果は、主に連想に由来するんだ」「この臭いは」と私は言った。「たっぷり熟成したクラレンス公の死体と、おぞましいマームジーの酒樽を連想させるんだが」（シェークスピア『リチャード三世』で、クラレンス公が弟リチャード三世の命によりマームジーの酒樽で溺死させられたエピソードによる）

ソーンダイクはおおらかに微笑み、私たちは階段を上がってさらに上階に向かい、そのあいだは口をつぐんだ。最上階に来ると、長い陳列室をいくつか通り抜け、おびただしい数の骨が載った作業台の列を通り過ぎた。どうやらこれから処理される骨のようだ。案内役に導かれてようやくたどり着いた部屋では、二人の男が横長の作業台で仕事をしていたが、そこには部分的に組み立てた動物の骨格がいくつか置いてあった。私たちが中に入ると、二人は顔を上げ、はしこそうな顔つきの中年の男のほうが声を上げた。

「おお、これは思いがけぬ光栄です。何年ぶりですかな、ソーンダイク。この古い店もお見限りかと思ったよ。今日はなんの用向きで？」

「たいしたことじゃない、ソルトウッド。個人的な関心事だよ。貸出しをお願いしにきたのさ。エキドナの個別の骨を持ってないか？」

ソルトウッドは顋をかき、問いかけるように助手のほうを見て、「あったっけな、ロブスン？」と聞いた。

「組み立て予定のやつが一セットあります。持ってきましょうか？」

「頼むよ、ロブスン」とソルトウッドは答えると、我が同僚のほうを向いて尋ねた。「どの骨が要り用かね、ソーンダイク？」

「頸椎の真ん中の骨——三番目か四番目あたりの骨だ」その答えに私は耳をそばだたせた。

しばらくして、ロブスンが〝エキドナ・ヒュストリクス〟という学名のラベルを貼った段ボール箱を持って戻ってきた。

ソルトウッドが蓋を開け、ひとまとまりの小さな骨を取り出したが、その中には奇妙な縦長の小さい頭骨も入っていた。

「さあ、どうぞ」彼は、背骨を糸でつなぎ合わせたネックレスのようなものをつまみあげながら言った。「尾椎《びつい》を除いた脊柱《せきちゆう》がみんなつながって揃ってますよ。このまま持っていきますか？」

「いや」とソーンダイクは答えた。「三つの脊椎骨《せきつい》だけでいい。ほしいのは——三番目、四番目、五番目の脊椎だ。今週中に返却でいいかい？」

「もちろん。セットを壊しでもしないかぎり、急いで返してもらうことはない」彼は糸から三つの小さな骨を外し、薄葉紙にくるんでソーンダイクに手渡すと尋ねた。「ジャーヴィスは元気ですか？　やはり最近会ってませんが」

「ジャーヴィスは」とソーンダイクは答えた。「目下、ニューヨークで、いわば仕事がらみの休暇を楽しんでいるところでね。顧問の資格でローゼンボーム事件に携わっている。事件のことは新聞で見たかと思うが。この我が友アンスティが、彼の不在中、代役を務めてくれてるんだ」

「代役とは光栄だね」と私は言いながら、おじぎをするソルトウッドと握手した。「半分程度しか代わりは務まらないが。私はただの弁護士で、医学の知識はないし」

「まあ、確かに」とソルトウッドは言った。「医学の知識は大事ですよ。でも、ソーンダイクがいつでも手伝ってくれるでしょう。おお——それで思い出したが、ソーンダイク、お見せしたい新しい標本がある。野生動物から採取した腫瘍《しゅよう》の数々でね。こっちに来てご覧になりませんか？　隣の部屋です」

ソーンダイクは熱心に頷き、二人が部屋から出ていったので、私はロブスンと骨の箱とともに部屋にとり残された。興味津々で箱を覗き込むと、またもや奇妙な形の頭骨が目を引いたので、適当な質問を一つ二つして場をなごませようとした。

「エキドナとは、どんな動物ですか？」と私は聞いた。

「エキドナ・ヒュストリクスは」と、ロブスンは、多少もったいぶった、教えてやると言わんばかりの口調で答えた。「ヤマアラシアリクイ（ハリモグラのこと）の学名です」

「ほう」と私は言い、そのくそ真面目さに釣られて馬鹿げた質問をしてみたくなり、突っ込みを入れた。「ヤマアラシのようなアリを食べる動物ということかな？」

「違います」と彼は大真面目で答えた（明らかに飲み込みの悪いやつだ）。「ヤマアラシはアリではなく、アリクイのほうです」

「だが」と私は異議を唱えた。「アリクイがヤマアラシだなんて、そんなことがあるのかな？　言葉が矛盾しているよ」

これには彼も一瞬まごついたようだが、すぐに立ち直って解説してくれた。「その名前は、アリクイに似たヤマアラシ、というかむしろ、ヤマアラシに似たアリクイを意味しているんです。実に奇妙な動物ですよ」

「でしょうな」と私は頷いた。「その頸椎にどんな奇妙な特徴があると？」

彼はじっと考え込んだ。実は知らないのだが、悟られまいとしているな、と私はにらんだ。その疑いは、なにやらあやしげな説明のおかげで裏づけられた。

「頸椎は」と彼は説明した。「ほかの動物とほとんど同じです。もちろん、首の部分がないネズミイルカとか、首が非常に長いキリンのような例外もあります。でも、一般に、頸椎はほぼ一つのパターンに落ち着くと思われます。尾椎となると、かなり差異が出てきますが。さて、この動物の尾椎を見ていただければ——」と、ここで二つめのネックレスを箱から取り出し、構成する骨の奇妙さを説明しはじめたが、私はいい加減にしか聞いていなかった。ハリモグラの尾椎は、ハリバートン氏の正体となんの関係もない。

いささか饒舌《じょうぜつ》な講釈がちょうど終わったとき、二人の友人が戻ってきて、ソルトウッドは玄関ホールまで私たちを送ってくれた。エレベーターから出ると、彼は親しげに私たちと握手し、元気よく別れの言葉を告げ、エレベーターのボタンを押して、舞台に登場する妖精のように上のほうに舞い上がっていった。

医師会の大きな柱廊式玄関を出ると、私たちは東に向かって歩み出し、リンカーン法曹院を横切って帰途に就いた。二人とも物思いに耽っていた。しばらくして私は尋ねた。

「このハリバートンのマスコットがハリモグラの首の骨だとして、その事実になんの意味がある？」

「おいおい！」と彼は答えた。「それはなんとも言えないよ、アンスティ。今は事実の収集に専念しているんだ。意味はいずれ分かると期待しながらね。実はなんの意味もないかもしれない。もちろん、なぜほかの骨ではなく、この特殊な骨がマスコットに使われたかには、なにかわけがある。だが、それは我々の調査となんの関係もないかも――おそらくあるまい。ハリバートン本人も無関係である公算が大きい。だが、なぜハリモグラの脊椎骨をマスコットに使おうと考えたかは、事件と重要な関係があるかもしれない。だから、我々は事実を集め、忍耐強く待ちながら、それが関係のある事実かどうか、明らかになるまで情報を増やしていくしかないんだ」

「じゃあ君は、この見たところ些末な、意味もなさそうな事実になにか関連性があるかもという だけで、これほどの手間をかけていると言うのか？」

「そうさ。だが、君の疑問はね、アンスティ、法的な見方と科学的な見方との違いを表しているんだ。弁護士の調査は、ほしいと思う情報の線に沿って進んでいきがちだが、科学者の調査は、手に入る情報の線に沿って進んでいく。科学畑の人間の仕事は、入手可能な知識はすべて分け隔てなく手に入れることだ。だが、弁護士は争点に関係するものにしか関心を向けようとしない」

「それなら、科学者は無関係な事実をしこたま集めるはめになるぞ」

「どんな事実も」とソーンダイクは答えた。「なにかに関係しているものさ。膨大な量の事実を集めて精査すれば、それらの事実は関係したグループごとに分類され、そこから一定の普遍的真理を推論できるようになる。弁護士と科学者の違いは、弁護士は、ある特定の真理を明らかにしようとするのに対し、科学者は、利用可能な事実から導かれるものなら、どんな真理だろうと明らかにしようとするところにある」

「だが」と私は異議を唱えた。「科学者だって、ある程度は事実を取捨選択しなくてはならないはずだ。どんな科学にもそれぞれの分野がある。たとえば、化学者は昆虫の変態には関心を持たない」

「そのとおりだ」と彼は認めた。「だが、それなら、我々は自分の分野にとどまり続けるのかい？　我々は事実を無差別に収集しているわけではなく、この犯罪の状況となにか接点があるような事実、したがって、我々の調査と関係があると考えられる事実を取捨選択しているんだ。さて、収集家がもう一人やってきたようだね。キングズ・ベンチ・ウォークのほうにやってくるのは、我が友、ミラー警視じゃないかな？　どうやら我々の事務所に向かっているようだが」

私は背の高い人物に目を向けた。街灯の明かりではよく分からなかったが、そうやって見ているうちに、その人物は階段を上がり、入り口の中に消えていった。二分ほどあとに私たちも踊り場まで来ると、ちょうどポルトンが警視を迎えているところだった。

「さて、皆さん」警視は肘掛椅子にゆったりと座り、ソーンダイクが差し出した箱から葉巻を取ると、愛想よく言った。「お知らせがあって立ち寄ったんです――そう、ドレイトン事件のことですよ。警察の捜査状況をお知りになりたいだろうと思いましてね。これ以上、皆さんを煩わせる必要はないでしょう。ついに犯人の一人を特定したんですよ」

「勾留したのですか？」とソーンダイクは聞いた。

「いえ、まだ逮捕には。しかし、それも雑作のないことです。正体が分かっていますので。例の指紋をシングルトン氏に調べてもらったところ、すぐに名前を教えてくれました。さて、誰だと思います？　我らが旧友モーキー――ほら、ジョー・ヘッジズですよ」

「ほう！」とソーンダイクは言った。

「ええ、モーキーです。驚かれましたね。私もですよ。やっと少しは分別を身につけたと思ってたんですが。特に前の事件では、それなりに然るべき用心をしていたようなのに。だが、やつはいつも間が抜けている。前の仕事でしでかしたポカを憶えてますか？」

「いえ」とソーンダイクは答えた。「その事件は憶えていませんね」

「田舎の邸を狙った、ちょっとした事件ですよ。モーキーの単独犯行でね。そのときは教訓を忘れていなかったようです。確かに手袋をはめてましたから。やつのかばんに入っていたし、邸に指紋はまったくなかった。でも、信じられますか。万事手抜かりなく片付けたあと、盗品を詰め直すために敷地内のどこかでひと休みとは――それも手袋を脱いで。ちょうどそのとき、家人が気づいて番犬を放ったものだから、モーキーは脱兎のごとく、自転車を隠しておいた柵に向かって逃げたというわけです。柵を飛び越え、自転車に乗ってずらかり、なんの痕跡も残さなかったようでした。ところが翌朝、地元の警察が敷地内を調べると、明らかにモーキーが犬の気配を悟って落とした銀の盆が見つかりましてね。指紋がいくつもきれいに付いていました。警察はすぐに写真を二枚ずつ入手して――邸内には折よく暗室と現像器具がありまして――使いの者に持たせてスコットランド・ヤードに送りました。かくして悪事露見。モーキーの指紋でした。モーキーはその日のうちに逮捕された。盗品もみな持ったまま。故買人のところに行く暇もなかったんですな。なので、指紋を証拠提出する必要もなかった」

「モーキーは、その指紋のことは知っていたんですか？」とソーンダイクは聞いた。

「ええ。馬鹿な看守がしゃべってしまいまして。だから、今度の事件は妙なんです。二度もヘマをしたあとに、あんなふうに調度品に自分のトレードマークをベタベタ付けていくとは、まったく信じられない。この事件で妙なのは、それだけじゃない。盗品もです。今朝、ローレンス卿から説明を聞きましたが、内訳を知って肝をつぶしましたよ。瀬戸物やワイングラスなどの有象無象、さらには、シロメ製のスプーンに真鍮のスプーン、骨製の糸巻きは言うに及ばず、宝石類にいたっては絶句するよりほかない。それもキャビネット一つだけで、大部分は、銀製品はまだしも、金色銅や真鍮――ローレンス卿によればブリキ――の製品でしかなく、ポーランド・ストリートで二束三文で買えるたぐいの石が嵌め込まれたものだと言ったら、まず信じてくれないでしょうな、博士。あんなガラクタは知りませんよ！」

「それはないな、ミラー」とソーンダイクは異議を唱えた。「ガラクタなどと呼ばないでほしい。あれは私の知るかぎり、最も興味深く重要なコレクションの一つですよ」

「かもしれませんが」と警視は言った。「私は商品価値で判断してるんです。だって、ありゃ一緒くたにしても、五ポンドも出そうなんて故買屋は瘋狂院《てんきょういん》にしかいませんよ。モーキーほどの目利きがあんなものに労を費やすとは、あいた口がふさがらない。金物屋にでも押し入ったほうがまだましだったろうに」

「思うに」と私は言った。「勘違いして押し入ってしまったとか。たぶん、例の『美術鑑定』の記事をなにかで知って、すごい宝石のコレクションだと思ったのでは」

「そのようですな」とミラーは頷いた。「それなら、いつものように一人で仕事をしないで、今回は仲間と組んだのも説明がつきそうです。だが、銃を使ったのは説明がつかない。あれはやつの手口ではありません。これまで暴力沙汰で告発されたことはないんですよ。常々思うんですが、昔気質のスポーツマンシップをもった犯罪者でして。警察に試合を挑み、受けて立ってもらえると期待するたぐいのね」

「撃ったのがモーキーなのは確かですか?」とソーンダイクは聞いた。

「いや、それは分かりません。だが、その責めを負わされるでしょう。ほかのやつがやったと証明できないかぎりは。証明するのは簡単じゃない。仮に共犯者——小柄なほうの男——の名を明かして、ミス・ブレイクがその男を確認したとしても、そいつが撃ったと証明するのはモーキーには難しいだろうし、撃ったのは自分だとそいつが自慢げに言うはずもないですから」

「そうですね」とソーンダイクは言った。「モーキーに罪を着せようとするのは確実でしょう。だが、二人を対決させれば、実際に起きたことを突き止められるかも」

「だといいですが」とミラーは言いながら、立ち上がって帽子を取り上げた。「ともかく、これが今の状況ですよ。ローレンス卿はあなたに事件の調査を続けてほしいようですが、その必要はまずありません。この事件は、あなたにふさわしいものじゃありませんよ。我々はモーキーを逮捕し、やつは裁判にかけられる。やつが進んで供述すれば、共犯者も捕まえられる。だが、どのみち、あなたの出番はありませんよ」

警視が去ると、ソーンダイクはしばし深く考え込む様子で、暖炉の火を見つめながら座っていた。やがて、自問し続けていた問いに答えが出たかのように目を上げて言った。

「奇妙な話だね」

「まったくだ」と私は頷いた。「このモーキーという男は、まるで用心を度忘れしてしまったみたいだ。ところで、警察の指紋鑑識班が間違いをやらかすことはないのかな？

警察はずいぶんと自信ありげだが」

「絶対に誤りを犯さないとすれば、もはや人間ではないさ」とソーンダイクは応じた。

「だが、そうは言っても、一式揃った指紋を照合するのに間違いを犯す余地は少ない。間違いを犯しそうなほどよく似た指紋が二つあるとしても、一式揃っていながら取り違えそうな指紋が二組もあるとはまず考えにくいね」

「ああ、そうだね。となると、その謎はやはり説明できないな」

「どのみち説明できない」とソーンダイクは言った。

「どういう意味だい？」と私は尋ねた。「もし警察が間違いをやらかして、その指紋が未知の人物のものだったとしたら、そいつはまだ駆け出しの犯罪者かもしれないし、なんの用心もしなかったことも謎じゃなくなるよ」

「うん。だが、謎とはそのことじゃない。本当の謎は、ほかに痕跡を残していない第三の男が存在することだ」

「第三の男だって！」と私は声を上げた。「第三の男がいるなんて証拠があるのか？」

「きわめて明白だよ」とソーンダイクは答えた。「指紋は小柄な男のものではない。手袋をはめていたからね。そして、背の高い男の指紋でもない」

「なぜそんなことが分かる？」と私は聞いた。

ソーンダイクは立ち上がり、キャビネットを開けて、彼が昨夜作成した、背の高いほうの男が残した左手の石膏型と二枚の写真を取り出した。

「ほら」と彼は言った。「写真に写る左手の人差し指の指紋を見たまえ。模様が実に明瞭で傷がないだろう。今度は、人差し指の石膏型を見たまえ。私の言う意味が分かるかい？」

「つまり、指の腹のふくらみにある、へこんだ部分のことだね。だが、それは指を地面に押し付けたときにできた乱れのせいじゃないのか？」

「いや、これは、ひょう疽《そ》（細菌感染症の一種）に罹《かか》ったことがあるか、なにか深い傷を負ったせいでできた襞《ひだ》状の傷痕だよ。きわめて典型的なものだ。この指の指紋を採れば、模様の中央に白い空白部分が出るはずだ。だから、ここにある写真の指紋は、確実にどちらの男のものでもない」

「だとすれば」と私は言った。「これがモーキーの指紋だという事実が、まさにそのもう一つの謎を説明することになる」

「ある程度はね。だが、アンスティ、それは新たな謎をもたらす。あの部屋か敷地内に三人の男がいたとすれば、足跡が二組しかなかったのはなぜか？」

「うん、そいつは確かに不可解だ。なにか説明は思いつくかい？」

「私に思いつく唯一の説明はこうだ。二人の男のうちの一人が、玄関からモーキーを邸内に入れてやったが、ミス・ブレイクが入ってきたときには、彼は部屋の中にいて――たとえば、ドアの陰に隠れて――彼女が窓に駆け寄ったときにこっそり部屋から抜け出した。それから客間に駆け込み、彼女が邸から走り去るまで待機していたとすれば、そのあと玄関からこっそり抜け出して逃げるのは容易だったろう」

「ふむ」と私は疑わしげに言った。「可能だとは思うが、それほど現実味はなさそうだな」

「そうさ」と彼は認めた。「だが、今のところ思いつく解決案はそれだけだ。もちろん、なにか説明がなくてはならない。事実ははっきりしているからね。邸内には男が三人いた痕跡がある。邸の外には二人分の痕跡しかない。なにか説明を考えられるかい？」

私は首を横に振った。「私の手には負えないよ、ソーンダイク。なぜミラーに聞かなかったんだ?」

「警察に手の内を明かすつもりはないからさ。彼らが私と同じことをやろうとしているとはっきり分かるまではね。警察はおそらく、背の高い男がモーキーだと推定するだろう――ほぼ同じ身長だから。その男の左手の型から得た情報は、忘れてもらっちゃ困るが、彼らは持っていないんだ」

「そうか、忘れていたな。手形の保存可能な記録を取っておいた、我が学識あるシニアの先見の明がようやく分かってきたよ」

「そう」とソーンダイクは言った。「保存可能な記録は貴重だよ。どんなときでも、新たな証拠が出てきた場合でも参照できる。この事件のようにね。さらに言えば、最適の条件のもとで調べることもできる。指の傷は、砂に押された手形では判別できなかった。ランプの不明瞭な明かりではなおさらだ。だが、石膏の型なら、必要とあれば日差しの下で容易に調べられるから、明瞭に見てとることができる。それに、こうして持っていれば、実際の指が示された場合にも、それと比較できる。だから、手元に保持しておけないものは、なんであれ石膏の型を取ることにしているのさ」

そのとき、この最後の言葉を例証するかのように、ポルトンが吸い取り紙を敷いた小さな盆を持って部屋に入ってきた。盆には物が三つ――小型のガラス板の写真ネガと二つのマスコットが載っていた。盆をテーブルの上に置くと、自分の作品を見せようと私たちを手招きし、調べやすいように時計職人用の単眼鏡を差し出した。

ソーンダイクは、二つのマスコットを手に取り、単眼鏡を使ってそれぞれ調べると、かすかに微笑を浮かべたが、なにも言わずに盆を私に手渡した。私は単眼鏡を目にはめ、最初のマスコットを注意深く調べ、次にもう一つのマスコットを調べた。最後に、目を上げてポルトンを見ると、満足げに顔じゅう皺だらけの笑みを浮かべて私を見つめていた。

「ポルトン」と私は言った。「きっと、どっちがどっちか区別する手立てがあるんだろうね。だが、私には寸分の違いも見分けられない」

「感触で区別できます」と彼は答えた。「でも、複製を作る前に、念のため化学実験用の秤《はかり》で原物の重量を計っておきました。色は見事に一致していると思いますよ」

「完璧な複製だ、ポルトン」とソーンダイクは言った。「これをミラー警視に見せたら、すぐに君の指紋を採取しようとするよ。野放しにしておいては危険なやつだと言ってね」

この賞賛の言葉を聞くと、ポルトンの顔は、まるで人間の顔が胡桃《くるみ》になったかと思うほど皺だらけになった。ソーンダイクが署名のネガを確認し、引き伸ばし写真を作成するのに適していると言うと、ポルトンはくすくすと声に出して笑いながら退出した。

彼が出ていくと、私はマスコットの一つを取り上げ、もう一度よく確かめたが、そのあいだ、ソーンダイクのほうは対《つい》のほうを同じように調べていた。

「なにかはっきりした目的でもあったのか?」と私は聞いた。「こんな見分けのつかない複製を作るようにポルトンに指示するなんて」

「いや」と彼は答えた。「記録を残しておいたほうがいいとは思ったが、私の手持ち情報としては、ただの石膏型でも十分だっただろう。だが、色や手触りを再現するのにそれほど手間もかからないだろうから、完全な複製を持っているほうがいいと判断したんだ。そうしたものが役立つ状況だって考えられる。必要に応じて物の特徴を人に示せるように、ポルトンにハリモグラの頸椎の型を作らせたのさ。それはそうと、ここで比較を試みて、その動物が実際にハリモグラだという私の所見を確かめたほうがいいだろう」

彼はソルトウッドが渡した小さな包みを取り出し、テーブルに小さな骨を置き、慎重にマスコットと比べた。

「うん」やがて彼は言った。「思ったとおりだ。ハリバートン氏の宝物は、若いが既に成獣になったハリモグラの第三頸椎骨だ」

「どうしてそれがハリモグラの脊椎と分かったんだ?」私は、ロブスン氏がそのことで語った、やや曖昧な説明を思い出しながら聞いた。「首の脊椎は、だいたいどの動物も似たり寄ったりじゃないのか?」

「同じ類の動物なら、たいていはほぼ同じだ。だが、ハリモグラは過渡的な形態でね。哺乳類だが、爬虫類的な顕著な特徴も多く持っている。この脊椎骨もそうした特徴を示している。これらの角の部分――横突起――を見れば、それが他の骨から分離していて、継ぎ目、つまり縫合線で接していると分かるだろう。だが、他の哺乳類なら、一つの例外を除いて、すべて横突起は他の骨と癒合している。分離線はない。その縫合線が目を惹いた顕著な特徴だったんだ」

「で、これがハリモグラの骨だという事実から、なにか重要なことでも?」

「そう」と彼は答えた。「ハリモグラは普通の動物とは大きく異なっている。さらに、この骨は、未開部族の画工の手で加工されたもののようだ。それなら、もともとは未開部族の装飾品か、魔よけや呪物だったことになるし、さらに言えば、個人的なつながりや追跡可能な来歴を示してもいる。装飾に文字が二つ追加されているが、装飾とはなにも関係がないのが分かるだろう。ということは、この骨がのちの所有者の手に渡ったとき、これらの装飾はすでに刻まれていたのさ」

私は単眼鏡を取り上げ、もう一度マスコットを調べてみた。小さな骨の表面は、両面とも複雑な装飾が全体に描かれている。それは主に渦巻きや螺旋からなり、図柄は粗野で未開のものながらも、きめ細かく慎重に施されている。穴がない骨の部分の中央には、きわめて小さい〝o〟の文字が片側に刻まれ、反対側の同じ場所には、同じく小さな〝h〟が刻まれている。単眼鏡をはめて見ると、これらの文字は模様の中にあとから刻まれたものだが、吊り下げ紐を通す輪にするためにあけた穴は本来の細工の一部であり、図柄に組み込まれているのが分かる。

「どうして自分のイニシャルに大文字じゃなく小文字を使ったのかな」と私は言った。

「小文字の理由なら想像はつく。所有者の標識にしたかっただけだから、きっとできるだけ目立たなくしたかったのさ。文字は、図柄の一部でないかぎり、美観を損なうものだし、大文字は小文字よりずっと目立ってしまう」

「印刷屋の活字で打刻したように見えるね」と私は言った。

「彫ったものではなく打刻したものだが、印刷屋の活字ではない。活字の金属は――このくらい小さい〝パール〟（5・0ポイント活字）や〝ダイヤモンド〟（4・5ポイント活字）の活字を鋳造するのに使われる硬い種類の金属でも――比較的柔らかいし、硬めの活字ほどもろいものだ。骨に打刻しても耐えられるほどの強度はまずない。これらの文字は鋼鉄製の刻印機で打刻したものだろう」

「へえ」と私は言った。「ハリバートン氏とマスコットには、ずいぶんと楽しませてもらったね。だが、どうやらそれもじき終わりだ。モーキーが強盗の一人なら、ほかの二人もプロの犯罪者とみていいからね。となれば、ハリバートン氏はまたもや背景に退いてしまう。そうじゃないか？」

「見たところはね」とソーンダイクは応じた。「だが、検死審問がどうなるか見ようじゃないか。証人たちが詳しい証言をすれば、新たな証拠が出てくるかも。それに、モーキー本人も、この問題になにか手がかりを与えてくれるかもしれない。警察はおそらく一両日中に彼を捕まえるだろう」

「それはそうと」と私は言った。「亡きドレイトンが手につかんでいた毛髪は検査したのか？」

「うん。特に目立つ特徴はなかったよ。色は黒っぽく、直径は小さめ。だが、ちょっと妙な点が一つある。黒っぽい髪の房の中に明色の髪――白髪ではなく――ブロンドの髪が一本混じっているんだ。毛根も先端部分もないやつでね。ただの切れ端さ。これをどう思う？」

「さっぱり分からないな。男が上着の肩や胸のあたりに女の髪の毛をくっつけてることもあるとは思うが、私は個人的にそんな体験をしたことがないんでね。だが、上着にくっつくことがあるのなら、頭にくっついてたっておかしくない。我が学識あるシニアの優れた構築的想像力をもってすれば、髪の毛がそうやって服に移る状況も見当がつくんじゃないか。それとも、なにかもっと深遠な説明でもあるのかな？」

「説明ならほかにもあり得る」とソーンダイクは答えた。「この時間では、今夜はハムステッドに戻るのは無理だろうし、ジャーヴィスの寝室を一晩貸して差し上げるから、我が学識ある友には、モルペウスかヒュプノスがやってくるのを待つあいだ、この問題をじっくり考察していただこうか。どっちの神に面倒をみてもらうにしてもね」（ギリシア神話で、モルペウスは夢の神、ヒュプノスはその父で眠りの神）

このありがたい提案を受け、ちらりと見た懐中時計のお告げにも促されて、私たちは議論を切り上げ、早々にそれぞれの寝室に引き上げた。

第七章　消えた家宝

〝ローワンズ荘〟での悲劇的な事件は世間の耳目を集めたが、当然のことながら、近隣住民の関心は特に高かった。そのことを実感したのは、下宿に届いた召喚状に応じて、ハイ・ストリートに隣接した検死審問の行われる建物に赴いたときだ。建物の近くに来ると、入り口周辺に開廷を待って群がるすごい群衆が目に入り、しかも、身なりのいい女性が相当数を占めているのに気づいて面食らった。

群衆の中に知った顔はいないと気づき、公式の来訪者用に別の入り口を確保してあるのではないかと思って探していると、ドアが開いて群衆がなだれ込んだ。ちょうどそのとき、ミス・ブレイクがやってくるのが見えた。彼女が来るのを待って、互いに挨拶を交わすと、私は群衆をかき分けて彼女を案内した。群衆の動きは次第に緩やかになったが、どうやら席はすでに容量超過になりつつあるようだ。

〝大入り満員〟の気配に気づいたのは私だけではなかった。上品さをかなぐり捨て、器用さと力強さを発揮して群衆のあいだをかき分けていくご婦人がいるのに気づいてはいたが、彼女が私のところまで突き進んできたのは、ちょうど私がなんとかドアにたどりつき、必死で通り抜けようとしていたときだ。違うタイプのご婦人だったら、いつものように手加減をして譲ったかもしれない。だが、女のマナーの悪さと容姿のひどさもあって、私の騎士道精神は雲散霧消した。彼女は私が心底おぞましいと感じるタイプの女だった。ジャコウネコのように、けばけばしく派手な身なりで、ぷんぷん香水の匂いを漂わせている。さらには——黒い眉から見て明らかに脱色して色を変えた——ギラギラした金髪、アイラインを引いたまぶた、斑点模様のヴェールを通してもはっきりと分かるほどの厚化粧ときたものだ。私はひどい不快感を抱き、彼女が私の肋骨あたりに肘を押しつけ、前に割り込もうと最後のひと突きをしてきても、微動だにせず抵抗を続けた。

「失礼ですが」と私は言った。「私は証人の一人だし、この女性もそうなんですよ」

女は私を一瞥し、次にミス・ブレイクのほうをじろっと見ると——品位のかけらもない態度で返答もせず——身を引いて道を譲り、これみよがしに背を向けた。

室内はすでにごった返していたが、心配には及ばない。私たちはその場に来ていたし、私たちの名前が呼ばれたら、守衛が然るべく対応してくれるはずだ。

「たぶん」とミス・ブレイクは言った。「別のドアから入るべきだったわ。ローレンス卿とベナム夫人はテーブルのそばに座っています。ローレンス卿の隣にいるのはソーンダイク博士じゃありませんか？」

「ええ」と私は答えた。「召喚されたわけではないでしょうが、もちろん、事件の成り行きを見るために来てるんです。バジャー警部もいますね。証言台に立つ予定かな。おや！　おっしゃったとおりだ。ドアがもう一つある。さあ、検死官と陪審員団が入ってきましたよ。あなたを最初に証言台に立たせるでしょう。主要な証人はあなたですから。医師かローレンス卿を最初に証言台に立たせるのなら別ですが。ちょうどニコルズ医師が入ってきましたよ」

　検死官と陪審員団がテーブル席に着くと、ざわざわとした話し声は消えていき、固唾《かたず》をのんで待ち構える雰囲気がぎゅうぎゅう詰めの傍聴人のあいだに広がった。検死官はタイプ打ちの書類の束に目を通すと、陪審員団への短い説示をもって審理手続きを開始し、説示の中で事件の概要を説明した。

「さて、皆さん」と検死官は結びに述べた。「それでは証拠を取り上げていくことにします。まずは医師の証言からです」

　ここでニコルズ医師が喚問され、宣誓をすますと、九月二十日の夜に〝ローワンズ荘〟に呼ばれた際の状況と、故人の死体を検死した結果について説明し、「死因は」と述べた。「胸の銃創です。銃弾は右の第三肋骨と第四肋骨のあいだから入って胸部を貫通し、左の第四肋骨と第五肋骨のあいだから抜けました。貫通する際に、銃弾は大動脈

――中心大動脈――を破り、その損傷により、ほぼ即死だったと思われます」

「銃創は、自分で撃ったものと考えられますか？」と検死官は質問した。

「状況からしてあり得ません。ほぼ即死でしたが、凶器は発見されませんでした。自分で撃った銃創だとすれば、凶器は手に握られていたか、死体のそばに落ちていたでしょう」

「凶器は近距離から発射されたものですか？」

「見たところ、そうではありません。衣服には焼け焦げがまったくなく、至近距離だったことを示す他の痕跡もありませんでした」

以上がニコルズ医師の証言のすべてであり、その証言が終わると、地元警察の警部が喚問された。しかし、彼の証言はまったく形式的なもので、ベナム夫人から通報を受けた時間と、現場に到着したときの状況を述べただけ。それが終わると、短い休憩を挟んで次の証人が喚問されたが、それはローレンス・ドレイトン卿だった。彼は故人の身元について証言したあと、例のコレクションや兄の暮らしぶり、盗まれた物品について質問に答えた。

「では、盗品が」と検死官は言った。「貴重な宝石類のコレクションだったという報告は間違いだと？」

「まったくの間違いです。故人は、それ自体価値の高い物を収集するつもりはなかったし、そんな経済的余裕もありませんでした」

「よそからの来訪者がコレクションを見に来ることは多かったのでしょうか？」

「めったにありませんでした。それどころか、コレクションについての記事が『美術鑑定』誌に出たあとに来た人たちを別にすれば、ほかに聞いたことがありません」

「では、何人来たかご存じですか？」

「サウス・ケンジントン博物館の職員からの紹介で、予約を入れて来た少人数のアメリカ人グループがいました。それに、ホテルから予約の手紙を送ってきたハリバートン氏という人。同氏のことで知っているのは、雑誌に解説が載っていた物品以外には、コレクションにさほど関心を示さなかったらしいということだけです。その中の一つを買いたかったようですが、どの品かまでは知りません」

以上がドレイトンの証言の要旨であり、彼が席に戻ると、次の証人が喚問された。

「ウィニフレッド・ブレイク」

ミス・ブレイクが立ち上がり、テーブルに歩み寄って宣誓を行い、証言に移った。予備的な質問が一、二なされたあと、検死官は合いの手を入れずに彼女に通しで証言をさせた。そのあいだ、陪審員団と傍聴人は、彼女の明瞭で生々しい事件の説明に熱心に聞き入った。彼女の説明――悲劇のあった夜に私が聞いたのとほぼ同じ内容――が終わると、検死官は非常に分かりやすく証言してくれたと礼を述べ、悲劇の前触れと思われる出来事について一、二点、掘り下げる質問をしていった。

「ミス・ブレイク、『美術鑑定』誌に出た記事がきっかけで、故人と連絡をとることになったとおっしゃいましたね。その記事の説明から、コレクションが価値の高い宝石類の貴重なコレクションだと思われたのですか？」

「いいえ。記事には、物品の主な価値は、その来歴や記憶にまつわるものだとはっきり書いてありました」

「あなたは宝石類の専門家か愛好家ですか？」

「いいえ。もちろん、芸術家として金細工師や宝石細工人の仕事に関心はありますが、特別な知識はありません。このコレクションへの関心は、あくまで個人的なものです。解説の載っていた物品の一つを調べてみたかったんです」

「個人的な関心とはどういうことか、詳しく説明してくれますか？」

「『美術鑑定』誌の記事の解説には、写真が二枚載っていました。一つはロケット、もう一つはペンダントの写真です。ペンダントは、私の一族の家宝だったものに似ているように思えたんです。百五十年ほど前に失われ、それ以来行方不明になっているものです。そのペンダントを調べて、行方不明の宝石かどうか確かめたかったんです」

「行方不明のペンダントは、かなりの値打ち物だったのですか？」

「いいえ。キャッツ・アイを一つ嵌め込んだ、小さくて無地の金色のペンダントです。写真のペンダントは、見るかぎりでは特徴が正確に一致しているようでした。実際の価値はきわめて小さいものでしょう」

「この宝石の実際の価値、つまり物自体の価値は些細なものだとおっしゃる。ご存じのことで、なにか特別な価値があったのですか？」

「はい。一族のあいだではかけがえのないものだったようで、行方を突き止めるのに大変な労力が払われてきたと思います。その宝石にまつわる伝承というか、迷信があって、そのために一族の者には価値があったんです」

「その伝承とはどんな内容か、教えていただけますか？」

「その宝石を所有する者が地所を相続するという伝承です。一族の長がその宝石を、たいていは服の下にですが、身につける慣わしがあったんです。彼がその宝石を身につけているかぎり、少なくとも所有しているかぎりは、地所は彼の一族が所有することになるけれど、宝石が一族の他の支流に属する者の所有に帰したなら、地所もその支流に所有権が移ると信じられていたのです」

検死官は苦笑し、「ご先祖は」と言った。「財産法を軽視しておられたようですな。ところで、お話によると、その宝石を追跡するのに大変な労力が払われたし、大きな価値があるとみなされていたとのこと。さて、ご一族の中に、その伝承を真面目に受け止めていた人がいたと思われますか？」

「そうはっきりは言えませんが、地所を所有する現在の一族が絶えたときに、相続権を請求しようという者がほかにいれば、その宝石を手に入れたいと思うでしょうね」

「ご存じのことで、その財産相続に変更が生じる可能性があるのですか？」

「現在の居住者は独身ですから、その人が亡くなれば、一族の他の支流から相続権を請求する者が何人も出てくると思います」

「では」と、検死官は微笑しながら言った。「キャッツ・アイのペンダントを手に入れた者が正当な権利請求者となる。そういうことですか？」

「そう信じる者がいるかもしれません」

「あなた自身も相続の期待を持っておられると？」

「私自身は期待していません。でも、弟のパーシヴァルは、正確に言えば、その地所の直系相続人なのです」

「では、なぜ彼が地所を所有していないのですか？　『直系相続人』とは、厳密にはどういう意味ですか？」

「つまり、弟は一族の嫡流の家長だった人の直系の子孫なんです。その人は、宝石が消失したのと時を同じくして失踪した――というか、その人が宝石を持っていったのでしょう。弟が財産を相続できないのは、先祖の婚姻が合法的と証明できないからです。でも、それを証明する文書は、いつ出てきてもおかしくない――存在するとされているんです。それに、相続に変更が生じるとすれば、弟の権利請求は他の者より確実に優先するはずです」

「実に興味深い」と検死官は言った。「それに、この審理とも無関係ではない。さて、ミス・ブレイク、あなた自身、この宝石を所有することに意味があるとお考えですか？」

ミス・ブレイクは、かすかに顔を赤らめて答えた。「財産相続に影響するとは思いませんが、弟にその宝石を持たせてやりたい気持ちはあります」

「そんな信仰にも、なにか真理があるかもしれないと？　そう、それも無理からぬ心情です。さて、あなたが勇敢にも捕まえようとした男の話にひとまず戻りましょう。男の特徴を非常に明確に説明していただきました。もう一度会えば分かると思いますか？」

「間違いなく分かるでしょう。肖像画家の経験のある芸術家として、人の顔をすばやく綿密に観察して記憶するのは慣れています。この男の顔は、はっきりと思い描けます」

「記憶に基づいて似顔絵を描くことはできますか？」

「私の描いた似顔絵が人相判別に使えるとは思いません。はっきり憶えているのは、主にその男の表情です。容貌の細部には勘違いもあるかもしれませんが、もう一度会えば確実に分かります」

「そんなチャンスがあればよいですが」と検死官は言うと、陪審員団のほうを向いて質問した。「この証人になにか質問はありますか、皆さん？」ないという応答を受けて、検死官はミス・ブレイクに礼を述べ、ぺこりと頭を下げて退出を促した。

次は私自身の証言だったが、この記録ですでに詳しく説明したことばかりなので、あえて繰り返さない。私の次はベナム夫人で、それまでの証人と同じく、自分が体験したことの説明からはじめるよう求められた。

「強盗が押し入ったとき」と、彼女の陳述が終わると、検死官は尋ねた。「邸に誰もいなかったのはどうしてですか？」

「ノース・エンド在住の方に、ドレイトン様への伝言を承りに行っておりました。近距離ですが、十五分以上引き留められまして」

「家は無人になることがよくあったのですか？」

「いいえ、めったに。日中は手伝いの女中がいます。女中はいつも六時に退出し、私はそのあとはほとんど外出しません」

「ドレイトン氏がクラブにいる晩は、邸はいつもあなた一人だったのですね？」

「はい。七時頃から九時半か十時頃までは。ドレイトン様は陳列室に鍵をかけ、鍵は持っていくのが常でした」

「故人が毎晩外出するのを知っていた人はたくさんいますか？」

「ご存じの人も多かったはずです。チェスの常連でしたから。外出するところも戻ってくるところも、意識していれば誰でも目にしたはずです」

「殺人のあった夜、故人はいつもの時間に外出しましたか？」

「はい。七時ちょっと過ぎに。ところが、不運なことに、いつもより二時間近くも早く戻ってこられて。それが惨事の起きた原因でした」

「確かに。さて、ベナム夫人、『美術鑑定』誌に記事が出てからコレクションを見に来た来訪者のことですが、ご存じのことをすべて話してください。アメリカ人がいましたね？」

「はい。少人数――四、五人――で、大きな車に同乗してやってきました。紹介状を送ってきましたので、彼らのことはドレイトン様もよく承知していたと思います。それから一週間ほどあと、ハリバートンさんという方がコレクションを見せてほしいと、バルティック・ホテルから手紙で依頼してきました。日を指定してきて――今月の十六日――都合の悪い日でしたが、ドレイトン様は予約をお入れになりました」

「故人はハリバートン氏をご存じでしたか？」

「いいえ。まったく見ず知らずの人でした」

「コレクションを見に来たのですね？」

「はい。来られると、ドレイトン様はたっぷり時間をかけて、陳列品をすべてお見せして解説しました。こうしてよく憶えていますのは、ドレイトン様が、大変な無駄骨折りをしたと憤慨しておられたからです」

「なぜ『無駄』だと？」と検死官は質問した。

「ハリバートンさんは宝石類に無知で、写真が載った二個の陳列品にしか興味がなかったそうです。いい加減な好奇心だけで来られたようで。しかも、その一つを買いたいと申し出て、ドレイトン様を怒らせたんです。結婚式のプレゼントにしたいとかで」

「買いたいと言っていたのは、どの品かご存じですか？」

「例のペンダントです。もう一つの品――ロケット――には、全然興味を示さなかったそうで」

「あなたはハリバートン氏と会われましたか？」

「帰り際にうしろ姿を見ただけです。邸に入れて陳列室に案内したのはドレイトン様でした。かなり大柄な人だとは分かりましたが、容貌までは見ていません」

「では、最近お邸を訪れたのは、そうした見ず知らずの人たちばかりだったと？」

「はい。ここしばらくは、その方たちだけです」

検死官はちょっと思案したが、陪審員団から質問がなかったので、証人に礼を述べて退席させた。

次の証人はバジャー警部だったが、実に用心深い証言ぶりで、その名のとおり、なかなか尻尾をつかませなかった（バジャーには「アナグマ」の意味がある）。彼がどれだけ情報を握っているかを知る私には、ぬらりくらりとかわす戦術も秘密めかした態度も、おかしくて仕方なかった。時おりソーンダイクのほうに老獪そうな目つきで視線を走らせる様子から、ミラー警視が我々の事務所に来たことを知らないのではと思えた。彼の説明は、二十日の晩、地元の警察から電話連絡を受け、ただちに〝ローワンズ荘〟に駆けつけ、敷地内を調査して犯罪の詳細情報を得たことからはじまった。ローレンス・ドレイトン卿から盗品のおおまかなリストをもらったが、そこには、記事に解説が載ったペンダントとロケットも含まれていたという。

「盗品は選んだ上で盗んだという証拠はありましたか？」と検死官は質問した。

「いいえ。引き出しは二つしか開けられていなかったし、それも上二つの引き出しでした。一番上の引き出しに値打ち物はなく、強盗がちょうど二番目の引き出しを開けたときに邪魔が入ったものと思われます」

「敷地内に男は何人いたか確かめましたか？」

「男が二人。地面に二人分の足跡があったのに加え、二人とも目撃されています。それに、ほかにもはっきりした痕跡が見つかっています」

「ニコルズ医師は、故人が髪の毛を手につかんでいたと述べましたが、その検査はもう終わりましたか？」

「と思いますが、照合の対象となる男を捕まえないかぎり、その髪の毛はさほど役に立たないでしょう」

「でしょうね。では、ほかの痕跡とのことですが、それはなんですか？」

警部は唇をすぼめ、思わせぶりな表情をつくってみせた。

「その質問は」と彼は言った。「差し控えていただけますか。警察の手持ち情報をおおやけにするのは、裁判のためにも望ましくありません」

「分かりました」と検死官は言った。「しかし、警察は二人の男の身元について、なにか手がかりを握っていると考えていいわけですね？」

「有望な手がかりなら、いくつか握っています」警部は、つい今しがた宣誓した、まさにその言葉を忘れたのかと思うような答え方をした。

「では」と検死官は言った。「本件に関することは以上でけっこうです」警部の言ったことは、まさにジョゼフ・ヘッジズ氏、別名モーキーのことだし、そこまでしゃべったら、警部の隠しごとなど無意味では、と思わずにいられなかった。「おそらく」と検死官は続けた。「名前のあがったハリバートン氏の情報をお尋ねするのもまずいのでしょうね」

「その点も、詳しい説明は差し控えたいと思います」とバジャーは答えた。「ただ、警察には、非常にしっかりした、ある方向を明確に示す情報があると申し上げていいでしょう」

「それは頼もしい」と検死官は言った。「これは実に残虐な事件であり、善良なる市民なら、この悪人がいずれ裁きの場に引き出されると聞けば喜ぶでしょう。さて、警部、ほかに証言することがなければ、これでけっこうです」検死官はひと息つき、バジャーが席に戻ると、メモに最終チェックの目を走らせてから陪審員団に向かって言った。「さて、皆さんは証言をすべてお聞きになりました。警察が然るべく留保した情報や本件と無関係の情報は別ですが。念のため申し上げれば、本審理は刑事裁判ではありません。我々の目的は、特定の人物が有罪か否かを決めることではなく、故人がいかにして悲劇的な最期を迎えたかを確認することにあります。皆さんが、お聞きになった証言から評決を出すのは、容易なことと確信しております」

検死官の説示が終わると、陪審員団はすぐに集まってしばし協議した。それから、陪審長が立ち上がり、未知の個人ないしは複数人による謀殺という評決に全員一致で達したと告げ、陪審員団は故人の弟、ローレンス・ドレイトン卿に衷心から哀悼の意を表する旨を述べた。卿が陪審員団に簡潔に謝意を述べると、検死官は審理手続きの終了を告げ、法廷にいた人々は席を立ちはじめた。

傍聴人がゆっくりと出ていくと、ローレンス卿はミス・ブレイクのところに来て親しく握手し、傷が癒えたか気遣ってから言った。「証言でおっしゃったことは実に驚くべき話です。つまり、ご先祖と奇妙な家宝が時期を同じくして消えたという話ですが。大法官庁裁判所の弁護士として、土地不動産の移譲にかかわる特殊な状況には、どうしても興味を惹かれましてね。私が扱う裁判では、運命の風向きは時おり奇妙な方向に変わるものです。ご一族として権利請求を申請されたことは？」

「ええ。弟が生まれた直後、父が審理手続きを申請しましたけど、法廷弁護士が手続きを進めないよう助言したんです。先祖の婚姻を証明する文書がないと、案件を法廷に持ち込んでも無駄だというお考えで」

「おそらくそのとおりでしょう」とドレイトンは言った。「しかし、専門的関心からすると――友人の幸せを願う自然な心情はもちろんですが――ご一族の興味深い歴史を詳しく知りたいところですね。君はどうだい、アンスティ？」

「家系のつながりを示す証拠がどの時点で途切れているのか、それと、その間のギャップがどれだけあるのか、ぜひ知りたいところですね」

「確かに」とドレイトンは言った。「それと、ほかの当事者がどういう状況にあるのかも。たとえば、現在の居住者が相続人となる係累のないままに亡くなった場合にどうなるのかとか」

「ご興味がおありでしたら」とミス・ブレイクは言った。「分かっていることはすべて詳しくご説明します。祖父は弁護士でしたが、子孫のために残しておこうと摘要を書き記しました。内容も充実して分かりやすいものです。そんなものにお時間を割いていただけるのなら、原本か写しをお貸ししますわ」

「ぜひ写しを貸してください」とドレイトンは言った。「そこから得るものがあるとは思っておられないようですが、私には興味深い事例と思えるし、少なくとも謎を明らかにする値打ちはある。ソーンダイク博士のことはご存じですか？」

「お互い、名前は知っていますよ」とソーンダイクは言った。「ミス・ブレイクは、ポルトンのお姉さんのところに寄宿していたことがあるのです。ミス・ブレイクが言及された、キャッツ・アイのペンダントにまつわる不思議な経緯のことを話していたのですね」

「ああ」とドレイトンは言った。「その件に関する事実は吟味する値打ちがありそうだと言ったのさ」

「私も同感です」とソーンダイクは言った。「ミス・ブレイクが証言しておられたときに同じことを思いました。関連文書をお持ちなのですね？」

「相続の変更に関わる事実関係の詳しい摘要を持っています」とミス・ブレイクは言った。「写しもありますから、それをローレンス卿にお渡しします」

「では」とソーンダイクは言った。「よろしければ、私にもその写しをぜひ拝見させてください。財産法はあまり得意ではありませんが――」

「『彼は触れたるもののすべてを飾れり《ニヒル・クオド・テティギト・ノン・オルナウィト》』か」私は、ジョンスンが才人〝ゴルディー〟

に捧げた有名な墓碑銘を引用して、そっとつぶやいた（サミュエル・ジョンスンがウェストミンスター寺院にある詩人オリヴァー・ゴールドスミスの墓に寄せた墓碑銘からの引用）。

「まったくだな、アンスティ」ドレイトンは面白そうに頷いた。「あらゆる知識がソーンダイクの守備範囲なのさ。では、ご都合がつき次第でけっこうですので、写しをいただけますか、ミス・ブレイク？」

「ええ、喜んで、ローレンス卿」と彼女は答えた。「明日までにお渡しします。あら、そうだわ。差し上げなきゃいけないものがほかに。いま差し上げたほうがよさそう。失くしたロケットを見つけたことは、アンスティさんが話されました？　用心のために自分の首にかけてきたの。どなたかナイフをお持ちですか？」そう言いながら、ドレスの一番上のボタンをはずし、シルクの紐に結びつけた小さな金色の本を引き出した。

「紐は切らないでください」とドレイトンは言った。「ロケットは亡き兄の思い出の品として持っていてください。どうかいやとはおっしゃらず。その小物があなたのおめがねに適ったことはアンスティから聞いたし、ぜひ持っていてほしい。兄が大変気に入っていた品です。〝小さなスフィンクス〟と呼んでいました。謎をかけているように見えるものですから。ほかの物と一緒に陳列室にしまっておくより、親しみと共感を持ってもらえる方の手にあるほうが私としても納得がいく」

「ご親切なことですけど、ローレンス卿」と彼女は言いかけたが、卿は制止した。「そういうことじゃない。亡きアンドリューの小さなお気に入りに立派な落ち着き先を見つけられたのなら、私自身も満足なのです。列車か路面電車でお帰りの予定ですか？」

「路面電車を待つつもりです」と彼女は答えた。

「では、ここでお別れですね。ソーンダイク博士と一緒に、列車でブロード・ストリートに行く予定でして。さようなら！　文書の写しを送ってくださるのをお忘れなく」

二人の男は道を曲がって駅へ向かった。路面電車が遠くに見えると、私は心の中で思いあぐねていたことをきっぱりと決意した。

「ご一族の不思議な物語のことですが」と私は言った。「私を蚊帳の外に置かないでほしいな。私が写しをもらいに行き、ローレンス卿に届けることにして、一人でこっそり読ませてもらってもかまわないでしょう？」

「そんなお時間を割いていただけるなんて」と彼女は答えた。「私からもぜひお誘いしたいことが。お茶などいかがですか。そろそろいただきたい頃合いでしょ。それと、写しだけじゃなく、原本もお見せするわ。文書の一つはとても奇妙なものなの」

「では、これで決まりですね」と私は言った。「お茶と文献、加えて、あなたや聡明な弟さんとの交流とくれば、演劇界ふうにいえば、キラ星のごとき魅力に満ちているというものです。さあ、電車が来ましたよ。車内席とオープン席、どちらにされますか？」

「あら、オープン席がいいわ。電車に乗ろうと待ってる人で込み合ってるもの」

そう決めてくれて、私はほっとした。たばこが吸いたくて仕方なかったからだ。屋根のオープン席の一番前に席を占めると、こっそり愛用のパイプが収まっているポケットをまさぐり、喫煙の許しを請うべきか内心迷った。たばこへの飢えはついに良心を打ち負かし、思い切って許しを求めた。

「あら、もちろんよ」と彼女は答えた。「お吸いくださいな。たばこの匂いは好きなの。パイプの香りは特に」

そう促され、喜んでカルメット（インディアンが用いた装飾の多い長めのパイプ）を取り出し、ポケットに手を入れてパイプ用たばこ入れを探したが、ひどい失望が待っていた。たばこ入れは確かにあったが、ぺちゃんこの感触から、中身は空《から》という悲しい現実を悟ったのだ。当面の渇望を癒すだけの数グレインすら残っていなかった。

「あら残念！」我が友人は悲劇を演じるみたいに声を上げた。「ほんとにお気の毒ね。でも、ずっと我慢というわけにはいかないわ。たばこ屋さんに行ってたばこ入れをいっぱいにしなくちゃ。そしたら、お茶をお召し上がりになって、パイプを堪能なさるあいだに、あなたのおっしゃる文献なるものをお見せしますわ」

「それで落ち着きますよ」と私は言った。「キラ星のごとき魅力には、まだおまけがあったわけですね」私はあきらめてパイプとたばこ入れをしまった。ふと、彼女が証言していたときに思い浮かんだ疑問を思い出し、聞いてみた。「あなたの証言には、ひとつ理解できなかったことがある。あなたが捕まえようとした男のことです。その男を識別できるし、顔もはっきりと心に思い描けると自信を示しておられた。ところが、記憶に基づいて似顔絵を描くとなると、そんな絵は間違いの元となるかも、と。どうしてですか？　似顔絵が記憶の男に似ているかどうかはあなたが判断できるし、それなら、絵はまさにその男に似ていることになるのでは」

「そうでしょうね」と彼女は考えながら答えた。「でも、私が重要じゃないと思った細かい部分に間違いがあれば、そうした部分が重要な特徴だと考える人たちは判断を誤るかも」

「しかし、細かい部分が間違っていても、似顔絵を損なうことにならないのでは？」

「かもしれません。もちろん、似顔絵はなにより特徴にかかっています。なかでも、顔の全体的なバランスとか、それぞれの位置とかに。でも、ご存じでしょうが、子どもや絵の初心者が肖像画を描くと、ひどく下手くそな――間違いだらけで絵とは言えない――カリカチュアになったりするけど、しっかり特徴を捉えていることがよくあるわ」

「ええ、知ってますよ。でも、カリカチュアだからこそ類似点が際立つとは思いませんか？　どこか一つ二つ、特徴のある点を強調しているからでは？」

「おそらくそうでしょう。でも、今のお話は、むしろ私の言ったことを裏づけるものです。そうしたカリカチュアは識別しやすいけれど、たいていは不当なものです。肖像の実物に会ったことのない、見ず知らずの人が人相判別用にそんな絵を手にしたら、きっと不当に個性を際立たせた特徴のある人物を探してしまうでしょう」

「確かに。そうなると、まったく見当違いの人物を探してしまうわけだ」

「そのとおりです。だから、私の絵は、おそらく記憶している顔を正しく表現しているとは到底言えないものになるはず。思い描いたイメージを写真に撮ったようにはならないわ。だから、人相判別用に記憶に基づく絵を描くという考えは捨てるべきだと思うの。それに、その男を捕まえないかぎり、絵はなんの役にも立たないし」

「そうですね。でも、見込みはありそうですよ。警察はどうやら、男の一人をすでに特定し、じきに捕まえられそうなんです。そいつはもう一人の男の情報を提供するだろうし、提供しなくても、警察は仲間の身元を洗い出しますよ。そうなれば、記憶に基づく絵だって、正確とは言えなくても、特定の男を選別するのに役立つかも」

「かもしれませんね」と彼女は頷いた。「でも、警察がその男の仲間を捕まえて、私に確認させてくれたら、絵などなくても、確実にその男を選別してみせるわ。あそこに見えるのは、たばこ屋さんじゃありません？」

「ええ。ちょっと降りて買ってきます。それからアトリエに伺いますよ」

「どうぞ」と彼女は言った。「私は先に行って、ちゃんとお茶の準備をしておくわ」

私は階段を降り、走っている電車からそのまま飛び降りた。ところが、すでに店を少しばかり通り過ぎていたので、歩いて戻るはめになった。新しいたばこを手に入れてたばこ入れに詰め、店から出ると、ちょうど電車がかなり先で停まり、ミス・ブレイクとそのあとに乗客が二人下車したのが見えた。彼女はジェイコブ・ストリートに急ぎ足で歩いていった。私も同じ方向に足早に歩いたが、街路の角を曲がると、彼女の姿はもう見えなかった。アトリエのある側に道を横切ろうとしたとき、前をゆっくりと歩く女が目に留まった。ひと目見て見覚えがあることに気づき、もう一度見ると、私の印象が間違っていないと分かった。彼女は洒落《しゃれ》た服――洒落たどころでなかったが――を着ていて、とりわけ、大きめで手の込んだ、けばけばしい帽子が目を引く。つまり、検死審問が開かれたホールの入り口で私を押しのけた女にそっくりなのだ。

私が追い越さないように歩くペースを落とすと、彼女は道を横切り、アトリエの門に直進していく。一瞬、呼び鈴を鳴らすのかと思った。女は門の番地を見ると、近視かと思うほど前のめりに顔を近づけながら横の小さな表札を読んだからだ。そのとき、くぐり戸が開き、パーシー坊やが戸口に出てきた。すると、女は少年にじろっと素早い一瞥をくれると、踵を返し、通りを足早に去っていった。女の正体がにらんだとおりか、あとを追って確かめてやろうかとも思ったが、パーシー坊やがすでに私に気づいていたし、ほぼ間違いないのに、わざわざ疑惑の裏を取ろうとして、うっかり自分の姿を相手にさらしてしまうより、姿を見られないほうがましかとも思った。それに、裏を取ってみたところで、格別意味があるわけでもない。そこで、道を横切って少年に挨拶し、アトリエに案内してもらった。

第八章　ジャコバイト奇譚

　私だけでなく、多くの人が感じることだが、お茶とたばこはおのずと連想しあうもののようだ。どちらも外国産で、異国の民族から採り入れたものだからか、それとも、社会にしかと受容された薬物習慣だからかは、私にもよく分からない。だが、両者が互いに連想を生み、一方を思い浮かべると、いやおうなしに他方を思い浮かべてしまうのも確かなようだ。そうした自然の成り行きで、ミス・ブレイクが、弟に手伝ってもらいながらティーカップなどをカーテン付きの茶だんす——ガスこんろとやかんも入っていた——に片づけると、私は悦に入りながらパイプと膨らんだたばこ入れを取り出し、その中身をパイプに詰めはじめた。

「お吸いになれてよかった」最初の香煙が立ちのぼりはじめると、ミス・ブレイクは言った。「文献の毒気を中和する解毒剤を与えてもらった感じね。おかげで、読み上げるのにうしろめたい気持ちも軽くなったわ」

「〝調子はずれのパイプ楽器〟は、〝野蛮人の心〟を落ち着かせる点では、調べの美しい楽器と同じ効果があると思っておられるようですね。でも、解毒剤は不要ですよ。キャッツ・アイの不思議な物語を拝聴したくて、うずうずしてるんです。拝聴と申し上げたのは、文献を音読されるおつもりのようだから」

「私が写しを音読して、あなたに原本と照らし合わせていただこうと思ったの。それなら、正確な写しだとローレンス卿に請け合っていただけるでしょうし」

「ええ。それはいい考えです。写しを確認した上で、内容が正しいと裏書きするのも大切ですよ」

「じゃあ、冊子を取ってきますから、すぐにはじめましょう。あなたも聞きたい、パーシー？　それとも、ブロックの建築を続ける？」

「ぼくも一緒に聞きたいな、ウィニー」と彼は答えた。姉が窓の下にあるキャビネットの鍵を開けると、少年は今はなにもないテーブルの椅子に座った。ミス・ブレイクはキャビネットから冊子を三冊取り出し、その一冊――ごく普通の学校の学習帳――を自分が座る椅子のそばのテーブルに置いた。

「これは」と彼女は言い、「二つある原本の写しです。こっちは」――と、小さな革装の冊子を私に手渡したが、そのページは、色褪せてはいたものの、小さくて読みやすい手書きの字でびっしりと書き込まれていた――「お話しした摘要のほうです。もう一つの小さな冊子は、摘要に言及のある断片的な原本。用意がよろしければ音読をはじめます。まず摘要のほうから」

私は、間違いがあれば印を付けられるように鉛筆を持ち、小さな冊子を開くと、用意はいいと告げた。

「摘要は」と彼女は言った。「一八二一年に書かれたものです。次のように書いてあります。

『バッキンガムシャー州ウェンドーヴァー近郊、ビーチャム・ブレイクのブレイク家の小史。紀元一七〇八年より。

この歴史は、特筆すべき出来事の記録を残し、我が子孫に知らしめるために記したものである。子孫も、これらの出来事を知ることはきわめて重大と分かるであろう。これを記したのは、唯一の文書記録が〝時の推移と拙《つたな》き扱い〟によりばらばらの断片となり、世代から世代へと口頭で伝えられた伝承が年を経るごとに不明瞭かつ信頼乏しきものとなった状況を踏まえ、必要となったがゆえである。

一七〇八年より語り起こそう。当時、ビーチャム・ブレイクの地所はハロルド・ブレイクが保有していた。この年、前述のハロルドの一人息子、パーシヴァル・ブレイクが生まれる。七年後、スチュアート王室を支持する反乱が勃発し（一七一五年、ジェームズ二世の子、老僭王ジェームズ・フランシス・エドワード・スチュアートによる反乱）、ハロルド・ブレイクはこれに加担したとの疑いを持たれる（ただし、告発はされず）。一七四三年、ハロルド・ブレイクは死去、一子パーシヴァルが財産を相続する。

一七四二年頃、パーシヴァル・ブレイクはジュディス・ウェストン（またはウェスターン）という名の女性と婚姻。この婚姻は、不明の事由により秘密裏に結ばれ、少なくともしばし秘密のまま保たれた。この婚姻がパーシヴァルの父の認めざるものか、あるいは、女性がカトリック教徒なるがゆえと思われるが、後者の理由である公算が大きい。なぜなら、この婚姻は、ビーチャム・ブレイクのセント・マーガレット教会ではなく、ロンドンのオールドゲイト近郊、〝シャンブルズ〟のセント・ピーターなる小さな教会で式が執り行われたからである。この教会の牧師であるスティーヴン・ランボルド師は、パーシヴァルの親友であるが、のちにカトリックに改宗したのみならず、イエズス会士となった。翌一七四三年、パーシヴァルに息子が生まれ、ジェームズという洗礼名を与えられた。この出生の記録は、セント・マーガレット教会の戸籍簿にないことから、かのロンドンの教会で登録されたと思われる。残念ながら、この戸籍簿は不完全なものである。数ページが破り取られ、一七四二年から一七四三年の記録を記したページが消失しているが、この婚姻と出生の記録はそのページに記されていたものと思われる。

一七二五年頃、パーシヴァルはロンドンに出て医学を学んだ。一七二九年ないし一七三〇年頃、彼は学業を終え、ケンブリッジ大学で学位を得た。それ以前に同大学において文学士の学位も得ている。これ以後、彼はロンドンで内科医として開業したようだが、おそらくはその頃、ジュディス・ウェスターンおよびスティーヴン・ランボルドと知己を得たものと思われる。彼は父の死去により財産を相続したあとも開業医を続け、バッキンガムシャー州の地所には時おり赴くのみであった。

父と同じく、パーシヴァル・ブレイクもスチュアート家の熱烈な支持者だった。この時期に噂された種々のジャコバイトの陰謀にも積極的な役割を果したと思われる。一七四五年に大規模な反乱が勃発し、パーシヴァルは若僭王《じゃくせんおう》（チャールズ・エドワード・スチュアート。ジェームズ二世の孫）の軍に加わろうと馳《は》せ参じた者の一人だが、その後の一族の不幸は、すべて彼のこの自滅的行動に起因する。

ジャコバイトの運動の崩壊を見て、パーシヴァルは己れの過ちの余波が一族に及ばぬよう直ちに措置を講じた。事ここに及んで、先見の明をなにほどか示したものの、遅きに失した感なきにしもあらず。彼はスコットランドからビーチャム・ブレイクに赴くと、古い邸によくある隠し場所の一つに、財産に関する重要な文書を隠した。それがどのような文書かはよく分からない。そこには不動産権利証書も含まれていたようだ。ジュディスとの婚姻が有効であり、息子ジェームズが正嫡であることを証明する文書も含まれていたに違いない。こうした措置を取る一方で、妻子をジェニファー・グレイという召使を同伴させてハンブルクに送り、自分の到着を待つよう指示した。彼自身は東海岸のある港、おそらくはキングズ・リンに向かい、偽名でハンブルク行きの小船に乗船した。だが、船の出航を待つあいだに、自分が無甲板船に乗り移ろうとして溺死したという噂を場当たり的に広めてしまったのである。

これは好都合であると同時に不都合な結果をもたらす行為だった。好都合とは、これにより、財産の没収を阻止する目的は完全に果たせたからである。だが、不都合なことに、彼の子孫を相続から事実上締め出す結果となった。彼の死（しかも未婚で子もないと想定された）の報告に基づき、現王室に忠実この上なき遠縁のいとこが、なんの異議を生じることも、没収のおそれもなく、地所を所有することになったのである。

相続に関して言えば、パーシヴァルは一つだけ自身が携えていった物がある。一族の家宝の中に、金緑石（俗にキャッツ・アイと呼ばれる）を一つ嵌め込んだ小さなペンダントの装身具があった。これには銘文が刻まれており、実際いかなる言葉かは不明だが、その意味は、この装身具を所有する者はブレイク家の地所をも所有するというものである。馬鹿げた主張だが、一族のあいだでは広く信じられていたようであり、パーシヴァルも明らかにこれを異常なほど重視していた。彼はこの装身具を携えただけでなく、のちに説明するように、その扱いに慎重な備えをしたからである。

この時期以降、出来事の経緯はますます不明瞭になる。パーシヴァルはハンブルクで妻子に再会し、その後はドイツを転々として内科医としての仕事にいそしんだようである。だが、やがて恐ろしい不運に見舞われた。外国人と思《おぼ》しき女が盗みを働いたとして、ジュディスに嫌疑がかけられたのだ。彼女は逮捕され、誤った証拠に基づいて有罪判決を受け、罰として強制労働に従事するためハルツ山脈の鉱山に送られた。パーシヴァルは彼女を救う努力を続けたが、その努力が報われたのはようやく三年後のこと。だが、ああ、時すでに遅し。気の毒な女性が彼のもとに戻ってきたとき、困苦のためにやつれ果て、長期にわたる病で体を壊し、もはや余命はほんの数か月、夫の腕の中で息絶える運命にあった。妻が釈放されると、彼はフランスに連れていったが、彼女は一七五一年頃にパリで世を去り、ペール・ラシェーズ墓地に葬られたとのこと。

最愛の妻の死にパーシヴァルは失意の人となり、十八か月後には彼もまた世を去り、ジュディスの隣に葬られたようだ。だが、この悲しき日々のあいだも、状況が好転した暁に自分の子孫が一族の相続権を回復できるようにと、その手立てに余念がなかった。彼はそのため、ジャコバイトの反乱前後の出来事を要約して書き記し、これを小さな挿絵入り時禱書《じとうしょ》の形に製本させた。この本は金緑石の装身具とともに、息子のジェームズが成長した暁に渡すようにと、ジェニファー・グレイに託された。この小さな本の正確な内容については、残る断片から推測し得るのみだが、自身の行動と没落の顚末を簡単に説明したもののようだ。少なくとも文書の隠し場所の手がかりが記されていたのは間違いない。その装身具がどんな形状のもので、銘文がどんな内容のものかは分からない。というのも、パーシヴァルがその銘文を子孫への『導き』と呼んでいる点については、必ずしも明瞭に理解できないからだ。いずれにせよ、装身具は失われ、文書記録はわずかな断片になってしまった。ジェニファー・グレイ（字が読めず愚鈍な女だったようだ）は、その小さな本を子どもに玩具として与えてしまったらしく、というのも、残っているわずかなページは子どものいたずら書きで埋め尽くされているからだ。さらに、彼女と少年は明らかに困窮していたため、装身具も生活必需品を買うために売ってしまったようである。

ジェームズは十四歳になると、パリの家具職人の徒弟となり、優れた熟練職人になったようだ。成人すると（その頃ジェニファー・グレイは既に物故）、英国に渡ってロンドンに定住し、やがて事業に成功した。

彼の息子ウィリアム（我が父）は、最初は徒弟、次に共同経営者、最後に親方として事業に携わった。父のおかげで家業はよく繁盛し続け、父は私をある弁護士の徒弟とすることができた。この記録を書いている今、私は主任書記を務めている。我が子孫には、この記録はパーシヴァル・ブレイクが残した手記とともに保存してもらいたい。神の恩寵により、祖先の相続権を回復する手立てとなるかもしれないのだから。

ジョン・ブレイク
ロンドン、シモンド法曹院十六番地
一八二一年六月二十日』」

読み終えると、ミス・ブレイクは冊子を膝の上に置き、意見を乞うように私を見た。小さな原本を閉じてテーブルの上に置いてから私は言った。「実に稀《まれ》にみる不思議な歴史ですね。貴重な記録でもある。この詳細な説明は、あなたが証言で語ったありのままの陳述よりもずっと真に迫っていますよ。出来事の記憶が比較的新しいうちに事実を書き留めようとされるとは、ご曾祖父は賢明な方でした。パーシヴァルの手記は、どの程度残っているのですか？」

「ほんのわずかです。残念ですけど」と彼女は答えながら、手元の冊子を私に手渡した。「でも、これらの断片も写しを作ったの。ジョン・ブレイクが作った摘要の写しのあとに続けて書いてあります。これも原本と照合していただけるのなら、音読します」

私は手の上でその小さな冊子をひっくり返し、興味深く調べた。それは小ぢんまりした、金箔《きんぱく》押しの子牛革装丁の冊子で、今は色褪せて擦り切れ、背綴《と》じ部分がひどく損傷している。扉ページには、時禱書——『幸いなる処女マリアの小聖務日課』（通常のマリアの祝日以外の日に聖母に捧げる聖務日課のための祈りの書）——であることが記され、アントワープでバルタサール・モレトゥスにより印刷されたことと、一六三四年という年代が記載されている。ページを繰っていくと、風変わりな装飾用の木版画がいくつも挿絵で入っているのに気づく。表紙の内側は、いわば私的な出生記録として用いられてきたようだ。一番上には、かすれた文字で「ジュディス・ウェストン」と記され、そのすぐ下から名前が続けて記されていて、「ジェームズ。パーシヴァルおよびジュディス・ブレイク夫妻の息子。一七四三年四月三日出生」という記載からはじまり、「ウィニフレッドとパーシヴァル。ピーターおよびアグネス・ブレイク夫妻の娘と息子」という記載が最後にある。表紙と扉ページのあいだには、非常に薄い紙質の遊び紙が数枚綴じ込まれていた。残存している遊び紙には、几帳面に書かれた、色褪せてかすれた茶色の字の書き込みがあるが、そのほとんどは、斑点やシミ、走り書きや子どもの落書きで損なわれていた。しかし、ページのほとんどは失われ、残っているわずかなページも綴じ紐が緩み、いまにもばらけそうだった。

そこまで調べると、私は最初の遊び紙を開き、ミス・ブレイクがテーブルに置いた虫めがねを当て、用意はいいと告げた。こうして彼女は音読を再開した。

「最初のページにはこう書いてあります。『……いとこのレナードは、法定相続人として出来事の推移を注視しているだろう。私の婚姻を知れば、私を廃嫡すべく、法廷に訴え出るのは間違いあるまい。だが、私が死んだとの情報が伝われば、彼が第一相続人となり、〝ドイツ人の国王〟への忠義ゆえに、彼の相続は確たるものとなるはずだ。かくして、彼とその係累が、暗雲晴れて現下の混乱が忘却されるときまで、安住の地を大切に守ってくれることだろう。真の相続人たる我が子孫にだけは、相続の権利を回復するための手がかりを与えておかなくてはならぬ。そのため、私は不動産関連書類の保管箱の中を探り、そこから取り出したすべての——』」

ここで、そのページは終わっていた。ミス・ブレイクは口を閉ざすと、目を上げた。

「じれったいでしょ？」と彼女は言った。「この部分で欠けているのは一ページだけのようですが、そのページに重要な情報があったのよ」

「なにを取り出したかは、推測に難《かた》くありませんね」と私は言った。「取り出したのは明らかに不動産権利証書ですよ。でも、問題はそれをどうしたかですね」

「ええ」とミス・ブレイクは言った。「そこが重要な問題ですけど、残念ながら答えは見つかりません。安全な隠し場所に隠したことは、次の二ページ分から分かるけど。その最初のページにはこう書いてあります。『配管工のウィル・ベイトマンは、大ジョッキに似た、鉛製で丈長の文書収納壺を作ってくれた。これにはぴたりと閉じる蓋があり、文書をその中に入れたあと、蠟で蓋を封印した。私はこの壺を隠し場所に置き、その上に大きな双把手のポゼット・ポット（ミルク酒などを入れる飲み物用のポット）を置いた。これは、我が出生時にマーティン老なる陶工が母のために作ったもので、とても大切なものであり、他人の手に渡したくないからだ。準備が整ってから、大工を呼んだ。信頼の置ける男で、プリンス（若僭王のこと。愛称をボニー・プリンス・チャーリーといった）にも忠誠を誓う男だ。この男に室を封鎖するよう指示したところ、誰にも開口部が見抜けないように仕上げてくれた。かくして、文書は然るべきときが来るまで安全に――』

次のページにはこう書かれています。『……他の文書は、弁護士のハルフォード氏から得たものだ。これがないと相続の妨げとなるのではと心配になったが、氏は、その心配はいらない、財産の売却の際にのみ支障となる旨明言した。これを聞いて私は安心した。レナードには、これらの文書がしまってある隠し場所は推測できないし、その隠し場所になにがあるかもきっと夢想だにし得まい。

以上のことをし終えると、コーヒー・ハウスや、船の出航を待つあいだに宿泊していた宿屋の外国人たちに、私が死んだという噂を広めた――』ここで、このページは終わっていて、かなりのページが失われているみたい。次のページは、すでに起きた災難のことを語っているから。

『それどころか、彼らは妻の抗弁（彼らには理解不能な外国語）に耳を傾けようとはせず、まして私の嘆願など歯牙にもかけなかった。かくして、勇敢で快活、最後まで誇り高く、英国の淑女にふさわしき女性だった妻は、目の前から連れ去られ、再び相まみえることはかなわぬように思えた。このため、私は子どもとジェニファーとともに出立し、アイゼナハに居住して（愛する妻に近い土地のゆえだが、会うことはかなわず）、日々の糧《かて》を得るために、この呪われたる土地に住む人でなしどもに奉仕せねばならなかった――』

ここで一ページか二ページだけ脱落があるようです。次のページは、こうなっていますから。『……この歓喜の日（まさに待ち望みし日）、我が子とジェニファーとともにアイゼナハを出立し、道中にある哀れな妻を迎えにいった。数マイルほど行くと、鉱山から解放された囚人を乗せた馬車が来るのに出会った。囚人の中を見まわすも、最初は妻に気づかなかった。すると、私に向かって両手を広げてきた、やつれた老女あり。再度よく見れば、その老女こそは妻ジュディス！　おお神よ、なんと悲惨なことか！　彼女は骸骨のごとく痩せ衰え、皮膚は古き羊皮紙のようだった。金糸のように輝いていた髪は奇妙にも黒く変色し、容貌全体が――』」ミス・ブレイクはひと息ついて声を落とした。「おそろしい描写ね。かわいそうなジュディス！　気の毒なパーシヴァル！　あとの物語は悲しみに満ちています。次のページは、ジュディスの死の直後に触れています。『事が終ると、彼らは墓土を投げ入れていったが、埋め尽くさずに我が墓の余地を残しておいてくれと頼みたい心境だった。私はジェニファーと息子とともに雪の中を帰途に就いた。だが、私は一人ぼっちだった。ジュディスこそは私のすべてであり、我が心は掘り返されたばかりの芝土の下にあった。しかし、私は思った。天に召されるとき、息子が郷里に戻れるよう導く針路図を残さずしては逝けないと。望むらくは息子の代に帰還の叶《かな》わんことを。叶わずば、その子または孫を導かんことを。かくして私は、その悲しみの日、愛しき妻が小さな冊子に綴り込んだ遊び紙に、この記録を書き留めはじめ――』

次のページの前の一ページ分だけがなくなっているようですが、見るかぎりでは、そのページが重要なものですね。というか、一番重要なページが失われてしまったみたい。次のページには、こう書いてあります。『……低音ヴィオールから取った弦をくれたが、彼によれば、それが一番いいとのこと。こうして思慮の及ぶかぎりの安全措置は講じた。この冊子と大切な小物は、死神の手が及ぶまで私が保管するつもりだが、その後はいずれもジェニファーに託し、息子が十四歳に達するまで、何物にも換え難い宝物として後生大事に守るよう命ずるつもりである。時至れば、彼女から息子に渡し、冊子は安全な場所に保管して、誰にも貸し与えたり見せたりせぬよう、息子に厳命せしめる。装身具は常に首にかけて服の下に隠し、誰にも知られぬよう――』

これで最後のページは終わり。あと半ページほど残っていますが、結び部分のようね。

こう書いてあります。『……以上が私になし得るすべてである。未来を予見することは誰にもできないのだから。機が熟したなら、息子もしくはその子孫が真実を悟って事を進められんことを。この記録と装身具が彼らを導くはずだ。かくして、彼らがこの二つを大切に守り、我が遺産を受け継がんことを祈る』」

ミス・ブレイクは、音読を終えて冊子を閉じ、座ったまま弟をじっと見つめた。彼はそれまで、悲しみに満ちた物語に夢中で耳を傾けていた。私は、惜しむような気持ちで小さな時禱書を閉じ、テーブルの上に置いた。

「悲劇的な小史ですね」と私は言った。「この汚れてボロボロになったページ、色褪せた文章、古めかしい表現は実に真に迫っています。キャッツ・アイのペンダントはどうなってしまったんでしょうね。失われた経緯はまったく分からないのですか？」

「分かりません」と彼女は答えた。「少年のジェームズは、父親が亡くなったとき、まだ七歳だったから、宝石があったことを知っていたとしても、ほとんど憶えていなかったでしょう。失くしたか、盗まれたのかもしれないけど、むしろ、ジェニファーが生活必需品を買うために売ってしまったんでしょうね。やむにやまれぬときもあったはずだから」

「ただのバカだったのさ」とパーシーが言った。「話を聞いたあとに売ったんならね。質入れだけして、所有権は保有しとけばよかったと思わない？」

「その手のことをよく知ってるみたいね、パーシー」姉は微笑みながら言った。

「そうさ」と弟は言った。「誰だって、困ったときにお金をどうやって工面するかぐらい知ってるはずだよ。質屋を知ってりゃ、売る必要なんかないのに」

「彼女が売り払ったかどうかは分からないわ」とミス・ブレイクは言った。「『質入れ』したのかもしれないし。あなたの素敵な言い方を使えばね。分かってるのは、それが消えてしまったということだけ。今度もまた消えてしまったのよ。盗まれたペンダントが、ほんとにブレイク家のペンダントならばだけど」

「そうだと思われる理由があるのですか?」と私は聞いた。

「消えた装身具のわずかな情報と一致していることと、キャッツ・アイのペンダントがとても珍しいということだけです。残念なことに、『美術鑑定』誌の記事はさほど役に立ちません。写真が載っていますが、それで正確にどんなものか分かれば、そのペンダントかどうかも確認できたでしょうけど、解説を読んでも肝心な点に触れていません。裏側にどんな銘文があるのかが書いてないの。亡くなったドレイトンさんに宝石を見せてほしいと依頼したのも、その銘文を調べたかったからなんです。写真をご覧になりますか?」

「ええ、その雑誌をお持ちならぜひ」

彼女はキャビネットから『美術鑑定』誌を取ってきて、記事を探すと、見開きにして雑誌を手渡してくれた。そのページには写真が二枚あり、一つは小さな本型のロケット、もう一つは、シンプルでほぼ無地の菱形のペンダントで、やや大きめの石が一つ嵌め込まれている。石は滑らかにカットされ、ほぼ円形。本文に詳細説明はなく、銘文にも触れていない。

「このペンダントに」と私は言った。「銘文があったのは間違いないでしょう。この記事にはなんの言及もないが」

「残念ですけど、詳細はなにも触れられていません。でも、この記事に掲載されたのは、銘文入りのコレクションなの。名前と日付だけとしても、どの標本にも銘文があったのよ。ご覧のとおり、記事にはそう書いてあるし、ドレイトンさんもそう言ってました」

「このペンダントになんと記されているか、聞かなかったんですか？」

「ええ。本当にブレイク家のペンダントと分かるまでは、一族の伝承のことは話したくなかったの。そうだと分かっても、たぶん話さなかったでしょうけど。だって、知りたいことはすべて銘文で分かるかもしれないし、話すとなれば、宝石を手に入れたいとか、せめてパーシーの物にしてやりたいという、迷信じみた願望のことまで話さなきゃいけなかったでしょうから」

「ローレンス卿には、お父さんが相続権を確認する手続きに着手したとおっしゃってましたね」

「ええ。でも、事務弁護士は見込みなしと思ってたし、事務弁護士が雇った法廷弁護士も、手続きを進めないよう父に強く助言したの。パーシヴァルの事故死の信憑性がいかにも高いのと、彼が結婚して生きていたというはっきりした証拠がないことから、勝てる論拠がないというご意見で。だから、訴訟は示談で収めて、当時の居住者も訴訟費用の大半を負担することに同意してくれたんです」

「居住者側の事務弁護士が誰か、憶えていますか？」

「ええ。ブロドリブという人でした。うまく処理してくれたと父も思っていたようです」

「そうでしょう。ブロドリブなら私もよく知っているし、弁護士としても人間としても一目置いています。彼にはよく雇われるし、いつも十分納得しながら一緒に仕事をしてきました。お父さんが訴訟を起こしたときの状況はご存じですか？　つまり、相続権保有者のことですが。現在の居住者が当時も居住者だったと？」

「いいえ、当時はアーノルド・ブレイク氏という人。奥さんに先立たれ、子どももいない人でした。でも、彼は今の居住者のアーサー・ブレイクと知り合いだったの。さほど近い親戚ではなかったようだけど、氏は彼のために争う構えでした。アーサー・ブレイクは、当時、オーストラリアに住んでいたはずです」

「その人のことはよく知らないようですね？」

「ええ。確か独身だということ以外は。その点は、私たちにとってとても重要なことだから」

「ブロドリブは、この小さな冊子とジョン・ブレイクの摘要のことは知っていましたか？」

「父は、真正な経緯を記した一族の記録があるという話はしたはずですが、原本までお見せしたかどうかは知りません」

「パーシヴァル以降の家系なら、婚姻や出生の証拠はすべて揃っているのですか？」

「ええ。父が調査させて、証明書もすべて入手しました。証明書は私が持っています。必要になることがあるとは思えないけど」

「ふむ」と私は言った。「弁護士の立場で言えば、現在の居住者が子どものないまま亡くなったとしても、状況が好転するという希望まではお約束できないですね。だが、もちろん、パーシヴァルとジュディスが結婚してジェームズが生まれたことを証明できれば、状況は大きく変わるでしょう。さて、そろそろおいとましなくては。伝奇物語風のお話はとても興味深かったし、ローレンス卿もきっとそう思うでしょう。写しをいただいたら、今夜か明朝にでも彼の事務所に届けましょう」

　彼女から渡された手記の冊子をポケットにすべり込ませると、彼女とパーシーは、中庭からくぐり戸まで私を案内して見送ってくれた。

第九章　モーキー退場

私はジェイコブ・ストリートからテンプルに向かった。ミス・ブレイクから預かった手記をドレイトンに届ける前にソーンダイクに見せたい――彼自身も見たいと言っていた――と思ったのだ。乗合バスの屋根のオープン席に座ると、その日の午後の出来事を振り返りはじめた。弁護士としての訓練や経験にもかかわらず、失われた相続権の奇譚に強く心を捉えられたのだ。二つの文書、特に古いほうの文書は、いかにももっともらしい真実味を醸《かも》し出している。二つの手記が本物なのはほぼ確実だし、だとすれば、我が友パーシー少年がパーシヴァル・ブレイクというジャコバイトの亡命者の直系子孫であるのは疑う余地がない。その家系が嫡流であることへの合理的な疑いも乏しい。パーシヴァルははっきりとジュディスを妻と呼んでいるし、ジョン・ブレイクの摘要が語る時期に婚姻が成立しなかったと考える理由も見当たらない。とどのつまり、ピーター・ブレイク氏の弁護士は少々用心しすぎたか、ピーターの財政的窮乏が白熱した議論の長引く訴訟には不利だという判断に影響されたのかも。

用心しすぎたとすれば残念なことだ。チャンスを逸したことになる。アーノルド・ブレイクが直系相続人のないまま死んだとすれば、有効な論拠をもった新たな権利請求者が事を進めるのは比較的容易だっただろう。だが、今はアーサー・ブレイクが現に財産を所有しているわけで、事はずっと困難になっている。他の権利請求者に対して権利を主張するのと、現に財産を保有して所有権を行使している居住者を追いたてるのとでは、話がまるで違う。それに、生活の環境や実状から見れば、我が友人たちは訴訟を起こすだけの資力に乏しすぎる。

思いは、手記とその物語から、ミス・ブレイクの表札をじろじろ見ていた女のことに移っていった。実に気にくわぬ出来事だ。なんの意味もないことかもしれない。その女は、たまたま近くの住人で、ただ気まぐれな好奇心から見ていただけかも。だが、あの様子からすると、そうは思えない。女は検死審問の場にいたし、ハムステッドからミス・ブレイクと私の乗った同じ路面電車でやってきたに違いない。そのあと、多少距離を置いて、道の反対側からミス・ブレイクのあとをつけてきたようだ。通して見れば、なにか意図があるように見えるし、不穏でなにやら不気味な印象がある。女自身の容姿はぱっとしなかったが、そんなことで印象が和らぐものでもない。

自分の鍵――というか、ジャーヴィスの鍵――で事務所に入ると、居間には誰もいなかった。だが、ロビーの帽子掛けを見ると、ソーンダイクは屋内のどこかにいるらしい。上階の実験室に行ってみると、ソーンダイクとポルトンがいて、顕微鏡に小さな給湯管を付けた異様な形の器具が置いてあった。

「新種のマジックだね」と私は言った。「少なくとも私ははじめて見るよ。なにをやってるんだい？」

「ステージを温めた、ただの顕微鏡さ」とソーンダイクは説明した。「今やっている実験のためにステージを熱しているんだ」

「で、なんの実験だと？」私は好奇心に駆られて聞いた。顕微鏡のステージに載っている物が奇妙な形をしたガラス片で、そこにくっきりと指紋が一つ付いているのが分かったからだ。

「君がうまい具合に〝ローワンズ荘〟で採取したガラス片の指紋の実験だよ。これは、そのガラスからガラス切り用ダイヤでカットした部分さ。指紋の複製も作ってある。本物の指紋は――統計や計測のために作成した指紋の写しと違い――物理化学上の特性を持っていると指摘したよね。そこで、指紋の物理的特性から推定して、その指紋ができている物質の科学的性質を明らかにしようとしているのさ。今やっているのは、融点を確かめる作業だ。というより、もう確かめたと言っていい。摂氏五十三度だ。この事実と、観察から得られた他の物理的特性とを合わせて考えれば、これは木蠟《もくろう》だよ（木蠟は、ハゼノキる融点の高い脂肪を抽出した蠟）」

「ほう」と私は言った。「じゃあ、この指紋を残した男は木蠟に手を触れたわけだ」

「明らかにそう推定できる」

「そこから男の特徴や職業の手がかりが得られるとでも？　木蠟はなにに使うものだい？」

「用途はさまざまだ。多くは靴や家具の艶出《つや》し剤として製造されている。鋳物類用のワックスのほか、宝石商や彫金師、宝石細工人が使ういろんなワックスの元にもなる。医薬品としても絆創膏《ばんそうこう》や蠟膏の製造過程で用いられるよ」

「その男が」と私は尋ねた。「邸の家具に触れたとき、指に付着したとか？」

「いや」とソーンダイクは答えた。「あのキャビネットはフランス・ニスで磨かれていたし、蠟の艶出し剤の痕跡はなかった。それに、そんなふうに付着したにしては、たっぷり蠟が付きすぎている」

「この蠟の存在から、なにか分かるのか？」

「そうだね」とソーンダイクは答えた。「もちろん、可能性はいろいろある。だが、一つの事実が分かったからといって、いきなりそれをなにかに当てはめようとすべきじゃない。この物質がなにかは突き止めた。この情報は頭の整理棚の中に然《しか》るべくしまっておき、いずれ使い道が出てくるのを期待することとしよう」

「あやしいかぎりだな、ソーンダイク」と私は言った。「君はもう使い道を見つけてるんじゃないのか。だが、突っ込むつもりはないよ。立場はわきまえてるさ。ジャーヴィスの衣鉢を継いだわけだし――しかも技芸の劣った後任だからね。尊敬すべきシニアに反対尋問はできないさ」

「反対尋問の必要すらないよ」と彼は言った。「私しか知らない情報などない。私の知る事実は君もすべて知っているのに」

「そうとばかりも言えないだろ、ソーンダイク」と私は異議を唱えた。「確かに、この事件を観察しただけの事実なら、君と共有しているさ。でも、君は私にはない広い知識がある。観察した事実に、私には分からない意味を見出すのも、そんな知識があるからだ。だが、そのことはよしとしよう。君は捜査の魔法使いだし、私はただのありふれた好奇の鬼さ。鬼と言えば、今日の午後は君のために鬼神のごとく奮闘したよ。ミス・ブレイクの権利請求に関する文書を見たいと言ってたよね」

「うん、ぜひ見たいね」

「そう、写しを手に入れたんだ。原本と照らし合わせたよ。ドレイトンに渡す予定だが、今のうちに見ておくかい？」

「うん。ここでの仕事は終わったよ。下に降りて一緒に文書を見ようじゃないか」

「写しは君が持って降りて、目を通してくれればいい。そのあいだに、私は顔や手を洗ってくるから。あとから下に降りて、事件についての君の素晴らしいご高説をたまわるさ」私はポケットから手記の冊子を取り出して手渡すと、〝職務により《エクス・オフィシオ》〟私の寝室となった部屋に行き、ソーンダイクは手記を持って下の居間に降りていった。

のんびり顔を洗って身支度してから下へ降りると、ソーンダイクが前に冊子を広げ、紙と鉛筆を持って座っていた。どうやらすでに読み終え、日付などの詳細をメモしているようだ。

「実に興味深い物語だね、アンスティ」と彼は言った。「背景も驚くほど写実的に描写されている。ミス・ブレイクが弟の権利請求をどう考えているかもよく分かる。証言であからさまに申し立てたときは、ちょっと途方もない話に聞こえたけどね。それどころか、その権利請求はまったく正当なものだ。パーシヴァルとジュディスのブレイク夫妻が結婚したこととジェームズが嫡出子であることを証明する十分な証拠を提示できさえすれば、私でも自信をもって訴訟を起こすよ——むろん、然るべき条件の下でだが」

「つまり、相続の問題が実際に出てくれば、ということだね」

「そう。現在の占有者が未婚なら、その問題はいつ生じてもおかしくない。現在の占有者であるアーサー・ブレイクの関連情報はできるだけ集めておくことが肝要だろう。つまり、彼の相続人や親類縁戚、彼が今後結婚する見込みがあるかどうかもね。ミス・ブレイクの弟はまだ子どもだし、彼が大人になるまでにいろんなことが起こり得る」

「そうだね」と私は頷いた。「この馬鹿げたキャッツ・アイに血道を上げるよりずっとやる値打ちがある。ミス・ブレイクがこんなものにこだわるのは、私には不可解でね」

「忘れてはいけないよ」とソーンダイクは言った。「そのペンダントには所有する者に益をもたらす銘文があるとされていることを。具体的にどう益をもたらすかは見当がつかないが」

「つくわけがない」と私は言った。「だが、彼女がこだわっているのは銘文じゃない。キャッツ・アイそのものだ。その宝石に込められたオカルト的な性質に信仰めいた感情を持ってるんだ。むしろ、一族に伝わる迷信にとらわれているのさ。私にはさっぱり理解できないが」

「他人の気性は常に理解しにくいものさ」と彼は言った。「だが、こういう心情はごく普通のものだ。あの馬鹿げたハリバートンの小さな骨はまさに好例だし、典型的な事例だよ。あれは明らかにマスコット――つまり、オカルト的な性質を持ち、出来事に影響を与える力を持った物だ。公然とであれ、ひそかにであれ、似たようなお守りや呪物を大切にする人は世の中にたくさんいる。ロンドン証券取引所や演劇の舞台、スポーツクラブにもいっぱい置いてあるさ」

「そうだな」と私は頷いたが、不意にあの謎めいた女のことを思い出して言った。「それはそうと、午後、ちょっと妙なことがあってね。ミス・ブレイクをハムステッドから家まで送ったんだが、私はたばこを買いに電車を降りたものだから、彼女だけ先に行かせたのさ。アトリエに着いたときには、彼女はもう家の中に入っていて、私が家に近づくと、女が一人、道を横切ってドアの前で表札の名前を見ていた」

「ほう」ソーンダイクは問いただすような目で私を見ながら言った。

「つまり、要は、その女はハムステッドからつけてきたわけさ」

「なに！」彼は急に厳しい声で叫んだ。「確かかい？」

「うん。その女が道を横切る前に気づいたよ。君も検死審問を傍聴していた女に気づいたんじゃないか。真鍮色の髪で、斑点模様のヴェールをかけて、道化師みたいに顔を白粉《おしろい》で塗りたくっていた女だ」

「うん、それなら気づいたよ。入り口近くで、君のそばに座っていた女だね。目を引いたのは、ミス・ブレイクが証言するあいだ立って聞いていたのと、彼女と君に妙に関心をもっている様子だったからだ」

「そう、その女だよ」

「だが、これは重要なことだよ、アンスティ。女のあとをつけて、行き先を突き止めなかったとは！」

「そうしようかと迷ったんだがね。パーシー坊や——ミス・ブレイクの弟——がちょうどドアから出てきて私に気づいたものだから、できなくなってしまったのさ」

「実に残念だ」とソーンダイクは言った。「事の重要性が分かるかい？　ミス・ブレイクは、公開法廷の場で宣誓した上で、自分を刺した男を自信を持って識別できると証言したんだぞ。その男は強盗というだけじゃない。少なくとも、アンドリュー・ドレイトン殺害の共犯者だし、捕まえることができれば――その男自身が殺害犯でないとしても――おそらく殺人の実行犯の身元も割れるだろう。彼も傷害罪で告発されるのは言うまでもない。もちろん、指紋についての警察の考えが正しいなら、たいした問題はない。警察はモーキーを逮捕し、もう一人の男もおそらく捕まえるだろう。だが、警察の握っている手がかりから得るものがなければ――そうなっても驚かないが――ミス・ブレイクは二人の男を告発する証拠のすべてを体現していることになる。彼女がいなければ、有罪を立証するのは無理だろう。彼らが盗難品を所持している現場を押さえれば別だが、それはまずありそうにない。二人を逮捕しても、彼女以外には確認できないし、できなければ釈放するしかないんだ。彼女の立場はきわめて危険なものだと思うが。その女のことは彼女に話したのか？」

「いや。不安をあおっても意味がないと思ってね」

「警告すべきだよ、アンスティ。どんな危害が及ぶか分からないと自覚して、用心してもらわなくては。これからミラー警視が来る予定だ――七時に面談したいと手紙で知らせてきたから、数分後にはここに来る。警視と話せば捜査の現状も分かるだろうが、面談を求めてきたということは、警察の追及も暗礁に乗り上げたんだろう」

七時きっかりに、警視らしい、いつもの形式ばったコンコンとノックする音が来訪を告げた。私が招じ入れたが、警視の態度に漂う微妙な雰囲気からして、ソーンダイクの推測が当たっているように思えた。

「さて」と、警視は肘掛椅子に座りながら言い、いつもの葉巻に火をつけた。「なにを話しに来たのか、もうお分かりでしょう？　そう、ドレイトン事件です」

ソーンダイクは頷き、「新たな進展でも？」と聞いた。

「ええ、まあね。少しばかり後退してしまいまして。指紋鑑識班がミスをやらかしたようです。こんなことはこれまでなかったのですが、誰が悪いというわけじゃない。例の指紋は、結局、モーキーのものじゃないと分かったのです」

警視は話しながら、向かい側の壁をひたと睨んでいた。ソーンダイクに目を向けると、我が同僚はまったく無表情のまま。よく知っているが、疑問を抱きながら集中力を傾けるときの表情だ。

「なぜそんな馬鹿なミスをやらかしたのか分からない」警視は相変わらず壁を凝視しながら続けた。「どつぼにはまるところでしたよ」

「確かに」とソーンダイクは言った。「あんなに記録が多ければ、ミスだって起こるかもしれません。誰の指紋だったのですか？」

「おお！」とミラーは言った。「問題はそこです。分からないんですよ。記録にないようでね。これで唯一の手がかりも失せてしまった」

「ほかに糸口はないと？」とソーンダイクは尋ねた。

「むろん、めぼしい盗品故買者にはみな当たりましたが、駄目でした。こういう連中は、自分たちに殺人の嫌疑がかかるような代物を抱え込んだりしません。それと、ハリバートンという男のことも調査しました。だが、これもとんだ失敗だった。そいつはどっかへ行ってしまったし、住所も残していなかったんです。署名は手に入れたし、愚にもつかないウサギの骨もね。どっかの間抜けがご丁寧に模様を刻んだやつで、ホテルに置き忘れていったんですよ。大切にしていたようだから、見つかったという広告を新聞に載せました。だが、今のところなんの反応もないし、今後もないでしょうな。それに、ハリバートンは、事件とはたぶん無関係ですよ。それで途方に暮れているわけで。すんなり解決と思って、新聞にも逮捕目前みたいに書かせてしまっただけに、胸くそが悪いのなんの。もちろん、ブン屋さんたちは、次の展開をしきりと知りたがっています――そうそう、新聞の中にあなたの写真を載せてるのもある――持ってきたはずだな。さあ、これですよ」

彼はポケットから「イヴニング・クーリエ」紙を出して広げた。その第一面には、我が同僚の見事な写真が載っていて、見出しの解説は、「著名な犯罪学の専門家、ジョン・ソーンダイク博士、事件の捜査に協力」

「実にありがたいじゃないですか」警視はにやにやしながら言った。「これで我らが友人たちにどこかで会っても、あなたはもう未知の人ではないわけだ。やつらの写真を載せられないのは残念ですが」

「ええ、そのほうがずっとふさわしかった。それはそうと、ミラー、ご用件はなんですか？　なにか協力を求めに来られたのでは？」

「そう」とミラーは言った。「あなたは事件を捜査している。しかも、ローレンス卿は、あなたに警察とは別に捜査を続けてほしいようだ。しかし、我々がかけ違った行動をとるのもばかげています」

「おっしゃるとおりです」とソーンダイクは頷いた。「これは犯罪だし、我々の目的は同じ――犯罪者を捕え、盗品を取り返すことです。私に便宜を図ってくれるわけですね？」

「どんな便宜をご所望ですか？」

「さしあたりは特に。ただ、例の指紋を見せてほしいですね。ご異存はないでしょう？」

警視は気まずそうな様子を見せ、「ないでしょうな」と言った。「だが、シングルトンと彼の部下のことは知ってるでしょう。自分たちの部署に民間の探偵を入れたくはないでしょうな。それに」と、ミラーはにやりとして付け加えた。「連中はあなたのことを煙たがっている。無理もないが。あのホーンビイ事件が忘れられないんですよ。もっとも、すでに指紋をご覧になっているのなら、これ以上役に立つことはないでしょう。モーキーじゃないことは請け合います。今回は間違いっこない。連中は指紋を慎重に確認したし、彼らの意見は信頼していい。ですから、あなたが調べても一緒ですよ——もっとも」と、ずるそうな目つきでソーンダイクを見て言った。「あなたが独自の指紋記録簿を持っておられるなら別ですが」

実は、ソーンダイクがカード索引式のファイルに指紋記録を収集していることを私は知っていたが、それは過去に扱った事件の補足資料であり、今回の事件とはなんの関係もない。

「おっしゃるとおりでしょう」とソーンダイクは頷いた。「不明な指紋からはさほど得るものはありません。ほかになにかありますか？」

「なにも」との答え。「あなたのほうは？　なにか手がかりになりそうなものを見つけましたか？」

「事件の捜査にはまだ着手していません」とソーンダイクは言った。「あなたからの報告を待っていたんですよ。事件が見た目どおり単純な事件かどうかを知るために」

「ええ」とミラーは言い、「まさに単純に見えましたね。あとは逮捕するだけの事件のように思えました。ところが、今は行き詰まっている。さて」と立ち上がり、ドアに向かって歩き出した。「なにかお役に立てることがあれば、おっしゃってください。もちろん、我々になにか情報をいただければ恩に着ますよ」

我らが客人の足音が階段へと消えていくと、ソーンダイクはドアを静かに閉めてから窓辺に行き、クラウン・オフィス・ロウへと去っていく警視の姿をじっと見つめていた。

「奇妙な面談だったね」と彼は言った。「約束を取り付けて来た理由が分からない。話してくれたこともさほどなかったし」

「ああ」と私は頷いた。

「それはどうかな」とソーンダイクは言った。「なにか話したいことがあって来たが、話さずに終わったように思える——少なくとも彼はそう思っているよ」

「なにも話さなかったように思えたが」と私は言った。

「たぶん彼もそう思っただろう」とソーンダイクは答えた。「だが、私の勘違いでなければ、彼は実に貴重な情報をただで進呈してくれたのさ」

「ふうん、そうかな」と私は言った。「でも私には、モーキーを告発する論拠が崩れたことを除けば、なにか情報をくれたとも思えないが。もしかして、私の専門外の技術的な事柄かな」

「違うよ」と彼は答えた。「観察と比較の問題にすぎない。ミラーが最近来たときも、今日も君は同席していた。一連の経緯は君もみな聞いていたし、警視の表情が微妙に変わったのも観察していたはずだ。お互い話したことを思い起こし、分かっている情報に照らして考察すれば、興味深いことが見えてくるんじゃないかな」

短い会話だったから難なく思い出せたし、警視のいかにも無頓着な様子と絡めて振り返ってみた。しかし、いくら振り返っても、我が同僚の素早い推論を組み立てる驚くべき能力を不思議に思うほかは、なにも思いつかない。結局、警視の会話を文章にし、暇なときに再考してみることにした。

「どうやら」と私は言った。「君の考えでは、ミラーは口で言うほど五里霧中じゃないとでも？」

「それどころか」とソーンダイクは答えた。「五里霧中なだけじゃなく、暗礁に乗り上げていると思う。彼が隠そうとして、結果的にばれてしまった（と私は見ている）事実に手がかりがあるんだ。だが、それがどんな手がかりかは彼も気づいていないようだ。むろん、それは事実と違うかもしれない。私が間違った推論をしているのかも。言うまでもなく、まずやるべきことは私の仮説を厳格に検証することだ。一日もあれば、その仮説が正しいかどうかはっきりする。確認する方法はきわめて単純だからね」

「そりゃよかった」と私は皮肉たっぷりに言った。「ミラーを包んでいるらしい霧は、私を取り巻く霧に比べれば、すっきり見透しがいいようだな」

「少し考察を加えさえすれば、霧も晴れることに気づくよ」とソーンダイクは言った。「だが、ミス・ブレイクのことを忘れている。ミラーの情報を彼女の立場と関連づけてみたまえ。モーキーは舞台から退場した。指紋は誰のものかも分からず、したがって、ほとんどなんの価値もない。警察は明らかに手がかりがない。ミス・ブレイクの存在は犯人たちにとって唯一の脅威だし、彼らもそのことに気づいているとみていい。彼女を亡き者にできれば、彼らの立場は絶対安全となる。忘れてはならないのは、自分たちの安全を脅かすものは、人間の命だろうと意に介さないほど無鉄砲な連中だということだ。女性を訪問するにはぶしつけな時間だが、すぐにでも警告すべきだろう」

「君の言うとおりだな」と私は言った。「礼儀にとらわれてなどいられない。どのみち、まだ八時になったところだ。タクシーを使えば十五分で行けるさ」

「なら、すぐに出発しよう」彼は、帽子とステッキを取りにロビーに向かいながら言った。ポルトンへの伝言メモをテーブルに残し、私たちは連れだって出かけ、インナー・テンプル・レーンを急ぎ足で門に向かった。門から出ると、客を一人乗せたタクシーが停まったので、客が降りたらつかまえられるよう急いだ。私たちはすぐに乗り込み、タクシーのエンジンの静かな唸《うな》りに揺られながらチャンセリー・レーンを進んでいった。

第十章　間に合った警告

タクシーが静かな通りを駆け抜けていくあいだ、私は、ミラー警視が語った二つの説明のメモをもう一度見ながら比較検討してみた。我が友ソーンダイクの目覚ましい頭の回転の速さは、その二つから、語り手が伝えようとは思わなかったなにかを見出したのだ。それはなにか？　最初の説明では、指紋がジョゼフ・ヘッジズ――仲間のニックネームで言えば、モーキーの指紋だと語っていた。二つめの説明では、指紋が彼ではなく、未確認の別人のものだと語っている。むろん、二つの説明は矛盾しているが、最初の説明が明らかにミスに基づいていたのだ。その矛盾からどんな事実が分かるのか？

私は、なんの光明も見出せないまま、その疑問を繰り返し問い続けた。すると突然、単純な説明が閃いた。もちろんそうだ！　あの指紋は、木蠟の染みた指の指紋だ。だが、木蠟は家具の艶出しに用いられる。そこにこの深遠な謎の解決があるのだ。指紋はベナム夫人のもので――あるいは、殺された男の指紋かも――キャビネットに家具用の艶出し剤をかけているときに付着したものなのだ。こうして、この唯一の手がかりは虚構として消え去り、ミス・ブレイクによる個人識別だけが、逃げた殺人犯の手がかりとして残ったことになる。

「どうやら指紋の問題を解いたよ、ソーンダイク」と私は言った。

「ほう」と彼は言った。「よく考えれば解けると思ったよ。それで？」

「ベナム夫人かドレイトンの指紋なのさ。家具を磨いているときに付いたものだ」

「見事な推論だ、アンスティ」と彼は答えた。「警察には思いもよらないだろう。蠟のような指紋の痕跡を見たとき、私もすぐそうじゃないかと思った。あいにく、それは正しい説明じゃない。ありがたいことに。だって、それならさほど役に立つ説明じゃないからだ。ベナム夫人と故人の指紋なら、今朝、検死審問の前に採取したが、警察にそのことを言う必要はないと思ったんだ。彼らも、明らかに持ち札を全部見せてはいないしね。実のところ、彼らは一枚しかカードを持っていないし、私の印象では、それも表と裏を取り違えている。さて、目的地に着いた」

　私たちはタクシーから降り、車を行かせてからアトリエの呼び鈴を鳴らした。ミス・ブレイク本人がくぐり戸を開けて出てきたので、私はすぐ、然るべく謝罪の言葉を口にした。

「またお邪魔しましたよ、ミス・ブレイク。やむを得なかったのです。お伺いするにはぶしつけな時間ですが、仕事で来たのです。お伝えすべきことがあって、速やかにそうすべきだとソーンダイク博士が言うもので」

「そうですか」彼女はおおらかに言った。「お二人なら歓迎です。仕事でも、そうでなくても。お入りください」

「パーシーはアトリエですか？」

「ええ。宿題も終わって、寝る前にブロック遊びをしてるわ」

「では、お話は今のうちに、歩きながらでもすませてしまいましょう」私たちはくぐり戸を抜け、戸を閉じた。暗い入り口に入ると、ミス・ブレイクが言った。「秘密めいて、思わせぶりね。好奇心でいっぱいになるわ」

「それなら、満たして差し上げますよ。まず、検死審問の場に入ろうとしたとき、ドアのところで私たちを無作法に押しのけた女を憶えておられますか？」

「ええ。あの出来事は憶えてますが、その人には特に注意しなかったわ。目についたのは、私のほうをぶしつけに睨んだのと、ひどい容貌の女性だったことくらい」

「そう、彼女は、このあたりの住人か、あるいは、ハムステッドから意図的につけてきたかです。私たちと同じ電車で来たんだ。私がジェイコブ・ストリートに入ると、その女は道の反対側をうろうろしていた。この家の向かい側に来ると道を横切り、ドアの番地と——表札の名前を見ていた」

「とても詮索好きな方ね」とミス・ブレイクは言った。「でも、目くじら立てるようなことなの？」

「なんでもないことかもしれません」とソーンダイクは言った。「しかし、こんな特殊な状況からすると、そこから伝わる警告を無視するのはよくない」

「特殊な状況って？」と彼女は聞いた。

「つまり、こういうことです」とソーンダイクは答えた。「今朝、バジャー警部が、警察は非常に有望な手がかりを握っていると証言したのはお聞きになりましたね？　そう、その手がかりが駄目になったのです。警察にはもう手がかりはないし、殺人犯もそのことを承知のはずです。しかし、あなたはおおやけの場で、例の出くわした男をはっきり識別できると明言された。その発言は、そいつらにすでに知られているか、いずれは知られる。したがって、あなたの存在が連中の安全にとって恐ろしい脅威、それも唯一の脅威となることは、彼らにも分かるはずです。あなたが二人のうちの一人を識別できるという事実は、彼らにすれば、絶対確実な安全を脅かす唯一の要因なのです。その事実さえなければ、連中は誰にも見咎められずに大手を振って歩ける。スコットランド・ヤードの前に立ち、警察に向かって指を鳴らしてみせることだってできますよ。いや、脅かすつもりはありません。しかし、危険を察知して、必要な予防措置を講じるのも大事です。お分かりいただけますか？」

「分かります。つまり、私を消せれば、犯人たちは見つかる恐れがなくなるから、消してしまうのが好都合ということでしょ」

「そう、ぶしつけな言い方をすれば、そのとおりです。それに、そいつらがどんな性格の連中かもご存じですよね」

「確かに、些細なことを気にかける連中じゃないわ。ええ、おっしゃる状況はごもっともだと思います。そこまで深刻じゃないと思いたいところですけど。でも、どんな予防措置を講じればいいと？」

「しばらくは、暗くなってからの外出はしないほうがいい——いずれにせよ、できるだけ一人での外出は控えたほうがいいでしょう。特に、不意に襲われるかもしれない、ひと気の少ない場所は必ず避けることです。常に非常事態を想定しながら、そんな危険があることを心に留めておられるほうがいい」

「なんだか物騒な話ばかりですね」彼女は不安げに言った。

「物騒ですよ」とソーンダイクは頷いた。「そんなことを念押しせざるを得ないのは大変申し訳なく思います。しかし、あなたの安全を深く気遣い、いつでも支援や助言を惜しまない友人が——目の前の二人を含めて——いることも念押ししておきますよ。私はいつでもお役に立つつもりです。アンスティ氏もそうだし、ローレンス・ドレイトン卿もきっと同じです」

「それなら」とミス・ブレイクは言った。「災厄よりも、その埋め合わせのほうが大きいわ。こんな優しい友人たちに囲まれるのなら、危険を歓迎したいくらい。さあ、しばらくでもけっこうですから、お入りくださいな。でないと、私が門で〝ファンの連中〟とおしゃべりしてたって、パーシーが咎めるでしょう」

彼女は舗装された通路を先導し、私は散らかった石板や未完成の墓石のあいだを巧みにかき分けながらソーンダイクを案内した。ドアのところに来ると、ミス・ブレイクは立ち止まり、カーテンを押さえて開けたままにしてくれた。中に入ると、パーシーが作業の手を休めて顔を上げ、妙に落ち着いたそぶりでやってきて出迎えてくれた。

「塔がちょうど出来上がったんだけど、どう、アンスティさん？」彼は満足げに完成品を見ながら、小首を傾げて聞いてきた。

彼と一緒に、みんなでその建物を見た——高さ三フィートほどの教会の塔の模型だ。ソーンダイクがいたく感心しているのに気づいて、私は我がことのように誇らしく思った。

「実に見事な作品だね」と彼は言った。「どこでこんなブロックを手に入れるんだい？」

「粘土でこしらえるんです」とパーシーは答えた。「それからコチコチに乾燥させる。モデルを一つ作って、そこから石膏型を作るんです。ほかのブロックは、みんなその型にはめて作ります。それなら、どんな形でも好きなブロックをいくらでも作れるもの。

買うよりずっと安上がりだし、それに、売ってるブロックは、ちゃんとしたものを作るのに向いてないんだ」

「そうだね」とソーンダイクは頷いた。「既製品のブロックでは、こんな塔は組み立てられない。少なくとも、そんなのを見たことはないね。君は建築家になるつもりかい？」

「うん」少年は生真面目に答えた。「暮らしに余裕があればだけど。駄目なら石工になるよ。ウィングレイヴさん――ほら、いつも庭で仕事してる人さ――がたまに石材を切るのを少しやらせてくれるんだ。石工になってもいいけど、ほんとは墓石じゃなくて、建築の仕事をしたいなあ。ぼくは建築物が大好きなんです」

ソーンダイクは、慈しみに満ちた目で少年をじっと見つめ、「自分が求めるものを理解して、人生に熱意や目的をしっかりと持つのはいいことだ」と言った。「その情熱を持ち続ければ、君はきっと幸せになれるし、世の中で役に立つ人になる。そう思いませんか、ミス・ブレイク？」

「そのとおりです」と彼女は答えた。「パーシーは建築に真の情熱を持ってるし、知識も豊富です。弟の持ってるパーカーの本は、ほとんどボロボロ（リチャード・バリー・パーカーは英国の建築家。都市計画家のレイモンド・アンウィンと共著で一九〇一年に『住宅建築術』を著す）。建築家になってもおかしくないし、趣味を生業《なりわい》にしたっていいはずよ」

そう話す彼女を見ているうちに、彼女がビーズのネックレスに例のロケットを付けてぶら下げているのに気づいた。

「新たな掘り出し物を身につけることにしたんですね」と私は言った。

「ええ」と彼女は答えた。「ちょうどこのネックレスに付けたところなの。でも、もっとしっかりした取り付け具を見つけないと。このロケットはご覧になりましたか、ソーンダイク博士？」

「いえ」と彼は答えた。彼女がネックレスからはずし、見てもらうために渡すと、ソーンダイクは言った。「亡きドレイトン氏が〝小さなスフィンクス〟と呼んでいた物ですね？」

「そうです。いつも謎を提示しているように見えるからだとか。でも、謎は内側にあるんですよ」

「謎の一つは外側にありますね」とソーンダイクは言った。「さほど難しい謎ではありませんが。つまり、奇妙なつくりと技巧のことです」

「なにか変わったところでも？」彼女は興味深そうに尋ねた。

「そう」と彼は答えた。「これは、普通の宝石細工人のこしらえたものではない。通常のロケットは板金から作り上げるものです。まず丈夫で細長い帯状の鋼を適当な形――このロケットの場合だと、ほぼ正方形――に曲げて輪をつくり、末端部をはんだで接合して側面部分を作る。次に、裏面と表面をこの輪にはんだ付けし、輪を糸鋸で縦に切り、ロケットを二つのまったく同じ形の部分に分離する。それから、蝶番と吊り下げ用のリングをはんだ付けし、さらに、フランジをはんだで接着するわけです。しかし、このロケットの場合は、まったく違った方法で作られている。ロケットの二つの部分は、それぞれ別に鋳造されています。蝶番の半分と吊り下げ用のリングも、それと一体で鋳造されている。たぶん、いずれの半分も同じ鋳型から取られたもので、蝶番の余分な部分はやすりで削り落としたのでしょう。そして、それぞれの部分を鉄床《かなとこ》やピッチブロックで鍛え、やすりと砥石で最後の仕上げと調整をしたわけです。銘は、蝶番以外の全体の仕上げを終えてから施されたものですね」

「尖った刃で内側にこんな小さな文字を刻み込むのは、骨が折れたでしょうに」とミス・ブレイクは言った。

ソーンダイクは、ロケットを開いて、ポケットからコディントン・レンズ（レンズの横中央に溝を入れ、通る光を絞ることで歪みやぼやけを抑えるよう工夫したレンズ）を取り出し、文字を入念に観察すると、「レンズで見れば、これは刻み込んだものではないと分かります」と言った。「これはエッチングを施したもので、相当な手間をかけたものでしょう」

ミス・ブレイクと私は細かい文字を調べたが、レンズを使うと、微細な線が腐食作用でできたものであり、刻み込まれたものでないのが簡単に見て取れた。

「先ほど」と、ミス・ブレイクはロケットとレンズをパーシーに手渡しながら言った（パーシーは、銘文を調べ終わると、今度は自分の指先やほかのいろんなものを調べにかかり、なかなかレンズを手放そうとしなかった）。「このつくりの謎を解くのは難しくないとおっしゃいましたね。その解答はなんですか？」

「たぶん」と彼は答えた。「内側の銘文が解答を提供していますよ。この銘文は明らかに、本来の所有者が重要と考えたなにかの目的のために、そこに加えたのです。見たところ、なんらかの教訓か指示を伝えようとしたものですね。それも、みずからの教訓としたものではなさそうです。しかし、このメッセージに重要な意味があったのなら、いつまでも保存できるように工夫するだけの価値があったことになる。実際、そう工夫されていますね。固定していなかったり、別々になっている部分はないし、取れかねないような、はんだ付けの接合部もない。ロケットの半分は、いずれも堅固な金属でできた単一体で、蝶番と吊り下げ用のリングもそれと一体になっている。ご覧のとおり、蝶番は非常に頑丈だし、ロケットの半分は、それぞれに吊り下げ用のリングが付いています。このため、仮に蝶番が壊れても、半分を二つともしっかり吊り下げられる。それに、すり減って壊れかねないような、固定していないリングも付いていません」

「でも」と彼女は聞いた。「もともとは、固定していないリングを二つの穴に通してあったのでは？」

「いえ」と彼は答えた。「二つの吊り下げ用のリングをよく見れば、穴を実に慎重に磨いて、丸く仕上げてあるのが分かるでしょう。ロケットは明らかに、糸紐か革紐で吊り下げるようにしてあったし、表側と裏側の穴の位置が一致していて、紐を穴に通してから一つ結びで結ぶように考案してある――鎖よりもずっと確実なやり方です。鎖だと、どこかの連結部が気づかぬうちにすり減り、なにか強い力が加わると壊れるものです」

「銘文が伝えようとしたメッセージかなにかに、本当に重要な意味があるとでも？」ソーンダイクに質問するミス・ブレイクの興奮を抑えきれない様子に、私は内心苦笑を禁じ得なかった。シャロットの姫君は、明らかに魔術師マーリンに期待をかけていたのだ。

「だからこそ、こんな予防措置を講じたのです」と彼は答えた。「措置を講じた者にとっては重要だったのでしょう」

「メッセージの内容を推測することはできます？」

「できるかも」と彼は答えた。「読み手に参照を求めている聖句を調べれば」

「聖句ならお示しできるわ」と彼女は言った。「調べたの。でも、アンスティさんと一緒に確かめたけど、まるで意味が分からなかった」

「それは先行きがよくありませんね」とソーンダイクが言うと、彼女はキャビネットに駆け寄り、そこからノートを取ってきた。「とはいえ、なにか役に立つ意見を差し上げられるか見てみましょう」彼はノートを受け取り、書き込みにじっくり注意を払いながら目を通すと、ノートを彼女に返した。

「はっきりしていることが一つ」と彼は言った。「刻み込んだ者の目的は、信仰上の教訓を示すことではなかったということです。伝えたかったことは、字面《じづら》では分からない。聖句を個別に見ても明らかに無意味だし、聖句集として全体で見ても、一見なんの関連もつながりもない引用の寄せ集めでしかないからです。これらの聖句は、事前の共通理解に基づく意味を持っていたか、あるいは、より可能性が高いのは、秘密の通信用に使われたコードかサイファーの鍵だったのでしょう」

「暗号《サイファー》の鍵だとすれば」とミス・ブレイクは言った。「これをよく調べれば、暗号を解けるのかしら？」

「解けるかもしれませんね」と彼は答えた。「暗号は、なんらかの規則に従うものですから。しかし、暗号作成者たちは、わざわざ苦労して、初心者にも容易に解読できるような暗号は作らない。だから、今のところは、暗号の鍵と推測できるだけです。まったく別のものかもしれない。たとえば、未知の鍵か対部分がないと、まったく意味の解けない暗号文とか。これを解読するか、隠れた意味を引き出したいと思っておられるのですか？」

「好奇心をかき立てられるの」と彼女は認めた。「暗号や暗号文にも興味がありますし」

「なるほど」とソーンダイクは言った。「うまくいく見込みもありますが、空くじを引く公算のほうが大きい――とはいえ、必ず骨を折っただけの満足は得られるものですよ」

彼はもう一度レンズを使ってロケットの外側と内側を調べ、裏面のホールマークも見逃さずにしばらく注視すると、ロケットを持ったまま言った。「カバーのガラスは新たに付け直すべきでしょう。この髪の毛は遺物の一部だし、露出させたまま、失くしたり、傷つけてはいけない」

「ええ」と彼女は言った。「直さなきゃいけないけど、知らない宝石細工人に預けるのはためらいがあって」

「ポルトンにやらせてはどうでしょう？」とソーンダイクは聞いた。「見ず知らずの者ではないし、ご存じのとおり、一流の職人ですよ」

「あら、ポルトンさんがやってくれるならなによりだわ。引き受けてくださるかしら？」

「頼まれれば、きっと喜ぶと思いますよ」とソーンダイクは言った。「よろしければ、持って帰らせていただいて、すぐ新しいガラスに入れ替えさせますが」

ミス・ブレイクはこの申し出を喜んで受け入れ、ソーンダイクからロケットを受け取ると、とても慎重に薄葉紙で小さな包みにした。その途中、中庭の呼び鈴がけたたましく鳴り、パーシーが門を開けに走っていった。一分も経たぬうちにアトリエに戻ってくると、茶色の包装紙の小包を抱えていた。

「ミス・ウィニフレッド・ブレイク宛てだよ」と彼は告げた。「開けてもいい、ウィニー？」

「どうせ開けずにいられないでしょ」彼女が答えると、パーシーは嬉しそうに紐を切り、包装紙をはずした。中には段ボールの箱があり、彼は蓋を開けた。

「うわあ、ウィニー！」と声を上げる。「お菓子だ。誰からかな。ぼくら二人宛てだよ。『ウィニフレッドならびにパーシヴァル・ブレイクへ、愛をこめて』だって。誰からのメッセージだろ。この筆跡、分かる？」少年は紙片を姉に渡し、浅い箱に大きなチョコレートの粒がいっぱい詰まっているのを嬉しそうに見つめながら披露した。

ソーンダイクは、ミス・ブレイクから小さな包みを受け取ってポケットにしまいながら、少年をじっと見つめた。私には、建築デザインという高尚な話から、いきなり子どもっぽい食い意地をあっけらかんと見せた落差の大きさを面白がっているように思えた。

「筆跡に見覚えはないわ」とミス・ブレイクは言った。「こんなものを送ってくれる人も思い当たる節がないけど」

「そんなのどうでもいいよ」とパーシーは言った。「食べてみよう」箱を姉に手渡すと――ソーンダイクはなおもじっと見つめていた――彼女は手を伸ばして粒の一つを取り上げた。するると、我が同僚は重々しい口調で尋ねた。「確かに筆跡には見覚えがないのですね？」

問いただす口調があまりに鋭かったため、彼女はどきっとして彼のほうを見ると、

「ええ」と答えた。「この筆跡はまるで見た覚えがないわ」

「では」と彼は言った。「書いた者は赤の他人かも」

彼女は当惑した表情で彼を見た。ソーンダイクが妙に険しい目つきで彼女を凝視しているのに、私も気づいた。ひと息つくと、彼は再び口を開いた。「ちょうど今しがた、異常な状況の話をしていたところですよ。赤の他人から食べ物の贈り物をもらうのは、異常な状況ではありませんか？」

瞬時にして、私はその意味に気づいた。彼女も同じで、慌てて弟から箱を取り上げたが、顔は真っ青に蒼ざめていた。

「ねえ、パーシー」と彼女は言った。「今夜は食べなくてもいいでしょ。かまわないわよね」

「いいよ」と彼は答えた。「明日までとっときたいのなら」

そう言いながらも、少年は姉のほうを不思議そうに見つめた。（なにかある）と気づいたのは明らかだ。しかし、彼はなにも聞かず、なにも言わずに、自分が作った塔に戻り、念入りに吟味しはじめた。

「もう寝る時間よ、パーシー」ミス・ブレイクはしばらくして言った。

「そう？」と彼は聞いた。「いま何時？」

「十時になるところ。六時半に起きなくちゃ」

「いつも十時に『なるところ』だもんな」と彼は言った。「要はあと何分かだろ？　でもいいや！　言い合ったって仕方ないもの。おとなしく言うこと聞かないと、つまみ出されちゃうもんな」少年は私とソーンダイクに順に握手の手を差し出し、姉を抱きしめてキスをすると、その場を去った。私はまたもや、彼の様子から、自分が急に追い出されたのは、なにか表に見えない理由があると感づいているなと思った。

「パーシー坊やは変だと感づいてるようですね」と私は言った。「でも、遠慮してそう言わなかった」

「でしょうね」とミス・ブレイクは言った。「けっこう頭の回転が速いし、目ざといもの。それに、とても抜け目がなくて。ほとんど普通の男の子だけど、意外と大人っぽい面があるの」

「とても育ちの良い大人ですよ」と私は言った。

「ええ、いい子だし、最高の弟です。ところで、ソーンダイク博士、このチョコレートですけど、なにかおかしなところがあるとでも？」

「そうは言いませんが」とソーンダイクは答えた。「もちろん、あなたがお食べになってからでは、調べても手遅れです。その紙を見せていただけますか？」

ミス・ブレイクが箱から紙片を取り出して彼に渡すと、またもやレンズの出番となった。

「そう」筆跡をじっくり調べると、彼は言った。「どうもあやしい。この字は明らかに、前もって鉛筆で書いた字をなぞったものだ。鉛筆の跡を消すのに消しゴムを使っていますが、インクのせいでゴムが数か所くっついて残っている。レンズで字をよく見れば、幅広のインクの線に、芯をなすようにきれいな黒い鉛筆の線があるのが分かるでしょう。それに、黒いゴムの細かい屑――両端の細い、小さな黒いロール状の屑――がいくつかあるのも分かりますよ」

「でも、どうして最初に鉛筆で下書きしなきゃいけなかったの？」とミス・ブレイクは尋ねた。

「筆跡を偽造するためです」とソーンダイクは答えた。「よくあるやり方ですよ。もちろん、偽造者が署名を複写している場合は、そんなことをする目的は自明です。その場合、元の署名を上からなぞって鉛筆で書いてから、鉛筆書きの上をインク書きでなぞり――可能なら――鉛筆の跡を消すわけです。しかし、架空の筆跡を作り出す場合も、同様のやり方を使う。自分の筆跡と大きく違う字をすぐにひと筆で書くのは難しい。しかし、鉛筆で試し書きをし、必要に応じて修正を加え、それからペンで慎重になぞって書けば、自分の筆跡とはまるで違う結果を作り出せるでしょう。だが、いずれにせよ、こうした下書きの鉛筆の跡は明らかに変だし、疑わしい。粒の外観におかしな点がないか、確かめましょう」

彼女が箱を手渡すと、ソーンダイクはそれをテーブルの上に置き、ガス灯で照らして念入りに観察した。次に、一つひとつ粒の側面を調べると、元の場所にすべて戻し、もう一度観察した。

「だが」と私は言った。「例の女――君が疑っているのがその女なら――が、こんな短時間に毒入り菓子のセットを用意できたとは考えにくい。彼女が来て、表札を見ていったのは四時過ぎだが、まだ十時になっていない。そんな時間があったとは思えないが」

「五時間はあったわけだ」とソーンダイクは言った。「包装紙の消印を見ると、小包は二時間ほど前にこの近くから発送されたものだ。差し引き三時間あれば、十分な時間といえる。だが、前もって準備しておいて、あとは名前などの詳細を知るために検死審問を待っていただけとも考えられる。送り主はその女ではないかもしれないし、粒にも毒など入っていないかもしれない。一つの可能性に用心をしているだけだ。だが、これらの粒をよく観察すると、側面に溶かしたチョコレートで上塗りした跡があるようだ。だとすると、横に切り分けて、それぞれの半分をもう一度合わせたことになる。上塗りをした目的は継ぎ目を隠すためだろう。はっきり分かる実物が一つある。テスト・ケースとして、これを使ってみよう」

彼はその粒を取り上げ、ポケットナイフで慎重に側面のチョコレートの外被を削ぎ落としはじめた。そのあいだ、私たちは椅子から身を乗り出し、作業をじっと見つめていた。やがて彼は手を止め、黙ってその粒を私たちのほうに掲げて見せ、ナイフの先で一点を指し示した。外被が取り除かれたその部分を見ると、へこんだ線がはっきりと見える。彼は再びその線に沿って外被をそぎ落としはじめ、外周全体にわたって取り除いた。その粒が上下半分に分割され、再び接合されたのはもはや明らかだ。

「これは間違いなく犯罪だな、ソーンダイク」と私は言った。

「おそらく」と彼は頷いた。「だが、じきに分かるよ」彼は外周の裂け目部分にナイフを差し込んでそっとひねり、上半分を持ち上げて中を開いた。私はすぐに、粒の内側の白い表面がキラキラした白い粉であり、それが粒の中に柔らかい内容物として詰まっているのに気づいた。ソーンダイクはレンズを取り出し、しばらく切り口の表面を調べると、粒の片割れとレンズを私に手渡した。

「この物質はなにかな、ソーンダイク？」私は粒を調べ、それをレンズとともにミス・ブレイクに手渡しながら聞いた。「きめ細かい陶器の粉末か、白いエナメルのように見えるが」

「三酸化二砒《ひ》素《そ》、一般的な呼び名でいえば、亜砒酸のようだ――間違いない。この粒に二グレインを超える量が入っているとみていい。相当な量だよ」

「致死量か？」と私は聞いた。

「ああ。それに、一粒だけ食べたりはすまい。二、三粒食べれば、速やかに死をもたらす量だ」

私たちはしばらく言葉を失った。いきなりミス・ブレイクがわっと泣き出し、顔を手で覆い、ヒステリックに泣きじゃくった。ソーンダイクは、険しく怒りに満ちた、それでいて優しそうな同情の色もにじむ奇妙な表情で彼女を見ていたが、なにも言わなかった。私はといえば、こんな言語道断のことをやった卑劣漢に対する怒りでいっぱいだったが、ソーンダイクと同様、適当な言葉を思いつかなかった。

しばらくして、ミス・ブレイクは少しばかり落ち着きを取り戻し、目をこすりながら、取り乱したことを謝った。

「どうか許してください！」と彼女は声を上げた。「でも、おそろしい——なんておそろしいこと！　考えてもみて！　お二人が今夜いらっしゃるなんて、ほとんどなきに等しい幸運に恵まれなかったら、パーシーは二、三粒くらい食べてしまったはずよ。今頃はこと切れていたか、苦しみながら死に瀕していたわ。私にはどうしようもなかった！考えるのもおそろしい。きっと誰も気づかないまま、ウィングレイヴさんが朝来て、私たちの死体を見つけていたでしょう！　でも、この悪党はまたやるかも」

「そう大事にはならないでしょう」とソーンダイクは言った。「今はもう警戒しておられる。今回のことは、できるだけ考えないようにするのが一番です。危機一髪でしたが、もうすんだことです。今後のことに気を配らなくては」

「でも、なにをしたら？」彼女は途方に暮れたように尋ねた。

「外を出歩く際は警戒を怠らず、執念深く冷酷な敵がいることを片時も忘れぬことです。どんなチャンスも与えてはなりません。暗くなったら、十分な護身措置なしでは外出せず、一人での遠出は時間を問わずしないことです。あなたもパーシーも、夜が更《ふ》けてからは門に出ないほうがいい。代わりに呼び鈴に応じてくれる人は？」

「ウィングレイヴさんに頼んでみます。例の彫刻家の奥さんよ。あの人たちの部屋は中庭に面してますから。でも、彼女になんて言えばいいかしら？」

「必要なことはできるだけ話すべきでしょう。それにもちろん、パーシーにも。憂鬱なことですが、リスクを冒すわけにいかない。どんな状況でも、知らない人からもらったり、送られてきた物、今まで見たことのない物は、決して食べたり飲んだりしないよう言い聞かせなくては。彼は学校に通っていますか？」

「ええ。リージェンツ・パーク近くのエリザベス・ウッドヴィル・グラマー・スクールに。いつもは五時頃に帰宅します。時おり迎えに行くこともあるけど、近所に住む級友たちがいるので、たいていは一緒に歩いて帰ってくるわ」

「それなら、彼らと一緒に帰らせたらいい。あなたはともかく、彼が危険にさらされていると考える理由はない。アンスティ氏と私は、いつでも力を貸しますよ。そのことはどうかお忘れなく。この危険が続くあいだは――早く過ぎ去ってほしいとは思いますが――遠慮などせずに必要に応じて私たちを活用してくださいい。夜どうしても出かけるときは、必ず護衛をつけるように手配しますよ。いざとなれば警察の助けを求めますが、やむを得ぬ場合は別にして、それは避けたい。それと――矛盾した忠告をするようですが――用心に万全を期すとも、今夜の出来事は考えないようにすることです。危険のことをくよくよ思い悩むより、警戒を怠らぬよう努めるほうが大事です。さあ、今夜はこれで失礼しますよ、ミス・ブレイク。これらの粒は、さらに徹底した検査をするのに持って帰ります」

「ご親切には、なんとお礼申し上げればいいか分かりません」ソーンダイクが箱を元の包装紙に包んでいると、彼女は言った。「お二人のことは遠慮なく、お心広き友として頼りにさせていただくわ。今夜ははっきり分かりましたもの。パーシーと私のことは、お二人にお任せします。これ以上のことは望めませんもの」彼女は門まで私たちを送ってくれて、くぐり戸で温かく真心のこもった握手を交わした。彼女がしっかりとくぐり戸を閉じたのを見届けると、私たちは通りの左右をよく確かめ、西に向けて帰途に就いた。

第十一章　青い髪

「これからどうする、アンスティ？」ソーンダイクは、ジェイコブ・ストリートの角に来ると、聞いてきた。「ハムステッドに行くか、それとも、私と一緒に帰るかい？」

「君こそ今夜の予定は？」と私は聞き返した。

「あの粒の内容物について、おおまかな定性試験をするつもりさ」と彼は答えた。「砒素かどうかをはっきりさせるためにね」

「その点に疑問でもあるのか？」と私は聞いた。

「いや」と彼は答えた。「だが、分析で裏付けを得るまでは事実と言えない。その点に自分自身が確信を持っていても、それは心証にすぎないし、証拠として提示はできないよ。科学的に証明されたものは事実であり、それなら宣誓の上、証言台で証言もできる」

「それなら」と私は言った。「一緒に帰って、分析の結果を教えてもらうよ。君に確信があるなら、私にはそれで十分だがね」

ハムステッド・ロードの端に来て、そこでチャリング・クロス行きの乗り合いバスに乗った。しばらくなにも話さなかったが、二人ともその晩の出来事のことで思いをめぐらしていたのだ。

「恐ろしいことだ」彼もきっと同じことを考えていると思いながら、私はようやく口を開いた。「我々の住む世界にこんな悪党がいるとは、考えるのもおぞましい」

「そうだね」と彼は頷いた。「だが、こういう悪党がほぼ常に間抜けぞろいなのは、せめてもの慰めだよ。今回の事件でも、そこが安心材料なのさ」

「どういう点で安心だと？」と私は聞いた。

「つまり」と彼は言った。「動き全体が、目に見えて間が抜けているのさ。そいつらは、確実に身を隠して、考え抜かれた戦略に従って動くような、巧妙で抜け目のない犯罪者じゃない。みずからの愚鈍さから相手の掌中に飛び込んでしまう、まさに愚者の毒たる砒素を体現した凡庸なやつらだ」

「だが、その愚鈍さの証拠とは？」

「おいおい、アンスティ！」と彼は声を上げた。「やり方の荒っぽさを見たまえ。明らかに疑わしい状況で、毒入りの食べ物の詰まった箱をこれ見よがしに発送するとは。毒の存在はほぼバレバレ、凡庸な警官でも見抜けそうな偽の筆跡、贈り物の出所についても真実味がないときてる。毒そのものの性格もそうだ。この点は唯一、診断が必要だが。砒素は典型的な愚者の毒だよ。賢い毒殺犯なら、こんなものを使うなど思いもよらない」

「なぜだい?」と私は聞いた。

「砒素の性質は、無難に使用できる毒物とは正反対のものだからだ。致死量はわりあい大きい――少なくとも二グレインは要るし、確実を期すならもっと要る。効き目はきわめて流動的で不確実だから、相当な量を用いなくてはいけない。物質としてもかなり目立つ。水に溶けにくいし、お茶やコーヒーだとなおのことだ。ごくわずかな量でも、簡単な化学検査ですぐに検出されてしまう。ほぼ不滅の物質で、死体に根強く残存するため、死後何年も経過したあとでも、簡単にその存在を証明できる。人を砒素で毒殺する者は、少なくとも自分の存命中はずっと存続する痕跡を残してしまうのさ」

「毒殺された犠牲者には、さほど慰めにもならないが」と私は言った。

「まあね」と彼は認めた。「だが、毒殺犯の視点で考えているんだ。標的を首尾よく殺すだけでは駄目。自分が死刑にならぬようにもしなくては。毒殺犯はひそかに殺人を行おうとするものだし、どこまでひそかにやれるかが殺人者としての能力の試金石だよ。やり方が簡単に見抜かれたり、自分に不利な痕跡がいつまでも残るようでは、無能な毒殺犯だ。砒素を使う犯罪者とは、まさにそれさ。冒すリスクが際立って大きいのも、砒素中毒の症状は目を引くし、特徴がはっきりしているからだ。火葬しないかぎりは、隠滅できない痕跡を残すことになる」

こんな議論をするうちに事務所に着き、ソーンダイクはそのまま上階の実験室に向かった。作業台に向かうポルトンの手を止めさせることになったが、彼は大きめの精巧な歩数計に最終調整の手を加えていたところだった。

「君の手を煩わせるつもりはないよ、ポルトン」とソーンダイクは言った。「これから砒素のおおまかな定性検査をするんだ」

ポルトンは、すぐに時計職人用の単眼鏡を下に置くと、実験室にある化学関係の戸棚の鍵を開け、「マーシュ・テストの器具とラインシュ試験用の材料が必要ですね？」と言った。

「うん。だが、まず液体検査からはじめよう。ガラス製の乳鉢と塩酸が必要だ」

ポルトンは作業台に必要な器具を置き、〝蒸留水〟というラベルを貼った大きな瓶も置いた。そのあいだ、私は椅子に腰かけ、その分析を観察していた。ちょっと不明な面もあったが、関わりの深い、おなじみの分析だ。陪審員団に対しても、その手順をよく解説してきたのだ。ソーンダイクは箱を開け、そこから分割したチョコレートの粒の両半分を取り出し、小さなガラス製乳鉢の中に入れると、蒸留水と少量の塩酸を注ぎ、どろどろの液体になるまでガラス製の乳棒でこねた。彼がその液体を注意深くビーカーに濾過して移し入れると、水のように透明でほぼ無色になった。この水のような溶液が、あとに続くテストの材料だ。

最初の三つのテストは試験管で行われ、それぞれの試験管にこの透明な水溶液が少量注がれ、それぞれ違う透明な液体が数滴加えられた。結果は目覚ましかった。二つの試験管では、透明な液体はすぐに卵黄のように濃い不透明な黄色に変化し、三つめの試験管では、明るく不透明なエメラルド・グリーンに変わった。

「これらの沈殿物はなんだい？」と私は聞いた。

「二つの黄色い沈殿物は」と彼は答えた。「亜砒酸銀と硫化砒素。緑色のやつは亜砒酸銅だ。この溶液には砂糖やほかの有機物も入っているから、これ以上このテストを続けるつもりはないが、もはや決定的だよ。そっちの準備はどうだい、ポルトン？」

「用意はできました」という返事を受けて、私は彼が準備をしていた作業台に歩み寄った。ブンゼン式ガスバーナーにかぶせるように三脚台が置かれ、その上にいくつもの小さな銅箔片と透明な水のような液体が入ったビーカーが載せてあり、グツグツと沸騰していた。

「これはラインシュ試験だ」とソーンダイクは説明した。「この銅箔は、希酸の中では明るい色のままだが、金属にも酸にも砒素が含まれていないことを示している。今から疑惑の液体を数滴入れるが、砒素が含まれていれば、銅箔は、含まれる砒素の量に応じてグレーや黒に変化する」と話しながら、乳鉢から濾《こ》した液体の入ったビーカーを取り上げ、そこから大さじ一杯分ほどの量を銅箔の入ったビーカーに注いだ。どんな結果が出るかと興味津々で観察していると、変化はすぐに現われてきた。銅の赤い光沢は、徐々に鋼のようなグレーに変わり、さらにギラギラした黒に変化した。

「ほら」とソーンダイクは言った。「反応は実に明瞭だ。存在する砒素の量は、分析からすると、かなり多い。さて次は、テストの中でも最も明瞭で確実なもの――マーシュ・テストをやってみよう」彼はポルトンが準備したほかの器具に目を向けた。短い首が二つ付いた胴太の瓶で、首の一つには長いガラスのじょうごが、もう一つには栓の付いたガラス管が差し込まれ、その末端は精巧な吹き出し口になっている。瓶の中身――硫酸に浸けた亜鉛の塊――は激しく泡立ち、ガスを吹き出し口から放出させるために栓が開かれた。ポルトンが吹き出し口に火のついたマッチを近づけると、すぐに小さな青紫の炎が生じた。ソーンダイクは、用意してあった白いタイルを取り上げ、しばらく炎にかざして観察した。

「ほら」とソーンダイクは言った。「タイルの色は無変化だ。瓶の中にわずかでも砒素の痕跡があれば、タイルに暗色の斑点が現れる。だから、この試料には砒素は含まれていないと考えていい。さて、粒の溶液を試してみよう」

彼は溶けたチョコレートの溶液が入ったビーカーを取り上げ、ゆっくりと一滴ずつ、大さじ一杯分の量を瓶のじょうごに注いだ。ほかの中身と十分に混ざるだけの時間をおいてから、もう一度タイルを取り上げ、一瞬だけ炎にかざした。その結果は、私の目にもはっきりと分かった。タイルが炎に触れたとたん、白い表面に金属的な黒い光沢のある丸い斑点が現れたのだ。

「これは」とソーンダイクは言った。「アンチモンか砒素のどちらかだ。見たところ、明らかに砒素だが、差異を明らかにするテストもやってみないとね。砒素なら、次亜塩素酸カルシウム（サラシ粉のこと）の溶液に溶けるはずだ。アンチモンなら溶けない」彼は〝次亜塩素酸カルシウム〟というラベルの付いた瓶から栓を外し、タイルにその溶液を少量たらした。ほぼすぐに、黒い斑点が端のほうからかすれはじめ、どんどん小さく目立たなくなり、ついには完全に消えた。

「これで調査は完了だ」ソーンダイクはタイルを下に置きながら言った。「法廷に出す証拠としては、もっと綿密で徹底した分析が必要だろう。陪審員団に確信を得てもらうには、一つひとつの粒に含まれる砒素の量を正確に説明できなくては。だが、我々にはどうでもいい。犯意の有無を確認できれば十分だ。さて、アンスティ、さしあたり本でも読んでいてくれたまえ。私は別件でオフィスのほうで仕事があるのでね。それはそうと、この不吉な箱を持って降りて、安全な場所に保管しなくては」

彼はチョコレート粒の箱と元の包装紙を取り上げ、私と一緒に居間に降りると、箱を閉じて封印し、名前と日付を書き込んだ。それから、消印の記載をメモに取り、箱を金庫にしまった。彼はオフィスに向かったが、編集か調べものの仕事でもあるのだろう。〝オフィス〟なるものは、実はささやかな法律書の図書室で、司法実務という我らが特殊分野に関する著作が見事に揃って収蔵されていたからだ。

彼がいなくなると、私は時間をつぶせるめぼしい本がないか物色し、本棚にざっと目を走らせた。しかし、毒入りチョコレートの箱のことがつい思い浮かび、頭から離れない。結局、ミラーが来たときに引き出しに片づけたミス・ブレイクの手記を持ち出し、暖炉のそばに安楽椅子を引き寄せ、鮮明な記憶の残るページにぼんやりと目を通したが、実際はその筆記者のことを考えていた。勇敢で優しげな表情の女性、そして、彼女が姉と母親の役割をともに務めている、優秀で大人びた少年。不安に駆られながら思う。この事件はどんな決着を見るのか、と。まさに今夜、間一髪のところで、彼女と少年は非業の死を免れた。この悪魔的な犯罪をもくろんだ卑劣漢どもは、すぐに自分たちの計略が失敗に終わったと気づくだろう。次はどう出てくる？　もう一度毒殺を試みるとは考えにくいが、殺人の手段はいくらでもある。連中を愚か者と呼んで済ませるのは簡単だ。実際、愚か者かもしれない。だが、愚か者といっても、未知の存在だ。そこがやっかいなのだ。人知れず準備を進め、疑われることもなく、間近まで忍び寄ってくる。敵が未知の存在であれば、予防線を張るのはほとんど不可能だ。身を守る手は一つだけ――正体を見破ることだ。犯罪者の正体が分かれば、たちまち危機は過ぎ去る。

だが、いつ分かるのか？　現状を見るかぎり、皆目見当もつかないようだ。警察は手がかりの糸が途切れたと認めているし、ほかの手がかりは持っていないようだ。少なくともソーンダイクの意見では。だが、ソーンダイク自身はどうなのか？　なにか手がかりを持っているとでも？　私の感触では、そうは思えない。手がかりがあるとはまず考えられない。なにしろ、あの二人組は、いわば天から降ってきたように現れたかと思うと、虚空に消えてしまったのだから。連中が何者か、どこから来て、どこへ去ったのか、誰も分からない。しかも、想像力を働かせようにも、なんの痕跡も残さなかったようだ。

とはいえ、ソーンダイクは——ほかならぬソーンダイクだ。寡黙で、自制心が強く、見かけは愛想がいいが、秘密主義的で、真意を測りがたい男。思えば、彼はまさに今、オフィスに静かに座り、その晩のぞっとする事件にも動じることなく、落ち着いて新たな事案に全力を傾注している。危険を即座に見抜いたのも彼なら、〝害意ある贈り物〟をたちどころに見破ったのも彼だというのに。報告書に集中する彼のことを考えると、その冷静さに驚くとともに、ほとんど見えざるデータから推論を引き出す驚異的な能力を発揮した数々の事件を思い起こし、私にはいまだにすべてが暗闇の中にあるように思えても、彼にはなにか光明が見えるのではと期待せずにいられない。

階段を上がってくる、軽やかだが慎重な足音が聞こえたのは、十一時半を回った頃だ。

私はすぐに忍び足でオフィスに行き、ドアを開けると、ちょうどそのとき、〝外扉〟を――どうやらステッキか傘の握りで――叩く音が来訪者の到着を告げた。

「ドアを開けてやっていいかい、ソーンダイク?」私は囁《ささや》き声で言った。

「うん」と彼は答えた。「ブロドリブだ。彼のノックは分かる。この仕事は数分で終わると伝えてほしい。それと、上に行って、ポルトンに来客のことを伝えてくれるかい。彼なら対応を心得てるよ」

私は指示どおり出ていき、〝外扉〟を開けると、確かにブロドリブだった。端整で表情豊かな顔立ち、柔らかそうな白髪、豪奢で古風な服装のせいで、まるでジョージ王朝時代の肖像画の額縁から抜け出してきたように見える。

「こんばんは、アンスティ」と彼は言った。「『おやすみ』という時間かもしれないがね。お邪魔するような時間じゃないが、窓に明かりが見えたし、ソーンダイクにちょっと話があるんだ。いるかね?」

「ええ。オフィスで崩れ落ちそうなほど大量の報告書に囲まれてますよ――巡回裁判所、中央刑事裁判所などなど、盛り沢山のね。あと数分で終わるそうです。とりあえず、上にいるポルトンに、来られたことを知らせてきますよ」

ポルトンの名を口にすると、明るい青色の目が輝きを増した。「ほう!」とつぶやき、微笑しながら肘掛椅子に身を沈めた様子から――アメリカ人ならこう言いそうだが――

これは〝なじみ客〟だなと踏んだが、その直感は実験室に行って来訪を告げたときに裏づけられた。ポルトンは歩数計を上下に揺すり、規則正しいカチカチという音にうっとりと耳を傾けていた。

「ブロドリブさんですか」と彼は言った。「そうそう、六三年物がお好みでしたね。ええ、お気に入りなんですよ！　お飲みになる様子を拝見するのが楽しみでして」

「ふむ、ポルトン」と私は言った。「実に献身的な楽しみだね。私が飲む様子を見るのも楽しみに加えてくれるなら、ご期待に沿えるよう努めるが」

「ブロドリブさんのようにはまいりませんよ」とポルトンは言った。「あなたがあんな表情をお見せになったことはありません。とまれ――一、二分後には、デカンターに濾《こ》して持って降ります」

　こうして私は下に降りてブロドリブ氏のもとに戻り、葉巻を勧めたが断わられた――きっと味覚を損なわぬようにしたいのだ。私は椅子に腰かけ、パイプにたばこを詰めた。

「帰宅途中に立ち寄ったんだ」とブロドリブ氏は言った。「ソーンダイクに聞きたいことがあってね。今日、ドレイトンに会って――ちょっと顔をあわせただけだが――ビーチャム・ブレイクのアーサー・ブレイクに関する情報がほしいと言われた。どうも、お兄さんの検死審問の際に出てきた話のようでね。なんでそんな話が出てきたのか、さっぱり分からんが、そうじゃないかと思う。そこで、彼に答える前に、なにが起きているのか、まず知っておきたくてね。彼はなにを調べてるんだ？　なにか知ってるかね？」

「ある程度なら」と私は言い、事情を簡単に説明し、ミス・ブレイクの証言をかいつまんで話した。

「なるほど」と彼は言った。「じゃあ、その若い女性は、ピーター・ブレイクの娘さんか。だが、ドレイトンはなにが知りたいんだ？　なぜ知りたがる？　ソーンダイクのことも言っていたぞ。なあ、ソーンダイクはどう関わってる？」

この質問に答えるかのように、そのとき、我が同僚が、大きな手帳をポケットにすべり込ませながらオフィスから出てきた。来客に挨拶する彼を見ながら、私はその手帳になにが書いてあるのかと思いめぐらし、山積みになった巡回裁判所、四季裁判所、中央刑事裁判所などの無味乾燥な報告書から、どんな情報を引っ張り出してきたのかと首をひねった。互いの挨拶も終わらぬうちに、ポルトンが、デカンター、グラス三つ、ビスケットの瓶が載った盆を携えて入ってきた。ブロドリブ氏の椅子の隣に小さなテーブルを置き、皺だらけの顔に満足の笑みを浮かべて盆を置くと、私に意味深長な一瞥をくれて出ていった。

ソーンダイクは三つのグラスを満たし、椅子を暖炉のそばに引き寄せて座ると、パイプにたばこを詰めはじめた。ブロドリブはグラスを持ち上げてしげしげと見つめ、試すように一口すすり、じっくり吟味するように味わうと、もう一度グラスを見つめた。「見事なワインだ、ソーンダイク」彼は生真面目に言った。「深夜近くに押しかけてこんなものをいただけるとは、過分のおもてなしだよ。だが、ただおしゃべりをするために来たわけじゃない。ちょうどアンスティとその件を話していたところでね」と、ローレンス卿との面談について私に話したことを繰り返すと、「さて、私が知りたいのは」と話を結んだ。「ドレイトンの目的はなにかということだ。ピーター・ブレイクの娘にずいぶんとご執心のようでね——どうやら息子のほうにも」

「ええ」とソーンダイクは言った。「それを言うなら私自身も、その若い人たちに温かい関心を抱いていますよ。アンスティも同じでしょう」

「ならば」とブロドリブは言った。「率直に質問させてもらおう。ブレイク家の現在の財産保有者——アーサー・ブレイクの権利をめぐって争うつもりなのか?」

「それは違います」とソーンダイクは答えた。「ドレイトンの目的は、ピーター・ブレイクの権利——今はパーシヴァル・ブレイクの権利というべきですが——を回復するのに有利な状況が将来的に生じる見込みがあるかどうかを確かめることでしょう。現時点での相続人が誰で、現在の所有者とどんな関係にあるかを知りたいのですよ。アーサー・ブレイク本人についても、できるかぎりのことをね。特に、結婚する見込みがあるかどうかを。先ほど申し上げたとおり、アンスティと私もこの件に関心があるのです」

「そうか、それだけなら」とブロドリブは言った。「依頼人に対する守秘義務に違反せずに答えられるよ。相続人だが、名前はチャールズ・テンプルトン。ただ、アーサー・ブレイクとの関係については今は言えない。かなり遠い親戚だ。アーサー・ブレイクのことならなんでも言えるよ。自分で調べたからね。それと、結婚の見込みよりも興味を引きそうなことがある――彼は財産を売却したがっているんだ」

「なんですって！」とソーンダイクは声を上げた。「売却したい理由を尋ねてもよろしいですか？」

「その点については隠すことなどない。英国は好きじゃないし、人生の大半を過ごしたオーストラリアへ戻りたいというのが彼の説明でね。たぶん真意だと思う。陸に上がった魚みたいなもので――英国の地主としてどうやっていけばいいのか分からないのさ。だが、それだけじゃあるまい。彼はピーター・ブレイクの権利請求のことも、ピーター・ブレイクに息子がいることも知っている。それと――君も不動産権利証書のことは知ってるな？」

「ええ」とソーンダイクは答えた。「ミス・ブレイクが全部話してくれました」

「まあ、おそらく、この宙に浮いた権利請求と、どこにあるか分からん不動産権利証書の謎があるから、自分の財産保有も少々危なっかしいと感じているのさ。なので、財産を売却し、金に換えておさらばしたいわけだ。それもまんざら的外れじゃあるまい。ピーター・ブレイクの権利請求には真実味がある。証拠書類がないから沙汰やみになったが、書類はいつ出てきてもおかしくないし、出てくれば状況は実にやっかいになる。それと、正直言えば、もし書類が出てきても、私はさほど心が痛まない」

「なぜですか?」と私は聞いた。

「そりゃあ」とブロドリブは答えた。「人生を通じてなじみのある、由緒ある地所には、感傷的な思い入れが生じるものさ。なるほど、私はアーサー・ブレイクの事務弁護士だ。だが、一族や地所そのものに対して責任を負っているとも感じている。ブレイク本人より私のほうが、古い邸と地所に愛着を持っているんだ。ヘンリー八世の時代から一氏族が保有してきた歴史ある地所を、まるで思惑買いをやる土建屋の土地みたいに売却しようなんて考えは我慢ならない。それに、これは公明正大なやり方とは言えないよ。世襲財産は一族に帰属するものだし、これを祖先から受け継いだ者には、その財産を子孫から取り上げる権利はない。彼にもそう言ったが、お気に召さぬようでね」

「どんな男ですか?」と私は尋ねた。

「植民地人だが、筋のいい植民地人じゃない。無愛想でそっけなく、マナーもなってない。もちろん、この州に知り合いはいない。それに、独身主義者に違いないよ。というのも——在宅時には——邸の新しい区画に、まるで独身男性用アパートみたいに、使用人三人、下男一人とだけ暮らしているから」

「どうやって彼を捜し出したのですか？」とソーンダイクは聞いた。

「アーノルド・ブレイクの相続人だと分かってすぐ、調査をはじめたのさ。何年も前の話だよ。居場所を突き止めたら、連絡はすぐに取れた。ただ、実を言うと、数週間前まで彼のことはよく知らなかった。オーストラリア警察を退職したばかりの男に出くわすまでね。その男はブレイクのことをなんでも知っていたから、ちょうどいい機会だと思って、彼の過去の情報をたっぷり仕入れて、忘れないように簡単な記録を作っておいた。ちょっとした情報がいつ役に立つか分からないからね」

「ええ」ソーンダイクは頷きながら客のグラスを満たした。「知は力なり、ですよ」

「まったくだ」とブロドリブは言った。「自分が相手にしているのが誰かを知っておくのは大事だよ。それどころか、このブレイクという男、ほんとに面白い人物なんだ」

「警察もそう考えているようですが」と私は言った。

「おいおい、ブレイクを告発する材料はないと思うよ」と彼は言った。「時おり妙な仲間と付き合うのを別にすればね。私の友人が、鉱山町にいた彼の噂を最初に聞いたところでは、どんな相手と付き合うかは特に気にかけない男で、そこでサルーン、つまり居酒屋を営んでいたそうだ。ところが、店をたたみ、鉱山の採掘に宗旨替えしてね。しばらくはうまく当ててたようだ。その後、勢いも先細りになって、新天地に移り、何人かの採掘仲間と製材所をはじめた。その土地で共同経営者が警察沙汰を起こしたらしい

――どんなことかはよく知らないが。再びよその土地に移住して、ありとあらゆる臨時仕事――ボート建造、農業、沿岸航路船の甲板員、大工とか――を転々としたが、どんな仕事でも間に合う男だったようだな――。最後に、共同経営者になったオーウェンという男と出会った。なんでもこなすが、一つの仕事に固執しない点では自分と気の合う相手だったようだ。オーウェンは植民地人で――ホバート（オーストラリア連邦タスマニア州の州都）の生まれだ――写真凸版工を生業にしていたが、小さな活字鋳造所を営んだり、地方紙を刊行したりと、あまり品がいいとは言えない仕事をいろいろやっていた。ブレイクはある鉱山地区の新興都市で彼と出会ったが、その出会い方がいかにもこの二人らしくてね。オーウェンは窯業をはじめていたが、ちょうど事故に遭って、膝の皿を骨折してしまったところだった。そこで、ブレイクが彼の面倒を見てやり、膝の皿を副《そ》え木で固定してやった。たまたま左膝だったから、オーウェンは長期間ろくろを回せなくなった。それで、ブレイクがその仕事を受け持ち、ろくろを回したり、鍋釜類も掃除してやるようになった。もう一人、オーウェンと関係のある女がいて――どんな関係かは知らないが――その女が、窯《かま》で焼くのを手伝ったり、製品を町で売ってやったりしていた」

「なぜ右足じゃろくろを回せないのかな？」と私は聞いた。

「知らんね」とブロドリブは答えた。「だが、できないらしい」

「通常の〝足踏みろくろ〟なら」とソーンダイクが言った。「〝キック・バー〟、つまり、踏み板は左側にある。陶工が右利きなら、そうでないと。右足で体を安定させられるようにね」

「なるほど」と私は言った。「窯業はどのくらい続けたのかな？」

「長くはない」とブロドリブは答えた。「オーウェンはまた出歩けるようになったが、ろくろを回せず、じっとしていられなくなり、新しいことをやりたいと思いはじめたらしい。そこで、ブレイクが、ある探鉱者から、遠郊の丘陵に金の鉱脈があるという内々の情報を得たものだから、彼らは窯業の工房を売り払い、三人でひと山当てようと出発した。どうやら彼らが試掘に取り組んでいたときに、アーノルド・ブレイクが亡くなり、自分が財産を相続したという私からの手紙をブレイクは受け取った。彼が手紙を受け取るまでにひどく時間がかかってしまった。もちろん、そこは郵便が届かない場所だったし、彼らも時たま馬で町にやってくるだけだったのでね」

「すると」とソーンダイクは言った。「彼は財産を売却して、取り巻き連中のところに戻りたいわけですね。仲間たちも彼を待っているのでしょう」

「仲間たちとまた合流したいと思っているかどうかは知らないが」とブロドリブは言った。「資産家になったからには、そんな連中とはきれいさっぱり手を切りたいと思うところだろう。だが、いずれにせよ、もう合流はできない。オーウェンは死んだ。ブレイクがオーストラリアを去って間もない頃にね。一人きりのときに事故に遭ったらしい。

死体が二、三か月ほど前に崖の下で見つかってね——かなり損傷した骨の集積に変わり果てていて、何年もそのまま放置されていたようだ。骨は別の採鉱者がまったく偶然に見つけたのさ」

「その男は、どうやってオーウェンの死体と分かったんですか?」と私は聞いた。

「うん、そいつは、オーウェンがその地に住んでいたのも、長いあいだ行方不明だったのも知っていて、印章付きの指輪も見つけた——オーウェン自作の手作り品で、イチイ《ユー》の木をかたどった刻印があってね。それで彼の物と確認されたんだ」

「なぜイチイ《ユー》の木なのかな?」と私は聞いた。

「個人的な紋章だったんだ。ヒューという名の判じ絵ないしは語呂合わせみたいなものさ」

「しかし」とソーンダイクが尋ねた。「一緒にいた女が、オーウェンの死亡を報告しなかったのはなぜでしょう?」

「ああ、その女は、ブレイクが出発してすぐ、オーウェンのもとを去ったのさ。警察は、彼女がオーウェンと一緒にスクーナーに乗船して南洋諸島に旅立ったと思っていた。ともかく、その女は姿を消したが、それが彼女の見納めとなろうと誰も気にかけなかった。いかがわしい女だったのさ——その点では、オーウェンもご同様だったようだが」

「彼女を告発する材料があったとでも?」と私は聞いた。

「さあ、あったかもしれないが、はっきりした証拠はなかったと思う。ただ、ロシアの不定期貨物船でメルボルンに来たのもなにやらいかがわしかったから、警察は、彼女が母国を去ったのは政府に目をつけられたからではと推測した。そこで、警察は彼女の名前――ローラ・レヴィンスキー――を記録に書き込み、国外に去るまで監視を続けた。おっと、私は性懲りもないおしゃべりだな！　深夜にベラベラとおしゃべりして、私はもちろん、君たちにも関わりのないゴシップをしこたま浴びせてしまった」

「いえ」とソーンダイクは言った。「ゴシップを楽しませてもらいましたよ。関わりがあるかどうかはなんとも言えない。ともあれ、ブレイクが結婚する見込みは当面なさそうですね。そこが特に気にかかるところでしたが」

「ああ」とブロドリブは言った。「財産を売却する見込みについても同様だ。その件は、不動産業者のリー・アンド・ロビーに任せてあるようだが。もっとも、売却することはあるまい。むろん、不動産権利証書を呼び出す呪文はないし、彼の権利は不動だが、筋悪の相手に握られそうな行方不明の不動産権利証書というおまけ付きでは、あんな大そうな不動産を誰も買ったりしない。さて、私はもう行かなくては。情報がほしかったのなら、洗いざらい提供させてもらったよ。君たちからもけっこうなものを提供してもらったが」と、満足げにデカンターを見ながら言い添えた。「実に素晴らしいポートワインだった。君たちに話したことは、ドレイトンにも伝えてもらっていい。相続人のチャールズ・テンプルトンとアーサー・ブレイクとの具体的な関係についても教えられることがあるか確かめるよ。では、これにて失礼させていただく。おたくのワイン商殿にもよろしくと」

ブロドリブが去ると、私は手足を伸ばして小さくあくびをした。

「さて」と私は言った。「眠くはないが休ませてもらうよ。いつかは寝なくてはね」

「私も眠くない」とソーンダイクは言った。「まだ休むつもりはないよ。ブロドリブの話のメモを作って、ミス・ブレイクの手記も、ドレイトンに渡す前にもう一度見ておきたい」

「ブロドリブのおやじはワインを堪能したようだね」と私は言った。「いやはや、おかげですっかり口が軽くなったじゃないか。とはいえ、どのみち多くは語らなかったが。財産売却の計画を別にすれば、せいぜい個人的なゴシップにすぎなかった」

「ああ。だが、売却問題は重要だ。よく考えないと。財産の売却などさせてはならない」

「阻止できるとでも?」と私は聞いた。

「おそらく」とソーンダイクは答えた。「ブロドリブの話からすると、財産所有権についての調査命令を申請すると脅されれば、彼も矛を収めるだろう。だが、よく考えてみよう。部屋に引き取るのなら、おやすみ」

服を脱ぎ、顔を洗い、ベッドに入ると、ソーンダイクが然るべき対応をしたのか疑問に思えてきた。暗い中、最初は静かに横になったが、次第にそわそわし、疑問が大きくなっていく。夕方の不穏な――実際、ただならぬ――出来事が頭によみがえり、時を経るごとに鮮烈になっていく。アトリエでの場面が、ぞっとするような現実感を伴ってよみがえり、さらにまずいことに、ソーンダイクの細心さと優れた洞察がなければ起きていたはずの恐ろしい災厄がまざまざと眼前に浮かぶ。ミス・ブレイクが簡潔な言葉で言い表した惨劇が、身の毛がよだつほどの現実の絵姿となって心の中に映し出される。彫刻家の奥さんが早朝に薄暗く静かなアトリエを覗くと、冷たく硬直して横たわる姉弟の死体を見つけ、恐怖に満ちた金切り声を上げるさま。実験室で行われたソーンダイクの分析も、あらためて恐ろしい重みを感じさせる。一時間以上もベッドの中で身をよじらせたあげく、私はとうとう我慢ができなくなり、起き上がって居間に本を探しに降りた。

居間に入ると、ソーンダイクが書き込みをしていた手帳から目を上げ、「少しばかり寝つけなかったわけだね」と言った。「それで、本を読んで眠りにつくつもりかい」

「まあ、そういうわけだ」私はそう応じて本棚に向かい、穏やかで楽しそうな本を物色した。『釣魚大全』（アイザック・ウォルトンの著書）がその条件を一番満たしそうだったので、取り出して持っていこうとすると、テーブルにある奇妙な品々が目に留まった。私が退出してから置かれた物で、おそらく、私がむなしくヒュプノスに言い寄っているあいだに、我が同僚がやっていた調査と関係があるのだろう。私は興味津々でその品々を眺め、どんな調査をしているのかと思いめぐらした。顕微鏡のそばにロケットが開いて置かれ、割れたガラスが露出している。それと、小ぶりで分厚い、脂じみた本があり、よく見ると、ラテン語のウルガタ訳聖書だ。

本を下に置き、ソーンダイクに目を向けると、微笑しながら私を見ている。私は顕微鏡を覗き込んでみたが、青いガラスの糸筋のようなものが見えた。

「これはシルクの糸かい、ソーンダイク？」と私は聞いた。

「いや」と彼は答えた。「髪の毛だ。どうやら女性の髪だね」

「なに」私は思わず叫んだ。「これは青――明るい青色だよ！　どこでこんなものを？」

「ロケットからさ」とソーンダイクは答えた。

私は驚いて彼の顔を見つめ、「実に珍しい代物だ！」と声を上げた。「青い髪とは！　青い髪なんて聞いたこともない」

「では」とソーンダイクは言った。「我が学識ある友は、すでに豊富な知識にもう一つ新たな知識を加えたわけだ」

「染めた髪だろ？」と私は言った。

「おそらく」と彼は答えた。「青い色は後天性のものとみていい」

「だが、なんでまた、女性が髪を青く染めたりする？」と私は問いただした。

彼は首を横に振った。「興味深い疑問だね、アンスティ、実に興味深い疑問だ。我が学識ある友が『バッタを水面に浮き沈みさせてチャブを釣る』（『釣魚大全』第五章。飯田操訳より）正しい方法を会得すれば、君の博識もその問題にうまく活用できるかも」

「君は実に腹立たしいやつだな、ソーンダイク」私は真剣にそう言った。「これがなにを意味するかよく分かってるくせに、真面目に質問しても、君は乙に澄まして秘密めかした彫像みたいに頭を小賢しく振ってみせる。君の頭にスティーヴンズ（有名なインク会社）のブルー・ブラック・インクを塗って顕微鏡の下に押し込んでやりたいよ」

彼は標的にされた頭をきっぱりと横に振り、「無駄骨だよ、アンスティ」と応じた。「青い髪を作る方法としては完全に失敗だ。鉄のタンニン酸塩（インクの原料）の効果は――酸素にさらされると――インジゴカルミン（やや紫がかった青色の着色料）の効果を完全に打ち消してしまう。駄目だよ、君。物理の実験は、勅選弁護士の手には負えない。思考をめぐらすことが君の領分さ。さあ、本を持ってベッドに戻りたまえ。チャブのことだけでなく、青い髪と金色のロケットにどんな関係があるかも考えてみたらいい。インクのことで無駄に悩むのはやめて、『心静かに釣りに出かける』（『釣魚大全』第二十一章。糸を作る材料の毛の染め方に触れている）のさ」

こう言うと、再び手帳に書き込みをはじめたので、これ以上なにかを引き出すのは無理と分かった。私は本を取り上げ、テーブルに向かって平然とすましている人物にこぶしを振りかざしてみせてから寝室に戻った。ベッドに入ると、この新たな好奇心をそそる問題を悶々《もんもん》と考え続けた。

第十二章　虎口を脱して

翌朝、私はおのずとジェイコブ・ストリートのほうにふらふらと足を向けていた。ひどく辛い状況に一晩置き去りにしてしまった友人の安否を気遣ったのもあるが、この際、私で役に立つことがないか確かめたかったのだ。安否のことなら、アトリエ（ウィングレイヴ夫人がくぐり戸を開けて案内してくれた）に入ってすぐ安堵した。ミス・ブレイクが仕事にいそしみ、毒入り菓子と真鍮色の髪の性悪女のことなどなにもなかったかのように明るく元気にしていたからだ。

ちょっと言い訳がましく訪問の目的を説明し、機を見計らって撤退を考えていると、彼女が口をはさんできた。

「あら、アンスティさん、そんな形式ばったお話はけっこうよ。知らない者同士じゃないわ。私とパーシーの大切な親友になられたのに。私たちは感謝だけじゃなく、あなたの友情を心から大切に思ってます。パーシーはあなたのことが大好きなのよ」

「あの子が？」私は内心嬉しい気持ちがこみ上げながら言った。「それは光栄ですね。で、パーシーのお姉さんのほうは——？」

彼女はみるみる顔を赤らめ、微笑みながら落とし穴を回避し、「パーシーの姉は」と答えた。「弟の心酔ぶりをおおらかに見守るわ。でも、友人としておもてなしするつもりよ。仕事を続けさせて。いやでも仕上げなくちゃいけないから。でも、座ってパイプでも吸いながら、お話に付き合っていただけると嬉しいわ。もちろん、お時間があればですが」

「時間があればだなんて！」たとえ上院とともに控訴裁判所がじりじりして待ちあぐねていたとしても、知ったことか。だが、実のところ、手持無沙汰だったのだ。

「お邪魔ではないですか？」私はパイプを探りながら言った。

「もちろんです」と彼女は答えた。「難所はみな仕上げてしまったから。ほら——模型にポーズをとらせて上掛けしてあるでしょ」彼女は人体模型（本物の髪に、蠟製の顔と手をした精巧な〝ぬいぐるみ〟人形）を鉛筆で指し示した。流行の粋を極めた衣装をまとい、ルイス・キャロルなら〝アングロ・サクソン人流儀〟（『鏡の国のアリス』第七章）とでも呼びそうな姿勢で立ち、呆けたような笑みをこっちに向けている。

「見事な衣装ですね」と私は言った。「ご自身の衣装ですか？　それとも、モデルさん用の衣装の管理をしておられるとか？」

「これは衣装じゃないの」彼女は笑いながら答えた。「ただの服地です。上掛けして、仮縫い、つまり、ピンで留めてあるだけよ。反対側に回って見ていただければ分かるわ」

〝裏側〟に回ってみると、からくりが分かり、私は尋ねた。「なにかテーマに基づく絵を描くための模型ですか?」

彼女は静かに笑った。「純真な心をお持ちね、アンスティさん。私は絵描きじゃないわ。流行服装図《ファッション・プレート》を描いているんです。食べてかなくちゃいけないし、パーシーの学費も稼がないと」

「とんでもない才能の浪費だ!」と私は声を上げた。「でも、流行服装図《ファッション・プレート》を描くアーティストに、これほどの骨折り作業が必要とは知りませんでした」私は画架に乗っているつやつやしたカードを指差したが、そこには、多少細身ではあるが、見事な――アングロ・サクソン人流儀の――ヌード姿が、軽いタッチの鉛筆書きで描かれていて、まるでシルバーポイント（十五―十六世紀頃にはやった、先端が銀の道具で特殊処理の紙に描いた素描）のように見えた。

「たいていの人はそんなことしないわ」と彼女は応じた。「たぶん必要もないでしょう。でも、私はきちんと鉛筆で素描を描いておきたいの。ペンで上書きしたら、鉛筆書きはみな消してしまうけど」

「事前にヌード像を描くときは」と私は言った。「モデルさんを使うのでしょう?」

「いえ」と彼女は答えた。「こんな目的でヌード像を描く分には、頭の中で想像するだけで十分。それに、モデルを相手に描くのは、スレイド美術学校（一八七一年に創設されたロンドンの著名な美術専門学校）でずいぶんやったし、デッサンも捨てなかったの。みんな冊子にまとめてあるし、それを描き写したり、繰り返し記憶に基づいて描いてきたんです。実際に人の姿を素描するには、想像を働かせながらやらなきゃいけないのよ」

そう言いながら、彼女はつやつやした流行服装図《ファッション・プレート》の台紙上に鉛筆を軽やかに走らせ、ヌード像に透き通った衣服をまとわせていく。私は満ち足りた気持ちでパイプを口にして座り、彼女の作業を観察していた。青い色の長い前掛けをし、赤みがかった金髪に白い肌をした彼女が、画架の前にたおやかな身のこなしで立ち、片手を腰に当てながら、線を描く腕を肩からまっすぐ伸ばし、滑らかに動かして形作る繊細で生き生きとした人物像。あらゆる曲線に生命感と優美さが溢れる彼女のしなやかな姿と、身じろぎもしない人体模型の姿、彼女の簡素で奥ゆかしい服装と、凝ったけばけばしい流行の衣装（もちろん彼女自身が製作した衣装だが）を見比べると、人形に心があれば心情を害するかもしれない論評をしそうになる。

「このデッサンを描くのにどれだけかかりますか？」私はしばらくして尋ねた。

「今晩までに仕上げるつもりよ」と彼女は答えた。「明朝にはオフィスに持参してアート欄編集者に渡さなきゃ」

「私が代わりに持っていきましょうか？」と私は言った。

「それはだめ」と彼女は答えた。「これで大丈夫か、自分で確かめなきゃいけないし、次のデッサンの指示ももらってこないと。それに、どうしてあなたが？」

「危険を避けるために家にいていただくはずでは？　少なくとも、同伴なしでの遠出は禁物だったでしょう？　どうしてもご自身でデッサンを持っていかなくてはというなら、同行させてもらって、行き来の無事を見届けさせてほしい。まずいですか？」

「もちろん、ご一緒いただきたいけど、アンスティさん」と彼女は答えた。「とんだお手間をとらせてしまうわ」

「どんな手間でも歓迎ですよ」と私は言った。「では、ご了解というわけですね。ならば、時間を決めていただければ、軍隊のように時間ぴったりに護衛役も門の前に来て〝整列〟の合図のラッパを吹き鳴らしますよ」

彼女は控えめな抵抗をまだ少しばかり試みはしたが、時間を翌朝十時半と決めてくれたので、私はいとまごいした。次第に大切になりつつある友情の進展に満足し、いずれもっと親しくなれるのではと期待を胸の内にふくらませながら。

ハムステッドの路面電車が時間ぴったりにジェイコブ・ストリートの端で私を降ろすと、すぐに私は被護送船を迎えに行き、デッサンを渡す相手の永住の地、コヴェント・ガーデンのベッドフォード・ストリートに向けて帆を上げた。だが、粛々とまっすぐ目的地に向かう海外への渡航も、本国への帰航は大違い。いくつもの周航を経て、多くの港――ナショナル・ギャラリーなど――に寄港して旅が中断し、被護送船がジェイコブ・ストリート六十三番地に停泊したときは昼もいい時間で、護衛船役も港に寄ってお茶とビスケットという貨物の積み込みを必要とした。とはいえ、航海は順風満帆だったので(比喩的な表現はこのくらいに)、用船契約は更新され、今後も同様の航海を行うことになった。

もっとも、海外遠征は時たまあるだけで、それも、然るべき仕事上の理由があったときだけ。我が麗しき友人は勤勉な職人で、画架と製図机の前で終日仕事をしたからだ。私も手持無沙汰だったわけではないが、ソーンダイクが私の余暇時間に課したのはほんのわずかな仕事だけだ。結局、私がジェイコブ・ストリートを訪ねない日はなく、新しいデッサンの作成過程をおとなしく見て過ごそうと、買い物を頼まれて使いに出ようと、護衛役の務めを果たそうと、どのみち楽しかったし、日を追うごとに私は着実に小さな家族のなくてはならぬ友人となっていった。

ほぼ一週間、そんな状況が続き、ある日の昼まだき、私はテンプルからいつもの訪問のため出発したが、この日は特にはっきりした目的があった。ポルトンに新しいガラスをはめてもらったロケットを持参していたのだ。例によって温かい真心からの歓迎を期待しながらアトリエの呼び鈴を鳴らし、舗装通路をやってくるウィングレイヴ夫人の足音に楽しげに耳をすませ、くぐり戸が開くと、さっそうと中に入ろうとした。ところが、この品位ある女性の言葉を聞いたとたん、楽しい空想は打ち砕かれ、体に緊張が走った。

「ミス・ブレイクは、たった今出かけました」と彼女は言った。「とんでもないことが起きたんです。パーシー坊ちゃまが事故に遭われました。足の骨を折ってしまいまして」

「どこで、いつ？」と私は聞いた。

「一時間ほど前に」と彼女は答えた。「場所は知りませんが、チョーク・ファームの近くの家に担ぎ込まれたとか」

「その知らせは誰が？」私は急《せ》きこんで問いただした。その時間ならパーシーは学校にいるはずだし、話自体がいかにも胡散臭かったからだ。

「伝えてきたのはレディーです」とウィングレイヴ夫人は答えた。「中に入ろうとはしませんでしたが、〝至急〟と記された鉛筆書きのメモを寄こしました。ミス・ブレイクが見せてくれましたので。今お話しした以上の詳細はありませんでしたが、家の住所ならそこに」

「そのレディーの容貌は？」と私は聞いた。

「ええと」とウィングレイヴ夫人は答えた。「レディーと言いましたが、実際はごく普通の感じの女性で。お化粧に白粉、ひどく野暮ったい服装の人です」

「髪は？」

「そう、あれはいやでも目につきますね。真鍮色の金髪で、もじゃもじゃの縮れっ毛――眉毛は私と同じように黒でした」

「そのメモはどこに？」と私は聞いた。

「ミス・ブレイクが携えていかれたはずですが、アトリエに残していかれたかも。確かめますか？」

私たちは中庭を横切ってアトリエに急ぎ、一分ほど、テーブルや開いたままの書きもの机を探したが、メモは跡形もない。

「きっと持っていったのよ」とウィングレイヴ夫人は言った。「でも、ご所望なら、住所は教えて差し上げられます。なにかまずいことでも？」

「とても不安なんだ、ウィングレイヴさん」私は手帳と鉛筆を取り出しながら言った。

「自分で分かるなら、その家に直行する。住所は？　くれぐれも間違わないように！」

「はっきり憶えています」と彼女は答えた。「場所も知っていますわ。スコアズビー・テラス二十九番地。角の家です。その住宅は、ここからサケッツ・ロードまで行って左に曲がったところ」

私は手帳に書き留め、「ミス・ブレイクが出たのはいつ？」と尋ねた。

「あなたが来られる十分も前じゃありません」と彼女は答えた。「お急ぎになれば追いつけるかも」

アトリエを出て中庭を横切ると、場所の見つけ方を詳しく教えてもらったので、要点を書き留めた。彼女の旦那さんが加工した大理石の墓石のそばを通ると、ずた袋の上に道具がいくつか置いてあり、小さな鉄梃《かなてこ》のような長いノミもある。

「お借りしていいですか、ウィングレイヴさん？」私はそれを取り上げながら言った。

「もちろん。お入用でしたら」彼女は驚き顔で答えた。

「ありがとう」それを袖の内にしまいながら私は言った。「ドアを破らなくちゃならないかもしれない」そのあと、くぐり戸を出て通りを急ぎ足で進んだ。

私は普段から歩くのが速く、今もまわりの歩行者たちが目をみはるほど速い歩調で進んだ。ウィニフレッドのことだから、きっと心配に駆られて弟のところに飛んでいったに違いない。とにかく急いで、なんとか彼女に追いつかなくては。だが、彼女の心配ぶりは私とは比べ物になるまい。手に持ったノミを振り動かしながら——袖の内にしまってても邪魔なだけだったから——みすぼらしい通りを突き進む。不吉な可能性——いや、予測というべきか——がいやおうなしに次々と頭に浮かび、胸の悪くなるような恐怖にとらえられる。場所を見つけられなかったらどうする！　その界隈はよく知らず、入り組んでもいるし、十分あり得る。家を探し当てるのに手間取り、ようやくたどり着いても、そこには——。ここで意を決し、きっぱりと走りはじめた。戸口や街角にたむろする連中の好奇の目など気にしていられない。だが、不安と恐ろしい予感にとらわれていても、注意を怠らなかったし、ウィングレイヴ夫人の指示をしっかりと心に留めていた。標識を見失っていないと知って少し自信を持ちながら、一歩一歩着実に目的地に向かっていた。とうとう息切れして徒歩になったが、二分後にはサケッツ・ロードの角にたどり着き、安堵の吐息をついた。長くまっすぐで寂しげな通りに入ったとたん、向こう端に同じ方向に向かって急ぐ女性の姿がちらりと見えた。ほんの一瞬で、見えたかと思うと、左の脇道にすぐに曲がってしまったからだ。だが、見えたのも一瞬なら、姿も遠目ではあったが、私にははっきり分かった。ウィニフレッドだ。

私は深く息を吸い込んだ。間に合ったのだ。私の心配は杞憂だったのかも。陰謀の存在は疑心暗鬼が生み出しただけのことか。ともあれ、目的地に近いし、すぐになにか起きるとも考えにくい——だが、そこで再び不安が襲ってきた。息切れしていたものの、私は再び走りはじめた。

スコアズビー・テラスの角に来て、その角の家を見ると、心臓が止まりそうになった。一目で空き家と分かったし、ひどく荒廃した外観は、ひっそりと誰も住んでいない様子のせいでなおのこと不気味に見える。急いで道を横切り、すばやく番地——二十九——に目を走らせながら庭の小道を駆け抜け、激しく呼び鈴の紐を引っ張った。

すぐに虚ろな建物の中にジャラジャラと耳障りな音が響き渡り、調子はずれにこだまする様子から空き家と分かったが、それだけになおのこと不吉でぞっとする響きだ。響きは次第に消えていったが、反応する音はなにも聞こえない。しんとした静けさが不気味さの漂う家を包んでいる。息を詰めて聞き耳を立てたが、階段の軋《きし》る音も、人がいる気配も動く気配も感じない。だが、確かにこの家だし、彼女もいるはず——そして、ほかの人物も！　もう一度呼び鈴の紐を引っ張ると、身の毛のよだつジャラジャラという音が、悪鬼の集団が鳴らす地獄の鐘のようにこだましながら家の中に響き渡った。だが、それでも反応はない。

恐怖で混乱しつつも、家の脇を走り抜け、ちゃちな通用門をバタンと開け放って裏庭に駆け込み、裏口から入ろうと試みた。ところが、鍵も閂《かんぬき》もかけてある。そこで、裏の客間の窓に突進し、鎧戸付きの窓の下枠に飛びかかり、留め金の上の窓ガラスをノミの一撃で叩き割った。穴に手を突っ込み、留め金を上げて下の窓枠を引き上げた。木製の鎧戸は完全には閉まっていなかったが、窓枠を上げたとたん、鎧戸が閉じられ、閂が差し込まれる音が聞こえた。

一瞬、前に回り、玄関のドアを破って入ろうかとも思った。だが、それは一瞬だけ。捕まえることではなく、救出こそが目的だ。もろくガタガタになった鎧戸を見て、そこが突破口だと悟った。長い強力なノミの先を下の蝶番近くの亀裂に差し込み、ぐいと激しく引くと、蝶番は枠から外れ、ネジは朽ちた木の部分から簡単に抜けた。上の蝶番にも同じくノミを差し込んで引っ張ると、これも外れた。ひと押しすると、鎧戸は内側に向かって全開し、私は部屋に飛び込んだ。ほぼ同時に、玄関のドアが閉まる音が聞こえた。

部屋を横切ってドアに突進した。案の定、ドアは施錠され、鍵は外側からかかっている。だが、私も伊達《だて》に刑事弁護士をしているわけではない。すぐに鍵穴の横のドアの隙間にノミを突っ込み、長い柄を強く押しながら、蝶番を基点にドアをぐいと引っ張ると、差し錠と掛け金が受け座から外れ、すぐにドアが開いた。

玄関ホールに駆け込み、正面の部屋の錠を開けて中を覗き込んだが、誰もいない。階段を駆け上がり、最初の部屋のドアの錠を開けようとすると、明らかに隣の部屋から、がさごそとかすかな音が聞こえた。すぐにドアに駆け寄り、鍵を回して大きく開け放った。

部屋に飛び込んだ私の目に映った光景は、ほんの一瞬だったが、記憶に永遠に刻み込まれた。書いている今も、まざまざと鮮烈に眼前に浮かぶ。あまりに身の毛のよだつ記憶で、ペンを走らせていても手が震える。壁際の隅に、彼女――愛しいウィニフレッド――は横たわっていた。うずくまるように、かすかに身をよじらせ、手を喉に当てて震わせながら。顔は土気色、唇は黒っぽく、目を飛び出そうに見開いて。

一瞬の光景でも、恐ろしく、忘れられない光景。すぐさま彼女のそばに膝をつき、ナイフを開いた。彼女は首のうしろで固結びにされた紐で首を絞められていて、私はナイフの切っ先を結び目に食い込ませた。ひどく焦ったが、結び目を切り、紐——実は細いシルクのスカーフ——を急いでほどくと、喉の肉に鉛色の食い込んだ跡ができている。スカーフを取り払うと、彼女は喉頭炎を患う子どもが呼吸するようにかすれた辛そうな音を立て、喘ぎながら深く息を吸った。次第に早く、不規則に何度も呼吸を繰り返すと、息を吸うたびに顔と唇の恐ろしい紫色も消えていき、大理石のように蒼白な顔色に。今にも飛び出しそうな目も、興奮と恐怖の色は残るものの、ほぼ正常な状態に戻った。

途方に暮れながらその変化を見守っていたが、安堵せずにいられなかった——明らかに回復に向かう変化だったから。だが、どうしても彼女を助けたかったし、もっと手を尽くして回復を早めたかった。ソーンダイクほどの知識があれば、なにかできたかも。彼なら対処の仕方も分かるだろう。だが、自然に回復を待つほかない。どうせ私にはほかになすすべもない。こうして、そばで膝をついたまま、腕に彼女の頭を横たえ、その手を握り、限りない哀しみと愛情を込めて彼女の目を見つめた。その目は怯《おび》え、助けを求め、激しく訴えるように私の目を見つめ返した。

やがて、彼女の呼吸が落ち着いてくると、喘ぎ声はすすり泣き混じりになった。不意にわっと泣き出すと、顔を私の肩に押しつけ、激しく、ほとんどヒステリックに泣きじゃくった。私はひどく動揺し、自分まで泣き出しそうになった。もはや危機は去ったという心の反動はそれほど激しかった。心乱れるままに、私はすべてを忘れ、彼女を救いたい、愛している、ただそれだけを思った。いたわり、恐怖を取り除き、慰め、励まそうとした。彼女の耳に囁いた優しい言葉、語りかけた愛称がどんなものだったかはもう憶えていない。心底動揺した私には、ありのままの現実しか見えなかった。過ぎ去ったばかりの恐怖の抑圧と、望み薄とも思えた回復を得た安堵の中で、日常の世界を忘れた。私には、腕の中にしかと抱いた彼女しか見えなかった。彼女こそは私のすべてだったのだ。

彼女は激しい感情の動揺も力尽き、次第に落ち着いてきた。やがて上体を起こし、泣き濡れた目をこすると、空っぽの部屋をそわそわと見まわした。

「この恐ろしい家から出ましょう」彼女は懇願するように、私の腕に手を添えながら震える小声で言った。

「もちろん」と私は言った。「歩けるようなら。確かめてみましょう」

私は立ち上がり、彼女を助け起こしたが、あまりに不安定で弱々しく、支えなしで立っていられるか心もとなかった。私にぐったり寄りかかると、がたがた震えているのを感じた。それでも、私の手を借りてドアのほうによろよろと歩み、踊り場を横切った。

私たちはゆっくりと階段を降りた。私が入ってきた部屋の開いたドアに来ると、外の通りに出る前に、立ち止まって彼女の帽子を直してやり、争った跡が残らないようにした。

私はシルクのスカーフを手に持ったままだったので、ポケットに押し込んで手を自由にし、帽子やくしゃくしゃになったドレスの襟を整えるのを手伝った。身なりが整ったか確かめようとよく見ると、目立つ金髪が三、四本、彼女の右袖にくっついている。その毛をつまみ、捨てようとして、ふと、ソーンダイクならその髪の毛からなにか情報を引き出せるかとも思い、手帳を取り出してページのあいだに毛を挟んだ。

「こうして家に入ったんです」と私は言い、砕けたガラスとぶら下がった鎧戸を指差した。

彼女はおそるおそる空っぽの部屋を覗き込んで言った。「ガラスの割れる音が聞こえたわ。助けに来てくれた音だと思いました。あの悪党もその音を聞いたとたん、階段を駆け降りて逃げていったから。どうやって鎧戸をこじ開けたの？」

「ウィングレイヴ氏のノミで——そう言えば、ノミを上に置きっぱなしだ。返さなきゃ」

私は階段を駆け上がって部屋に戻り、床からノミを拾い上げ、もう一度駆け降りた。階段の角を回ると、彼女が手すりにつかまり、ヒステリックに泣きじゃくりながら階段を上がろうとしているのが目に入った。たとえ一瞬とはいえ、置き去りにしてしまった自分を呪い、彼女を抱きとめて玄関ホールに連れ戻した。

「許してちょうだい！」彼女はすすり泣いた。「すっかり取り乱してしまって。一人ぼっちに耐えられなかったの」

「当たり前ですよ」私は彼女の頭を肩に引き寄せ、青ざめた頬を撫でながら言った。「置き去りにしちゃいけなかった。でも、ウィニー、もうなにもかも終わったんです。さあ、この家から出ましょう」

彼女はもう一度目をぬぐった。すすり泣きが、時おり発するしゃくり上げに静まってくると、私は玄関のドアを開けた。開けた通りと日差しが目に入ると、彼女もすぐ落ち着いたようだ。ハンカチを片づけ、私の腕にすがってゆっくりと歩き、少しふらふらしながらも、一緒に庭の小道を通って門に出た。

「どこかでタクシーをつかまえられないかな」と私は言った。「教えてくれる人がいるかも」

「少し離れたところに駅があるわ」と彼女は言った。

私たちはサケッツ・ロードをゆっくりと歩きながら、聞ける人がいないかと、この妙にひと気のない界隈を見まわしていると、一軒の家のそばにタクシーが停まり、客を降ろしているのが目に入った。なんとか運転手の注意を引き、一分後には、私たちは家路に向けて疾駆する乗り物に腰を落ち着けていた。

短い移動のあいだ、ほとんど言葉は交わさなかった。彼女はもうすっかり落ち着いていたが、まだひどく顔色が悪く、疲労し切って消耗した様子で座席の背にもたれていた。アトリエに着くと、彼女が降りるのを手伝ってやり、タクシーを帰して、彼女を門まで同伴して呼び鈴を鳴らした。

すぐに通路を走ってくる音が聞こえ、くぐり戸がバタンと開き、ウィングレイヴ夫人が興奮した様子で姿を見せた。私たちを認めると、彼女はわっと泣き出した。

「よかった!」と彼女は叫んだ。「ずっと不安でたまらなかったわ。すぐにパーシーが帰ってきたから、アンスティさんのおっしゃったとおり――坊ちゃまについての伝言はなにかの罠だと分かって。なにがあったんですか?」

「それはあとにしましょう、ウィングレイヴさん」とウィニフレッドは答えた。「今はその話はしたくないの。パーシーは中に?」

「いいえ。ウォリングフォードさんの息子さん二人と一緒です。一緒にお茶に呼ばれて。なにも言わないほうがいいと思ったので、そのまま行かせました。すぐ近くですし」

「恩に着るわ」とウィニフレッドは言い、私たちは中庭――重宝したノミはそこで返した――を横切った。「このことは弟に言わないほうがよさそう」

「それがようございます」とウィングレイヴ夫人は言った。「さあ、アトリエで楽になさってください。お茶をお持ちします。お二人とも休息と茶菓がお入用のようですし」

彼女はパタパタと自分の部屋に行き、ウィニフレッドと私はアトリエに入った。

開けたカーテンを押さえて中に入れてやると、彼女は立ち止まり、なにもない大きな部屋を感慨深げに見まわした――まるではじめて見るかのように。「またこの部屋を見られるとは思わなかった」としみじみと言った。「あなたがいなかったら、本当に見られなかったわ。命の恩人よ、アンスティさん」

「私にとっても大切な命ですよ、ウィニフレッド」と私は言い、さらに言い添えた。「もうミス・ブレイクとは呼びません」

「嬉しいわ」私に微笑みかけながら彼女は言った。「命をお預けした以上、そんな呼び方はあまりに堅苦しくて、よそよそしいもの。感謝の気持ちでいっぱいです」私の腕にちょっと手を置くと、打ち明けすぎたと思ったのか、急に弟の話題に戻った。「パーシーが家にいなくてよかった。あの子にまで言う必要はないわ。せめて今は。そう思いませんか？」

「必要ないですよ」と私は答えた。「彼も状況はだいたい知っている。用心していることもね。話すのはあとでもかまわない。今はソファに座って安静にしなくては。まだ幽霊のように真っ青だ。倒れてしまわないのが不思議なくらいです」

数分後に、ウィングレイヴ夫人がお茶を運んできて、ウィニフレッドが座るソファのそばのテーブルに置いた。私は椅子を引き寄せ、お茶を注ぐもてなし役を務めた。家庭的な作法や、お茶という元気の出る刺激剤のおかげで、私の患者もいつもの顔色と物腰を取り戻しはじめた。私は当たり障りのないおしゃべりを続け、しばらくは午後の恐ろしい出来事に触れないよう努めた。細かいことを聞くのは、ショックの影響が消えたあとにしようと思ったのだ。

だが、そんな引き延ばしも、思ったほど続かなかった。お茶を飲み終え、中庭を通ってウィングレイヴ夫人に盆を返してくると、ウィニフレッドが話題を切り出したからだ。

「事の経緯をお聞きにならないのね」私がアトリエに戻り、彼女が座るソファの横の空きに腰を下ろすと、彼女は言った。

「ええ。今はそんな話をしたくないだろうと思って」

「ウィングレイヴさんには話したくないけど」と彼女は言った。「あなたは私を救ってくれた人よ。遠慮なくお話しできるし――むしろ、知っていただかなくては。それに、どんな思いがけない偶然で、肝心なときにあの場所に来てくださったかも知りたいし。部屋に入ってこられたとき、奇跡が起こったのかと思ったわ」

「奇跡でもなんでもない」と私は言った。「いつもよりちょっと早くアトリエに来ただけです」そこで、アトリエに来てから、ウィングレイヴ夫人と話をし、彼女のあとを追いかけた経緯を説明した。

「ウィングレイヴさんも、よく住所を憶えていてくれたわ」とウィニフレッドは言った。

「ほんとに幸運でした」と私は言った。「もし憶えていなかったら――いや、そんなことを考えるのはよしましょう。あの家に着いたとき、なにがあったと？」

「呼び鈴を鳴らしたら、女の人がドアを開けてくれたの。玄関ホールに入って、彼女がドアを閉めるまで、どんな人かよく分からなかった。それから——ほら、ホールは暗かったでしょ。顔がはっきり見えなくて。でも、すごい厚化粧だったのと、染めたとしか思えない、ギラギラした金髪には気づいたわ。頭から顎にかけてハンカチを巻いていたから、よくは分からなかったけど。それと、あの顔にはどこか見覚えがあるような気がしたの。

ドアを閉めると、あの女の人は奇妙な声でこう言ったわ。『こんな家のありさまでごめんなさい。まだ引っ越しがすんでないの。坊ちゃまはナースと一緒に二階にいるわ。二つめの部屋ですので、上がってくれますか？』

私が階段を駆け上がると、彼女もすぐうしろをついてきた。二つめの部屋に来て、『この部屋ですか？』って聞いたら、『ええ』という答えで、ドアを開けて中に入ったわ。そしたら、ご存じのとおり、中は空っぽと気づいて、すぐにこれは罠じゃないかと思った。そしたら、いきなり女がスカーフを私の首に巻きつけて、きつく絞めあげてきたの。急いで振り返ったけど、彼女は背後に回って、私を部屋の中に引っ張り込んだのよ。そこで格闘になって、もつれ合いになったわ。何時間も続いた気がしたけど。あの人はスカーフを絞めようと背後に回ろうとするし、私のほうは背後に回らせないように必死だった。彼女はスカーフの両端を握ったままだったし、完全に絞め上げることはできなかったけど、けっこうきつかったから、私も息苦しくて叫べなかった。やっと身をよじらせて、彼女の髪と頭に巻いたハンカチをつかんだわ。そしたら、ハンカチと一緒に髪も取れてしまった。カツラだったのよ。ぞっとしたことに、その人、女じゃなかったの。男だったのよ！　あの晩、ハムステッドで私を刺した男。すぐに分かったわ。ショックがひどすぎて、あやうく気を失うところだった。一瞬、力が抜けてしまって、すぐに男が背後に回って、首に巻いたスカーフをきつく引き絞ってきたの。

そしたら、けたたましい呼び鈴の響く音が聞こえて、男は飛び上がったわ。男は結び目をつくろうとして、私は相手の手首をつかもうともがいていたから、男の手が震えるのを感じた。でも、もちろん、いつまでも抵抗はできなかった。スカーフをきつく絞めてきたから、私はもう息絶え絶えで、恐怖で力も萎えてしまって。呼び鈴が二度目に鳴ると、男は奇妙な唸り声を交えながら立て続けに悪態をついて、私を乱暴に床に放り出したの。男が結び終えたとたん、下のほうからガラスの割れる音が聞こえた。男はすぐに立ち上がって、カツラとハンカチをひっつかんで階段を駆け下りていったわ。

そのあと、本当に長い時間が経った気がした。もちろん、ほんの数秒のことでしょうけど、あの——恐ろしい窒息感はひどく苦しかったの。とうとう、下のほうからバリバリと破れる音が聞こえたわ。それから、玄関のドアが閉まる音が聞こえて——意識を失いそうになってたけど——あなたが部屋に入ってきて、助かったって思ったの」彼女はひと息つき、手を私の手の上に重ねて言った。「あの恐ろしい死の瀬戸際から救ってくださったのに、お礼も言ってなかったわ。言えるものじゃない。言葉では言い尽くせないもの。どんな感謝の言葉もかえって興ざめよ」

「感謝の必要などないよ、ウィニー」と私は言った。「あなたの命は自分の命よりもかけがえのないものだ。命をお守りしたとしても、それは善行でもなんでもない。言わなくてもお分かりでしょう。もう秘密はうっかり口にしてしまったのだから」

「秘密ですって？」と彼女は繰り返した。

「あなたを愛しているのです、いとしいウィニー。もうお気づきのはずだ。こんなときに言うべきことではないでしょう。でも――どうかよく考えてほしい。いつか二人がお互いを今以上に大切な存在と思ってもいいのではと」

彼女はゆっくりと、少し恥ずかしそうに目を落としたが、迷うことなく答えた。「考えることなどないわ。あなたのような方から愛されるなんて、一も二もなく光栄なことですもの。感謝の気持ちで言ってるんじゃないの。今のお話を昨日――いえ、もっと前にされてたとしても、同じお答えをしたわ」

「そう言ってもらえると嬉しいよ、ウィニー」と私は言った。「少しばかりお役に立ったとうぬぼれてしまったのなら、値打ちのないことだが――」

「そんなことを考えるほうがばかげてるわ、アンスティさん」

「アンスティさん？」と私は繰り返した。「私にもファースト・ネームがありますよ」

「私のほうこそ、そうじゃないかと思ってたわ」彼女は微笑みながら言い返した。「正直言って、なんてお名前かしらと思ってたの」

「ロバートという、ありきたりな名前です。家族からは、いつもロビンと呼ばれていますが」

「素敵なお名前よ」と彼女は言うと、「でも、ご自分のことをそんなふうにおっしゃるなんて、おバカさんのロビンだわ。あなたの欠点は」と諭《さと》すように人差し指を立てた。「ご自分がとても素敵な方だと気づいてないこと。でも、私たちには分かる。ウィングレイヴさんもあなたが気に入ってるし、パーシーもあなたが大好きなの。パーシーの姉は、そう、彼女は告白しようと決めるずっと前から心を奪われていたわ。だから、ばかげたご謙遜はもうやめてちょうだい」

「もう言わないよ」と私は言った。「そんな機会も言い訳もあなたに奪われた。世界で一番いとしい女性の心をつかんだ男は、へりくだってみせるバカにもなるのさ。でも、嬉しいよ、ウィニー。自分の幸運が信じられない。あの晩、ハムステッドでお会いしたとき、あなたは誰よりも素晴らしい女性だと思った。そのとおりだと今は分かる。でも、夢にも思わなかった。その素敵な女性が、いつか自分のものになるなんて！」

「やっぱり、おバカさんのロビンね」彼女は頰を私の肩に寄せながら言った。「ガチョウを白鳥と思ってるのよ。でも、そう思い込んでちょうだい。白鳥になろうと精いっぱい努めるから。なれなくても、従順で愛情深いガチョウになるわ」

はにかみながらも愛くるしい微笑で私を見上げると、蒼白だった頬がどんどんピンクに染まっていく。彼女にキスをすると、頬はますます赤くなった。

パーシーが友だちのところにいて、私たちが新たな幸福に心おきなく浸れるようにしてくれたとはありがたい。並んで座り、手を握っていると――見向きもしない懐中時計が黙々と容赦なく時を刻んではいたが――至福の時はとこしえに続くかのようだ。ほとんど言葉は交わさなかった。ロザリンドが言ったように、「話すこともなく当惑」していたわけではない（たとえそうだとしても、ロザリンドのような見事な対応はいつでもできる）（シェークスピア『お気に召すまま』第四幕第一場より）。だが、究極の親密さとは、ただの言葉のやりとりとは別ものだ。二人のハートが唱和しているのに、言葉などいらない。

とうとう予期していた呼び鈴の音が聞こえた。くぐり戸を開けに行こうかとも思ったが、結局、その役目はウィングレイヴ夫人にお任せした。

「パーシーはなにも変とは思わないよ」と私は言った。「もうすっかりよくなったようだ」

「そうね」彼女は微笑みながら応じた。「だって、気つけ薬をもらったもの」

「そうだね」私は頷き、法律用語で言えば〝十分なる用心から《エクス・アブンダンティア・カウテラエ》〟追加の気つけ薬を与えていると、ちょうど中庭を横切る急ぎ足の足音がパタパタと聞こえてきた。

パーシーがなにか変だと気づいたかどうかは、しかとは分からない。持ち前の社交上手だし、分別のお手本みたいな子だから。しかし、私たちのささやかな交際のハーモニーに、新たな調べが加わったことを見抜いたのではと思えてならない。私がお姉さんをウィニーと呼ぶと、まさに耳をそばだたせたようだ。彼女が私をロビンと呼ぶと、もう全身が耳になった。しかし、彼はおくびにも出さなかった。かわいらしい少年だ。どんな恋人でも、未来の義弟にこれ以上素晴らしい子を望むことはできまい。

しかし、帰る時間になり、ウィニフレッドが私を門まで送ろうと立ち上がったとき、この社交上手の少年への疑いは確信に変わった――そして、彼の判断力への称賛の念もこの上ないものとなった。これはいつもパーシーの役目だったが、このときばかりは、私と握手をしただけで、微動だにせず、アトリエのドアを見向きもしなかったのだ。おませな頭のよさには驚かされる。

アトリエを出て中庭を横切るとき、ふと、ソーンダイクから渡してくれと頼まれたロケットのことを思い出した。そのときまですっかり忘れていたのだ。

「これも危機一髪だった」と私は言った。「今日ここへお伺いしたのは、表向きは、特に使いの用向きがあったからですが、まだそれを果たしてなかった。ロケットをお渡しするつもりだったのです。器用なポルトンが新品同然に直してくれてね。すっかり忘れていた。でも、まだ間に合うな」私はポケットからその小物を取り出し、彼女に手渡した。

「今日という日にいただけたのは嬉しいわ」彼女は受け取りながら言った。「だって、記念の品として身につけられるもの。ロビン、そうと分かっていたら、ポルトンさんに裏面に日付を刻んでもらったのに」

「いずれしてくれるさ」と私は言った。「私のハートにはもう刻まれているよ。今日のことは決して忘れない。なんと素晴らしい日だ！ これほど変転の激しい日になるとは！ ほんの数時間に、今まで体験したこともない悲惨と恐怖を味わったかと思えば、これまでで最高の幸せにも恵まれるとは。でも、気の毒な君にすれば――」

「ちっとも気の毒じゃないわ」と彼女は遮った。「むしろ、恵みと誇りと幸せに満ちた日よ。嵐と陽光が一度に訪れた日だったし、嵐が最初に訪れたけど、『夕べになっても光がある』（旧約聖書「ゼカリヤ書」第十四章第七節）となったわ。それに、ロビン、どのみち雨が降らなければ虹は出ないもの」

こうして、私たちは門に来た。彼女を抱きよせてキスをすると、私はくぐり戸を開けて外に出た。背後で戸が閉じて、もの寂しい通りを見まわしたが、もはや少しも寂しい気はしなかった。ジェイコブ――その通りの名のジェイコブのことだが――が誰の名かは知らないが、立ち止まって、工場のような門を名残惜しく振り返ると、この聖なる道の造成者（あくまで推測だが）であるその人に恩義を受けたような気持ちになった。

第十三章　ソーンダイク、自分の立場を説明する

アトリエを出てからのその夜の出来事を振り返ると、ジェイコブ・ストリートの角を曲がってから、お馴染みのテンプルの区域に着くまでがどうもよく思い出せない。生粋のロンドン子らしく、ただ行こうとする方向に顔を向け、どこの通りかも意識せず、本能的というか無意識に一番近道を通って目的地へと歩いたのだ。そのあいだ、頭はその日のめまぐるしい出来事のことでいっぱい。嵐と日差しがにわかに入れ替わり、恐怖と絶望とその素晴らしい見返りが一度にやってきた日。こうして私の心は、望外の幸せが実現した喜びと、自分より大事な人の命を奪おうと狙う見えない敵への不安との狭間で揺れ動いた。

そう思いつつ、無数の目立たない脇道を通り抜け、静かな区画を横切り、狭い小路や薄暗い道を歩いたが、ぎらつく照明や騒音が神経に障る主要道路は常に避けた。チチェスター・レンツの端でいわば水面に浮上してチャンセリー・レーンに入った。そこは見

慣れた界隈で、日常の世界に戻った気分になり、思考の切り替えもついた。ソーンダイクは、私の報告になんと言うだろう？　この差し迫った危機から逃れるのに、私には未知の手段でも持ち合わせているだろうか？　空き家でのぞっとするエピソードから、私が見逃した手がかりを見出してくれるかも？

そんな疑問をあれこれ考えながらミドル・テンプル・レーンに入ると、しばらくして、少し前を背の高い人物が同じ方向へ向かっているのに気づいた。その人物がパンプ・コートへの入り口を曲がろうとするところで追い抜きそうになったが、相手が振り向いてお互いに気づき、二人とも歩を止めた。

「同じ港に向かっているようだね、アンスティ」彼は握手しながら言った。「ソーンダイクを訪ねるところだ。君はまだ彼を手伝ってるんだろう？」

「彼曰《いわ》くね。本当に手助けになってるならいいのですが。ともあれ、ジャーヴィスはまだ戻ってませんよ。おっしゃる意味がそういうことなら。なにか新たな情報でも持ってきてくれたわけじゃないですよね、ドレイトン？」

ローレンス卿は無念そうに首を横に振り、「ああ」と答えた。「私には新しい情報はないし、どうやら君たちもだな。あの悪党どもは、手がかりらしいものはなにも残さず逃げちまったようだ。いかな相手がソーンダイクでも、不可能なことまで期待はかけられない。だが、訪ねる用件は殺人事件のことじゃない。エイルズベリーに同行願って、面談に同席してもらいたいんだ。生存者財産権の問題が起きたのさ。その問題は彼のほうが詳しいから、できれば事実を解明してもらいたくてね」

パンプ・コートとクロイスターズを歩きながら、その日に体験した身の毛のよだつ出来事をドレイトンに話したものか、私は内心迷った。彼はいろんな意味で当事者だ。ウィニフレッドにも温かい好意を抱いているのだから。だが、きっとひどいショックを受けるだろうし、彼自身、ソーンダイクの助言を求めたい案件のことばかり話し続けたので、とりあえずなにも言わなかった。

玄関の鍵を開けてドレイトンと中に入ると、ソーンダイクは、顕微鏡と試薬のトレイ、取り付け器具の載ったテーブルの前に座り、すでに膨大なコレクションにさらに加えるべく、動物の毛のスライドを作っていた。

「こんな時間にお邪魔して申し訳ない」ドレイトンは謝りはじめたが、ソーンダイクは遮った。「少しも邪魔ではありませんよ。この手の仕事は、はじめるのも中断するのも随時ですから」

「寛大なお言葉だね」とドレイトンは言い、「その言葉に甘えさせてもらうよ」と、さっき私が聞いた話を切り出した。

「エイルズベリー行きの希望日はいつですか？」とソーンダイクは聞いた。

「できれば明後日に」

ソーンダイクはしばし考えながら、消毒したばかりのカバー・ガラスをピンセットでつまみ、少量のバルサム液に浮かぶ標本の上にそっと落とした。

「ええ」と彼はようやく言った。「大丈夫でしょう。今はさほど多忙ではありません」

「ありがたい」とローレンス卿は言い、「じゃあ、十時に迎えに来る。今は細々した話はやめとくよ。行きしなに話そう」と、辞去しようと立ち上がったが、ドアに行きかけて立ち止まり、ソーンダイクのほうを振り返った。

「どうやら」と彼は言った。「我らがミス・ブレイクのことを忘れていたよ。最近、彼女に会ったかね？」

ソーンダイクは私にすばやく目を向け、答えを返す前にやや間を置いた。ローレンス卿にどこまで話していいものか、激しく考えあぐねていたようだ。どうやら私と同じく、重要な事実は隠してはおけないと結論を出したらしく、こう答えた。

「ええ、彼と一緒に、ごく最近お目にかかりましたよ。それに、アンスティはちょうど彼女のアトリエから戻ってきたところですね。言いにくいのですが、私も彼も、彼女のことはひどく心配しています」

「ほう」ドレイトンは言い、帽子を置いて椅子に座った。「なにかあったとでも？」

「やっかいなのは」とソーンダイクは答えた。「彼女は殺人犯の正体を知るただ一人の証人であり、彼らもそのことに気づき、彼女を亡き者にしようとしていることです」とローレンス卿に毒入りチョコレートの事件とその経緯を説明した。

ドレイトンは衝撃を受けた。ソーンダイクの生々しく正確な説明を聞きながら、唇をわずかに開き、両手を膝の上に置いたまま身じろぎもせずに座っていたが、まさに驚愕と戦慄をあらわにしていた。

「なんてことだ！」ソーンダイクが話し終えると、ドレイトンは声を上げた。「ぞっとするじゃないか！　実に恐ろしい。なんとかしなければ。連中はほぼ確実にまたやるぞ」

「すでにやりましたよ」と私は言った。二人が驚きの色を浮かべ、問いただすように私を見たので、その日の午後の恐ろしい出来事——思い出すのも嫌なこと——を説明した。

この忌まわしい話をするあいだ、二人の友人はじっと耳を傾けていた。二人の反応は、どちらも彼らしい。ローレンス卿は怒りのにじむ唸り声を漏らしながら私を睨《にら》み、ソーンダイクは石の仮面のように硬く無表情になった。

話し終えると、ドレイトンはぱっと立ち上がり、動揺を抑えきれず部屋の中を歩きはじめ、声を殺してつぶやき、悪態をついた。不意にソーンダイクの真正面で立ち止まり、眉をひそめながら彼の無表情な顔を睨み、こう迫った。「なにか手立てはないのか？　抜本的かつ有効な手立ては。君がどんなカードを持っているかは知らないよ、ソーンダイク。細々と尋ねて煩わせようとも思わない。だが、君ならなにかやれるんじゃないのか？」

ソーンダイクも立ち上がり、暖炉の火を背にして、しばらく考え込むように目を落としていたが、ようやく口を開いた。

「ドレイトン、やっかいなのは、早まって行動すればしくじる恐れが大きいことです。だが、しくじるわけにはいかない」

「では、行動を起こせるんだな？」

「ええ。でも、あまりに剣呑《けんのん》です。一度しくじればおしまいですから。賭けだし、負ける公算が大きい。それより、待ちさえすれば、確実に連中を捕まえることができる。連中の手の内は分かっているし、どんな連中かも、今ははっきりと分かっています。そう、ドレイトン」彼はひと息ついて続けた。「隠れた犯罪とは、たいてい、犯罪者が犯跡をくらまそうと骨を折るところから露見する。この事件もそうです。連中の正体で判明していることは、すべて彼らが隠そうと手管を弄したことから得たものです。彼らが繰り返し策を講じなかったら、なにも分からなかった。お気づきのとおり、連中はじっとしていられない、ごく普通の犯罪者なのです。連中は安全を確保しようと新たな策を弄し続ける。その行動のたびに、我々は新たな事実を知る。待ってさえいれば、連中はおのずと我々の掌中に飛び込んできますよ」

少し沈黙が続いたが、ローレンス卿が、私も思ったことを口にした。

「いかにもごもっともだよ、ソーンダイク。弁護士の立場として、行動を起こす前に決定的な証拠を得ておきたい気持ちはよく分かる。だが、待ってなどいられるのか？　悪党どもを捕まえるために、気の毒な彼女をおとりに使うようなことが許されるとでも？」

「そこまで言われては」とソーンダイクは答えた。「答えは一つしかないでしょう。しかし、彼らを捕まえることが彼女の安全を確保する条件でもあることを忘れてはいけない。しくじれば、それは我々だけのしくじりではすまず、彼女にも及ぶのですよ」

「ならば」とドレイトンは聞いた。「どうしたらいい？　まさか、連中がもう一度彼女を殺そうと試みるまで、手をこまぬいて見ていろと？」

「いえ。ミス・ブレイクの安全を守るには、もっとしっかりした用心が必要だと言っているのです。それと、私が集めた、証拠となる一連の事実に欠けている部分を埋めたいし、連中が新たな動きを見せるように誘導したい。ともかく、事件は最終段階にもっていけると思っています。それもすぐに」

「分かったよ」とドレイトンは言い、帽子をもう一度取り上げた。「だが、ミス・ブレイクは誰が守ってやる？」

「その役割はアンスティが引き受けますよ」とソーンダイクは答えた。「彼ほどの適任はいません。彼が手助けや助言を必要とすれば、我々に言えばすむ」

この対応にドレイトンは表向き納得したが、まだ不安が残る様子だった――それを言えば、我々皆そうなのだ。だが、彼はそれ以上言わず、まもなくいとまごいした。

彼が去ったあと、しばらく沈黙が続いた。それまでの会話は私にも熟考すべき材料をたっぷり提供してくれたが、ソーンダイクは暖炉に背を向けたまま押し黙っていた。彼は明らかにじっと考えていたし、その顔――厳しく決然とした、容赦を知らぬ顔――を見ると、彼の義憤を呼び覚ましたからには、その叡知が連中に災厄をもたらさずにはおくまいと思った。彼はようやく顔を上げて聞いてきた。

「ミス・ブレイクを守るにはどうすればいいと思う？」

「当面、私が同伴しないかぎり――もちろん、君かドレイトンでもいい――なにがあろうと絶対に外に出ないよう言っておいたよ。このルールに必ず従うし、例外は設けないと約束してくれた。アトリエのドアには常に鍵をかけ、来客があれば、鍵を開ける前に隣の寝室の窓から相手を確認することもね」

「そのルールを守れば、まず安全だ」とソーンダイクは言った。「連中も押し入ろうとまではすまい。家には男性もいたよね？」

「ああ。ウィングレイヴ氏が日中の大半は家で作業をしている。もちろん、夜は必ずいるよ」

「それなら、当面はまず安心していいだろう。しっかり手配してくれてありがたい。実は、君にもエイルズベリーに一緒に来てもらいたくてね」

「なんのために？」と私は聞いた。「ドレイトンは面談の際に私を必要としないよ」

「うん。とはいえ、ちょっと思いついたんだが、ビーチャム・ブレイクから一、二マイル以内のところに行くわけだから、帰りにそこにも寄り道しやすいし、場所を見れば、なにか現場情報を得られるんじゃないかとね。財産売却の問題はとりあえず一時中断とは思うが、少しばかり現地で調査をしてもいいだろう」

私はこの提案に少し驚いたが、乗り気にはなれなかった。

「ちょっと間が悪くないか？」と私は言った。「差し迫った危険があるのに、そんなあやしげな権利請求の遂行に血道を上げるなんて。砂上楼閣を築いている時じゃない。パーシヴァル坊やが財産を相続するチャンスは無に等しいし、もっと喫緊の課題を片付けてから取り組んだっていいじゃないか」

「取り組むなら」と彼は答えた。「機会があるときに取り組むべきだ。財産が売却されてしまえば、パーシーのチャンスは二度と訪れない。それに、二つの目的が邪魔し合うとは、君が思っているだけさ。パーシーの利害に目を向けても、故ドレイトンを殺し、パーシーのお姉さんを殺そうと狙う悪党どもを追及する妨げとはならない。その点は私を信じてほしい」

「ふむ、確かに妨げにはならないだろうな」と私は認めた。「この地所に対するパーシーの権利請求のことを真面目に受け止めているようだね」

「当然だよ」と彼は言った。「その権利を証明するのは、機会が生じたとしても、やはり無理かもしれない。だが、現に権利請求をしているのなら、わずかなチャンスも見逃してはいけない。我々の怠慢のせいでチャンスを失うようなことがあってはならないよ」

私はこの遠征に気が乗らなかったが、ウィニフレッドの気持ちも分かるし、彼女への誠意から同意することにした。だが、内心では、徒労だし、なにやら間の抜けた用向きに思えた。こうして、明後日出発する一行に加わることにしたが、その判断をソーンダイクは満足げに受け止めたものの、私にはさほど成果に見込みがあると思えなかった。

第十四章　ビーチャム・ブレイク

英国の田舎町ほど快適な定住地があろうか？　エイルズベリーという小さな町の市場広場を散策しながらそう自問し、周囲を見回して、その安らぎに満ちた旧時代の面持ちにロンドンの都会人らしい心地よさを感じた。まだ三十分以上も待ち時間があったが、少しも苛立ちを感じなかった。その時間を充実して過ごせたし、黙想を誘うのんびりした心地よさに浸りながら、ぶらぶら歩くこともできたのだ。立派な市場広場を見学すると、時計台もあれば、激動の時代を生きた名士たちを不滅の姿に具現した銅像もあるし、馬をはずして広場に置かれた小荷物運搬車もある。その運搬車は、木の生い茂る小道をほんの数マイルも行けば、木立に囲まれた村や集落があることを告げていた。

気ままな散策をするうちに、意外と洒落た店の前に来たので、ここに——市場の人ごみが少々ひどくなったせいもあってか——立ち止まって、なんとはなしに店のショーウィンドウを覗いてみた。その店のウィンドウを覗いたわけはよく分からない。展示の品物——婦人用の帽子——は、男にすれば特に興味を引くものではない——少なくとも、婦人帽子店に展示されているだけで、その帽子が引き立て役を務めるべき肝心のかぶり主がいないとあっては。ところが、覗いていた男は私だけではなかった。もう一人、立ち止まって、私以上にウィンドウにすり寄り、明るい花柄に羽飾りのついた帽子をいかにも興味ありげに観察する男がいたのだ。

これほど熱心に品定めする様子はまるで女みたいで、その不自然さを面白おかしく感じ、私は笑みを押し隠しながら男を見ていた。小柄で痩せ型、ツイードのスーツと帽子をきちんと着こなし、足首のズボンクリップからして、田舎から自転車をこいで来た男のようだ。男のすぐうしろにいたので顔は見えなかったが、男のほうはしばらくして私に気づき——ウィンドウに映る姿を見たのかも——しげしげと観察しているのにも気づいたようだ。いきなり踵《きびす》を返し、こちらに一瞥をくれてすり抜け、ちょっと立ち止まり、もう一度私のほうを見ると、パタパタと路地を走り去った。

二度目にこっちを見た様子に妙なものを感じた。最初はただ何げなく見ただけだが、二度目に見たときの——すばやく探るような、驚きに打たれた——様子は、私に見覚えがあるだけでなく、ほかにもなにかあると告げていた。なんだろう？　男は何者なのか？　男の顔——髭をきれいに剃り上げ、細面で血色が悪い顔——はさほど若くもなく、ちらりと見ただけだが、なおも残るはっきりした印象がある。あらためて思い浮かべると、かすかに見覚えがある。あの男には以前会った。どこで会ったのか？　何者か？　なぜあんな妙な表情で私を見るのか？

男が立ち去った場所に佇《たたず》み、こうした疑問の答えを求めてじっくり考え抜いた。そこにまだいるうちに、一台の自転車が、広場の端をすばやく走り抜け、ロンドン・ロードに向かって消えていった。遠すぎて顔ははっきり分からなかったが、小柄な男で、ツイードのスーツと帽子に、ズボンクリップをしていた。確かにあの男だ。

さて、誰なのか？　その顔を思い浮かべれば浮かべるほど、ますます以前見た顔に思える。だが、顔の主の正体はどうしても思い出せず、身元を特定できない。おそらく、男が誰だろうと、たいした問題ではあるまい。だが、こうしてわけが分からないのも業腹だ。無意識に身を翻し、婦人帽子店のウィンドウを覗き込んだ。すると、すぐに閃《ひらめ》いた。ウィンドウの中央には、大きな帽子が置いてある――ばかでかく膨らみ、きのこのような形をし、草花の模写をちりばめ、羽毛が林立した帽子。ホッテントット族の女王の頭を飾るような帽子だ。そのおぞましい頭飾りを見て、連想のつながりに欠けていたミッシング・リンクが見つかった。私の顔を覗き込んだその顔は、ハムステッドからウィニフレッドと私をつけてきた女の顔だ。ウィニフレッドを空き家に誘い込み、実は変装した男だと露見した女。つまり、亡きドレイトンを殺し、ウィニフレッドを殺そうとしたやつだ！

その悪党が手の届くところにいたのに、逃がしてしまった！　そう思うと、実にいまいましい。私の観察力がやつと同じくらい鋭ければ、今頃は厳重に捕縛していたものを。どうりで驚いた顔をしたわけだ。だが、ほんの一瞬見ただけで私に気づくとは、顔に対する記憶力がよほどいいに違いない。私と会ったのは一度だけ――ハムステッドでの検死審問の場――で、それもほんの一瞬だったからだ。あの空き家で私を見たか、あるいは――そのほうがありそうだ――ウィニフレッドの護衛役をしていたとき、あとをつけて私を見たのなら別だが。いずれにせよ、やつは私を知っている。私がやつを知っている以上に。そして、私の手を巧みにすり抜けてしまったのだ。

だが、やつはそもそもエイルズベリーでなにをしているのだ？　この界隈に住んでいるとでも？　それなら、警察に人相を知らせれば逮捕できるかも。そんなことを考えていると、時計の鐘が鳴り、約束のことを思い出した。時計台の文字盤に目をやり、約束の時間を打ち鳴らしたことに気づくと、ちょうどソーンダイクが時計台の昇降口の石段を上がっていくのが見えた。そこが私たちの待ち合わせ場所で、私は丸石敷きの広場を急いで横切って落ち合うと、すぐさまさっきの出来事をぶちまけ、一斉射撃のようにまくし立てた。

ソーンダイクは強い関心を示したが、彼の反応にはちょっとがっかりだった。動じないし、容易に驚いたり、感情を表に出さない男ではあるが、そうと分かっていても、その出来事にもなにやら醒《さ》めた見方を示すのに、私の熱気も少ししぼんでしまった。警察の支援を求めようという提案もきっぱり拒まれてはなおさらだ。

「分からないではないよ」と彼は認めた。「その男に襲いかかり、我々が抱える危険も混乱もいっぺんに片づけてしまいたくなるのもね。だが、そんな行動はまずい。おそらく警察は行動を起こすのを拒むだろう。それに、警察にそいつの人相をどう説明する？捜査するにしても、あまりに漠然としているし、服を着替えてしまえば、まったく役に立たない。君の見当違いという可能性もある。それに、その情報を伝えたら、まず確実にもう一人の男を取り逃がす——誰もそいつを見た者はいないが、おそらくそいつこそが主犯だ。情報をさらけ出せば、我々が練り上げた計画は水泡に帰してしまうよ」

「練り上げた計画なんて知らないぞ」と私は言った。

「我々が携わっているのは殺人の捜査じゃないか。我々の目的は、複数いる殺人犯を捕まえ、犯罪の動機と背景を明らかにすることだ。その目的に必要な一定のデータを我々は集めたのさ」

「君がだろ」と私は異議を唱えた。「私にはデータなどほぼ皆無だよ。あの顔の血色の悪い小柄な悪魔が何者か、君は知ってるのか？」

「強い疑いを持ってはいる」と彼は答えた。「だが、疑いだけでは法廷に持ち込めない。疑惑の裏を取り、確証に変えたいんだ。私のカードが切り札として使えるようにね」

これには返す言葉がなかった。ソーンダイクのやり方は知っている。彼の主任弁護士を何年も務めてきたし、私が法廷に臨むときは、常に一分の隙もなく完璧な論拠を携えてきたのだから。だが、今回はじめて、難攻不落の決定的な論拠を得るには、けっこうな我慢と自重を強いられると気づいたし、早まった行動をしないよう自制するのも辛いと分かった。

　こうして話しながら、ゆっくりと街中から出て、ロンドン・ロードに向かった。ソーンダイクは、陸地測量部の一インチ地図（一インチ＝一マイルの縮尺）を手にしながら進路を示した。

「ビーチャム・ブレイクは」と彼は言った。「ロンドン・ロードを左に曲がり、ローワー・イックニールド・ウェイから少し外れたところにある。だが、最短の道を選ぶ必要はない。ストーク・マンデヴィルを通る脇道のほうが本道を行くより面白そうだし、村の下手の十字路からローワー・イックニールド・ウェイに行ける」

　こうして進路を決めて歩き、やがて静かな日陰の脇道に入った。間伐を施された低木が並ぶ曲がりくねった道を進む。堂々とした――秋色の葉がちらほら混じる――楡《にれ》の木立がそびえ、細長く涼しげな影を道に斜めに投げかけている。そのあいだ、たまに言葉を交わすほかは、ずっと黙ったままだった。私たちは休日のロンドン子であり、この田舎の風光明媚さが、心地よい目新しさもあって印象深かったからだ。

「時おり疑問に思ったことだが」長い沈黙のあと、私は言った。「ウィニフレッドのロケットから取り出した、青く染めた髪にはどんな意味がある?——あるとしてだが」

(美しき依頼人とのあいだで育まれた新たな関係のことは、ソーンダイクに打ち明けてあった。)

「ああ」と彼は答えた。「実に興味深い問題だね、アンスティ」

「それと、なぜ髪の毛をロケットから取り出して顕微鏡で調べたのかも知りたいが」

「その質問への答えはきわめて簡単だ」と彼は答えた。「青いかどうかを確かめたかったのさ。束になっていると黒く見える」

「すると、青いかもしれないと思っていたのか?」

「青いと予測していた。検査したのは確証を得るためさ」

「しかし、なんでまた、ロケットに青い髪があると予測したんだ? 髪を青く染めた例など知らないぞ——もっとも」私はふと思い出して付け加えた。「古代エジプトのカツラなら別だが、あれは髪の毛ではなかったな」

「髪ではないものもあったろうね。だが、これは古代エジプトの髪ではない。現代の髪の毛だ」

「じゃあ、なぜロケットに入っている髪が青く染めた髪だと予測した?」

「そう予測したのは」と彼は答えた。「ロケット自体を調べた結果からだ」

「つまり、中に刻印してあった謎めいた意味不明の聖書の参照指示のことか?」

「いや。外部の特徴、つまり、特殊なつくり、表面に刻まれた標語、裏面のホールマークのことさ」

「だが」と私は聞いた。「そうした外部の特徴と中の髪の毛の異常な性質にどんな関係が？」

彼はお馴染みの（というか、予想したとおりの）意地悪な微笑を浮かべた。

「おいおい、アンスティ」と彼は言った。「私からなにかを汲み出そうとしているね。つまり、自分で考えず、私の頭から知恵を拝借しようとしているのさ。そんな思考の怠慢を手助けはしないよ。発見の真の喜びは、自分で発見することにある。君もロケットを観察して手に取り、私の意見も聞いたし、もっと調べることもできる。ロケットの特徴をよく思い起こして、必要ならあらためて調べてみたらいい。特徴を一つひとつ検討し、関連づけてみたまえ。慎重に注意深くやれば、これらの特徴が実に興味深く面白い示唆を与えてくれるよ。中にある髪がおそらく青いという示唆もね」

「こん畜生め、そんなことが分かるもんか」私は腹を立てて声を上げた。「どうせ分かりっこないと思ってるだろ。だが、早々に〝小さなスフィンクス〟を反対尋問にかけてやるさ」

こう話すうちにストーク・マンデヴィルの村を通過し、十字路に来て左に曲がり、古道のイックニールド・ウェイに入った。

「一マイル半先で」ソーンダイクは、また地図を見ながら言った。「ロンドン・ロードを横切る。それから、イックニールド・ウェイを出てこの小道に入り、ウェストン・ターヴィルを左手に見て通りすぎる。ビーチャム・ブレイクの門の向かいに宿屋があるね。この地理的な位置関係は面白いと思わないか？」

「たぶん」と私は言った。「あと二マイルも歩いたら、英国の労働者の言う〝ビーバー〟(ビールの俗語)がほしくなるな。でも、その宿屋はおそらくただの路傍のビアホールさ」

さらに三十分歩いてロンドン・ロードに出ると、そこを横切って脇道――どうやらイックニールド・ウェイの一部――に入った。その道は湖のような貯水池の周囲をめぐっていて、やがて枝分かれし、楡の木が囲む心地よい小道に外れると、右手にオーク材で作った高い柵があった。

「ここが」とソーンダイクが言ったが、彼は背が高いので苦もなく柵の向こうが眺め渡せる。「ビーチャム・ブレイクの小庭園だ。邸は見えないが、門番小屋の屋根は見えるよ。そして、宿屋はここにある」

小道を曲がると、庭園の表門のそばに建つ門番小屋が見えてきた。そのほぼ向かいに目当ての宿屋がある。辺鄙《へんぴ》な場所にしては、目立つ宿屋だ。古風な木骨造り《ハーフティンバー》の建物で、高い波状の屋根があり、屋根窓が並んでいる。破風《はふ》造りのでかい張り出し窓は、彫刻を施された大きな支柱で下から支えられていた。だが、この建物の最も奇妙な特徴は、前庭の馬槽のそばにある、高い柱のてっぺんにぶら下がった看板だ。そこには、王冠と長く垂れ下がるカツラをかぶった紳士の頭が、褐色砂岩製の水差しの上に宙吊りみたいに描かれていた。

「思うに」宿屋に近づくと、私は言った。「あの看板は解説を付けるべきだな。国王と茶色の水差しという結びつきは、不自然ではないだろうが、宿屋の看板としては普通じゃないよ」

「おいおい、アンスティ」ソーンダイクは言い返すように声を上げた。「あの昔の洒落が、君ほどの優れた知性の持ち主に分からないなんて言うなよ。客室の窓に書かれた宿名から〝キングズ・ヘッド〟の看板と分かるし、肖像の下にある水差しから、国王はジェームズ二世か三世と分かる——海のかなたの国王陛下さ。明らかにジャコバイトの家だよ。反政府的扇動は気に入らないか？　それとも、中に入って休憩といくかい？　亭主の出すビールが政治的信念と同じほどの時代物なら、きっと素晴らしいお楽しみが待ってるよ。それに、この土地のちょっとした面白いゴシップくらい聞けるかも」

私は潔く同意しつつも、内心では自分の〝理解力〟の鈍さに地団太踏んでいた。ソーンダイクの説明はいつも呆気にとられるほど単純だ——説明を聞いたあとはだが。

宿屋の亭主は引退した執事のような感じの男で、昔気質のおじぎで挨拶し、私たちを客室に案内して、テーブルにウィッカムの肘掛椅子を二脚持ってきてくれた。

「なんになさいますか、お客様?」と彼はお伺いを立てた。

「そうだね、そもそもなにが出せるのかな?」とソーンダイクは尋ねた。「パンとチーズにビールは?」

「鳥の冷肉とボイルド・ベーコンはいかがですか」亭主は、最高の切り札でも出すように言った。

「本当かい!」とソーンダイクは声を上げた。「それは国王に似つかわしい美食だよ——海のかなたの国王にも」

亭主はニヤリとし、「おや、古い看板のことをおっしゃってますね」と言った。「昔なら、あそこに吊り下げてはおけませんでしたね。違う看板を吊り下げたでしょう。かつては、あの国王の看板は、この部屋の暖炉の上に掛かっていましたが、国王ジョージの肖像が隠し蝶番で表に取り付けてあったのです。よそ者が来たときは、かつて外に掛けてあった看板と同様、国王ジョージ——王に祝福あれ!——の肖像が表に出ていました。ところが、村人や地主邸の方たちがこの部屋に集まると、ジョージの肖像を蝶番でうしろ側にひっくり返し、ジェームズの肖像を表に出して、水の入った水差しをテーブルに置いて乾杯を捧げたのですよ（水差し越しに亡命中の「海のかなたの国王陛下」に乾杯するジャコバイトたちの慣習）。この宿屋も当時ははやっていまして。パーシヴァル・ブレイク——かつての一族の最後の生き残りで、誰に聞いても類い稀なる陰謀家——が、まさにこの部屋で政治仲間たちと会合を開いていたそうです。この部屋で多くの陰謀が練られたに違いありませんが、すべては徒労でした」

「この地所の今の所有者は？」とソーンダイクは聞いた。

「現在の地主はアーサー・ブレイク氏です。風変わりな地主さんですよ」

「どう風変わりだと？」と私が尋ねた。

「なんというか、ほら、植民地人ですよ——ずっとオーストラリアに住んでおられたそうで。見るからにそうです——大柄でごつごつした顔つきだし、口数も少ない。でも、馬に乗れるし、得意そうでね。この州でも、あれだけ乗りこなせる人はいません。いないと言えば、右側から乗るのもね。あっちじゃ、それが普通の乗り方なんでしょうな。この国の道路規則には合いませんが」

亭主はそうやってあれこれ話しながら、うしろに引っ込んでいて姿を見せないおかみさんの手助けと指示を受けて、素早い手際のよさでテーブルの準備をし、ごちそうを並べていった。泡立つ〝栗色の飲み物〟のジョッキを出して最後の仕上げをすると、これでお役御免、あとは食事をどうぞ、というそぶりを見せた。ところが、ソーンダイクはもっと話したそうな様子で、亭主をやすやすと籠絡《ろうらく》し、タンブラーをもう一つ持ってこさせると、土地の話題を引き出していった。

「この地所が売りに出されるのは本当かい？」ソーンダイクは探りを入れた。

「らしいですね」と亭主は答えた。「弁護士が認めてくれれば、そうするのが地主さんにとっても一番です。この地所はあの方に向いていませんよ」

「それはなぜ？」

「まあ、あの方は独り身だし、そのままでいたいようでして。それに、この土地ではよそ者で、英国の慣習にも馴染めないようです。友人もおらず、よその家を訪ねようともしない。ご近所のことも知らないし、知ろうとも思わないようで。使用人を一人か二人置くだけで、あとは下男一人――マイヤーという外国人ふうの男――と暮らしてます。邸の一画で生活して、ほかの部分は使っていません。小さな百姓家にでも住むほうが向いてますな」

「なにをして一日を過ごしているのかな？」とソーンダイクは聞いた。

「知らないですね」と亭主は答えた。「まあ、ほとんどぶらぶらしておられます。写真が趣味という話で、けっこう上手らしいですよ。午後は毎日、乗馬に出かけて――ほぼかっきり三時になると門から出てこられますね――朝出てくることもありますが」

「来客は？　よそ者でも邸を見学できるかな？」

「いいえ。地主さんは、よそ者が地所をうろつくのをお許しになりません。たぶん、あんなに神経を尖らしているのは、二年ほど前に泥棒に入られたからだと思います。大事には至りませんでしたが。翌日には盗まれた物はみな取り戻して、盗っ人も捕まえましたから」

「そりゃ手際のいいことだ」と私は言った。

「ええ」と我らが友は頷いた。「ものの見事に捕まえましてね。単独犯でしたが、盗っ人はプロだったようで。指紋を残さぬよう手袋をはめてましたから。ところが、すぐに手袋を脱いじまったんですよ。男がずらかるところを聞きつけて、犬を放ったものだから、やつは泡食って遁走し、庭園に盗品を一つ——確か銀製の盆——落としちまった。警察が翌朝見つけて、指紋があるのに気づいたわけです。警察は、盆をスコットランド・ヤードに持ち込んで検査させたかったが、地主さんが拒みましてね。地主さんは指紋の写真を撮って警察に渡しました。その写真をスコットランド・ヤードに持ち込むと、担当の係はすぐに誰の指紋か突き止めて、その日の晩には、所持していた盗品と一緒に盗っ人を捕えたというわけで。実に手際がいいですな」

「ところで」とソーンダイクは尋ねた。「邸を拝見してかまわないかな？　あくまで外側からだが」

「認めてもらえるか、確かめましょう」と亭主は答えた。「門番と話してみますよ。私は二代前の地主さんの執事をしてたから、連中も私のことはよく知っています。お二人が昼食をとっておられるあいだにひとっ走りしてきますよ。でも、地主さんが出かけるまで待たれたほうがいいでしょう。お二人が私道を歩いているのに気づいたら、きっと出て行けとおっしゃいますよ。そうなったら、皆さんのような紳士方にはご不快でしょう」

「そのくらいのリスクは冒してもいいさ」とソーンダイクは言った。「出て行けと言われたら、おとなしく従うよ。本人の知らないところでこそこそするのは嫌でね」

「おっしゃるとおりでしょうな」亭主は頷いたが、なんとなく半信半疑の様子だった。亭主は使いに走り、残った私たちは昼食にいそしんだ――といっても、もうほとんどすませていたのだが。

その長い会話のやりとりに、私は口をはさまなかった。だが、聞いているだけでも興味深かった。亭主が提供してくれたささやかなビールに、ストローを二本も突っ込みたくはない。興味を引くだけでなく、ひどく当惑したのは、知りもしなければ関わりもない人物の個人的な内輪の事情をソーンダイクがやたらと詮索したことだ。例の財産相続の問題は、純粋に法律上の問題――それも、その点では実に根拠の弱いもの――であり、現在の所有者の個人的な特徴や習慣とはなにも関係がないのに。とはいえ、これまでの経験からすれば、ソーンダイクは然るべき理由もなく、あんな瑣末でぶしつけな質問をしたわけではない。自分に関わりのない事柄ほど人は詮索したがるものだが。

しかし、彼の性格にそぐわない行いは、それだけではない。亭主が行ってしまい、私たちがパイプにたばこを詰めて火をつけると、彼はチョッキのポケットをまさぐり、やがてポルトンが作ったハリバートン氏のばかげたマスコットの複製を取り出し、テーブルに置いて嬉しそうに見つめた。

「いつもそいつをポケットに忍ばせているのか、ソーンダイク?」と私は聞いた。

「いつもじゃない」と彼は答えた。「だが、今回は特別だ。我々は休暇中だし、幸運を求めてもいるのさ。せめて、なにかいいことがあるようにと願いをかけているんだ」

「我々だって?」と私は言った。「私はそんな願いなどかけてないぞ。君がなにを期待しているのか分からないな」

「私にも分からないさ」と彼は答え、「でも、幸先よさそうな気分でね。ビールのせいかな」と言うと、マスコットを取り上げ、ナイフの刃で金色のスプリットリングを開き、懐中時計の鎖につないで、人差し指と親指でリングをぎゅっと押して閉じた。

奇妙な仕草だ。お守りだのマスコットだのの呪物崇拝的な物や慣行に表される迷信を、ソーンダイクがあからさまに軽蔑していると知っているだけになおさらだ。もっとも、彼が言ったように、私たちは休暇中だし、思い出づくりに少しくらい馬鹿げたことをしてもいいだろう。

数分後に亭主は戻り、邸を見学する了解を門番から得たと告げた。私道を二百ヤードまでしか行ってはいけないという条件付きだが。「そこまでご一緒しますよ」と彼は付け加えた。「許可した相手が皆さんだと分かるようにね」

こうして私たちはささやかな支払いを済ませ、帽子とステッキを手にすると、我らが亭主は客室のドアを開けてくれた。私たちは中庭に出ながら、そよ風でキイキイ音を立てて揺れる時代物の看板をあらためてしげしげと見上げた。道を横切り、閉じた門のくぐり戸を抜けると、門番が遠目に監視している。ここで我らが亭主は別れを告げ、宿屋に戻った。

私道を少し歩くと曲がり角があり、一望の牧草地の向こうに邸が見えた。牧草地には牛の小さな群れがいて、その色が鮮やかな斑点をなしている。大きな邸ではないが、大きさの足りない分を埋め合わせるだけの個性と特徴がある。邸は明らかに二つの部分からなっている。新しい部分は、ジェームズ一世時代のレンガ造りの建物で、壁は石造りだが、風変わりな甍段《いらか》の破風《はふ》がある。より古い部分――十六世紀は下らない――は比較的低い構造の建物で、重厚な木骨《ティンバー》の間を漆喰の化粧塗りが埋め、上の屋根には横に広がった庇《ひさし》があり、一風変わった屋根窓が並び、大きな煙突がいくつも伸びている。

「立派な旧家だね」と私は言った。「ブレイクが偏屈屋なのが実に残念だ。邸の中は外観よりもっと個性的だろうに」

「うん」とソーンダイクは頷いた。「国産建築物の優れた見本だ。亭主の言うことが大げさでないなら、完全に放りっぱなしになっているね。もっと理解のある所有者を望みたいところだ――我らがパーシー坊やのような」

私は驚いてソーンダイクを見たが、彼がこんな意表を突く発言をするのはなにも初めてではない。私には、この地所に対するパーシーの権利請求は、空想的な願望にすぎず、その点ではあまりに不明瞭だ。彼がビーチャム・ブレイクを相続するチャンスはまったくの夢物語であり、真面目に受け取る気にもならない。だが、どうやらソーンダイクはそうは考えていない。明らかに探究に値する問題と考えているし、さっきの言葉からも、その問題がずっと彼の念頭にある。私がまた話の口火を切ろうとすると、男が二人、邸の角を回って姿を見せた。どちらも鞍《くら》の付いた馬を引いている。彼らは表門で立ち止まり、一人が馬に乗った――それも右側から。すると、彼らはどうやら、私たちの存在に気づいたらしい。二人そろってこっちを見た。異常なほど凝視し続け、その身ぶりからして、私たちのことをしきりと論じ合っているようだ。

ソーンダイクは静かに笑い、「君の容貌には、よほどあやしげなところがあるに違いないね、アンスティ」と言った。「さかんに君のことを話しているようだ」

「どうして私の容貌なんだ？」と私は言い返した。「我々二人を見てるんだ。むしろ、本当にあやしく思われてるのは君のほうだろう。きっと、銀の盆をまた盗みに戻ってきたと思ってるのさ」

私たちが話すあいだに、彼らの議論も終わった。男の一人は、馬の手綱を握ったままこちらを見ていたが、もう一人は向きを変え、馬を速足で駆って私道を進んできた。こともなげに馬に乗っていたが、人生の大半を日常的に乗馬してきた証拠だ。近づいてくると、探るように、あからさまに不快げな様子でこっちに目を向けたが、それ以上は気に留めずに通り過ぎるように見えた。ところが、彼はにわかに警戒を強めた。並み足に速度を落とすと、私たちのそばに来て止まり、馬から降りた。今度も右側から降りたのに私は気づいた。

第十五章　地主と猟犬

ブレイク氏は、あきらかに私たちに話しかけようと近づいてきたので、私がしげしげと彼を観察したとしても不自然ではなかった。だが、そんな好奇心も、彼の風貌には見事に裏切られた。ごく平凡な風貌だったのだ。背が高く逞しい体つき、活発そうで筋肉質の男。顔つきは少々いかつかったが、表情は決然として精力に溢れている。もっとも、並み以上の知性は感じられない。だが、馬の手綱を引いて、ソーンダイクの顔をじっと睨みながら近づいてくると、その表情には猜疑心だけでなく、なにやら驚きの色がかすかに浮かんでいるように思えてならなかった。

「ご用件はなんでしょうか？」彼はいささかぶっきらぼうに、だが礼を失することなく、ソーンダイクに尋ね、ただならぬ関心を示しながら見つめた。

「特に用件があるわけでは」と我が同僚は答えた。「この界隈を散策していて、美しく興味深いお邸を拝見したいと思いましてね。それだけですよ」

「邸のことで、特に知りたいことでも？」ブレイク氏はなおもソーンダイクに尋ねた。

「いえ」とソーンダイクは答えた。「この地所に興味を持ったのは、ただの好古趣味的な興味からです。さほど造詣が深いわけでもありません」

「なるほど」とブレイク氏は言い、ちょっと考え込む様子を見せてから離れていこうとしたようだが、不意に立ち止まり、表情がにわかに変わった。私はそのとき、ソーンダイクのばかげたマスコットに彼の目が釘づけになっているのに気づいた。

「おそらく」と彼は言った。「門内に入る許可は門番から？」

「ええ」とソーンダイクは答えた。「許可はもらいましたよ――宿屋の亭主から頼んでもらいましてね――お邸を眺められる距離までなら、と。つまり、ここまでです」

ブレイク氏は頷くと、またもやソーンダイクの懐中時計の鎖に付いている物に視線をさまよわせた。

「マスコットをご覧になっていますね」ソーンダイクは愛想よく言った。「変わった代物でしょう？」

「確かに」ブレイクはぶっきらぼうに頷いた。「それはなんですか？」

ソーンダイクは柔らかい針金の輪を開き、鎖からマスコットをはずして、その小物をブレイクに手渡した。ブレイクは興味深そうに調べながら言った。

「骨でできているようですね」

「ええ。ハリモグラの骨です」

「ほう。外国で手に入れたんでしょうな?」

「いえ」とソーンダイクは答えた。「見つけたのはロンドンです。というわけで、実は私の物ではありません。ハリバートンという方の物でして。ところが、住所が分からないので、お返しできないのです」

ブレイク氏は、なにやら当惑して眉をひそめながら説明を聞いていたが、おそらく我が同僚が見ず知らずの相手に、求められもしないのに、あれこれ話すのを変に思ったのだろう。だが、いつもなら口の固いソーンダイクが、こうもベラベラと内密のことをしゃべるのを聞いた私の驚きに比べれば、ブレイク氏の驚きも物の数ではあるまい。

ブレイク氏はマスコットを調べ終わると、かすかに唸りながらソーンダイクに返して寄こした。我が同僚が懐中時計の鎖にその輪をつなぐと、ブレイク氏は踵を返し、馬の右側に回って軽やかに鞍にまたがり、速足で馬を駆って去っていった。木立が両脇に並ぶ道を曲がり、姿が見えなくなると、私はソーンダイクに目を向けた。彼は再び邸のほうを静かに見つめていた。

「亭主の言うとおりだね」と私は言った。「地主のブレイクは相当な武骨者だよ」

「確かにマナーに愛想がない」とソーンダイクは頷いた。

「そもそもマナーがあるとは思えなかったな」と私は言った。「それと、君も不必要に好意を示しすぎだぞ。打ち明けすぎとまでは言わないが」

「どうかな」と彼は応じた。「我々は彼の地所内にいるが、招かれてもおらず、相手の意思に反してだ。好意ぐらい示さなきゃなるまい。それにどのみち、彼は我々を追い払わなかった。だが、そろそろ退散したほうがよさそうだ」

「ああ」と私は頷いた。「おそらく、我々がここから出ていくのを見届けようと待っているだろうし、門番にも指示を与えているんじゃないか」

いずれの予測も当たっていたようだ。私たちが道の曲がり角の木立に来ると、地主が門番と話し込んでいるのが見えたからだ。門番は直立不動の姿勢で、門を開けたままにし、なにやら気まずそうな様子。私たちがくぐり戸を抜けても、門は開いたまま。門番は好奇心すらにじませながら、じっとこちらを見ていたが、ブレイクのほうは、私たちに気づいたそぶりも見せなかった。

「やれやれ」と私は言った。「無愛想な豚野郎だ。だが、ましなところもあったよ。目の利く男だ。君にまさに一目置いていたぞ、ソーンダイク。君が話すあいだ、目を離そうとはしなかった」

「容貌を記憶しようとしていたのかな。私がやり手の強盗だった場合に備えてね」

洗練された風貌の我が同僚をやり手の悪党と見間違えるなどという、とんでもない発想には笑ってしまった。だが、あり得ぬことではない。確かに地主は我が友の顔をじろじろと見ていたし、あやしいと思わなければそんなことはしない。

「もしや」と私は言った。「強盗に狙われているという強迫観念かな。宿屋の亭主の話からすると、そんなことじゃないか。門番になにを話していたのだろう。どうも門番は我々のことで叱られていたようだが」

「たぶんね」とソーンダイクは答えた。「だが、我が学識ある友が、頭のうしろに目が付いていたら——」

「我が学識あるシニアには付いているようにね」と私は横やりを入れた。

「——なにが起きたか、とうにはっきりした所見を持てただろう。後頭部に特殊機能がないのなら、この生垣の隙間を抜けて、土手の下で腰を下ろすことにしようか」

彼がかがみ、上のほうの生い茂る群葉をかわしながら隙間をくぐり抜けると、私も続いた。非凡なる観察力を持つ我が同僚がなにを見たのか、少なからず好奇心をくすぐられながら。おそらく、誰かがつけてきているのだ。だとすると、生垣の隙間は道の急カーブを曲がったところにあったし、私たちが姿を消したのも見られなかっただろう。

「ところで、ソーンダイク」私は土手の下に腰を下ろしながら言った。「君の目はキリンと同じような位置に付いているようだね。きっと、周囲をいっぺんに見られるんだろう」

ソーンダイクは静かに笑い、「人間の視野はね、アンスティ」と言った。「視野計で測れば、百八十度を優に超える。それを三百六十度に広げるのに、頭をあからさまに横に向ける必要はない。本当に重要なことは視覚ではなく、思考だよ。門番と話し込んでいたことからすると、ある可能性が見えてくる。かすかな可能性だがね。通常の人間の視力でも、然るべき注意を払えば、実はよくあることだが、ありそうもないことが起きたのを十分捉えることができたのさ。しっ！　生垣の隙間から覗いてみたまえ」

彼の囁き声が途切れると、急ぐ足音が聞こえてきた。足音が次第に近づき、覗き穴から窺うと、コール天の膝丈ズボンにゲートル、ベッチンの上着を着た男が急ぎ足で通り過ぎていった。門番もそんな身なりだったし、はっきり見分けがつくほど近くで見たわけではないが、たぶん男は門番だ。

「さて、なぜつけてくるのかな？」私は男の正体は自明の前提で聞いた。

「意図的につけていると決めつけるものじゃない。そうだとは思うが。だが、同じ方向に向かっているだけかもしれない。ウェンドーヴァーに用があるのかも」

「一、二度、わざとまいて、狙いがなにか確かめるのも面白いな」私は大の大人でもどこかに燻《くすぶ》る童心に促されて言った。

「確かに面白そうだ」とソーンダイクは頷いた。「だが、我々の目的には役立つまい。大事なのは、気づかれていると悟られずにやつの目的を確かめることだ。やつの姿が見えなくなったら、我々も動き出そう」

門番はトリング・ロードで曲がり、姿が見えなくなった。速足であとをつけ、トリング・ロードに入ると、ウェンドーヴァー行きの歩道の二百ヤードほど先で、門番は面食らった様子できょろきょろと見まわしていたが、私たちを目にしたとたん、片足を土手にかけ、靴紐をいじりはじめた。

「気づかないふりをしよう」とソーンダイクは言った。「見るからに単純そうな男だし、おそらく見逃したのだと思うだろう。そう信じ込ませるほうが得策だ」

私たちはいかにも脇目もふらずという体《てい》で彼のそばを通り過ぎ、曲がりくねった道をひたすら進んだ。

「つけていたのはほぼ間違いないね」と私は言った。「問題は、なぜつけているかだ」

「ああ」とソーンダイクは言った。「問題はそれさ。我々が確実にこの界隈から出ていくのを見届けろと指示されたか、あるいは、もっと別の指示があったのか。駅に着けば分かるだろう。それはそうと、ポルトンの新しい発明品を試してみたい。ちょっと風変わりだが、ポケットに入れておいて、機会があれば使ってみると約束させられてね。ちょうどいい機会だ。この道具さ」

彼はポケットから革のケースを取り出し、そこからさらに、かなり堅固なつくりの眼鏡を出した。「そう、ポルトンはずっと、背後の動きを観察できる手段を私に提供したいと考えていた。この装備はそのために彼が考案したものだ。ポルトンの発明品はみなそうだが、実にシンプルで実用的だよ。見てのとおり、がっちりした眼鏡枠に見かけだけのレンズ――度のない透明ガラス――が嵌めてあり、光学的に歪みのない平面に磨き上げた反射鏡金の小さな円盤がガラスとわずかな角度をつけて外縁に取り付けてある。円盤は目のすぐそばにあるから、この眼鏡をかける者は、頭をごくわずか動かすだけで、真うしろの様子をはっきり見ることができる。試してみるかい？」

眼鏡を受け取ってかけてみると、その効果に驚いた。干しエンドウほどの大きさの円盤だが、背後の道が実にはっきりと見えた――まるで小さな丸い穴を覗いているように――それも、ほんのわずか頭を動かすだけで。背後から私を見れば、前をまっすぐ見ているようにしか見えないはずだ。

「なるほど」と私は声を上げた。「実に便利な装備だね。ポルトンには、私用にも一つ作ってもらいたいな」

「喜んでやってくれるよ」とソーンダイクは言うと、ちょっと思案するように付け加えた。「ポルトン――人の役に立ち、楽しませることに喜びを見出す者――がもう数千人いれば、この世は実に素晴らしい世界になるだろうに！」

私はウェンドーヴァーへの道行き、ずっと魔法の眼鏡をかけ通し、目に触れまいと滑稽なほど用心して――実際見られていないと信じて――尾行している無知な門番を観察しながら、子どもっぽい楽しみに耽《ふけ》った。長い斜面を降り、美しい小さな町に出て、私はようやく眼鏡をはずした。立ち並ぶ茅葺《かやぶき》のコテージや、エルスボローの向こうにそびえる森の高台を背景にして建っている質素な時計塔という、絵画的な光景の魅力を楽しむほうがいい。駅に着くと、さいわい列車は時間どおりに到着し、すでに信号が鳴っていた。しかし、私たちは尾行者が来るまで切符を買わなかった。門番は二分ほどあとに、見るからに慌ててやってきた。間違いなく列車の時間を知っていたのだ。彼が姿を現すと、ソーンダイクは切符売り場の窓口にゆっくりと向かい、尾行者に近づく時間を与えてから、はっきり聞こえる声でメリルボーン行きの一等車席の切符を二枚買い求めた。続いて門番も、まるでくぐり抜けようとするみたいに窓口に頭と肩を突っ込み、抑えた低い声で切符を買い求めた。

「あの男のことはもう気にしなくていい」とソーンダイクは言った。「ロンドンに着けば、そこで目的が尾行かどうか分かるはずだ」

私たちは乗客のいないコンパートメントに席を占め、パイプにたばこを詰めると、列車が動きはじめた。私はあらためて、どんな戦術をとるかを聞いた。

「あの男が我々を住居までつけようとしたらどうする、ソーンダイク？　我々を最後までつけさせるか、それとも、まいてしまうか？」

「我々の正体や住所を隠す理由はない。どうもそれがブレイクの知りたいことのようだ——あの男が本当に我々をつけているのならね」

「だが」と私はなおも言い張った。「それがなんの役に立つのか分かるまで、情報は秘しておくのが賢明じゃないか？」

「普通はそうだ」と彼は認めた。「だが、相手が情報をつかめば、こっちも知識が増す場合だってある。ブレイクが我々の正体を知りたいのは、我々がよからぬ目的で地所に入りこんできたと疑念にかられているだけかもしれない。だが、目的がほかにあるとも考えられるし、だとすれば、それがなにかを知りたい。その最善の策は、我々の名前と住所を教えてやることだ」

私も納得したが、少々当惑していた。ブレイクという男は我々とは無関係だし、そいつが鈍《にぶ》い頭で我々にどんな疑いを抱こうと、どうでもいいことに思える。だが、ソーンダイクにはおそらく彼なりの考えがあるのだろう――それに、あの猟犬のような門番には滑稽な面もあるし、なかなか面白い。我が沈着冷静な同僚もいかにも楽しんでいる。

私たちはメリルボーン駅で下車し、足早に改札口を抜けたが、正面出口にはゆっくりと向かった。

「ポルトンの眼鏡は目立つかな？」と私は聞いた。

我が同僚はおおらかに微笑し、「新しい玩具は好評を得たね」と言った。「今回は確かに役に立つ。大丈夫、眼鏡をかけたまえ。円盤は、特に注意して見ないかぎり、ほとんど目立たないよ」

そこで私は装置を身につけ、私たちはメリルボーン・ロードに出たが、間髪置かずに状況の報告ができた。

「あの男、出口から我々を見ているよ。どっちへ行く？」

「そうだね」とソーンダイクは応じた。「彼が田舎者のおのぼりさんなら、窮屈な列車旅のあとだし、あとをつけやすくして、ちょっと運動をさせてやろう。ユーストン・ロードを行けば、オックスフォード・ストリートより人ごみが少ない」

私たちは東に足を向け、メリルボーン・ロードからユーストン・ロードへと比較的人通りの少ない側を選びながらゆっくりと歩いた。眼鏡が多少気になったが、誰も気づく者はいないようだ。眼鏡のおかげで、驚くほど容易に単純そうな尾行者を観察できたし、私たちを見逃すまいとしながら、自分は見られまいと四苦八苦している様子が面白かった。私たちは、ウォバーン・プレイスに入り、クイーン・スクエアからグレート・オーモンド・ストリートに入り、ラムズ・コンドゥイット・ストリート、レッド・ライオン・ストリート、グレート・ターンスタイル、リンカーンズ・イン、チャンセリー・レーンを歩み、フリート・ストリートからミドル・テンプル・レーンに出た。ここで、あの猟犬が私たちを見失わないように歩調を緩めた。事務所の近くに来ると、私は眼鏡をはずして元の所有者に返した。

私たちはパンプ・コートの入り口で二手に分かれ、ソーンダイクはゆったりした歩調でクラウン・オフィス・ロウに向かい、私は裁判所棟を急ぎ足で抜け、クロイスターズでいったん立ち止まり、猟犬があとをつけていないのを確かめると、フィグ・トリー・コートを走り抜け、キングズ・ベンチ・ウォークから事務所に着いた。ちょうどポルトンがお茶を兼ねた夕食を用意していた。

私は信頼措《お》く能《あた》わざる助手に急いで状況を説明した（魔法の眼鏡が素晴らしい成果を上げたことも話すと、彼の顔は喜びに溢れ、くしゃくしゃの皺だらけになった）。私たちは双眼鏡を手に実験室の窓際に陣取り、観察の楽しみを味わった。ソーンダイクがクラウン・オフィス・ロウから悠然と姿を現すと、ベッチンの上着を着た男がすぐうしろをつけてきたが、悟られまいと必死な男の様子に、ポルトンは腹の皮をよじらせた。

「あの男のあとをつけて行き先を確かめましょうか？」とポルトンは聞いてきた。

ソーンダイクが部屋に入ってくると同じことを聞いたが、彼はその提案を退けた。

「ここからどこへ行くかは知る必要はあるまい」とソーンダイクは言った。「とはいえ、ポルトン、せっかくここまで来られたのだから、下に降りて、お望みの情報を提供してやってくれないか」

ポルトンには一度指示すれば十分だ。彼は帽子をひょいとかぶり、上機嫌で階段を降りていった。だが、一、二分ほどで戻り、なにやらがっかりしていた。

「無駄でした」と彼は報告した。「入口柱の名前を書き写してましたが、すべて書き取ったようです。私の姿を見たとたん、点灯夫みたいに立ち去ってしまいましたから」

ソーンダイクはくすくすと笑い、「考えてもみたまえ」と言った。「我らが親愛なる地主殿は、我々に名刺を求めさえすれば、お望みの情報はみな得られただろうに。げに怪しき輩《やから》とは無用な骨折りをするものなりさ」

第十六章　ブロドリブ氏の使命

株式取引所という深く危険な海域で仕事をする投資の舵取り役が、〝後知恵の取引分析〟と呼ぶ心理現象がある。だが、この現象は彼らに限ったものではない。一般の人にも昔からよく知られている現象――普通は〝事後予言〟と呼ぶ――で、この予言は妙なことに、もっと拙速な予言に欠けている分別や確実さにいつも裏打ちされている。

この物語が記録する奇妙な事件をあとから振り返り、そういう見事に腹に落ちるやり方で知恵を使ってみたい気にもなる。だが、振り返ってみると、この記録の出来事の進行中、私が発揮した〝後知恵の取引分析〟の能力はお粗末なかぎりで呆れてしまう。ソーンダイクはそもそものはじめから、あらゆる顕著で重要な事実（ただ、そのときは顕著にも重要にも見えなかった）を手がかりに明確な方向を着実に進んでいたが、その手がかりは私の目の前にもあったことが今は分かる。だが、彼が一貫した手がかりにまとめ上げた事実も、私にはバラバラのままの一見無関係な断片にすぎなかった。そのときは、ソーンダイクが重要な証拠を私に分からないように隠しているのだと思っていた。今は私にも（きっとすでにその証拠をまとめている賢明な読者にも）明らかだが、彼はなにも隠しておらず、実はきわめて明白なヒントすらいくつも与えてくれていたのだ。

というわけで、気づきさえすれば確かに把握していたはずの情報と裏腹に、私はまったくの暗中模索状態だった。私がはっきりと知っていたのは、ウィニフレッドが危険にさらされていること、つまり、人間の姿をした狼が彼女の家の周囲をうろつき、彼女が外出すると、あとをつけてくることだけだった。

だが、こんな危険にも見返りがあった。おかげで、常に付き添ってやらなくてはという大義名分ができたし、それは私の望むところだったから。ジェイコブ・ストリートに毎日足を運ぶのも、ただの恋の巡礼ではなく、使命を与えられた保護者として義務を果たすためでもあった。ウィニフレッドが倦むことを知らぬ勤勉さで描き続けていたデッサンの仕事で、彼女が自分で街中に出なくてはいけないときも、しっかりした護衛役なしでは外出を許されなかったので、私は必要不可欠の役割を果たしていた。こうして、義務には楽しみが伴ったのだ。

だが、ウィニフレッドと親密な仲になり、パーシーもう気づいていたとはいえ、殺人の捜査のことはなにも打ち明けなかった。これはソーンダイクの仕事であり、彼自身、なにか制約を設けたわけではないが、口を閉ざしていたから、私にもそうするよう求めている気がしたのだ。だから、ビーチャム・ブレイク訪問の話をしたときも――彼女もパーシーも強い関心を示したが――エイルズベリーで会った男のことはなにも言わなかった。

一度だけ、あやうく禁を破りそうになったが、思い直したことがある。それは、ある日の午後、新しくできたデッサンを見ながら論評しあっていたときのこと。私たちは画架の前に立っていたが、大きな窓から射す日差しがデッサンの一部を照らすと、色合いがまるきり変わってしまった。私は、強い照明を当てると色には変化が生じるという話をした。

「ええ」と彼女は言い、「それで思い出したけど、先日、とても妙なことに気づいたの。お話しするわ」と、首から下げた謎めいたロケットを結ぶシルクの紐を解き、小さな金色の本を開いて、中に入った一巻きの髪を日差しにかざして光を当てた。

「分かります？」彼女は期待のまなざしで私を見ながら尋ねた。

「ええ」と私は答えた。「日差しに当たると、この髪ははっきりと青い色を帯びる」

「そうなの！」と彼女は声を上げた。「でも、不思議じゃない？　ブルー・ブラックの髪ならよく聞くけど、それは茶色っぽさのない漆黒を言い表す言葉よ。ところが、この髪はほんとに青い。まるで彩色したステンドグラスみたいにはっきりと鮮やかな青なの。自然の髪の色だと思いますか？　染めた髪とは考えにくいし」

その件でソーンダイクが発見したことと、奇妙で不可解な彼の発言をあやうく口にしそうになったのはそのときだ。だが、原則は原則。彼が教えてくれた事実は、むろん秘密にすることではないが、彼の了解なしに勝手にしゃべる気にはなれない。彼がロケットを調べたのも、ただの好奇心からにすぎなかったようだ。ソーンダイクは、問題を未解決のまま放置するのを潔しとする男ではないから。解決したところで、たいした成果がないとしてもだ。彼には解決すること自体が目的で、思考の訓練という楽しみのためにしていること。このロケットは明らかに秘密を蔵している。彼がどの程度その秘密を解いたかは分からないが、別にどうでもいい。自分に関わる秘密ではないし、関係のないパズルを解くような趣味はない。

「青い色が自然な色とは、ちょっと思えないね」と私は言ったが、少し譲歩する気持ちで言い添えた。「だが、ソーンダイクなら分かるかも。今度事務所に来られたら、彼に見せて意見を聞いてはどうかな」

ロケットを彼女から受け取り、ソーンダイクのじらすような助言を思い出して、やや好奇の念に駆られて眺めまわした。彼が裏側のホールマークに言及していたのを思い出すと、ひっくり返して微小な図柄をじっと見つめた。

「ご覧になってるのは、ホールマーク、つまり、金細工師の〝刻印〟とかいうやつね」とウィニフレッドは言った。「ちょっと風変わりよね。そんなの見たことないわ。確かに普通の英国のホールマークじゃないし。虫めがねをもってくるわ」

度の強い拡大鏡を持ってきてくれたので、これを使ってマークを仔細に調べた。だが、なにも分からない。それは四つの刻印からなり、最初の刻印は大文字のAで、その上に小さな王冠を戴き、二枚の棕櫚《しゅろ》の葉が覆っている。二つめは一種の盾形紋章で、AHという頭文字に王冠を戴き、さらにその上に百合紋章が描かれている。三つめは大文字のLだけで、四つ目は馬のような動物の頭が描かれている。

「風変わりで、珍しいマークですが」と、私はロケットと拡大鏡を返しながら言った。「ロケットが外国の製品、おそらく、フランスかイタリアの製品じゃないかとしか言えない。とはいえ」と、尊敬すべきシニアが困るところを見てやりたい意地悪な期待を抱いて付け加えた。「来られたときに、ソーンダイクに聞いてみたらどうかな。彼ならきっとすべて解き明かしてくれるよ」

「あの方はまるで生きた百科事典ね」ウィニフレッドはロケットを閉じながら言った。「ご忠告どおり、髪の毛のことはあの方に聞いてみるわ。でも、今週は駄目なの。大量のデッサンを描かなきゃいけなくて。働きずくめの日々になるわ。来週後半の午後にでも、神託を伺うお茶会を開いていただければ」

我が同僚の予定を確かめて日にちを決めると約束したものの、その約束は果たされぬままとなり、「神託を伺うお茶会」は新たな騒動のために先送りとなった。その騒動の兆しが表れたのは、まさにその日の晩だ。私が事務所に入ると、ブロドリブ氏とローレンス・ドレイトン卿が、お約束のデカンターが載った小卓とともに、暖炉のそばの肘掛椅子に腰を下ろしていた。明らかになにかの打ち合わせをしていたのだ。

「おお！」とブロドリブが言った。「四人目の共謀者が来たぞ。これでみんな揃ったな。君の敬愛するシニアを煩わせていたのさ、アンスティ。調査の進み具合を報告しに来たんだ。こうしてローレンス卿もつかまえて連れてきた。彼も利害関係者のようだからね」

「今のところ、困惑しきった関係者だが」とドレイトンは言った。「おそらく説明を用意してあるんだろう」

「アンスティのグラスが満たされたら、すぐ説明をはじめるよ」とブロドリブは言ったが、明らかにギャンプ夫人が提唱した酒興の掟が念頭にあったようで（ギャンプ夫人は、ディケンズ『マーティン・チャズルウィット』に登場する飲んだくれの看護婦）、この条件が実行されると話を続けた。「ソーンダイクがほんの少し前に提案してきてね。ビーチャム・ブレイクの不動産の保有権は、行方不明の不動産権利証書が見つかれば、さらに申し分のない根拠を得るというんだ」

「つまり、現在の保有者にとって申し分がないということか」とドレイトンは言った。

「すべての者にとって申し分がないということさ」とブロドリブが言った。

「それは見つかる文書の内容によりけりだろう」とローレンス卿は言った。「とはいえ、提案の続きを聞こうじゃないか」

「我が学識ある権謀術数家の友の提案は、その文書は邸のどこかに隠されていると思われるから、隠し部屋や隠し場所についての専門知識のある者を使って、家屋を徹底的に調査させたらいいということだ」

「そんなやつを知っているのか？」とドレイトンは聞いた。

ブロドリブは肥えた顔に微笑を浮かべ、自分のグラスを満たすと、「もちろんさ」と答えた。「君だって知っているよ。ソーンダイクその人こそ、その分野の権威だ。言うまでもなく、提案とは、彼自身が実地調査して探索を行うことさ。当たり前だがね。理由は分かるだろう？」

「分からないな」とドレイトンは言った。「今の話のほかにも理由があるのか」

「おいおい、ドレイトン」ブロドリブはくすくすと笑った。「ソーンダイクが明確な根拠もなく、この手の調査に乗り出すと思うか？　いやいや。我が友はすでになにかつかんでるのさ。間違いなく、調査をはじめる前から、どこに手を突っ込めば文書があるか正確に知っているんだよ」

「そうなのか、ソーンダイク？」ローレンス卿は我が同僚に問いただすような目で尋ねた。

「さあ」とソーンダイクは答えた。「私はその邸に足を踏み入れたこともなければ、図面を見たこともない。内部構造も間取りも知りません。その私が文書の隠し場所を知っているかどうかは、ドレイトン、ご想像に委ねますよ」

「どうも信じがたい」とドレイトンは告白したが、確かに信じがたかった。とはいえ、ソーンダイクの答えに明確な否定はなく、それはブロドリブも見逃さなかったようだ。この敏腕弁護士は、これ見よがしにウインクしながら彼の答えを聞き、訳知り顔に頭を揺すりながらワインを賞味していたからだ。

「どう思おうと君の勝手さ」と彼は言った。「私もご同様だ。だが、話を続けよう。ソーンダイクの提案は、この計画を現在の保有者であるアーサー・ブレイクに私から提示してメリットを説明してくれということだ。もちろん、立案者が誰かは言わずにね。実はもう伝えたよ。権利証書を手に入れる利点を説明した上で、私の事務所に来てもらい、その件を話し合いたいという趣旨の手紙を書いたのさ」

「反応はどうだった？」とドレイトンは尋ねた。

「実にそっけなかったよ――はじめはね。昨日、事務所にやってきたから、その話を切り出した。だが、さほど乗り気じゃなかった。無駄な探索のように思えたのだろう――ソーンダイクの名を口にするまではね。そのとたん、興味が目覚めたよ。しかと実在する専門家の名を口にすれば、話は別というものさ。真実味を帯びる。ソーンダイクのことは知っていた――新聞で読んだのだろう。もちろん、私もソーンダイクのことを持ち上げたしね。かくして、最後はすっかり乗り気になり、できるだけ早く調査をはじめてくれというのさ。それも、気にかけてるのは自分のことだけじゃない。驚いたことに、もう一人の権利請求者、ピーター・ブレイクの息子の問題も持ち出してきた。もちろん、彼もピーター・ブレイクの権利請求のことは知っていたよ。昔の話だというのに。ミス・ブレイク――ピーターの娘――がローレンス卿のお兄さんの検死審問で行った興味深い証言のことも新聞記事で読んでいたようだ。要するに、彼の提案は――実にもっともだが――調査の際、ミス・ブレイクにも立ち会ってもらってはということだ」

「それがいい」とドレイトンは言った。「彼女が自分で立ち会わなくとも、少なくとも代理人は立ち会うべきだ。弟さんに直接関わる文書があるかもしれないし」

「彼もそう言ってる。彼女に立ち会いを依頼することも含めて、必要な手配はすべて私が委任を受けた。さて、そうなると、ソーンダイク、問題は君がいつ来て文書を見つけてくれるかだが？」

「明後日なら調査をはじめられます」

「ミス・ブレイクはどうだね？　彼女とは知り合いなんだろう？」

「ええ」とソーンダイクは答えた。「連絡は取れますよ。しかし、実際の調査を行っているところに彼女が立ち会うのは望ましくないと思いますが。退屈な作業だし、見物人がいないほうがこっちもやりやすい。もちろん、なにか見つかれば必ず分かるし、どんなものかもきっと確かめます。その際は彼女にもお知らせしますよ」

ドレイトンは頷いたが、どうも納得しておらず、「それでもいいが」と言った。「彼女の立場を直接代弁する立場の者がいたほうがいい。だって、ソーンダイク、君はブレイクの立場に立って仕事をするわけだし、アンスティが一緒に行っても、君の助手だ。その日の午後に私が立ち寄っても、ブレイクはかまわないかな。明後日にエイルズベリーに行く用事があるから、そうしたい。どう思う、ブロドリブ？」

「かまわんだろう」とブロドリブは答えた。「むしろ、私の責任で君を招待して、作業の進行を見てもらうよ」

「けっこうだ」とドレイトンは言うと、「では、四時頃に行く。車で行くし、依頼人との話が終われば、帰り道にビーチャム・ブレイクに寄るのは簡単だ。それなら」と言い添えた。「ミス・ブレイクも私と一緒に来てもらえばいい。私が仕事をしているあいだ、依頼人の奥さんが彼女の相手をしてくれるだろうし、それから一緒に邸まで行けばいいのさ。どうだい、ソーンダイク？」

「見事な段取りだと思います」と我が同僚は答えた。「それなら、彼女も待つ身の退屈さをしのげるし、難しい質問をされても、あなたの助言を得られるでしょう」

こうしてドレイトンの提案は受け入れられ、あとはウィニフレッドが承諾するかどうかだが――いくら仕事が差し迫っていても快諾するに違いない。しばらくして、二人の友人はいとまごいし、あとに残った私は、この打ち合わせと探索の計画について、そのきっかけと目的はなんだろうと少し思いあぐねていた。

なにやら妙な取り決めだ。理解しかねることがいくつもある。まず、ソーンダイクは、例の不動産権利証書にどんな関心があるのか？　パーシーの根拠薄弱な権利請求を彼が真面目に考えているとして——どうもそのようだ——その権利の白黒をはっきりさせることが望ましいと考えているのか？　そうは思えない。ブレイクは不動産を売却したがっているようだが、自分の権利が不確実だからこそ、ためらっているのだ。しかし、もし権利が確実となれば、間違いなく地所を売却するだろうし、それはパーシーの立場に立つ者なら、決して望まないことだ。では、賢き我が老友、ブロドリブの言うとおりなのか？　ソーンダイクは本当に行方不明の権利証書がどこにあるか、確信するなり予測を立てているとでも？　これがほかの者なら、そんな想定は荒唐無稽だ。しかし、一見不明瞭な事実から推論を組み立てるソーンダイクの能力は非凡であり、その可能性はあると認めざるを得ないし、ドレイトンの率直な質問に対する彼のはぐらかすような答えからしても、いかにも本当らしく思える。

「よく分からないな」私はソーンダイクから少しでも情報を引き出せないかと、はかない期待を持って言った。「君がなぜ、例の不動産権利証書にそれほどご執心なのか」

「それは」と彼は応じた。「君が性懲《しょうこ》りもなく物事をバラバラに考えているからさ。この問題をもっと広い視野で見れば、調査の提案も違った視点から見えるはずだ」

「本当に調査をやるつもりなのかな」私は抜け目なく聞いた。「ブロドリブおやじの言うことも正しいのやら。正しいと信じたいが」

「ブロドリブの意見に対する君の信頼は見上げたものだよ」と彼は応じた。「我が友は、稀に見るほど目ざとい老紳士だ。だが、彼はただ推測していただけだ。ビーチャム・ブレイクでなにか見つかるとしても——それがなんであれ——誠実な調査と実験によってこそ発見される。その関連で一つ質問がある。君はドレイトンと一緒に行くつもりか？　それとも、私と行くかい？」

「足手まといにはなりたくないさ」私はその質問に少しむっとしながら答えた。「そうじゃないというなら、むろん、君と行きたいところだが」

「君が手伝ってくれるなら、とてもありがたい」と彼は言った。「ほかの楽しみを犠牲にしてもらうことになるがね。そうとくれば、少しばかり予行練習を一緒にやってもらいたい。隣に一続きの空き部屋がある。明日、管理人室から鍵を借りてくるから、時間のあるときに、綿密に測定した図面を作り上げてみよう。隠し部屋を発見する術策は、一部の隙もなく正確にスペースを説明でき、あらゆる壁や床の厚さも精密に示せる図面を作ることにかかっている。それに、鍵を使わずに施錠したドアを開ける技法を少々練習しておくのも悪くないだろう」

この計画は予定どおり実行された。私たちは翌朝、製図用紙、測量用巻尺、定規を載せた測量用平板を空き部屋に運び込んだ。私はこれらの道具を用いて、ソーンダイクの指示に従いながら続き部屋の縮小図面を作った。すべての壁の厚さと、煙突、戸棚など、ありとあらゆる出っ張りや不規則な物で占められているスペースを正確に表した図面だ。予想以上に長くかかる作業だった。実際、仕上げたときは晩近かった。やっと最後の細部を仕上げ、ソーンダイクに検査してもらおうと、部屋の完成図面を事務所に持ち込むと、我が同僚は翌日の冒険の準備に余念がなかった。

「おいおい！」私の作成した図面の検査が終わり、新しい用紙に取り換えられると、私は声を上げた。「こりゃとんでもない装備だ！　このケースを暗くなってから持ち帰るなんてご免だぞ」

ソーンダイクがスーツケースに詰め込んだのは、確かにぞっとするような道具の寄せ集めだった。曲がり柄ドリル、木工錐、合鍵の束、懐中電灯、伸縮型のバールが二つ、オートマチック拳銃が二丁。

「なんでまた、拳銃がいるんだ？」と私は問いただした。

「これは」と彼は答えた。「いざというときの用心さ。こうした隠し穴の多くは、スナップロック（ドアを閉じると掛け金が自動式にかかるロック）が取り付けられているものだ。自分自身がトラップにかかってしまうこともあり得る。だから、バールを使える余地がない場合、ロックを吹き飛ばす必要だってある」

「ふうん」と私は言った。「どんな用心もするに越したことはないが、ブレイクがこの拳銃を見たら、説明に骨を折ることになるぜ。なにしろ、間違いなく、私たちのことを例のあやしげな二人組と気づくだろうからな」

「見せびらかす必要はない」とソーンダイクは言った。「ポケットに忍ばせていけばいいし、バールだってそうだ。それに、もし使う必要が生じたら、それでおのずと説明もつく」

その晩はずっと、いろんな種類の隠し部屋、隠し穴、貯蔵室、さらには、政治的混乱の時代に隠す必要のあった文書や聖餐用器物などの物品の収容場所について、その配置や設計を学ぶ一連の講座に費やされた。このテーマのことなら、ソーンダイクは情報の宝庫だ。彼は、過去に調査対象となった多くの事例について、その説明、図面、断面図、写真などがぎっしり詰まったノートを取り出し、私たちはこれをおさらいして、実に細かい点に至るまで学習した。夜も更ける頃には、私は、世に知られざる特殊テーマの膨大な知識を習得していただけでなく、ソーンダイクの熱意にすっかり感化され、翌日はじまろうとしている途方もない探求をいつの間にか心待ちにするようになっていた。

第十七章　隠し部屋

私たちの乗る列車がウェンドーヴァー駅に着いたのは十一時半近く。やや早めの昼食をすませ、昼食用バスケットを片付けて座席に置いたところだった。こうしてスーツケースと折り畳み式三脚付きの測量用平板を運び降ろし、私たちはプラットホームに降り立った。

「さて」と私は言った。「ブレイクは乗り物でも迎えに寄こしてくれているかな。そうは思えないが」

予測は正しかった。駅の出入り口に出ても、見渡すかぎり、乗り物は空車の軽装貸し馬車が一台だけ。私たちはこれを使うことにした。荷物を前部座席に詰め込み、御者に必要な指示を与えてから馬車に乗り込むと、後部座席に座った。御者は御者台に乗り、静かで軽快な足取りで馬を走らせはじめた。エイルズベリー、つまり、ロンドン・ロードに入っていったが、私たちが前に駅に来たときに通った急峻な坂道降りを避けるためだ。素敵なレンガ造りの風車小屋を通り過ぎて田舎道に出ると、ソーンダイクは身を乗り出してスーツケースを開けた。

「あやしげに見える物はポケットに入れたほうがいい」と彼は言った。「まったく用無しかもしれないし、こうすれば目につかない。必要な状況になれば、そんな物を持っていることもおのずと説明がつく」

彼は万能鍵の束を取り出し、上着のポケットに入れた。さらに、二つの伸縮型バールを取り出し、そのうちの一つを私に手渡して、もう一つは自分の内ポケットらしきところにしまった――バールは見事に中に消え、その片付け場所にはいかにもあやしげな使い勝手があるようだ。彼は最後に二丁のオートマチック拳銃を取り出し、一つを自分のポケットに入れ、もう一つは、その仕組みや持ち方、撃ち方をきめ細かく説明してから私に寄こした。私は武器を受け取り、いやいやながらもそっと腰のポケットに入れた。飛び道具は大嫌いだった。銃口がなるだけ自分の体のほうに向かないよう慎重にポケットに入れたが、やや意外の念に打たれながら、私に劣らずこの手の武器が嫌いなはずのソーンダイクが、起きそうにもない非常事態に備えるのに、こんな無作法で物騒な道具を選んだことをあらためて考えてみた。用心のしすぎのようにも思えたし、我が同僚は説明したこととは別のなにかを胸に秘めているのでは、とかすかな疑いが頭をよぎった。我々の探求ののどかな性格を考えれば、そんなことはおよそ考え難かったが。

馬車が例の十字路に来て小道に入るときも、私はそんなことを考えていた。宿屋の姿がちょうど目の前に見えてくると、目下の仕事を思い起こし、ブロドリブおやじの言ったことが頭に浮かんだ。

「どうやってはじめるつもりだ、ソーンダイク？」と私は聞いた。「段取りははっきり考えてあるんだろう？」

「ブレイクがくれる情報によりけりさ」と彼は答えた。「邸のきちんとした図面を持っていて、自分でもすでに調査してみたのかも。それが取っ掛かりになるだろう。あそこに我らが旧友、あの門番がいるよ。我々の姿を見てたまげているね」

その猟犬を通りがかりにちらりと見ると、驚きもあらわに私たちを凝視していた。私道に入ると、古い邸が目に入った。私たちの来訪は明らかに予定されたものだった。邸に近づくと、男が正門から出てきて幅広の戸口に立ち、私たちの到着を待っていた。馬車が柱廊式玄関の前に停まろうとすると、ソーンダイクが小声で言った。

「アンスティ、茶菓を提供されてもお断りするんだ。昼食はもうとったからね」

私はびっくりして彼のほうを見た。実に驚くべき発言だ。だが、説明を求める余裕はなかった。そのとき馬車が停まり、御者が御者台から飛び降りて、地主が出迎えに近づいてきた。

「以前もお会いしましたね」と地主は握手しながら言い、「どなたか知っていれば、あのとき、邸もご覧いただいたのですが。とはいえ、まだ遅くはない。どうやらお道具もお持ちになったようですな」と、測量用平板と付属の三脚を見ながら言い添えた。

「ええ」とソーンダイクは言った。「必要に応じて定石どおりの測量をするつもりです。ところで、お邸の図面はお持ちでしょうね？」

「図面ならありますよ」とブレイクは答えた。「ただ、さほど正確ではないと思いますが。あとでお見せします。おそらく、どこからはじめるかの手がかりにはなるでしょう」

私が御者に支払いを済ませると、私たちは邸に入り、ブレイクは大きな部屋に案内してくれた。図書室にしつらえられ、本がぎっしり置かれた部屋だ。窓のそばのテーブルには広げた図面が置いてあり、文鎮で押さえて広げてあった。

「さあ、どうぞ」とブレイクは言った。「これは建築図面で、なにか修繕を検討したときのものでしょう。スケッチ程度のものだし、細かいところは描かれていない。でも、昼食前に予備的に見て回る分には役立つでしょう」

「昼食はもうとりました」とソーンダイクは言った。「一日を十分使えるように列車内ですませたのです。時間は貴重だし、すぐに仕事にとりかかりたい。ご自身ではなにか調査なさらなかったのですか？」

ソーンダイクが早めの昼食のことを口にすると、地主はじろりと彼のほうを見て、少しむっとしたようだ。しかし、そのことには触れず、質問にだけ答えた。

「邸をきちんと調査したことはないが、古い区画を少し覗いてまわったことはあります。そしたら、隠し部屋を一つ見つけたので、写真用の暗室として使ってますよ。その部屋を最初にご覧になりたいのでは。そことつながる、見落とした隠れ場所がまだあるかもしれない。部屋には、化学薬品をしまうのに使っている高い戸棚があります」

「その戸棚を空にして、背後になにかないか確かめてみなくては」とソーンダイクは言った。「ともかく、その戸棚を調べることからはじめましょう」

彼はスーツケースを開け、測量用巻尺を取り出してポケットに入れた。

「懐中電灯を持っていったほうがよくないか？」と私は言った。

「要りませんよ」とブレイクが言った。「部屋に手提げランプがあります」

懐中電灯に未練もあったが、ソーンダイクがスーツケースを閉じて地主の判断に従おうとしたので、私も口をはさまなかった。

私たちは図書室から長い歩廊に入ったが、その片側には、一族の人々のものと思われる肖像画が掛かっていた。絵画のスタイルや昔の衣装からして、非常に古いものも中にあるようだ。そのあと、部屋をいくつか通り過ぎた――美しく堂々とした大部屋で、華やかな繰形《くりかた》を施した天井に、オーク材の羽目板張りの壁があり、実に見事な絵が飾られている。各部屋には家具が十分備え付けられていた――ほとんどはオーク材とクルミ材の家具で、新しい翼が造られたときに設置されたものに違いない。だが、いずれの家具も、さびれるまま放置されてきた様子が染みついている。埃《ほこり》をかぶり、色は褪せ、使われぬまま忘れ去られていた。生活の気配はどこにもなく、邸のその部分を見てまわるあいだ、使用人や召使いはおろか、生き物一匹出くわすことはなかった。

短い廊下の突き当たりで、施錠せずに開け放たれたドアを抜けると、木製の短い階段に出る。階段を降りると、古い木骨《ティンバー》造りの家屋に出て雰囲気は一変した。ひと気のない部屋を横切り、カーペットも敷かれていないオーク材の床を歩くと、足音ががらんとした部屋と廊下じゅうに不気味なこだまを響かせ、ひどく疎遠で寂しい気分を醸し出す。陰気な古い部屋には、埃が積もった窓、天井の大きな梁、黒ずんだ羽目板という具合で、羽目板には彫刻の装飾がふんだんに施されていたが、長年放置された埃と汚れで厚く覆われている。脚の壊れたエリザベス朝時代のテーブル、どっしりしたオーク材の椅子と長椅子もある。埃にまみれ、忘れ去られた付属品の数々は、すべて過ぎ去った時代の人々のものであり、とうの昔に世を去った人間の伴侶とともに息を引きとり、最終的に朽ち果て崩壊するのを静かに待っているかのようだ。不気味な場所で、エジプトの墳墓のように死と静寂が漂っている。

だが、奇妙なことに、一度だけ生きた人間の姿をそこで目にした。狭い歩廊というか、廊下を歩いていくと、羽目板の壁の上に、古い家によく見られる小さな内窓が一つ、ふものと目に留まった。内室の明かり取りのために、外窓の反対側の壁に取り付けてあるものだ。その小窓を見上げると、私たちを見下ろす人間の顔が見えたのだ。ほんのちらりと見えただけなのは、窓が埃に覆われ、その向こうの部屋も真っ暗だったからだ。しかし、男か女か、それとも子どもかは分からないが、人間の顔なのは確かだ。生活空間とは縁遠い、人里離れた墓地を思わせる場所でその顔が現れたため、私は奇異の念に打たれ、がらんとした邸の寒々とした薄気味悪さがさらに増したように思えた。

その覗き屋が誰なのか、なおも考えあぐねていると、邸の主人は小さめの部屋の壁のそばで立ち止まった。

「ここがその場所です」彼は壁を指差しながら言った。「ドアが分かりますか」

この部屋の羽目板はほぼ無地で、装飾といえば、ひと並びの平らな壁柱と腰羽目の縁形が一つあるだけ。あとは、半球形の打ち出し突起が横一列に並んでいる。ソーンダイクは羽目板に目を走らせ、壁柱と羽目板とのつなぎ目を特に注視した。

「おそらく」と彼は言った。「一番めぼしいところを最初に試すべきだろう。ロックの解除ボタンを隠すのに、いかにもこれらの突起の一つを使っていそうだ」

ブレイクはかすかな唸り声を発して賛意（あるいは反対の意）を示した。ソーンダイクは突起をなぞりながら、一つひとつ順に強く押していった。十回以上試したあと、壁柱の中央にある突起を親指で押すと、大きな電気式ベルのボタンのように二インチほど引っ込んだ。彼は親指で〝ボタン〟を押しながら、壁柱の隣の羽目板を左右順番に力強く押してみたが、どっちを押しても羽目板はびくともせず、私が力を貸しても駄目だった。

「うまくいきませんな」とブレイクは言った。

ソーンダイクはちょっと考え込んだ。それから、突起を押しながら羽目板の端にある隣の突起をもう一方の手の親指で強く押すと、この突起もカチッと音を立てて引っ込み、羽目板全体が内側に開いて、巧妙に隠された狭い入り口が現れた。

「お見事」とブレイクは言い、「私より早く問題を解決しましたね。ドアを開けたまま、ちょっと押さえていてください。強力なスプリングがあるのです。いつもこのブロックでつっかい棒をしておくんですよ」と、小さな木製のブロックを隣のテーブルの下から取ってきて、ドアの足元に置いて押さえた。

「まず私が入りますよ」と彼は言い、「ランプを置いた場所を知ってますので」と、先に中に入り、蠟マッチをすって火を手で囲み、私たちもあとに続いた。かすかな明かりが狭い通路のような部屋を照らした。前の部屋は天井が低かったが、この部屋ははるかに天井が高いようだ。奥近くに背の高い戸棚がぼんやりと見える。私たちは地主の数歩うしろを手探りで進んでいたが、彼は不意に向き直り、「しまった！」と声を上げた。「隣の部屋にランプを置いたのを忘れてた。ちょっと失礼します」

彼は私たちの横をすり抜け、走り出てブロックを蹴飛ばすと、ドアを強く引いてバタンと閉じ、掛け金がカチリとかかる大きな音がした。

「なんでまたブロックを蹴飛ばしたんだ？」と私は声を上げた。「暗闇の中に取り残されてしまったじゃないか」

「おそらく、いずれ分かるだろう」とソーンダイクは答えた。「しばらくじっとしていたまえ。手も足も動かしちゃいけない」

「そりゃどういう意味だ？」私は不安でぞっとしながら問い返した。ソーンダイクが指示した厳しい口調にはなにか不穏な響きがあったのだ。大きながらんとした邸のど真ん中で、隠し部屋に閉じ込められ、真っ暗闇の中に立ち尽くしていると、突然、私の心に疑惑が閃いた。この邸で飲食するなというソーンダイクの謎めいた警告を思い出した。弾を装塡した拳銃を渡されたことも思い出し、窓から覗いていた正体不明の顔も再び目に浮かんだ。あれはブレイクの案内に従っていたとき——だが、どこに案内したのか？

「ブレイクに害意があるとでも？」と私は聞いた。

「分からない」と彼は答えた。「間もなくランプを持って戻ってくるかもしれない。だが、待つあいだに、ここがどこかを確かめたほうがいい」

ポケットをまさぐるような衣擦《きぬず》れの音が聞こえた。すると、不意に小さな部屋を満たすまばゆい光が照り、部屋全体がはっきり見えるようになった。

やや不規則な形をした通路のような奇妙な部屋だ。壁はどの面もまっすぐではなく、天井は八フィートほどの高さから、ほぼ十二フィートの高さまで傾斜していた。奥の壁面に背の高い戸棚があり、さらに一番奥の壁に小さなドアがある。ドアは床から三フィートほど上にあり、五段の木製の階段で上がるようになっている。

照明の出現は心強かったし、ソーンダイクに予備の電灯を携える先見の明があったのはさらに心強かった。だが、彼が電灯で部屋じゅうを照らしてから言った言葉で、いっぺんに意気消沈してしまった。

「どうやら、我らが主人は見納めとなったようだ――ともかく、さしあたりはね。戸棚の上を見たまえ、アンスティ」

私は戸棚を見た。高さ八フィートから九フィートの戸棚で、折り畳み扉があり、手前の扉の板が半開きになっている。半開き扉の上の屈折でできた角に小さな板が載せてある。板は一方の端が扉の上に載り、もう一方の端が戸棚上部の繰形に不安定に載っていた。そして、微妙なバランスで扉に載る板の上には、大きな化学実験用のフラスコがあり、水のようなものが入っていて、コルクで蓋がしてある。

「あれはなんだと思う？」とソーンダイクが言いながら点検灯の強力な光で照らしたフラスコを私は凝視した。

「まぬけ落としのようだが」と私は言った。「ブレイクがドアを閉じたとき、フラスコが落ちなかったのが不思議だ」

「おそらくそれを期待していたし、あやうくそうなるところだった。きわどい端の部分で引っ掛かっているのが分かるから。だが、ドアを閉じる衝撃でうまくいかなくても、我々が暗闇の中にいて、きっと壁を手探りで進むうちに戸棚に行きつくと見込んでいるはずだ。すると、扉に触れたとたんにフラスコが落ちる。実に巧妙な計画だよ」

「しかし、目的は?」と私は問い返した。「悪ふざけとも思えないが」

「もちろん」と彼は言った。「そうじゃない。いたって真面目な仕掛けだよ。私の勘違いでなければ、あのフラスコにはなにか揮発性の毒物が入っている。落ちて割れたとたん、この部屋は畜殺室と化すのさ」

ソーンダイクの穏やかで感情のない口調は、まるで学生に実地教授でもしているみたいだが、私はその言葉に恐怖で鳥肌立ち、髪が逆立つ気がした。まさにぞっとする状況だ。私は恐れうろたえながら、フラスコを凝視した。高所で平衡を保っているフラスコは、ちょっとした動きや大きな声を出すだけで今にも落ちて割れ、死をもたらす煙霧で私たちを窒息させそうに見える。

「なんてことだ!」私は息をのんだ。「じゃあ、我々は罠にはまったのか! だが、打つ手はないのか? フラスコは高すぎて手が届かない」

「近づくのは正気の沙汰じゃない」とソーンダイクは言った。「だが、そう悩む必要もないよ。この部屋から出る方法があるはずだ。ドアを探ってみようじゃないか。おそらく、我らの友がそこに控えているだろうけど」

私たちは忍び足でそっとドアに戻り、そのつくりを調べた。仕組みは単純だが、昔の錠前屋の仕事らしく実に巧妙だ。外側の二つの突起は、二つのスライド式のバーないし差し錠の先端だと分かった。ソーンダイクが最初に押したバーには溝があり、それが大きな掛け金の対面にずれて来ると、掛け金が押し上げ可能になる。これはあくまでソーンダイクの推測だが、というのも、掛け金は大きく太いオーク材の入口柱（その柱に溝があり、掛け金は持ち上がるとその溝から出てくる）の中に隠れていて、実際の仕掛けは見えないからだ。二つめのスライド式のバーは、押し込まれると、斜面で掛け金を押し上げるようになっている。どちらのスライド式のバーも、内側の先端にノブが付いていて、外側から押せるだけでなく、内側からも引くことができる。しかし、ノブは、掛け金を押し上げるバーには付いているが、掛け金を解放して押し上げ可能にするバーからは取り外されていた。後者のバーの先端は、入口柱の表面とほぼ同一平面にあるのが分かり、そこにはノブが取り付けられていたと思しき小さな穴があった。

「万能鍵かなにかをその穴に引っかけることはできないかな？」二人で仕掛けを徹底的に調べてから、私は尋ねた。

「もっといいやり方がある」と彼は言いながら、点検灯のフックを上着のボタン穴に掛け、ポケットの中を探った。「こっちのほうが職人的な道具だ」

彼は折り畳みナイフのような道具を見せたが、実は、技師や配管工が携えるポケット式のねじタップ（雌ねじを刻む工具）のセットだった。彼は一番小さいタップを引き出し、穴に入れようと試したが、穴が小さすぎて入らなかった。そこで、同じ道具からテーパーリーマー（尖錐状の穴を広げる工具）を取り出して穴に試すと、先端が容易に入った。そのままこの道具を軽くねじ込み、押しながら回転させ続けると、先細の道具は、タップの先端を入れられるくらいまで穴を広げていった。そこでリーマーを片付け、タップを挿入して二、三度強く回し、タップの柄をそっと引っ張ると、穴にしっかり固定していて、スライド式のバーが動きはじめた。

「邸の主人が外をうろついていないかな」と彼は言った。

「そんなことが重要なのか？」と私は聞いた。

「ドアが開くか、試してみたいからさ。彼に聞かれたくない」

「おいおい」と私は言った。「私たちが出れば見つかるさ」

「ほかに出口があるなら、ここからは出ないほうがいい」

「どうしてだ？」と私は問い返した。「あのやっかいなフラスコからおさらばしたい。さっさと外に出たほうがいい」

「とんでもない」とソーンダイクは言った。「出るところを見られたら、万事休すだ。

おそらく面倒なことになる。だが、別の出口から出られたら、やつを悩ましい状況に陥れられる。こっちからなにも音がしなければ、おそらく自分の計画がうまくいったと思うだろう。なんとかして我々の最期を見届けないと、その前にドレイトンが着いたら説明に窮するはずだ。ともあれ、やつが次にどう出るか確かめたいが、万が一のために退路は確保しておかなくては。掛け金は大きな音を立てずに上げられるだろう。旋回軸は油が引いてある——ドアのスプリングも新しいし、ごく最近取り付けられたもののようだ」

私は内心、彼の探究精神を呪ったが、それもこの恐ろしい罠から逃れたかったからだ。しかし、異議は唱えず、ソーンダイクが冷静に観察しながら実験を完了するのをむっつりと眺めていた。彼がタップの柄を握り、もう一方の手でノブを握りながらタップをゆっくり引っ張ると、スライド式のバーは内側に完全に引っ張られ、同じくノブもするすると音もなく引っ張られた。掛け金が上がり、ドアが内側に開きはじめると、私はドアを開け放って逃げ出したい衝動に駆られた。

次の瞬間、その機会は消えた。ソーンダイクが引き続き冷静な慎重さで再びドアを閉じ、掛け金を下ろして解除用のバーを元に戻してしまったのだ。

「さあ」彼はタップを穴に残したまま、振り返って言った。「これで安心して調査を続けられる。ほかに出口がなくても、ここから出られるし、万が一のときはすぐに退却できるよ。この場所を見てなにか気づいたことは？　つまり、出口についてだが」

「そうだな」と私は答えた。「あの階段の上にドアがある。たぶん、普通のドアと同じように開くんじゃないか」

「どうかな」と彼は言った。「あまりに見え見えだ。むしろ、逃亡者が逃げる時間を稼げるように追跡者を足止めしておく役割だね。だが、よく調べてみよう。きっと邸の主人もすでに調べたはずだが。一人ずつ行ったほうがいい。頼むからそっと歩いてくれよ。あのフラスコが落ちたら、まっすぐドアに突進して、すぐ外に飛び出すんだ」

ソーンダイクの電灯の光を頼りにそうっと部屋を横切ったが、目はフラスコに釘づけで、喉から心臓が飛び出そうだった。ソーンダイクがあとに続き、一緒に階段を上がり、ドアを綿密に調べた。ドアにH型蝶番が付いているのははっきり分かったが、見たところ掛け金や鍵は付いていない。ドアのまわりにはたくさんの木釘の頭が出ていたが、それを一つひとつ押してもなんの反応もなく、ドアもびくともしない。蝶番の形はドアが内側に――つまり部屋のほうに――向かって開くことを示している。そもそも開くとしてだが。

「時間の無駄だよ、アンスティ」ソーンダイクはついに言った。「このドアは思ったとおり偽装だ。もっと見込みのあるところを試そう。さて、こうした隠し部屋の知識に基づけば、一番ありそうな出口は戸棚と階段だ。見てのとおり、どちらも役割がない。あの大きな戸棚はこの部屋にある理由がないし、この階段は偽のドアに通じているだけだ。取り外せる棚の背後にドアが隠してある戸棚や、踏み板が動く階段はよくある仕掛けだよ。戸棚は残念ながら、あのフラスコが頭上にある状態では使えないから、階段に目を向けよう。違う方向の出口が二つあるのだろうが、どちらでもかまわない」

私たちはそうっと階段を降り、手と膝を床について、明かりを踏み板と蹴込み板の継ぎ目に照らした。しかし、長年の汚れが付着し、目に見えるはっきりした隙間があったとしても埋まっている。私には、どの段もみな同じ堅固なオーク材の厚板で、それぞれの場所にしっかり固定されているように見えた。

不意にソーンダイクが内ポケットに手を突っ込んで伸縮型のバールを取り出し、引っ張って完全に伸ばした。それから、端のノミ部分を一番下の段の踏み板に置くと、ノミの先端を踏み板と蹴込み板の継ぎ目となる隅に力強く押し込んだ。驚いたことに、先端は、汚れに埋もれて隠れていた継ぎ目に優に半インチは食い込んだ。

「君のバールを出してくれ、アンスティ。私のバールの横に押し込むんだ」と彼は言った。

胸ポケットにあるのが不快でならなかった道具を取り出して引き伸ばすと、私はソーンダイクのバールの近くに自分のバールの先端を突っ込んだ。

「さあ」と彼は言った。「同時に行くぞ。押すんだ！」

一緒にバールの先端を強く押し込むと、鋭利なノミの先端が優に一インチは食い込み、同時に、隙間が蹴込み板の下側に沿って見えてきた。私たちはバールを引っ込め、踏み板の両端にあらためて突っ込んだ。もう一度同時に押し込むと、隙間ははっきり分かるほど広がった。すると、ソーンダイクは立ち上がり、その上の踏み段と三番目の踏み段の隅を調べ、点検灯のレンズを三番目の踏み段の表面に近づけると、狭い隙間が踏み板と蹴込み板のあいだに開いているのが私にも見えた。

「どうやら」と私は言った。「二つの踏み段は動くようだね」

「ああ」と彼は頷いた。「旋回軸があるとすれば上のほうだ。もうひと仕事しよう」

私たちはバールを違った場所に何度も突っ込み、頭上で危なっかしく均衡を保っている恐ろしいフラスコに気をつけつつも、できるかぎり力強く同時に押し込んだ。押し込むたびに隙間は目に見えて広がり、いまや優に四分の一インチは開いていた。階段が実際に動くのはもはや明らかだ。

「さて」とソーンダイクは言った。「思い切ってこじ開けてみようか」

彼はバールの向きを変え、〝鉄梃〟部分を隙間の端近くに突っ込み、私は反対の端近くに自分のバールを突っ込んだ。それから、彼の掛け声で鉄梃の先端をぐいと押し込むと、踏み段が抗うように軋《きし》んでもう一インチ上に上がった。ソーンダイクはバールを脇に置いて一番下の踏み段に立ち、指をぱっくり開いた隙間に突っ込んだ。私も同じようにして二人でしっかりつかむと、彼が掛け声を発した。

「さあ、一緒に。せえの！」

二人とも着実に、ただし激しすぎないように持ち上げた。長いあいだ使われていなかった継ぎ目が動き、ギイギイと軋んだ。それから突然、二つの踏み段が上に跳ね上がり、旋回軸を基点にほぼ垂直に直立すると、穴がぱっくりと口を開け、レンガ造りの狭い階段が明かりで照らし出された。

ソーンダイクはすぐに穴の中に足を踏み入れ、階段を数段降りると、振り返って明かりを掲げてくれたので、私もあとに続いた。

階段は急峻で、レンガ造りの壁に囲まれた井戸のような中を降りていく。壁にはぬるぬるした藻類や菌類がびっしりと生え、階段も同じように覆われていて滑りやすく、場所によっては、レンガの継ぎ目から生える大きなキノコ類の群生のせいでほぼ見えない。八フィートほど降りると平坦な床にたどり着き、狭いレンガのトンネルを、ぬめりで覆われた天井に触れないようにかがみながら進んでいく。こうして十五ヤードほど進むと、最初はなにもない壁のような場所に突き当たった。しかし、近づいて点検灯の明かりで照らすと、それは横約五フィート、縦約三フィート、床からの高さ約三フィートの長方形の厚板だった。その正体は頑丈で手ごわい、粗野な造りの扉で、シンプルで荒削りな鉄の掛け金が付いている。

「蝶番が見当たらない」とソーンダイクが言った。「ということは、たぶん内部に旋回軸があるのだろう。まず掛け金をこじ開けてから、扉の動かし方を確かめよう」

　彼がバールの先端を掛け金の下に滑り込ませ、レンガにぐいと押しつけると、こびりつく錆《さび》をものともせず、大きな掛け金はさほどの苦もなく持ち上がった。それから、ノミ部分の先端を扉と脇柱のあいだの隙間に突っ込み、試しにひねると、扉の片方は内側へ、もう片方は外側へと目に見えて動いた。

「間違いなく、中央に旋回軸がある」と彼は言った。「君がそっちを、私がこっちをこじ開ければドアは簡単に開くだろう」

　こうして私たちはバールをそれぞれ端に突っ込み、しっかりと押し込んだ。すると、錆びた旋回軸が大きな唸りと甲高い軋りを発し、扉は中央を基点にぐるりと回転して、まばゆい日差しと新鮮な空気が入ってきたので、私はほっとして大きく息を吸い込んだ。端を強く引っぱると、扉は完全に開き、生い茂る青葉が現れた。青葉は中からの視界を妨げていたが、外からも扉が見えないように隠していた。だがどのみち、その扉は目立たなかった。今になって分かったが、堅固な厚板は、薄いレンガで実に本物らしく見せた偽のレンガ造りで外側を覆ってあったからだ。

　ソーンダイクは手を伸ばして視界を遮る木の枝を払いのけ、「この扉は」と言った。「堀の縁に通じているようだね。おそらく、堀が水を湛えていた時代に造られたものだろう。ともかく、出口を見つけたわけだし、戸棚からの出口よりましな出口だろう。仮に戸棚の背後に出口があるとしても、おそらく屋根裏部屋か煙突につながっているだろうから。さあ、あとは上の部屋に戻り、我々の残した痕跡を消して、ここから出るだけだ。だが、君まで来る必要はないよ」

「私だって一緒に行くさ」と私は言い、踵を返してトンネルの中に戻る彼のあとに続いたが、正直言えば、ちっとも乗り気ではなかった。もっとも、私は結局、部屋の中には入らなかった。階段の開口部から頭を突き出し、忌まわしいフラスコをびくびく凝視しながら立っていたのだ。ソーンダイクは忍び足で部屋を横切り、ドアのところに行った。彼はタップを穴から引き抜き、畳んでポケットにしまった。それから、かがんでリーマーから床に落ちた木屑を吹き払い、こうして（スライド式のバーのくり抜かれた穴は別にして）あらゆる痕跡を消すと、そっと歩いて戻り、再び穴の中に入ってきた。

「さて、問題は」と彼は言った。「フラスコを揺り落とさずにこの階段を元に戻すことだ」

「そんなことが重要か？」と私は聞いた。「もう逃げ道を見つけたってのに」

「そう重要でもないが」と彼は答えた。「見た目は元のままにしておきたい」

動く階段は裏側に粗野な木製の取っ手が付いていて、逃亡者が下から元に戻せるようになっていた。ソーンダイクはこの取っ手をつかみ、しっかりと引っぱって階段を元に戻すと、最後にぐいっと引いて継ぎ目をぴったりと閉じた。そのあと、私たちはもう一度滑りやすい階段を降りた。

半分くらいまで降りると、ソーンダイクは動きを停めた。

「耳をすませたまえ、アンスティ」彼は電灯のスイッチを消しながら言った。その言葉の合間に、上から足音が聞こえた。すると、隠し部屋のドアがゆっくりと開くのが聞こえ――ドアのスプリングの音で分かった――少ししてブレイクの声が響いてきた。

「ソーンダイク博士！　アンスティさん！　どこですか？」

再び短い沈黙。ドアがゆっくりとさらに少し開き、忍び足で床が軋る音がして、どうやら別人の声がもっと離れた位置からかすかに聞こえる。

「ここにはいないな」とブレイクが言った。「どうやら抜け出したようだ。ほら、ランプを渡すぞ。ドアに気をつけろ！　気をつけろったら――」

ドアのスプリングが軋った。ドシンという音がし、すぐにガラスがガシャンと砕ける音がして、驚いた叫び声と慌てて走る足音が。

「ノブ！　ノブだ！　早く！」上ずった声が叫ぶ。私の背筋に冷たいものが走った。ノブはもう使い物にならない。ソーンダイクのリーマーがねじ穴を毀損《きそん》してしまったのだ。

汗が私の顔を流れ落ち、心臓は胸が悪くなるほど激しく鼓動した。悪態の奔流が聞こえたかと思うと、恐怖と苦悶の叫びに変わり、奇妙なすすり泣くような声が入り混じる。

なにが起きたか、恐ろしいほどはっきりと分かった。罠にはまった上の二人の悪党は、取り乱しながら壊れた穴にノブを付けようとし、そのあいだに毒性の煙霧が容赦なく立ちのぼり、彼らを捕らえたのだ。

叫び声は次第にかすれ、身の毛のよだつような咳《せき》と喘ぎ声が加わる。それから、重い体が床に倒れる音がし、ぞっとするしゃがれた金切り声が聞こえ、私は自分の髪が恐怖におびえた猫の毛のように逆立つのを感じた。その恐ろしい金切り声は、床を伝い、私たちがいる真っ暗な隠れ場所まで三度響き渡り、最後は、気味の悪い、震えるような泣き叫びになって消えた。すると、もう一度、重い体が床にどさっと倒れる音が聞こえ、あとは不気味な静けさに。

「なんてことだ！」私は息をのんだ。「どうにもできないのか、ソーンダイク？」

「いや」と彼は答えた。「ここから脱出することはできる。潮時だ」

その言葉が終わらぬうちに苦扁桃《くへんとう》の匂いがかすかに漂ってきて、その匂いは次第に強くなっていく。確かに今は逃げるべきだ。彼の電灯の明かりが再び下に続く階段を照らすと、私は軽く背中を押されたのに素直に応じ、膝が震えるのもめげず、できるだけ急いで階段を降りた。

かすかながらも不吉な匂いは、トンネルまで私たちを追ってきたが、開いた扉口にたどり着き、日差しに輝く青葉を再び目にし、健康的な空気を吸ったときは安堵の吐息をついた。長く低い扉口を通り抜け、外の木の枝や藪を払いのけると、私たちは傾斜した土手を伝って空堀の底に這い降りた。

第十八章　キャッツ・アイ

土手の下で立ち上がると、私はソーンダイクに向かって尋ねた。

「さあ、どうする？　なんとかあの気の毒な連中を助けてやらなきゃ」

「それは」と彼は応じた。「無理だ。そもそも、もう確実に死んでいるよ。それに、ドアを開けようとするのは自殺行為だ。部屋には青酸ガスが充満しているんだよ」

「だが」私はなおも食い下がった。「なにかしなくては。人道精神に照らせば、せめて、助ける努力はすべきだ」

「わけが分からないな」彼は冷たく言い放った。「彼らは確実に死んでいるし、仮にそうでなくとも、あんな連中を救うために髪の毛一本、危険にさらす気はない。だが、君にそんな気持ちがあるのなら、偵察に行ってみるか。もっとも、我々自身の安全に気をつけなくてはいけないが」

彼は堀の底をきびきびと進み、私は膝の震えを抑えつけながら、なんとか彼についていった。最後の数分のぞっとする経験のせいで、がくがく震えていたし、まだ気分が悪く、めまいがしていた。だが、ソーンダイクはまるで動じる様子がなく、隣を歩く穏やかな表情を見ると、その冷静で無関心な態度に非人間的で近寄りがたいものを感じる。あの恐ろしい部屋で絶命して倒れている二人の悪党が同情に値しないのは確かだ。彼らは私たちのために墓穴を掘り、自分たちがそこに落ちてしまったのだ。といっても、彼らも人間であり、彼らの命は人間の命だ。だが、ソーンダイクは彼らを二匹のどぶネズミ程度にしか見ていないようだ。

堀を百ヤードほど進むと、交差路に突きあたった。両端にはそれぞれ、土手に登る粗野な造りの階段があった。邸側の階段を上がると、チューダー朝様式のアーチがてっぺんにある小さなドアがあった。昔の錠前のほかにモダンなナイトラッチが取り付けられていたが、錠前開けで開けるのはソーンダイクには朝飯前で、ドアは押すとすぐ開いた。ドアの向こうは前に通った、窓から覗く顔を見た廊下だと気づいた——今となっては死者の顔だろうが。ブレイクが先に案内した方向に進むと、突き当たりに近づくにつれ、カビ臭い空気にかすかな匂いが漂ってきた。ほのかな苦扁桃の匂いだ。

「用心して進まなくては」とソーンダイクが言った。「確か、次が隠し部屋に通じる部屋だ」

彼は立ち止まり、ドアを疑わしげに見つめた。ためらい続けたので、私は彼をやり過ごし、ドアの取っ手を握り、開け放って部屋の中を覗いた。ほんの一瞬だったが、見えるのはただ壁だけで、ブレイクが蹴ったところに木製のブロックがあり、そばにネズミが死んでいた。その小さな死体が目に入り、胸が悪くなる苦扁桃の匂いがドアを開けたとたんに強くなると、すぐに怖気をふるってしまった。私たちを殺そうとした連中への気遣いも、自分の身に迫る危機に身震いして吹き飛んだ。慌ててドアを閉じ、急ぎ足で離れていくソーンダイクのあとに続いた。

「無駄だよ、アンスティ」彼は少し苛立たしげに言った。「それはただの感傷だし、それも馬鹿げた感傷だ。我々にできることは、窓を開けて空気を入れ替え、ガスを追い出すことだけだよ。この古い木造家屋の窓をすべて開ければ、そう時間はかからない」

「そのあいだ、我々はなにを？」

「家政婦を見つけるんだ。いればだが。事情を伝えてエイルズベリーの警察に通報させるのさ。だが、警察が到着する前に陳述書を作っておかなくては。彼らの立ち会いのもとで署名できるようにね。検死審問の前に、話す内容はすべて記載しておくべきだ」

「そうだな」と私は頷いた。「それが一番だろう」こうして私たちは廊下の錆びついた窓を開け、そのあと邸の新しい翼に戻った。

宿屋の亭主が言ったとおりだ。地主のブレイクは、使用人を雇うことでは実にけちだった。大きな埃っぽい部屋を一つひとつ覗いても、召使いや女中など誰一人出くわさない。この邸はまるでひと気がないようだ。とうとう玄関ホールに来て、この異様な閑散さのことを話していると、ドアが開き、みすぼらしい身なりの年配女性が出てきた。少し上等な雑役婦のようだ。彼女は私たちを好奇の目で見ながら聞いてきた。

「ブレイクさんは昼食をお召し上がりになりますか?」

「お気の毒ですが」とソーンダイクは答えた。「ブレイク氏は災難に遭われました。暗室に自分を閉じ込めてしまい、薬品の事故でみずから毒を浴びたのです」

「なんですって!」女は叫び、凍りついたようにソーンダイクを凝視した。「部屋から出して差し上げに行くべきではございませんか?」

「今は無理です」とソーンダイクは言った。「部屋は毒ガスで充満していますよ」

「でも」と女は言い返した。「助けに行かなければ死んでしまうかも」

「もう死んでいます」とソーンダイクは言った。「部屋には彼と一緒にもう一人。その人も死んでいますよ」

「マイヤーさんね。従僕です」と女は言いながら、戸惑いと恐れが入り混じった目でソーンダイクを見つめた。明らかに、その悲劇的な知らせと彼の冷静で淡々とした態度が釣り合わないのにまごついていたのだ。「お二人とも、自分を死なせてしまったというのね! まあ、なんて恐ろしい!」彼女は両手を握り合わせ、途方に暮れたように私たちの顔を順に見つめながら聞いてきた。「どうしたらよろしいのですか? おお! いったいどうしたら？」

「エイルズベリーに使いを頼める者がいますか？」とソーンダイクが聞いた。「警察に事故のことを知らせなくては。医師も必要です」

「門番がいるだけです」彼女は震えながらすすり泣いた。「彼なら、マイヤーさんの自転車に乗っていけるでしょう。ああ、なんてこと！　ぞっとする！」

「自転車を玄関まで持ってきてくだされば」とソーンダイクは言った。「私が手紙を書いて門番に直接渡しますよ。図書室には筆記用具がありますね？」

彼女は頷き、私たちを部屋に案内してくれた。便箋と封筒があった。彼女は手を揉みあわせ、ぶつぶつとつぶやきながら自転車を取りに出ていった。

「手紙に細かいことは書かない」ソーンダイクはテーブルに向かって座り、自分の万年筆のキャップを取りながら言った。「ブレイク氏と従僕が毒で——おそらくは——亡くなったことと、これは警察が扱う事件であり、警察医が警察官に同行すべきとだけ報告する」

こうして彼が警視ないし警察本部長宛ての手紙を書き、閉じて封印をすると、例の女が再び姿を見せ、自転車を持ってきたと告げた。ソーンダイクは、女中らしき娘が玄関まで運んできたその乗り物に乗り、私道をすばやく走り去った。私は邸内に戻り、二人の女もついてきたが、二人は最初のショックも冷めやり、好奇心に駆られて熱心に情報を聞き出そうとした。

しかし、頑張ったところで、そうは問屋が卸《おろ》すものか。どうせすぐ衆人の知るところとなるが、今はできるだけ話さないほうがよさそうだ。それに、この異常な出来事を説明しようにも、私だって彼女たちと同様、ほとんど五里霧中なのだ。かくして、扱いに窮しながらも巧みに言を左右にしていると、ソーンダイクが戻ってきたので、二人の女は退出し、私たちだけが部屋に残った。

「我らが友に手紙を託して使いに出したよ」と我が同僚は言った。「スピードを上げて行ってくれと言い含めておいた。四マイルほどだし、警察はたぶん車があるから、すぐ来るだろう。これから、実際の経緯についての陳述書を書き上げる。君には同じ紙に確認の趣旨の陳述を書いてほしい。警察官の前で読み上げ、その立ち会いのもとで署名しよう」

彼はこの邸で私たちを見舞った出来事について、簡潔ながらも十分要を得た説明をしたため、ここでの私たちの仕事の内容についても説明を簡単に加えた。私は陳述書に目を通し、内容を確認の上、正確なものと認める趣旨の一節を末尾に書き加えた。これにかなりの時間を要したが、ほどなくして断固とした響きの呼び鈴が鳴り響いた。一分後、例の年配の女――私は家政婦とみた――が、警察官と平服の紳士を伴って入ってきた。警察官は簡単に自己紹介し、前置きなしに仕事にとりかかった。

「この手紙ですが」と彼は言った。「詳細が書いてありませんね。ブレイク氏と従僕が死んだのは間違いないのですか？」

「まず間違いありません」とソーンダイクは言った。「もっとも、詳細を記した陳述書を書き上げましたので、それを読んでもらえば、お分かりいただけるでしょう。読み上げましょうか？」

「まず、医師に死体を確認してもらいましょう」と警察官は答えた。

「当然だ」と医師は頷いた。「陳述書にかまけて、貴重な時間を費やしたくない。場所はどこですか？」

「ご案内しましょう」とソーンダイクは言った。「ただ、あらかじめ申し上げておきますが、彼らは青酸ガスの充満した部屋に閉じ込められているのです」

二人の男は、ソーンダイクを驚き顔で見つめた。彼が玄関ホールに出て、新しい翼の先へ向かうと、二人もあとに続き、熱を帯びながらも小声で話し合った。彼らはしばらくして追いつき、警察官が言った。

「実に異常な事件ですね。二人を部屋から脱出させようとはなさらなかったのですか？」

「ええ」とソーンダイクは答えた。

「でも、なぜ？」

「現場に行けば分かりますよ」

「だが」と医師は声を上げた。「彼らを救う努力はすべきだった！　まさか、毒性の空気の中に置き去りにして、ドアや窓を開けようともしなかったとでも？」

「隣の窓は開けましたよ」とソーンダイクは言うと、隠し部屋とその造りについて説明した。医師は唇をすぼめながら聞いていた。

「そうか」彼はそっけなく言った。「実に慎重に対応したようですね。まだ先ですか？」

「入り口は一つおいて次の部屋にあります」とソーンダイクは答えたが、その言葉も終わらぬうちに、私は苦扁桃のかすかな匂いを感じとった。医師も気づいただろうが、なにも言わなかった。廊下の突き当たりに来て、ソーンダイクが部屋に入るドアを指し示すと、二人の男は突進した。医師が取っ手を回してドアを大きく開け、警察官と一緒にきびきびと敷居をまたいだ。すると、二人は突然立ち止まった。おそらく死んだネズミが目に入ったのだろう。とたんに二人とも慌てて出てきて、医師がドアをバタンと閉じると、無難な距離に待機する私たちのところに来た。

「おっしゃるとおり、ガスがある」医師は見るからに悄然《しょうぜん》として言った。「ひどく充満しているよ」

「ええ」とソーンダイクは頷いた。「しかし、さっきよりは希薄です。もう少し離れてください。私がドアを開けたら退避して、ガスを外に出しましょう」

「安全だと思いますか?」と警察官は聞いた。「恐ろしい悪臭ですよ」ソーンダイクがドアに近づくと、警察官と医師（それに私）は急いで廊下を遠ざかった。振り返ると、我が同僚は鼻をつまみ、ドアを大きく開け放って、急いであとを追ってきた。

安全な距離に退避すると、警察官は立ち止まって言った。

「陳述書のことをおっしゃってましたね。今いただいてもよろしいですか? この事件のことはさっぱり分からない」

ソーンダイクは陳述書をポケットから取り出し、声に出して読み上げた。そのあいだ、二人の男は、ますます驚きの色を濃くし、信じられない様子をにじませて聞いていた。彼が読み終えると、私が自分の陳述を読み上げた。私たちはともに文書に署名し、警察官が証人として署名を書き添えた。

「さて」警察官は紙を手帳に挟んで片付けながら言った。「実に尋常ならざるお話です。解説していただけますか?」

「さしあたりは」とソーンダイクは答えた。「実際の経緯以上に踏み込むつもりはありません――死体を確かめるまでは」

警察官は不服そうな様子だったが、無理もない。目の前の事実に基づいて、私たちを殺人の容疑で逮捕してもおかしくなかったろう。それどころか、ソーンダイクの知名度と勅選弁護士という私の地位がなければ、おそらくそうしたはずだ。しかし実際は、じきにこの謎を解説してほしいと希望を述べるだけで収めてくれた。そう言われても、我が同僚はなにも語らなかった。

三十分ほど経つと、ソーンダイクは、ガスが隠し部屋に通じる部屋から消えただろうから、隠し部屋自体のドアを開けても大丈夫だろうと言った。だが、我らが友人たちは、まだ疑わしげだった。死んだネズミを目撃したせいで、医師も意気込みが見事に吹き飛び、すっかり用心深くなっていた。

「おそらく」とソーンダイクは言った。「彼と私なら、ドアの隠しボタンの場所を知っていますから、安全に開けられるでしょう。どうだい、アンスティ？」

私も医師と同様乗り気でなかったが、私が拒めば、ソーンダイクは間違いなく一人で行くだろうから、表向きは快く同意した。私たちは廊下を進み、ほかの二人も少し距離を置いてついてきた。部屋に入ると、毒の匂いは希薄になっていた。ソーンダイクは窓を二つとも開け放ち、ドアの下の木製のブロックをどかした。

「さあ」と彼は言った。「『用意』と言ったら、息を深く吸い込んで、口を閉じて鼻をつまみ、右側の突起を押し込んでくれ。私はもう一つの突起を押し、ドアを開けてから固定する。用意！」

私は突起を押し、続いてすぐソーンダイクがもう一つの突起を押し込んだ。ドアが動くようになり、私たちが大きく開けると、彼はドアに木製のブロックを押しつけた。ちらりと覗き込み、暗い部屋の中を一瞬だけ垣間見ると、二人の男が床の上に折り重なるように倒れ、火の消えたランプが手前に倒れている男のそばに落ちていた。ほんの一瞬の光景だった。ドアが開いたとたん、ソーンダイクとともに踵を返し、部屋から走り出たからだ。しかし、その一瞬の光景は私の記憶に永遠に刻み込まれた。こうして記録を書いていても、暗く不気味な部屋と、犯罪の最中にみずからをあの世送りにした、ドアに向かってぶざまに伸びた二つの死体が、ぞっとする鮮烈さで思い浮かぶ。

部屋を出て最初に息を吸うと、毒性のガスが死の部屋から流れ出ているのが分かった。我らが二人の友人も気づき、すでに全面退却しつつあった。私たちは全員、古い翼から出て図書室に戻り、毒が消えるまで待機することにした。警察官は、陳述書にある驚くべき出来事をソーンダイクに解説してもらおうと一、二度無駄に試みたが、話題は犯罪や医学についてのとりとめのないおしゃべりに収束していった。

三十分以上も図書室で待機したあと、死体をどうやって片付けるかを話し合っていると、玄関の呼び鈴が鳴った。まもなく家政婦が入ってきて、続いてローレンス・ドレイトン卿、ウィニフレッド、ブロドリブ氏が入ってきた。ブロドリブ氏は愛想のいい訳知り顔の笑みを浮かべていたが、警察官の姿を目にしたとたん、顔をこわばらせた。

「おや、これはどういうことだ？」ローレンス卿も警察官に気づくと、声を上げた。

「つまり」とソーンダイクが答えた。「悲劇が起きたのです。ブレイク氏は死にました」

「死んだ！」ドレイトンとブロドリブは一斉に声を上げ、「だが」とドレイトンが聞いた。「悲劇とはどういうことだ？」

「おそらく」とソーンダイクは言い、「ここにいる警察官が、さっき渡した陳述書を私に読み上げさせてくれるでしょう。申し上げておきますが」と警察官に話しかけながら付け加えた。「この紳士淑女の皆さんは利害関係者であり、いずれも検死審問の証人として召喚されるでしょう」

この最後の発言は、私にはさっぱり理解できず、ほかの者も全員同じのようだった。ローレンス卿とブロドリブは驚き顔でソーンダイクを凝視し、警察官は当惑して眉をひそめながら、ゆっくりと手帳から陳述書を取り出し、無言のまま我が同僚に手渡した。するとソーンダイクは、家政婦が退出するのを待ってから陳述書を音読しはじめたが、読み進むにつれ、聴き手たちは驚きの色を濃くした。

「だが、ソーンダイク！」ローレンス卿はソーンダイクが読み終えると声を上げた。「これはあまりに驚くべき事件だ。この調査はまるで君たちをおびき寄せて殺すための単なる口実だったみたいじゃないか！」

「まさにそのとおりです」とソーンダイクは言った。「ブロドリブが例の招待の話を持ち込んできたとき、それが目的だろうと思いました」

「なに、そうなのか！」とブロドリブは言った。「だが、なぜブレイクが君たちの殺害を企てていると思ったのかね？」

「たぶん」とソーンダイクは答え、「死体を確認すれば、その疑問への答えはおのずと分かるでしょう。それと」と、医師に向かって言い添えた。「今なら死体を運び出してもいい。煙霧はもうほとんど消え去っているでしょう」

「ええ」医師はこの謎の解明を直接聞きたいと、見るからにうずうずしながら頷いた。「家政婦からシーツをもらい、あの哀れな悪党どもを運び出せるか、確かめに行きましょう」

彼は警察官とともに立ち上がり、この二人の部外者が部屋を出ていくと、ブロドリブは我が同僚を攻め立てはじめた。

「君はまったく不可解な男だ、ソーンダイク。君が今回の調査を提案したとき、このブレイクという男に君を殺す機会を与えてやろうとしていたのか？」

「私を殺そうと試みる機会です」とソーンダイクは訂正した。

「それに私もだ」と私は付け加えた。「ソーンダイクのジュニア・パートナーという地位は閑職ではない、と気づきはじめたところさ」

ブロドリブは面白そうに微笑み、ローレンス卿が口を開いた。

「なにやら深海をさまよっている気分だ。白状するが、私にはまったく手に負えない。教えてくれと頼んでも無駄だろうな」

「今はこれ以上申し上げないほうがいいでしょう」とソーンダイクは応じた。「すぐに決定的なテストができますよ。そうなれば、説明は不要です」

この言葉の意味を考えてみたが、まるで分からなかったし、二人の弁護士の当惑顔から、彼らも同じ状況だと思った。だが、あれこれ考えている時間はなかった。すぐに警察官が戻ってきて、死体は部屋から運び出され、検死と身元確認の用意ができたと告げたからだ。

「よもや」私たちが警察官と一緒に行こうと立ち上がると、ドレイトンが言った。「ミス・ブレイクまで一緒に来てもらう必要はあるまい？」

「いえ」とソーンダイクは答え、「ミス・ブレイクに死体を確認していただくのは、望ましいだけでなく、必要でもある。ご不快な思いをさせて申し訳ありませんが」と言い添えた。「これはとても重要なことなのです」

「どういうことか分からんが」とドレイトンは言った。「君がそう言うなら、異論はない」

こうして私たちは現場に向かい、ソーンダイクと警察官が先導した。ひと気のない大きな部屋をいくつも通りながら、私はウィニフレッドにこの古い邸と隠し部屋のことを説明し、気味の悪い役目から彼女の気を紛らせようとした。長い廊下の端で、あの大きな部屋に入ると、屍衣をかぶせた二つの死体のそばに医師が立っていた。死体は窓のそばの床に置かれ、足を私たちのほうに向けている。私たちは重苦しく押し黙ったまま、死体のそばに立ち止まった。医師はかがみ、シーツの両端をつまんで取り払うと、ソーンダイクのほうをじっと見た。

私たちは一瞬、身じろぎもしない、ぞっとするような二体の死体を黙って見下ろした。ところが突然、ウィニフレッドが恐怖の叫び声を上げてあとずさり、私の腕をつかんだ。

「どうされました？」とドレイトンが聞いた。

「あの男よ！」彼女は息をのむように声を上げ、従僕の死体を指差した。私もその男に見覚えがあるのに気づいていた。「空き家で私を殺そうとした男！」

「それに、あの夜、ハムステッドであなたを刺した男ですね？」とソーンダイクが言った。

「ええ、そうです」彼女は息をのんだ。「この男よ。間違いないわ」

ローレンス卿は我が同僚に、激しく問いただすように目を向けた。

「これは驚くべきことだぞ」と彼は声を上げた。「いったいどうやって、この男がブレイク氏と関わるようになったと？」

ソーンダイクは地主の死体のほうにかがみ、死体のカラーとネックバンドを緩め、ワイシャツの喉元を開いた。首のまわりに太いシルクの紐があるのが分かり、ソーンダイクがそっと引っぱり上げると、大きな石が一つ付いた、小さな金のペンダントがぶら下がっている。小さな宝石が隠れ場所から出てくると、ウィニフレッドは目をみはってかがみ込んだ。

「あのキャッツ・アイよ！」と彼女は声を上げた。

「まさか！」とローレンス卿は叫んだ。「見せてくれ」

ソーンダイクが紐を切り、ペンダントをドレイトンに手渡すと、彼はそれを掌でひっくり返し、信じられないという驚きの表情で凝視した。

「これだ」とようやく口にした。「確かに、亡き兄の邸から盗まれたペンダントだよ。石の形と色ではっきり分かる。いま思い出したが、裏面には〝楽しき家庭（Dulce Domum）〟という銘がある。まぎれもなく盗まれたペンダントだ。だが、これはどういうことだ、ソーンダイク？　この男が身につけていると知っていたようだが」

「つまり、ローレンス卿」とソーンダイクは答えた。「この男が」――と地主の死体を指差した――「お兄さんを殺した男なのです。拳銃を撃ったのは彼ですよ」

ローレンス卿は嫌悪で顔をしかめながら、死んだ男を見下ろした。

「まさか、ソーンダイク」と彼は言った。「この男は、このつまらんおもちゃを手に入れるだけのために、アンドリュー兄さんを殺したとでも？」

「そうです」とソーンダイクは答えた。「もちろん、殺人は本来の計画になかったのですが、必要なら使うつもりで拳銃を携えていたのです」

「現に、ポケットに拳銃がある」と警察官が言った。「隠し部屋から死体を引っぱり出すときに気づきました」

彼は死者の上着のポケットに手を突っ込み、小さなオートマチック拳銃を引っぱり出してソーンダイクに手渡した。

「まさにその凶器のようです」とソーンダイクは言った。「ベビー・ブローニングですよ。空《から》の薬莢から型を特定したのを憶えておられますね」

私はブロドリブ氏の顔に奇妙な当惑の表情が広がるのに気づいた。老弁護士はソーンダイクのほうを向いて言った。

「実に不可解な事件だよ、ソーンダイク。アーサー・ブレイクのことをよく知っていたわけじゃないが、いつも品のよさそうな男だった。だが、彼が本当に盗みや殺人を犯し、死に瀕したときにも殺人を犯そうとしていたとは、まさに非道の行いだ。理解に苦しむ」

ソーンダイクは医師のほうを向き、「お聞きしますが」と言った。「この男の左膝蓋骨に異常はありませんか?」

医師はびっくりしてソーンダイクを凝視し、「そう思う理由があるのかね?」と尋ねた。

「というのも」と彼は答えた。「靭帯《じんたい》の結合を損傷させた古い骨折の跡があるとの印象を受けたのです」

医師はかがみ、死体の左足のズボンを引き上げて膝に手を触れた。

「そのとおりだ」彼は驚きの表情でソーンダイクの顔を見上げて言った。「横骨折があり、骨片のあいだに優に二インチは亀裂がある」

ブロドリブ氏は不意に、好奇心もあらわに我が同僚に向かって叫んだ。「まさか――なにが言いたいんだ、ソーンダイク?」

「私が言いたいのは、この男はアーサー・ブレイクではないということです。この男は、ヒュー・オーウェンというオーストラリア人の山師ですよ」

「だが」とブロドリブは異議を唱えた。「オーウェンは数年前に死んだとの報告がある。死体が発見され、確認されたんだぞ」

「見つかったのは、バラバラの骨です」とソーンダイクは言い返した。「ヒュー・オーウェンの死体だとは、オーウェンがはめていたとされる指輪によって確認されたのです。その遺骸は、アーサー・ブレイクのものだと思いますね。オーウェンが彼を殺し、身元確認を誤らせるために指輪を死体にはめさせたのです」

「確かにあり得ることだ」とブロドリブは認めた。「では、もう一人の男は誰だと?」

「もう一人は、ローラ・レヴィンスキーという女でしょう」

「ほう」とブロドリブは言った。「それなら、推測にゆだねる必要はない。君には言わなかったと思うが、オーストラリア警察の担当者から聞いた話では、レヴィンスキーには、右腕の前腕に刺青がある――HとLという文字と、そのあいだにハートのマークだ。この人物にそんな刺青があるか確かめてみよう」

警察官は従僕の死体のほうにかがみ、右の袖口を緩め、肘の上まで袖を引き上げた。

「おお！」とブロドリブは声を上げた。HとLの文字、そのあいだに小さく不格好なハートが、まるで青インクで描いたように血色が悪い肌にくっきりと表れていたのだ。

「君の言うとおりだ、ソーンダイク、いつものことながらね。この女は殺人の共犯だな？」

「私の考えでは」とソーンダイクは言った。「この二人の悪党は、アーサー・ブレイクを殺し、死体から身元確認が可能な物をすべてはぎ取り、オーウェンの指輪をはめさせて崖から転がり落として、その上に大きな岩や石を落としたのです。そのあと、ブレイクの書類や金を奪い、別々に違う船に乗って英国に来たわけです。ブレイクの身元を確認することはしなかったのでは？」

「ああ」とブロドリブは答えた。「彼を確認できる者はいなかった。到着の時期を知らせる返事を手紙で寄こし、だいたい知らせてきたとおりの日に到着したし、必要な証明書類もすべて提示してみせた。身元確認の問題など生じるはずもなかったよ」

私たちはしばらく、二人の山師の死体を黙って見下ろしていた。すると、ドレイトンがペンダントを差し出しながら聞いた。

「これをどうする？　兄から盗まれた物ではあるが、先祖伝来の家宝としてミス・ブレイクにお渡しすべきだろうな」

「当面は」とソーンダイクは言った。「警察に保管してもらわなくては。検死審問で証拠として提出しなくてはいけませんので。受取証をもらいましょう。ただ、これが失われた家宝かどうかは、きわめて疑わしいと思いますね。説明と一致しないし、本物の宝石は不動産権利証書とともに隠されていると思います」

「そんなはずないわ」とウィニフレッドが言った。「〝楽しき家庭〟という銘が正しい銘じゃないという点はごもっともですけど。でも、ご存じのとおり、パーシヴァルの手記には、宝石は持ち去り、子どものジェームズのために保管しておくようにとジェニファーに託したことがはっきりと書いてあるのよ」

「私は手記をそのようには解釈しません」とソーンダイクは言った。「しかし、その問題はまた別の機会に話しましょう。私たちの名前と住所を警察官に教えれば、ここでの仕事は終わりです」

この示唆を受けて、警察官は大きな公用手帳を取り出し、この事件の証人たちの名前と住所を書き込んだ。医師が再び死体をシーツで覆うと、私たちは図書室に戻った。ウィニフレッドと廊下を歩きながら、少し心配になって彼女を横目に見た。いかにも恐ろしい経験だったからだ。私の視線に気づくと、彼女はしばし手を私の腕にかけ、小さな声で言った。

「ぞっとする光景だったわ、ロビン。あの小柄な悪党が、恐怖でかっと目を見開いたまままあの部屋に倒れてるなんて。でも、あの女を気の毒とは思わない。まして男のほうは。手に小さな真鍮のノブを握りしめた死にざまは、ぞっとする――哀れといってもいい――ものだったけど。ノブが役に立たず、自分が仕掛けた恐ろしい罠に仲間と一緒に捕らわれてしまったと分かったときは身の毛のよだつ瞬間だったでしょう。でも、あの人たちを可哀そうとは思わない。あなたがご無事で、自分も自由になったと知って安心するばかりです」

「そうさ」と私は言った。「これで安心して外出してもらえると思うと、なんとも言えないほどほっとする――あの絶えざる脅威は、もう過去のものだ。石壁をも見通すソーンダイクの恐るべき眼力のおかげでね」

「そうかしら」と彼女は言った。「あなたを人殺しの巣窟にしれっと入っていかせたことで、ソーンダイク博士に食ってかかりたい気もするけど」

「本当の危険はなかったと思う」と私は答えた。「あからさまなやり方では私たちを殺せなかったろうし、そうでないやり方なら、ソーンダイクは前もって計算し尽くし、備えもできていたはずだ。すべてお見通しだったと思うよ」

　図書室に戻って、ソーンダイクと私が拳銃とバールをスーツケースに片付けていると（その様子を警察官は目を丸くしてポカンとしながら見ていた）、ドレイトンが聞いてきた。

「乗り物はあるのか？　ないのなら、窮屈でもよければ、車で駅まで送っていくよ」
　私たちはこの申し出をありがたく受け入れた。警察官と医師に別れを告げ、邸の外に出ると、本来の乗客たちが車の座席に座るやいなや、私たちも荷物と一緒に乗り込んだ。車が走り去るとき、家政婦のほかに、二人の女が興味津々でこっちを見ているのに気づいた。門に来て門番小屋を通過するとき、窓から覗く門番の顔がちらりと見えたが、〝国王の頭《キングズ・ヘッド》〟を連想させる妙な表情を浮かべていた。

　軽やかに走る車は、一、二マイルの距離などすぐ飛ばしてしまい、数分で駅に着いた。駅の構内で停車すると、運転手が私たちの荷物を運び出してくれた。ドレイトンも降りて、ソーンダイクの肩に手を置いて力強く言った。

「君がしてくれたことには感謝を言い表す言葉もないよ、ソーンダイク。だが、一生恩に着るつもりなのは分かってくれ。この事件の処理は期待以上のものだった。どうやったのかは分からないが。いずれ調査をどう進めたのか、ちゃんと分かるように教えてくれたまえ。今はただ、君の素晴らしい成果を祝福するばかりだ」

「右に同じだ」とブロドリブは言った。「だが、成果といえば、例の不動産権利証書は結局見つからなかったのかね？」

「ええ」とソーンダイクは答えた。「あそこにはありません」

「なんだって？」とブロドリブ。「じゃあ、あそこにないと確信してるのなら、どこにあるかも知ってるんだな？」

「もっともな推論です」とソーンダイクは答えた。「しかし、その問題をここで論じるのはよしましょう。明日二時に事務所に来てくだされば、もっと詳しくお話しするし、それだけでなく、実地探査にご案内しますよ」

「私もご招待いただけます？」とウィニフレッドが聞いた。

「もちろんです」と彼は答えた。「あなたはこの問題の主要当事者ですよ。例の時禱書をお持ちいただけますか」

「権利証書は、きっともう彼の事務所にしまってあるのさ」とブロドリブは言った。我が同僚は首を横に振ったが、私は老弁護士の言ったこともあながち間違いではあるまいと思った。

車が走り去り、私たちが荷物を駅の中に運び込むと、ほんの数分待っただけで列車が着いたのでほっとした。コンパートメントに腰を下ろしてくつろぐまで、我が秘密主義の同僚を攻め立てるのは延期した。なにか期待していたわけではない。ソーンダイクが語ろうとしないのは、説明すべき時がまだ来ていないからだという印象を受けたのだ。

質問の矢を放ちはじめると、実際にそうと分かった。

「事件を解決するまで待ってくれ、アンスティ」と彼は言った。「これまでの調査の全体像がよく分かっていないのなら、振り返りながら論じようじゃないか」

「だが」と私は言った。「アンドリュー・ドレイトン殺害事件は解決しただろ？」

「すっかりじゃない」と彼は答えた。「君が相変わらず気づいてないのは、殺人の問題と行方不明の文書の問題が関係している点だ。これは実に奇妙で興味深い事件だし、その二つの問題は実に不思議な関連性を持っているのさ。オーウェンが、キャッツ・アイのペンダントをなんとしても我が物にしようと決意しなければ、くだんの文書はずっと隠し場所に人知れず眠り続けたかもしれない」

その言葉から、なぜソーンダイクがパーシー・ブレイクの権利請求に妙な関心を示してきたかは分かるものの、ほかの問題はかえってますますわけが分からなくなった。私はその旅のあいだ、二つの問題の関連なるものを突き止められないかと一連の出来事を再構成しようと試みた。だが、かすかな光明すら見えない。結局あきらめ、気休めに、明日になればおそらく最後の幕も終演となるだろうし、最終的な解決を期待しようと考えることにした。

第十九章　一七四五年の遺物

客人たちは翌日午後二時きっかりにやってきた。最後の一人――ブロドリブ氏――がクラウン・オフィス・ロウから姿を見せたちょうどその時、チューダー・ストリートの門から続いて入ってきた二台のタクシーが私たちの事務所の前に停車するのが窓から見えた。私は心底ほっとしながら、彼らの到着を歓呼して迎えた。昨日の不可思議な出来事に加え、ソーンダイクの謎めいた発言のせいで、この複雑な事件の終結を早く見届けたくてじっとしていられない気持ちになっていたし、心中測り難き我が同僚がこのきわめて複雑なパズルの一見無関係な断片をどうやって当てはめて完成させたのか、聞きたくてならなかったからだ。午前中ずっと――そのあいだ、ソーンダイクは不在だったが、おそらく午後の冒険の手はずを整えていたのだろう――事実を繰り返し反芻《はんすう》してみたが、結果は常に同じ。パズルのピースはあるし、確かにすべて揃っている。だが、バラバラのピースのままだし、理解できる全体の絵にはどうしてもまとまろうとしない。

「なあ、ソーンダイク」ブロドリブ氏は折り目正しい身なりをし、紅潮した顔に微笑を浮かべて入ってきて言った。「君には失礼なことを言ったよ。君は権利証書をしまってあるわけじゃない。二輪戦車《チャリオット》が外で楽団か職杖持ちをお待ちかねのようだ。ものものしい行列になりそうだな」

「楽団を待つつもりはありません」とソーンダイクは言った。「全員揃ったようなので、出発しましょうか。ミス・ブレイクを下にお連れしてくれるかい、アンスティ？」

「運転手に行き先を告げるのは私かな？」と私は聞いた。

「そう。ミノリーズの北東側の角で降ろしてくれと」

こうして、ウィニフレッドを伴って先に行き、運転手に行き先を告げ、我が賓客とともに中に乗った。運転手がエンジンをスタートさせ、タクシーがチューダー・ストリートの門に向かって走り出すと、もう一台のタクシーのドアもバタンと閉じる音が聞こえた。

「行き先がどこか知ってる、ロビン？」タクシーがぐるりとまわり、ニュー・ブリッジ・ストリートに入ると、ウィニフレッドが聞いてきた。

「運転手に告げたこと以外は知らないよ」と私は答えた。「どうやらミノリーズかオールドゲイト、あるいはホワイトチャペルを探険に行くようだ。旧時代に属する界隈だし、パーシヴァル・ブレイクの時代は、今より高級なところだった。あの辺には古い家が今一群を見たことがあるかな。ホワイトチャペル・ハイ・ストリートに臨む美しい木骨家屋の一群を見たことがあるかな。ほぼすべて肉屋で、少なくともチャールズ二世の時代から続いている。実際、その家並みはブッチャー・ロウと呼ばれていてね。古い酒場も一軒あったと思うが」

「その酒場に行くんじゃないの」とウィニフレッドは言った。「きっとそうよ。昔の酒場の多くには秘密の隠し場所があったし、その時代の陰謀家たちにはちょうどいい集会場所だったはずだもの」

彼女は、昔の酒場がどんなものだったか想像し続けた。明らかに彼女のロマンチックな想像力を刺激したのだ。その様子――頰を紅潮させ、目を輝かせて、冒険に満ちた探索のことで嬉しそうにはしゃいでいる――に、私は差し迫る危険に満ちた暗黒の日々が過ぎ去ったことにあらためて感謝の吐息をついた。

タクシーはほんの数分でミノリーズの角に停まり、降りるあいだにもう一台のタクシーも到着し、私たちのそばに乗客を吐き出した。運転手に支払いをすませると（彼らはそのあと、紙幣を確かめてから、私たちがどこへ行くのか、じっと見守っていた）、ソーンダイクは東に向かい、私たちもホワイトチャペル・ハイ・ストリートを一緒に進んだ。もはや誰も質問しないのに気づいた。おそらく誰もが自分の考えをめぐらすのに忙しかったのだ。どのみち、ソーンダイクはスフィンクスのように寡黙さを保っていた。

「あれがおっしゃってた素敵な古い家並み？」ウィニフレッドは、古い漆喰塗りの建物群が目に入ると聞いてきた。

「そう」と私は答えた。「あれがブッチャー・ロウですよ」

「もしくは」とソーンダイクが言った。「正式な名称では、〝畜殺場《シャンブルズ》〟です。本来の畜殺場は裏のほうにありますが」

「〝シャンブルズ〟ですって！」ウィニフレッドは、ソーンダイクを驚き顔で見ながら声を上げた。彼女はなにか質問しかけたが、すぐにソーンダイクが狭い路地に踵を返して入っていったので、私たちもあとに続いた。私は路地の名前を見上げ、中に入りながら言葉に出して言った。「ハロウ・アリーか」

「そう」とソーンダイクは言った。「歴史のある路地だよ。デフォーがペスト流行の頃のここの様子を見事に活写している（『ペストの記憶』（一七二二）。ペストは一六六五―六年にロンドンで大流行）。死体運搬の荷車が入り口に待機し、狭い路地を人々が死体を運んでいくさまをね。これが古くからある〝スター・アンド・スティル〟酒場だ。角を曲がると畜殺場があるが、十七世紀以来、ほとんど変わっていない」

彼は畜殺場に向かって角を曲がり、狭い道からアーチ道をくぐると、狭い舗装路に入ったので、私たちはやむなく縦一列で進んだ。しばらくして、舗装路からごみごみした小さな広場に出た。広場は三方を古くて背の高い木骨漆喰塗りの家に囲まれ、残る一方には、低いレンガ造りの塔のある、やや寂れてはいるが古風な趣の小さな教会が建っていた。ソーンダイクは、教会の西側の入り口にまっすぐ向かうと、ポケットから大きな鍵を取り出して鍵穴に差し込んだ。そのとき、私は入り口の横の表示板を見て、ここがミノリーズのセント・ピーター教会だと知った。

ドアを開け放つと、ソーンダイクは私たちに入るよう促した。順に入ったあと、彼はドアを閉じて内側から施錠した。私たちは塔の下の薄暗いポーチにしばし佇み、半開きの奥のドアを見つめていた。すると、ウィニフレッドが私の腕をおずおずと握ってきた。彼女の手が震えるのを感じたが、話しかける余裕はなかった。ソーンダイクがドアを施錠して鍵をしまうと、奥のドアが大きく開き、東側の窓を背景に二人の男——一人は長身で、もう一人は小柄——の姿が見えたからだ。

「お話しした、私の友人たちです」とソーンダイクは言った。「ミス・ブレイク、ローレンス・ドレイトン卿、ブロドリブ氏、アンスティ氏です。こちらは、ジェームズ・ヤースベリー師。もう一人の紳士はご存じですね」

教会の会堂に入ると、私は牧師におじきをし、小男のほうを向いた。

「あら、ポルトンさんじゃないの！」ウィニフレッドは声を上げ、我が同僚の親友と親しく握手した。彼は微笑み、嬉しそうに顔を皺だらけにして挨拶した。私はすぐに、彼がなにか黒魔術のような驚きを用意しているのではとあやしく思った。

「実に素晴らしい建物だ」ローレンス卿は周囲をもの珍し気に見まわしながら言った。
「みすぼらしくてありきたりな外観と比べると、ますます際立って見える」
「ええ」と牧師は頷いた。「昔のロンドンの教会特有のものです。しかし、これはかなり古い建造物なのです。一部だけロンドン大火で失われましたが、すぐに再建されました。時のヨーク公、のちのジェームズ二世が私財を投じたそうです。のちの聖職者たちに強力なジャコバイト支援者がいたのもそのためかと。たとえば、この善良な紳士のように」

彼は二つの窓のあいだのスペースに私たちを案内した。そこには、アラバスター製の大きな銘板が壁に埋め込まれていた。
「この銘板は」と彼は言った。「カロデンの戦場から追悼のために収集された遺骨を納めた空洞を封印したものです。この銘文は明らかに遺骨収集者の心情を伝えています。しかし、政府当局の破壊から守るために、設置後すぐに漆喰で覆われたようですね。発見されたのは、ほんの五十年ほど前のことです」

私は好奇心をつのらせ、その簡潔な銘文を読んだ。

「王のため《プロ・パトリア》——国のために《プロ・レゲ》

一七四五年

この銘板は、かつてこの教会の牧師だったスティーヴン・ランボルドにより、忠義なる者の霊に捧げるため設置された」

「でも」とウィニフレッドは言った。「スティーヴン・ランボルドはシャンブルズのセント・ピーター教会の牧師だと思ってたけど」

「この建物がシャンブルズのセント・ピーター教会です」とヤースベリー氏は応じた。「名前は、ほんの四十年ほど前に変わったのです」

ウィニフレッドは私のほうを向き、嬉しそうに顔を輝かせて私の目を見つめた。同じ考えが二人の心に浮かんだのは私にも分かった。ゆっくりと歳月が流れるあいだ、ここにこそ、行方不明の権利証書は眠っていたのだ。パーシヴァル・ブレイクがカロデンの死の戦場でともに戦った愛国者たちの遺骨とともに安全に隠されながら。私は、ソーンダイクがこの奇妙な小さい埋葬場所を開くためになにか準備をしているだろうと思い、彼のほうを振り返った。ところが、彼はもう踵を返して教会の東側の端に向かっていた。私たちがゆっくりとあとに続くと、彼は説教壇の前で立ち止まった。彼はしばしそこに佇み、じっとその説教壇を見つめた。実に素晴らしい説教壇だ。似たものはほかに見たことがない。細長の八角形で、黒茶色のオーク材の羽目板と繰形に壮麗な彫刻が施されている。だが、最も目を引く特徴は、壇の支え方だ。細長の上部構造は二本のオーク材の柱の上に載り、それぞれの柱に美しく華やかな装飾のあるブロンズの柱頭と、似たような特徴のブロンズの基底が付いている。しかし、その職人芸がいくら素晴らしくとも、デザインは魅力的というより、異様なものだ。細長の本体と二つの柱は、むしろなにやら不格好に見える。

「ここに」ソーンダイクは説教壇を指し示しながら言った。「スティーヴン・ランボルド師の遺物がもう一つある。こちらのほうが我々の個人的関心を引くものです。この二つの柱をご覧ください。美的な意味では決して優れていませんが、上部構造を支える以外に、ある便利な目的に使われているのです。それぞれの柱は収蔵庫になっている。明らかに、もともとはミサや晩課を挙行したり、ローマ教会の祭儀に従って聖体拝領を執り行う際に用いられる聖餐用器物などの物品を隠しておくために考案されたものです。柱の一つは今なおその機能を果たしています。この柱には」と、北側の柱をコツコツと叩いた。「聖杯と聖体皿、吊り香炉と小さな聖体容器が入っている。もう一つの柱には——いや、ポルトンが中を見せますので、詳細に触れずともよいでしょう」

「ということは」とドレイトンが聞いた。「もう収蔵庫を開けて、中身があることも、どんなものかも確かめたんだな？」

「収蔵庫はまだ開けていません」とソーンダイクは答えた。「しかし、物が手つかずのままあることは確かめました。ポルトンと私は、数日前にエックス線装置と蛍光板を使って検査し、二番目の柱に聖体皿があることを発見したのです。実際に開けるときは、ミス・ブレイクに立ち会っていただきたかったのですよ」

その言葉を聞くと、合図を受けた俳優のように、説教壇のうしろからポルトンが大きな革の手提げかばんを持って姿を現した。かばんを床に置き、私たちが取り囲むように集まると、彼はそこから、見たところ鉛製らしい、革張りの先の丸い小槌と、かしめたがねの形をした堅木製の道具を取り出した。

「どちらの柱からはじめましょうか？」彼は茶目っ気たっぷりの笑みを浮かべ、私たちを見まわしながら尋ねた。「聖体皿のあるほうなら——」

「えい、聖体皿なんぞ、くそくらえ！」とブロドリブが口をはさんだが、慌てて言い添えた。「失礼しました、ヤースベリーさん。いや、その——」

「おっしゃるとおりです」と牧師は遮った。「あなたの意見に賛成ですよ。聖体皿はしばらく後回しにしましょう」

こうしてポルトンは仕事にとりかかり、私たちは群がり寄って観察した。柱の柱頭は、それぞれ二つの部分からなり、下の部分は装飾に覆われ、その上に無装飾の円筒形の部分が頂板に向かって延びている。ポルトンが狙いをつけたのは下の部分だ。彼は椅子の上に乗ると、装飾のある柱部分の下の端に堅木製のたがねの端を突き立て、鉛製の小槌で軽く叩いた。それから、たがねを半インチ右にずらし、もう一度打ち叩いた。こうしてたがねを一度打ち叩くごとに半インチずつずらし、柱周りの三分の一を回ると、ソーンダイクは、ポルトンが乗り移れるようにもう一つ椅子を置いた。

「表面に油は引いたかい？」と我が同僚は聞いた。

「はい」と、ポルトンは〝墓守老人〟（ウォルター・スコットの小説『墓守老人』の主人公。一六七〇年代にスコットランドで起きた、長老派信徒の反乱による死者の崩れかけた墓碑銘をノミで刻んで供養し続ける老人）のように、たがねを打ち叩きながら答えた。「灯油と時計用油を混ぜたものをたっぷり引きましたから、十分に動きますよ」

　この言葉が正しいことはすぐに証明された。ポルトンが柱を完全に回りきると、上のほうの無装飾部分は次第に目に見えて狭くなり、明るい色の木の部分が輪のように下のほうに現れはじめた。しかし、鉛製の小槌はコツコツと鈍い音を立て続け、ポルトンも柱を少しずつ回り続けた。

　二度目の周回が終わると、柱頭のスライド部分は、無装飾部分の上端まで半分くらいのところに上昇し、青白い、新たに剝き出しになった木の部分が下のほうに現れてきた。スライド部分は、いまやはっきりと軽く動くようになった。打ち叩くごとに、大きく上に向かって動くようになったからだ。さらに、三度目に回り終えると、上のほうの無装飾部分は完全に隠れ、細い金属の輪が下のほうに現れた。この輪には幅半インチほどの切れ目が見えた。

「さあ、すっかり出てきましたよ」とポルトンは言った。

「けっこうだ」とソーンダイクは言った。「これで用意はできた」

彼はポルトンから小槌とたがねを受けとり、代わりに、長細いくちばしの付いた、ほっそりしたバールのような道具を手渡した。ポルトンがこのくちばしを注意深く切り目に突っ込むと、木の部分の最上部にある空洞に食い込んだ。それから、道具を梃子《てこ》のように使って慎重にこじ開けはじめた。

しばらくはなにも起きなかった。突然、ギイギイという音がした。梃子の端が持ち上がると同時に、柱の四分の一ほどがほかの部分から分離しはじめ、せり出てくると、深い溝彫りのせいで巧みに隠されていた継ぎ目があらわになった。ポルトンは、ゆるんだ板のてっぺんをつかんで強く引っぱって開き、すっかり開け放った。しかし、彼が開口部の前にいたので、ほかの誰も中になにがあるのか見えない。彼が椅子から降りると、ウィニフレッドが小さな叫び声を上げ、両手を握りあわせた。

確かに劇的な瞬間だった。とりわけ、小さな時禱書の手記を読んでいた私たちには。柱は中にかなりの空洞のある大きな殻のようだった。この空洞の一番底のほうに、背の高い鉛製の壺が、ぴたりとはまった平らな蓋をして置いてあった。その蓋の上には、双把手の大きなポゼット・ポットが置いてある。まさにパーシヴァル・ブレイクが書き記したとおりだ。私たちはその記述をもとに心に思い描いていただけに、不思議となじみのある品々をこうして目の当たりにしたのが実に感動的だった。これらの品々はその隠し場所の中で一世紀半以上も待ち続けていたのだ――遺産を奪われたパーシヴァルの子孫が訪れるのを。

私たちはしばらく言葉もなく、それらの品を見つめていた。ソーンダイクがようやく口を開いた。「ミス・ブレイク、壺に銘があるのが分かりますね」

私にもウィニフレッドにも見えなかったが、近づいて壺をよく見ると、白い表面に手間をかけて刻まれた銘がある。どうやら一文字ずつ金属の文字を打刻したもので、こう書かれていた。

「ここに納められし物は、バッキンガムシャーのビーチャム・ブレイクに属する医師パーシヴァル・ブレイク、もしくは、その血を受け継ぎし相続人の財産なり。紀元一七四六年」

ウィニフレッドが銘を音読すると、「これで」とローレンス卿が言った。「この文書の所有権ははっきりした。あなたは壺とその中身を堂々と所有していい。さて、壺の中になにがあるか、見てみようじゃないか」

ポルトンはこの合図を待っていたらしく、すぐに小さなアルコールトーチに火をつけた。ウィニフレッドは、ポゼット・ポットをそっと持ち上げ、信徒席の長腰掛けに置いた。ポルトンは壺を持ち上げて椅子の上に置き、蠟で厚く覆われた蓋の結合部に慎重にトーチの炎を当てた。蠟が溶けはじめると、バールの先端を結合部に差し込み、巧みな手首のひねりで蓋を持ち上げて取り外した。

ウィニフレッドは壺の中を覗き込んで言った。「巻物の羊皮紙がいっぱい詰まっているみたい」私たちは一人ずつ、その言葉どおりなのを確かめた。

「提案ですが」とヤースベリー氏は言った。「壺は聖具室に運んではどうでしょう。大きなテーブルがあるし、文書を確認するのに勝手がいい」

この提案は即座に受け入れられた。ポルトンは重たげな壺を持ち上げ、牧師の案内に従って聖具室に向かい、私たちもあとに続いた。ウィニフレッドは、大切なポゼット・ポットを運んだ。聖具室に来ると、ポルトンが壺をテーブルの上に置き、ローレンス卿はすぐに、ごわごわした黄色い羊皮紙の文書の巻物を取り出した。注意深く巻物を広げると——というのも、堅い円筒になっていたため——彼はなにか特定の物を探すような様子で急いで目を通した。

「これは、まぎれもなく不動産権利証書だ」彼は急ぎ足でページを繰り、内容にさっと目を通しながら言った。「おお——なんと！　そう、これこそまさに探していたものだ。ここにあることを期待していたよ」

彼は権利証書のページのあいだから二枚の小さな羊皮紙を引き出し、勝ち誇ったように示すと、中身を読み上げた。

「私はここに、キリスト紀元一七四二年六月十三日、オールドゲイト近郊のシャンブルズのセント・ピーター教会において、以下の両人が私の執り行いによる聖なる婚姻にて結ばれしことを証し、宣言するものなり。

パーシヴァル・ブレイク、バッキンガムシャー州ビーチャム・ブレイク、独身

ジュディス・ウェスターン、ミドルセックス州クリックルウッド、独身

スティーヴン・ランボルド、文学士

上記シャンブルズのセント・ピーター教会牧師

一七四六年五月二十日」

「これこそ」とローレンス卿は言った。「一番大事なものだ。だが、この二番目の証明書が、その証拠をさらに補強している。読み上げるよ」

「私はここに、バッキンガムシャー州ビーチャム・ブレイクのパーシヴァルおよびジュディス・ブレイク夫妻の子息ジェームズが、オールドゲイト近郊のシャンブルズの

セント・ピーター教会において、キリスト紀元一七四三年五月三十日、聖なる教会の祭儀に従い、私により洗礼を授けられたことを証し、宣言するものなり。

スティーヴン・ランボルド、文学士
上記シャンブルズのセント・ピーター教会牧師
一七四六年五月二十日」

「この証明書は」とドレイトンは言った。「あなたがお持ちのほかの証明書と合わせれば、直系の子孫であることを立証するものです。あの地所も、今は所有者がいないことを考えれば、権利請求を申請する絶好の機会ですよ。どう思う、ブロドリブ?」

「私としては」とブロドリブは言った。「はっきり意見を述べる前に、もっと十分な詳細を知っておきたいところだが」

「おいおい、ブロドリブ」とローレンス卿は抗議した。「そう慎重にかまえることはないだろう。我々はみな友人だ。ミス・ブレイクの弁護士を引き受けちゃくれないか?」

「むろん引き受けるとも」とブロドリブは答えた。「ほかの権利請求者からは依頼は受けていない。ああ、喜んで彼女の弁護士を引き受けるよ」

「では」とドレイトンは言った。「依頼手続きを整えて、どうやって進めるかはっきりさせなくては。明日、事前の打ち合わせに事務所に立ち寄らせてもらうよ。君の都合さえよければだが」

「けっこうだ」とブロドリブは同意した。「一時に来てくれ。昼食を一緒にして、段取りを打ち合わせよう」

私はその会話のあいだ、ソーンダイクが空《から》になった壺を探るように覗き込んでいるのに気づいた。彼はその壺から、ウィニフレッドが大事そうに守っていたポゼット・ポットのほうに目を向けた。その種のものとしては見事な品で、多彩な色が施されたスリップウェア（器の表面をスリップと呼ばれる泥漿状の化粧土で装飾した陶器の一種）の大きめの容器だ。前面に一種の盾形紋章があった。紋章にはハートが描かれ、その上にBという文字、両脇にHとMという文字がそれぞれある。下のほうには、一七〇八年という年代が入っている。囲みの下には幅広の横帯が描かれ、次のような古風な趣の銘が記されていた。

「この中に大麦の粒の叙事詩あり
一粒種の生まれしは我が喜びなり――J・M」

「素敵な文句じゃありませんか？」とウィニフレッドは囁いた。「とても人間的、個性的で、魅力的よ」

「ええ」とソーンダイクは頷いた。「素晴らしい作品です。マーティン老は、ありきたりな村の陶工ではなかった。中を見ましたか？」

「いえ」とウィニフレッドは答えた。彼女は指で取っ手をつまみ、蓋をそっと持ち上げると、驚きの叫び声を上げた。

「まあ」と声を上げた。「キャッツ・アイよ――今度こそ本物のキャッツ・アイだわ。なんて美しいんでしょう！」

彼女はポットから小さなペンダントを取り出した。もう一つのペンダントと妙に似ている――というより、これほど似ていることからみて、もう一つはこれの複製なのだ。偽物の石はややくすんだ灰色だったが、こちらは見事な金色の光の筋を輝かせる、美しい濃黄色の石だ。ペンダントには細い金鎖が付いていて、留め金はペンダント本体と同様、長年の使用で丸く滑らかになっている。輝く石をしばし見つめたあと、ウィニフレッドはペンダントを裏返して裏側を見た。銘文は摩耗して消えかかっていたが、たやすく読めた。

「神の恩寵こそは我が相続財産なり」

「とてもふさわしい言葉だわ」彼女は声に出して読むと、そう評した。「予想していたものとはちょっと違うけど。でも、分からないのは、どうしてこれがここにあるかなの。パーシヴァルははっきりと、宝石は彼が持っていて、子どもに将来渡せるように、ジェニファーに託すつもりだと述べているのに」

「宝石ではありません」とソーンダイクは訂正した。「彼は、『小物』とか『装身具』と言っているのであって、宝石とは言っていない」

「ほかの装身具のことを言ってるとでも？」

「まさに」とソーンダイクは答えると、微笑みながらウィニフレッドを見つめて声を上げた。「おお、目の見えぬ人々よ！（旧約聖書「エレミヤ書」第五章第二十一節）分かりませんか、ミス・ブレイク？　パーシヴァルが意図したとおりに事が成就したことが。彼の直系の子孫が、その大切な小物を首にかけてこの隠し場所にたどり着き、その小物に導かれて父祖たちの財産を見つけたのです。これ以上完璧なことがあるでしょうか？」

ウィニフレッドは驚きに打たれた。しばらく彫像のように身じろぎもせず座り込むと、驚愕で言葉を失いながらソーンダイクを見つめた。ようやく声を上げた。「でも、驚くべきことだわ、ソーンダイク博士！　この小さなロケットが、ジェニファーが受け取って、失くしてしまった装身具だと？」

「間違いありません」とソーンダイクは答えた。「実に不可思議で現実離れしているのは、あなたの相続財産を永久に奪い取ろうしたペテン師こそが、あなたの手にそれをもたらしたことです」

「では」と、ローレンス卿がウィニフレッドに負けぬほど愕然としながら声を上げた。「君にこの隠し場所の手がかりを与えたのは、亡きアンドリューの〝小さなスフィンクス〟だというのか?」

「そうです」とソーンダイクは答えた。「このスフィンクスこそは、問いが発せられるのを待ち続けていた真の神託だったのです」

ウィニフレッドの目に涙が浮かんだ。衝動的に我が同僚の手を握り、震えるようにつぶやいた。「なんと申し上げたらよいのでしょう、ソーンダイク博士。弟と私のためにあなたがしてくださったことには、感謝の言葉も思いつきません」

「なにもおっしゃる必要はありません」と彼は応じた。「キャッツ・アイの裏側に記された言葉を別にすれば」

こうして私たちの仕事は完了し、ローレンス卿は大切な文書を注意深く壺に戻し、もう一度蓋を閉じた。外からは、さっきも聞いた鈍い打ち叩く音が聞こえ、ポルトンが二つめの柱に取り組んでいると分かった。だが、私たちにはもうどうでもいい。

「これからどうする?」とローレンス卿は聞いた。「記念になにかすべきだと思うが」

「賛成ですね、ドレイトン」とソーンダイクは言った。「実は、事務所にちょっとした祝宴の用意をしてあります。ポルトンの手がふさがっていたので、簡単な食事しかご用意できませんでしたが。それでご要望にお応えできますか？」

「十分だ」とドレイトンは答えた。「ブロドリブには聞くまでもあるまい」

「では」とソーンダイクは言った。「ミス・ブレイクが、主人役と主賓役をともに務めてくださるなら、ポルトンにも仕事をしまわせて、テンプルにまいりましょう」

私たちが教会に入っていくと、ポルトンと牧師は、新たに見つかった聖餐用器物を満足げに調べていた。私たちは、親切な牧師に謝意を述べて丁重にいとまごいし、乗り物を探しに行った。ポルトンは重い壺を小脇に抱えて先頭を進み、ウィニフレッドは、ポゼット・ポットをシルクのショールに包んでそっと運んだ。

ホワイトチャペル・ハイ・ストリートで、思いもかけず、客のいないタクシーをうまくつかまえ、全員一致の意見で、ウィニフレッド、ポルトン、私の三人が乗ることにした。私たちはタクシーに乗り込み、あとに続こうと急ぐほかの友人たちを残して乗り物に運ばれていった。だが、彼らもさほど遅れなかった。私たちが事務所に着き、掘り出し物を片付けるやいなや、二台目のタクシーがキングズ・ベンチ・ウォークに停まって、三人の友人たちが集合場所に姿を見せた。

第二十章　証明終わり《Q・E・D》

真に素晴らしい食事は、段階ごとにそれぞれ違った良さがあるが、情熱的で舌の肥えた美食家がその違いを賞味するのは難しいかもしれない。たとえば、最初の段階で相手を試しながら味わう満足——ちょっとした前哨戦——と、形も味もはっきり分かる堅牢な主菜に総攻撃をかけるときの貪欲な喜びとを比べたり、あるいは、制圧された食欲が最後の攻勢をかける添え物を相手に少しずつ投入兵力を縮小し、ついには士気も落ちて後詰めに回る行動とを比べるのは難しかろう。私自身はといえば、なんとも言いようがない——どのみち、次々と続いた味覚をよく思い出せないのだ。だが、食事が終わる頃に期待に満ちた雰囲気が漂いはじめたのは憶えている（ブロドリブ氏の場合は、ポートワインのデカンターが出てくる期待も一緒にあったようだが）。ポルトンが隣のオフィスに設けられた応急救護所に残飯という負傷兵を退避させると、ローレンス卿が場の雰囲気を代弁して発言した。

「さて、ソーンダイク、君になにを期待しているか分かっているな？」

ソーンダイクは、客人たちに無表情な顔を向け、「こうした勝利を収めた機会には」と言った。「いつもトリチノポリ葉巻を吸うのです。今度の場合は、どうやら遠慮したほうがよさそうですが」

「かまわんとも」とドレイトンは答えた。「然るべき忍耐の精神でトリチイの煙に我慢するさ。我慢ならんのは、じれったい好奇心の疼《うず》きだ。我々は説明を要求する」

「〝小さなスフィンクス〟が、みずからの謎にどう解答したかを知りたいのですね？それがあなたの要求ですか？」

「確か」と私は言った。「犯罪の問題と行方不明の権利証書の問題は、まったく同一の問題だと言ってたよね」

「密接に関係していると言ったのさ。だが、謎解きの説明を求めておられるのなら、その二つは別々に、起こった順に取り上げるほうがいいでしょう。では、犯罪のほうから説明します」

彼は一息つくと、おおらかな微笑を浮かべて、わずかに開いたオフィスのドアに目を向けた。そこから静かな人の動きがかすかに聞こえ、ポルトンが説明を聞ける距離に場所をとって食事をとることにしたのが分かったのだ。

「それでは」と彼は話を続けた。「悲劇の夜に明らかになった事実からはじめましょう。

まず、犯罪者たちについてです。二人の男の痕跡が残っていた。二人だけです。うち一人は、足のサイズから分かるように、背の高い男だった。その男は、左足になにか障害を持っているようでした。アンスティが聞いた足音からすると、男は足がわずかに不自由と思われた。しかし、逃げ足は速かったため、重い障害があるとは考えられなかった。とはいえ、なにかはっきりした障害があったのです。というのも、我々が容易によじのぼった柵を越えるのに、庭の椅子を持ってこなくてはならなかったからです。さらに、柵の下にあった左足のかすかな足跡は、男が飛び降りたとき、体重が主に右足のほうにかかっていたことを示していた。左手の石膏型を調べると、人差し指の指先にへこんだ傷跡があると分かりました。我々はさらに、男がベビー・ブローニング拳銃を所持し、射撃の達人でもあると推定しました。

もう一人の男については、さほど情報がなかった。かなり背が低く、痩せ型。左利き。髪は黒く、犯行時にはおそらくヤギ革か薄手のなめし革の手袋をはめていた。しかし、そのあと、故人の手がつかんでいた髪の房を調べて重要な発見をしました。黒い髪に混じって、ブロンドの髪――白髪ではなく金色の髪――が一本あったのです。その髪は、彼自身の頭に生えていた髪ではありません。その髪の存在を説明する可能性は二つしかなかった。つまり、別の人物の頭からこすりつけられたか抜け落ちたかして付着した、あるいは、カツラの下地から取れた、という二つの可能性です。しかし、前者の説明は除外された――」

「どうして？」とブロドリブが問いただした。

「顕微鏡で観察した外観によってです。たとえば、見覚えのない髪の毛が上着の袖に付いているのをあなたが見つけたとして――」

「見つけるはずがない」とブロドリブが言った。「私の目の黒いうちはな」

「――顕微鏡や強力な虫めがねで調べれば、それは常に死んだ髪――つまり、成長を終え、毛鞘から抜け落ちた髪の毛と分かるでしょう。毛球が完全に残り、内毛根鞘が欠けていることから確認できます（成長の途中で引き抜かれた毛髪なら、内毛根鞘は髪の毛に付いたままでしょう）。さて、このブロンドの髪の毛には毛球がなかった。両端とも切られていたのです。しかも、塩素か過酸化水素などの脱色剤で処理されたと思しき、ひどくもろい性質の髪でした。カツラの髪は毛球がなく、通常こうした処理を施され、たいていは多少もろいものです。このため、この男は最近、人工的に脱色した髪でできたカツラをかぶっていた公算が大きかったのです。

以上が、二人の男に関する最初のデータでした。指紋もいくつかありましたが、これはあとで別に検討しましょう。最初のデータには、盗品の性格も含まれていた。盗品は、物自体の価値がほぼ無であり、しかも容易に識別される物だった。したがって、通常のプロの強盗なら、およそ狙うはずのない物でしたが、（あやしげな見学者という）証拠からすると、彼らは盗む対象を事前に知っていたと思われます。盗品の一つ——キャッツ・アイのペンダント——には、ある付随的な価値があり、ほかの人間も熱心に探し求めていた。そこから、このペンダントこそが盗みの目的かもしれないという、かすかな示唆を得たのです。

さて、指紋の問題に移りましょう。指紋には目立った異常がありました。まず、それはどちらの強盗の指紋でもなかった。これは確かです。小柄な男は手袋をはめていた。したがって、彼の指紋ではありません。背の高い男は、左手の人差し指の先にへこんだ傷跡があったが、指紋の対応する部分にそんな傷跡はなかった。しかし、どちらの強盗の指紋でもないとすれば、誰の指紋なのか？　三人目の人物がいた痕跡はないし、そんな人物がいなかったのはほぼ確実です。

しかし、もう一つ顕著な異常な点がありました。多数の指紋が残っていたのに、指六本分——左手の人差し指、親指、右手の親指から薬指まで——の指紋しか検出されなかったのです。右手の指紋はすべてその同じ四本であり、左手も同じ二本でした。

さて、この奇妙な繰り返しはどう説明すればいいのか？　アンスティが実に合理的な推測をしました。男はその特定の指だけ、なにか異物で汚れていたため、汚れた指だけが指紋を残したというのです。この推測は、異物が実際に存在したことから、一定の根拠がありました——検査の結果、異物は木蠟と判明しました。しかし、木蠟の存在は、残っていた指紋が明瞭だった理由にはなっても、ほかの指の指紋がない説明にはならない。指紋の付いたガラスをできるかぎり綿密に検査しましたが、ほかの指の指紋はまったく痕跡がなかった。しかし、これらの指は、ちゃんとあったのなら、ガラスに触れたはずだし、触れたとすれば、指紋を残したはずです。唯一可能な説明は、ほかの指はなかった、つまり、その指紋は本物の指紋ではなく、ゴム、ローラー材、あるいは――より可能性が高いのは――クロームゼラチンでできた複製スタンプを使った偽物だということです。

荒唐無稽な仮説と思われました。しかし、その仮説はあらゆる事実に合致し、ほかの説明はありそうにない。スタンプのセットを使用したと考えれば、その場にいた関係者の誰にも属さない指紋のセットが残っていたことを説明できる。同じ指のグループが繰り返し出現することも説明できます（六つのスタンプしか作れなかったと考えればいい。これらのスタンプが、もともと限られた指紋を複製したものだとすれば、そうなるのは当然なので）。最後に、木蠟の存在の説明にもなります」

「どうして？」と私は聞いた。

「つまり、なんらかの異物を必要とするのです。本物の指紋――たとえば、ガラスに付いた指紋――なら、指から自然に分泌する脂でマークを残す。しかし、ゴムやゼラチンのスタンプに自然の脂はない。乾燥しているし、粘着質の物質か、脂を含んだ物質を付着させないかぎり、なんの跡も残さない。さて、木蠟は、この目的にぴったりの物質です。非常に粘着質であるため、粉剤を混ぜればきれいに延ばせます。流れたり、拡がったりする性質はなく、非常に明瞭な跡を残す。自然に分泌された皮膚の脂と間違われてもおかしくない。

したがって、偽の指紋という仮説は、事実を説明する唯一の仮説だったのです。私はとりあえずこの仮説を受け入れ、スタンプはおそらく、小柄な男がはめた手袋の指先に接着した、ゴムかゼラチンでできた薄いプレートだと想定しました。

その数日後、ミラー警視の来訪を受けました。警視の話では、その指紋は、ヘッジズ、通称モーキーという、名の知れた〝常習犯〟の指紋だと記録から確認されたとのこと。もちろん、モーキーがその敷地内にいた証拠がない以上、それで状況が変わるものではなかった。とはいえ、彼が逮捕され、なにを供述するか分かるまで待つことにしました。しかし、彼が逮捕されることはなかった。警視は一、二日後に再び来訪し、今度はその問題にけりをつけてしまったのです。今もその印象は変わりませんが、そのときの印象では、警視はすっかり打ち明けるつもりだったのに、いよいよとなると、職務上の秘密を漏らすことの責任を感じてひるんでしまったのです。実際に話してくれたのは、ミスがあったこと、指紋が実はモーキーのものではなかったということだけでした。

もちろん、これはばかげていた。一つの指紋だけならともかく、六つもまとまっているのにミスが起こるとは信じられない。なにが起きたか、私にははっきり分かりました。指紋は専門家の検査に委ねられ、直ちにモーキーの指紋と確認されたのです。そこで、当局はモーキーの逮捕に踏み切ろうとしたが――彼が監獄にいることが分かったわけです。それが事実なら、指紋が偽造だという決定的な証拠になります。

私はすぐに事の真偽を確かめることにしました。巡回裁判所、四季裁判所などの有罪判決の記録を調べ、ついにモーキーの所在を突き止めました。彼は、六か月前に有罪判決を受け、二年の懲役刑を宣告されていた。したがって、殺人が起きた日、彼はほぼ六か月収監されていたのです。

我々はこうして堅固な手がかりを得たのです。指紋は偽造と分かりました。しかし、分かったのはそれだけではない。指紋の偽造は、署名の偽造と違い、写真などの再生手段を用いた、まさに道具仕立ての手法です。偽造された指紋は常に、実在する本物の指紋を道具で複製したものなのです。したがって、そこから帰結することは、偽造した指紋の存在はその元となった指紋が存在する証拠だということ。それだけでなく、偽造者はその元の指紋を入手できた者だという証拠でもある。さて、その偽造指紋は、モーキーの指紋の複製でした。そこから、モーキーの指紋を入手できた者を探さなくてはならないという結論が出たのです。

さいわい、探す対象は広範ではなかった。警視が最初に来訪した際、モーキーが以前やった仕事のことを話してくれていました。この職人的泥棒は、田舎の邸に強盗に入って捕まり、銀製の盆に残した指紋が証拠になって有罪判決を受けたという。指紋の写真は、邸の主が直後に撮影したもので、地元の警察に渡され、スコットランド・ヤードにそのまま提出された。私はその事件の記録を調べ、うまい具合に指紋の説明もあるのに気づきました。指紋は六つで、右手の親指から薬指、左手の人差し指と親指の指紋でした。

これは実に興味深いことでした。しかし、さらに興味深いのは、押し入られた邸はビーチャム・ブレイクであり、指紋の写真を撮った屋敷の主はアーサー・ブレイク氏だったことです。

この発見の重要性は言うまでもありません。そこから、アーサー・ブレイクは、まさにその指紋のスタンプを作成できるネガを過去に所有していて、おそらくは今も所有しているだろうと分かったのです。だからといって、そのスタンプを作成したのが彼だという結論にはならない。そのためには、通常の写真家が及ばぬほどの技術上の知識と技能を要するからです。通常はプロの写真凸版工だけが有する知識です。彼にそんな知識があるか、あるいは、知識のある人物を雇ったのかもしれない。いずれにせよ、彼はネガを持っていたし、作ったのも彼自身なのです。

しかし、ブレイクは、指紋に関与していただけではない。盗品にも関係があったのです。我々が知っている人物の中で、彼は、キャッツ・アイのペンダントを我が物にしたいと望む最有力の人物なのです。こうして、捜査はビーチャム・ブレイクとある程度関連を持ちながらはじまったのですが、再びビーチャム・ブレイクにまっすぐ突き当たったのです。さて、その点はしばらく脇に置き、少し違った側面から問題を取り上げてみます。

まず、検死審問の日に目撃され、おそらくは毒入りチョコレートを送ってきた謎の女のことを検討しましょう。彼女は何者なのか？　事件とどんな関係があるのか？　さて、彼女の特徴で最初に目を引いたのは髪です。その髪は、過酸化水素水などの脱色剤で処理したらしい真鍮色めいた金髪だった。私は、小柄な男の頭から取れた髪の毛を想起したのですが、その髪は、彼がまさにそうした特徴のカツラをかぶっていたことを示していた。この女と小柄な男がまさに同一人物であることを明瞭に示唆していたのです。両者は、見たところ背丈もほぼ同じであり、同一人物と考える根拠はあっても、違うという根拠はない。しかし、同一人物だと想定すると（実際そうだとあとで判明しましたが）、疑問が生じます。この女は変装している男か、それとも、男に変装している女なのか？　後者の見方のほうが明らかに公算大でした。女ならば、髪を短くカットすれば、髭をきれいに剃った男として容易に通用するが、髭をきれいに剃った男は、そう簡単には女として通用しない。男がこの人物のように黒い毛であればなおさらです。したがって、この人物は、本当は女、つまり、金髪のカツラをかぶった、黒髪の女である可能性が高いと思われました。しかし、彼女は何者なのか、ブレイクと──仮にあるとして──どんな関係があるのか、という疑問は、さしあたり謎のままでした。

さてここで、ハリバートンという男の問題に移ります。彼は明らかにきわめて疑わしい人物だった。分かっているただ一つの住所は、ホテルでした。彼はこれといった目的もなく、アンドリュー・ドレイトンを訪ねています。キャッツ・アイのペンダントを買い取ろうとして果たせず、その四日後に宝石は盗まれました。そのあと、なんの手がかりも残さず、この男は消えてしまったのです。

私はアンスティとともに、彼が泊っていたホテルに赴き、この男のことを調べました。そのホテルで彼の署名の写真も手に入れました。その写真を使う機会はなかったものの、検死審問で提示することになるでしょう。ほかにも貴重な情報を得ました。彼はマスコットを失くし、置いていってしまった。しかも、それを非常に大切にしていて、発見者に十ポンドの謝礼を進呈すると申し出ていたのです。私たちはこれを借り受け、ポルトンに本物と見紛いかねない複製を作ってもらいました」ここで、ソーンダイクはポルトンの傑作を回覧し、「さて」と続けた。「このマスコットと関連して、二つの重要な事実が明らかになります。一つは、アンスティが言ったように、この男は迷信のとりこであり、マスコットや魔よけの持つオカルト的な性質を信じる人物だということです。その事実の重要性は、キャッツ・アイが事実上のマスコット――つまり、所有者に幸運をもたらすオカルト的な力を有する物であることを想起すればはっきりします。彼がキャッツ・アイをどうしても我が物にしたいと望んだのも、そこから理解できるのです。

もう一つの重要な事実は、そのマスコット自体の特徴から出てきます。それは、エキドナ、つまり、ハリモグラの頸骨で、原住民による装飾が施されていました。エキドナは、タスマニアとオーストラリアにのみ生息する動物であり、装飾もその地域の特色が顕著だった。したがって、このマスコットは、ハリバートンとオーストラリア地域との結びつきを証明するものなのです。ブレイクも、成人期の大半をオーストラリアで過ごしました。しかし、ここに難点が一つあった。マスコットに打刻されていたのは――活字鋳造工の鋼鉄製の刻印機による打刻のようでしたが―― o と h の文字でした。ホテルの宿泊簿の署名はオスカー・ハリバートンであり、文字は彼のイニシャルのようだった。しかし、それが事実なら、オスカー・ハリバートンは実在の人物のようだし、したがって、アーサー・ブレイクではあり得ないことになります。

かくして、調査のこの時点では、強盗がブレイクの犯行だという仮説に基づけば、説明のつかない人物が二人存在することになった――未知の女（もしかすると男）とオスカー・ハリバートンです。

しかし、袋小路に突き当たったかと思われたちょうどそのとき、ブロドリブ氏がこの問題に大きな光明をもたらしてくれた。ローレンス卿と私は、それぞれ違った理由から、アーサー・ブレイクについての詳細を知ろうと努めていました。ブロドリブ氏は、さいわいにも、その詳細情報を提供できる立場にあったのです。彼がもたらした情報を説明します。

アーサー・ブレイクは、多少おかしな仲間と付き合いがある点を別にすれば、特に問題もなく、品がよく勤勉な男のようだった。彼は、ヒュー・オーウェンという男とオーストラリアで付き合いがありました。その男は、いかがわしい来歴を持つ人物であり、ローラ・レヴィンスキーという、明らかに性悪の女と親しい関係にあり、この女もオーウェンと同じく警察の監視下にあった。この二人の人物は、ブレイクが英国に向けて出発した直後に別れたらしく、いずれも姿を消した。レヴィンスキーは完全に消息を絶ちましたが、オーウェンの死体——あるいはむしろ、未確認の遺体——は数年後に発見され、オーウェンの所持品とされる指輪により身元が確認されました。

ブロドリブ氏がもたらしたオーウェンの情報には、注目すべき点がいくつかありました。たとえば、オーウェンはもともと写真凸版工を生業とし、その後、小さな活字鋳造所を経営していたようです。さらに、左足の膝蓋骨を骨折したことがあり、その怪我は完全には回復しなかったという。しかし、この三人の関係者に注目してまず気づいたのは、ブレイクは品行方正な男で、我々が調査しているような極悪な犯罪に手を染めるとはいかにも考えにくかったのですが、ほかの二人の仲間については、そうとも言えないということです。こうして、おのずと私の心に疑問が浮かんだのです。例の遺骸は、本当にオーウェンの遺骸なのか？　もしかすると、アーサー・ブレイクの遺骸ではないのか？　ブロドリブの手紙が届いたとき、ブレイクはすでに二人の犯罪者に殺されていたのでは？　つまり、オーウェンが書類や証明書を奪い取り、ブレイクになりすまして英国に来たのであり、レヴィンスキーは別ルートで来たのではないか？

これは、ともすれば、多少荒っぽい想定に思えたものの、十分あり得ることでした。これを作業仮説として受け入れたとたん、事件に関するあらゆる難点が、まるで呪文を唱えたように消えてしまったのです。いまや、謎の女も説明がつく。ハリバートンも同様です。マスコットの文字は、オスカー・ハリバートンを指すｏｈとみることもできますが、ヒュー・オーウェンを指すｈｏとみることもできるからです。しかも、オーウェンは活字鋳造所を営んでいたので、その文字を打刻したのと同様の鋼鉄製の刻印機を所有し、使用していた。さらに、オーウェンはタスマニアの出身であり、オーストラリアに長年住んでいた。マスコットの所有者として見事に合致するのです。

次に、オーウェンは写真凸版工でした。つまり、まさに指紋のスタンプを作成するのに必要な知識や技能を持っていた。左足に目立つ障害がある点でも、二人の犯罪者のうち、背の高い人物の特徴と一致する。まとめると、これらの著しい一致点を考えれば、二人の犯罪者は、オーウェンとレヴィンスキーであり、オーウェンがビーチャム・ブレイクを我が物とし、殺された所有者になりすましているのはほぼ確実と思われたのです。

事件のこの部分の解明を仕上げるには、確認すべきことが一つだけ残っていました。アーサー・ブレイクを名乗る男が過去に膝蓋骨を骨折した事実を確かめなくてはならなかった。この情報を手に入れる手段を模索していたとき、ミス・ブレイクの命を狙う三度目の襲撃が起きたのです。彼女に迫る危険はあまりに大きく、これ以上の対応の遅れは許されないことがはっきりしました。その直後、ローレンス卿から、エイルズベリーに同行してほしいとの依頼があり、この申し出がきっかけで、ビーチャム・ブレイクを訪れ、これ見よがしの示威行動をする計画を思いついたのです。地主の習慣については、ブロドリブ氏からもある程度は聞いていましたが、さらに詳しい情報を〝キングズ・ヘッド〟の亭主から聞き出しました。亭主のおかげで、ちょうど地主が外に出てくるとき、庭園に入る機会を得たので、私はアンスティと一緒に、わざと目につくところに姿をさらしたのです。

私の目的は二つありました。一つは、できれば、地主の左足に異常があるかを確かめ、それが事実なら、その異常が膝蓋骨の骨折に起因するものかを確かめることです。もう一つは、示威行動をとることで、私を片づけないかぎり、ミス・ブレイクを殺しても無意味であり、これ以上襲撃を試みるのはかえって危険だと（彼が本当にオーウェンならば）思わせることです。二つめの目的のために、私は、ポルトンの作ったマスコットの複製を懐中時計の鎖に付けました。そこに付けておけば、まず見逃すことはないでしょうから。それから、さっき申し上げたとおり、門に続く道で、わざと自分の姿をさらしたのです。

いずれの目的も果たすことができました。宿屋の亭主は、地主がいつも馬に右側から乗ると証言しましたが、それを自分の目で確かめました。きわめて不便な馬の乗り方ですが、左足の膝蓋骨を骨折していれば、いやでもそうした乗り方になるのです。それから、期待したとおり、彼は――きっと新聞に載った写真から――私が誰かすぐ気づき、下馬して、もっと近くで私を確認しようとしました。近くに来ると、マスコットを目にし、明らかにそれがなにか気づいた。マスコットをはずして手渡し、詳しく説明することで、私がその来歴を知っていて、彼の物だと承知しているとはっきりさせてやりました。彼の様子から、そのヒントを十分理解し、私の挑戦を受け入れたことは明らかでした。使用人を我々の住居までつけさせ、正体をしかと確認させたことからも裏づけられました。こうして、調査はいまや堅固な足がかりを得たのです。必要なら、偶然にももう一つ裏付けが得られたことも付け加えていいでしょう。その同じ日、エイルズベリーの市場広場で、アンスティが男に変装したレヴィンスキーを目撃したのです。あとの経緯については、皆さんもご存じでしょう」

「ああ」とドレイトンは言った「君の陳述書からだいたい知ったよ。だが、よく分からないのは、みずから虎穴に入らねばならぬと君が考えた理由だ。君は二人の悪党を告発する完璧な論拠を得ていたようだ。なぜ訴状を提出して逮捕させなかった？」

「リスクは冒せなかったのです」とソーンダイクは答えた。「我々の目には論拠が完璧に見える。しかし、警察にはどう見えるでしょう？　もし治安判事が想像力に欠ける人物だったら？　陪審員団が、凡庸でもの分かりも悪そうな商人や職人で構成されていたら？　陪審員団は直接証拠を好むし、それこそが私が得ようとしたものです。間違いなく、二人は私とアンスティを殺そうと試みるだろうし、我々はこれを阻止しなくてはならなかったのです。それなら、彼らを殺人未遂で告発し、直接証拠で立証することができるし、そのあとで、アンドリュー・ドレイトン殺害という二つめの告発を堂々と申し立てることができたでしょう」

「ソーンダイクの言うとおりでしょう」私は、ローレンス卿のいまだ疑わしげな様子を見て言った。「私自身の長年の経験からすると、刑事事件の陪審員団には、今のように推論上の証拠を複雑に積み重ねても、それだけでは説得力を持たない。だが、我々自身がなるはずだった直接目撃者の証言に基づく告発があれば、それも有効なものと認められたでしょう」

「うむ」とドレイトンは言った。「状況からすれば、リスクを冒すのもやむを得なかったのだろう。確かに、この事件をそうしたほとんど目に見えないデータによって解明するとは、実に鮮やかな偉業だ。その謎解きを聞いて、もう一つの謎の解明についても食欲を刺激されたよ」

「そうよ」とウィニフレッドが言った。「〝小さなスフィンクス〟にどうやって自分の謎に答えさせたのか、聞きたくてうずうずしてるの。ロケットをお渡ししましょうか？」

「お願いします。それと時禱書も。それから、ポルトンに顕微鏡をテーブルに持ってきてもらい、ステージにスライドを載せてもらえば、論証に必要なものはすべて揃います」

すると、ポルトンがすました顔をしてオフィスから出てきた。テーブルに顕微鏡を置き、反射鏡を注意深く調整すると、標本に適切に光が当たっているかを確かめるふりをして、実にずうずうしく、いつまでもじっくりと器具を覗き込んでいた。

「オフィスに戻らなくてもいいよ、ポルトン」我が同僚は苦笑しながら友人に語りかけた。「いずれ顕微鏡を使うのに君の手助けがいる。椅子を引き寄せて座ってくれたまえ」

ポルトンがいかにも満足げににっこりし、器具の前に席を占めると、ソーンダイクは再び話しはじめた。

「この問題の調査は、殺人に比べればずっと単純でした。ミス・ブレイク、私がアンスティと一緒にアトリエに立ち寄った夜、ロケットを見せていただいたのを憶えておられるでしょう。ご存じのとおり、私たちはその非常に特殊なつくりに目を留めました。製作者の目的は明らかに、職人技としてなし得るかぎり、強靭で耐久性を持つように作ることにあった。この奇妙なつくり——そのときも指摘しましたが——に興味を引かれ、私はこれを綿密に調べました。すると、不思議な発見をしたのです」

ウィニフレッドは身を乗り出し、期待に息をのんで彼を見つめた。

「ホールマークに関する発見です」と彼は続けた。「ご覧のとおり、打刻マークが四つある。最初のマークは、大文字のAに、二つの棕櫚の葉があり、その上に王冠があります。二つめのマークは、盾形紋章ですが、具体的に言うと、A・Hというイニシャル、その上に王冠、さらにその上に、百合紋章がある形をしている。三つめのマークは、大文字のLで、四つめのマークは、馬のような動物の頭です。これを集約すれば、この品はフランス製と分かります。最初のマークは市章です。二つめは製作者のマーク、三つめは年代記号、四つめは〝徴税請負人〟のマークです。さて、私は奇しくも、昔のフランス製の板金に刻まれたマークに注目することになったのですが、これまた奇しくも、そのほんの一、二時間前、パーシヴァル・ブレイクが記した断片的な物語を読んでいたのです。こうしてホールマークを調べ、このロケットが一七五一年にパリで作られた物と分かると、私はすぐその事実に注目しました」

「このホールマークから、どうやってそんなことを？」とウィニフレッドは聞いた。

「そうした情報を伝えるのがホールマークの役割なのです」と彼は答えた。「パリの市章は、大文字のAに王冠を冠したものですが、年ごとに様式が変わるのです。この市章は、ローマン体の大文字であり、二つの棕櫚の葉と非常に小さな王冠が付いている。これは十八世紀中頃に用いられた形ですが、年代は年代記号によってはっきりと確定される――この場合は大文字のLであり、これは一七五一年を指すのです。

このロケットが、ジュディス・ブレイクの死んだ年、まさにその土地で作製されたのは、もちろん注目すべき一致であり、私はおのずと、この小さな装身具をさらにきめ細かく調べる気になったのです。私もそれまでは、あなたと同じく、パーシヴァルが言及している品は、キャッツ・アイのペンダントだと想定していました。しかし、このとき、彼が特にペンダントには言及していないこと、例の品を『小物』とか『装身具』と呼び、『宝石』とは呼んでいないことを思い起こしました。こうして、この謎めいた小物こそが、彼の言及する物かもしれないとようやく気づいたのです。そうした疑問が浮かんだとたん、その仮定を支持する証拠が水滴のように集まりはじめました。

まず、〝Ο《ホ》 ΒΙΟϹ《ビオス》 ΒΡΑΧΥϹ《ブラキュス》 Η《ヘー》 ΔΕ《デ》 ΤΕΧΝΗ《テクネー》 ΜΑΚΡΗ《マクレー》〟、つまり、〝人生は短く、芸術は長し〟という銘があります。これは、なんらかの芸術か技能を専門とする者の標語だった。しかし、芸術家か職人なら、ほぼ決まって、ラテン語の〝Ars《アルス》 longa《ロンガ》, Vita《ウィータ》 brevis《ブレウィス》〟、つまり、〝芸術は長く、人生は短し〟という標語を用います。ところが、ギリシア語のほうを用いる職能団体が一つあるのです。それはロンドン内科医協会の標語であり、しかも、同じアンシアル字体の文字、つまり、丸いCの形をしたシグマを用いて書くのです。さて、パーシヴァルは内科医であり、その協会の会員だった。必要に迫られたり、生計を立てるためではなく、もともとその仕事を愛するがゆえに生業としていた情熱家でした。自分が所属していた協会の標語を用いたとしても、これ以上自然なことがあるでしょうか？

次は、ロケットのつくりです――永続性と耐久性をなによりも優先している。これはまさに状況に合致しています。そして、奇妙な吊り下げ用のリングですが、これは太紐や革紐を通すために特別にこしらえたものです。私は、『低音ヴィオールから取った弦をくれたが、彼によれば、それが一番いいとのこと』という謎めいた言葉を思い起こしました。低音ヴィオールとは、コントラバスではなく、ヴィオラ・ダ・ガンバかチェロであることを考えれば納得がいきます。丈夫なガット弦（羊腸でつくった弦楽器の弦）は一世紀以上もつのです。

ここで再び、見せてもらった聖書の参照指示がありました。最初の参照指示は、『その時が来れば、その人もその子供も、あなたのもとを離れて、家族のもとに帰り、先祖伝来の所有地の返却を受けることができる』。これは実に注目すべき聖句です。まさにパーシヴァルの目的を説明するものです――付言すれば、他の聖句を解釈する道筋を示すものでもある。最後の参照指示の主要な言葉が『羊皮紙』であることに注目したとき、明白な論拠が示されたと感じました。このロケットこそが『大切な小物』であり、ジェニファーに手渡された――そして、おそらくは失われた――物であることはほぼ疑いなしでした。

しかし、どのみち、これもただの推測でしかなかった。確証を得ることが必要でした。さいわい、優れた決定的なテストを使うことができました。ロケットがパーシヴァルの物なら、その中にある髪はほぼ確実にジュディスの髪です。さて、ジュディスの髪には実に異常な特徴があった。刑期中に尋常ならざる変化を受けたのです。パーシヴァルが語るところでは、彼女が釈放されたとき、『金糸のような髪は奇妙にも黒く変色』していたという。これは実に驚くべきことです。ジュディスは明らかに本物のブロンドだったし、逮捕されたとき、まだ三十前だったはずです。ところが、ブロンドの成人の髪が、病気や傷心から黒い髪に変わることはありません。むしろ、白髪に変わりそうなものです。この変化はどう説明すればいいのか？

これは実に珍しいものです。ジュディスはハルツ山地の鉱山で労働に従事していた。これらの鉱山はさまざまな金属を産出し、なかにはきわめて有毒な金属もあります。古く古くからある鉱山ですが、中世には鉱物の性質がよく分かっていなかったため、そこで働く人々が慢性の中毒に冒されると、その恐るべき原因は、コボルトという、鉱山に棲みつくと信じられた悪い小鬼の妖精種族による仕業とされたのです。コボルトの仕業は、なかでも——当時はですが——なんの金属も抽出されない、ある特定の不気味な鉱石と結び付けられるようになった。その鉱石はついに、この鉱山の精霊、つまり、コボルトの名前で知られるようになり、今日使われている名前もわずかに変化した形で、コバルトというのです。

さて、このコバルトという金属には、非常に顕著な特性がいくつかあります。一つは、結合する物質に鮮やかで美しい青色を帯びさせるという特性です。これが、この鉱石の価値であり、古代から珍重されてきたのもこのためです。これはいたるところで使われている。中国の陶磁器の青はすべてコバルトであり、昔のデルフト焼の陶器の青もコバルト。昔の——今もですが——ステンドグラス製の窓の青もすべてコバルトです。

さらに、この金属にはもう一つ珍しい特性があり、それは砒素や他の一、二の金属と共通する特性です。つまり、人体に吸収されると毒性を持ち、吸収されたあと、皮膚、もっと正確に言えば、表皮とその付属組織——つまり、爪と髪——に蓄積される。しかし、皮膚や爪は新陳代謝で消えますが、髪——特に女性の髪——は、長期間、体に付属したまま残り続ける。その結果、慢性のコバルト中毒では、髪はコバルト化合物——おそらく酸化コバルト——を帯びるようになり、青い色になるのです。

これらの事実を念頭に置けば、ジュディスになにが起きたのか、理解できます。彼女はコバルトと、おそらくはニッケルを産出する鉱山労働に送られた。彼女の髪は、黒くなったのではなく、青くなったのです。ただ、束にすると、黒――つまり、パーシヴァルが述べているように、奇妙で不自然な黒に見える。ということは、このロケットの中にある髪がジュディス・ブレイクの髪だとすれば、正確に検査すると青く見えるはずです。ロケットを手に入れる機会を得たので、その日の夜、カバーのガラスの残りをはずして髪を一本取り出し、カナダバルサム（プレパラートへの試料封入に用いられる天然樹脂の一種）に浸して、顕微鏡で検査しました。その髪はちょうど、この顕微鏡のステージの上にあります。ポルトンが回覧してくれるでしょうから、皆さんもご覧ください」

我らが助手は、そっと顕微鏡を持って移動し、ウィニフレッドの前に置くと、明るさとピントを調整してから、うしろにさがって彼女の反応を見つめた。

「まあ、驚きだわ！」彼女は接眼レンズを覗きながら叫んだ。「青いガラスの糸みたい！　なんて不思議でロマンチックなの！」

ブロドリブとドレイトンは、この神秘の現象を見るのが待ち切れず、椅子から立ち上がってやってきた。二人は順に覗き込んで驚きのつぶやきを発し、自分の椅子に戻っても、まだつぶやいていた。

「この髪の外観は」とソーンダイクは説明を再開した。「疑問を最終的に解決してくれました。これは間違いなくパーシヴァルの言う装身具であり、残るは内側のメッセージを解読することだけ。探す対象はすでに分かっていたので、なんの苦労もなかった。これは暗号文字でも暗号文でもない。ただのテキストの集成であり、最初のテキストからも分かるとおり、事情を知る読み手なら、それぞれのテキストから重要な言葉や言い回しをたやすく見つけられるはずです。全体に目を通して、意味を確かめてみましょう。ナンバー一のレビ記第二十五章第四十一節はすでに検討しました。これはほかのテキストの趣旨を示す前置きです。ノートをお持ちですね。次のテキストを音読していただけますか?」

「ナンバー二は」とウィニフレッドは言った。「詩編第百二十一編第一節。『目を上げて、わたしは山々を仰ぐ。わたしの助けはどこから来るのか』。これがその聖句だけど、私にはさっぱり意味が分かりません」

「そう」とソーンダイクは言った。「意味は通じない。違う詩編を見ているからです。パーシヴァルはおそらくカトリック信者で、明らかにフランスの住人だったこと、さらに、これらの参照個所がラテン語の標題であり、彼が用いたのはラテン語のウルガタ訳と思われることを見落として、英語の欽定訳で参照個所を探してしまったのです。その事実は、この場合、決定的な重要性を持ちます。詩編は、これら二つの聖書では数え方が異なるからです。ウルガタ訳の詩編第百二十一編は、欽定訳では第百二十二編なのです。ここにドゥエー聖書（フランス北部のドゥエーで刊行されたウルガタ訳聖書の英訳）があります。ウルガタ訳の公式の英訳ですが、これで詩編第百二十一編第一節を参照すると、『主《しゅ》の家に行こう、と人々が言ったとき　わたしはうれしかった』とある。これなら意味が分かります。教会に目を向けるように告げているのです。次の参照指示は、どの教会かを告げています。使徒言行録第十章第五節です」

「ええ」とウィニフレッドは言った。「『今、ヤッファへ人を送って、ペトロと呼ばれるシモンを招きなさい』と」

「それは」とソーンダイクは言い、「セント・ピーター教会だと告げているのです（ペトロは英語ではピーター）。次は」と、ウィニフレッドから渡されたノートを見ながら続けた。「ネヘミヤ記第八章第四節。『書記官エズラは、このために用意された木の壇の上に立ち――』。聖句をすべて読む必要はない。木の壇が明らかに重要な部分です。次は、列王記第三、第七章第四十一節――ちなみに、列王記第三とあるのが、欽定訳ではないというヒントでもある。その箇所は、『二本の柱、柱の頂にある柱頭の玉二つ』云々とある。この聖句の意味はさほど明瞭ではありません。セント・ピーター教会の説教壇と関係があるのですが、どんな関係かは簡単には推測できません。もちろん、その説教壇をじかに見れば意味は明らかです。

次の参照指示は、詩編第三十一編第七節ですが、あなたはここでも欽定訳を参照して違う詩編を見てしまった。ウルガタ訳の詩編第三十一編は、欽定訳の詩編第三十二編です。欽定訳では、『慈しみをいただいて、わたしは喜び躍ります。あなたはわたしの苦しみを御覧になり　わたしの魂の悩みを知ってくださいました』とある。これでは、あなたの言われるとおり、まったく意味をなさない。しかし、詩編第三十二編第七節を参照すれば、『あなたはわたしの隠れが』、ウルガタ訳なら「隠れが」は「避難所」ですが、そう書いてあるはずです。まさにぴたりと当てはまる。最後の参照指示は、テモテへの手紙二。『あなたが来るときには、わたしがトロアスのカルポのところに置いてきた外套を持って来てください。また書物、特に羊皮紙のものを持って来てください』とある。

　こうして参照指示を総合すると、羊皮紙、隠し場所、セント・ピーター教会の木製説教壇の二本の柱（とその柱頭）という表象を表しているのです。与えられている情報がどんな性質のもので、この教会がどこに存在しているかを知っている読み手にとっては、実に簡単明瞭です。ところが、無関係の者には、まったく意味不明で不可解です」

「説明を聞いた今なら、確かにとても簡単に思えるわ」とウィニフレッドは言った。

「でも、自分で解こうとしたときはそうじゃなかった。八方ふさがりでした」

「そうだね」とローレンス卿は頷いた。「どちらの問題も八方ふさがりだった。手がかりはまったく目に見えないものだったし、我が友でなければ、証拠のかけらも見つけられなかっただろう」

　ブロドリブはくすくすと笑い、デカンターに手を伸ばすと、「君の言うとおりだ、ドレイトン」と言った。「ソーンダイクという男は、おそらく伝説上の存在だろうが、中空にロープを投げ上げてするすると登り、そのままロープを引き上げてしまうインドの奇術師を連想させる。目に見える支えなしに事を成し遂げてしまうのさ。とはいえ、我々のいろんな懸案を実に申し分のない結果に導いてくれたわけだし、私としては、彼の栄誉を称えて皆で乾杯することとし、彼にはトリチノポリ葉巻に火をつけてもらうことを提案したい。これは、彼がこういう場合にやるいやらしい習慣なのさ」

こうしてグラスが満たされ、乾杯が唱和されると、刺激の強い小さな葉巻に予定通り火がともされた。この神秘的な儀式とともに、〝キャッツ・アイ〟事件は正式に終結し、記憶の領域に片付けられたのである。

＊

少しだけ補足しておきたい。私は、ビーチャム・ブレイクの古い邸にある快適な羽目板張りの部屋で、この物語を書き終えようとしている。この部屋は、パーシーがウィニフレッドと私に提供してくれた続き部屋の一つで、私たちはいつも週末をここで過ごす——週末以外は、私たちの住まいは今でもテンプルだからだ。パーシーはすくすくと成長していて、同じ名前のご先祖様と同様、自分の職業の夢を捨ててはいない。彼は今、著名な建築家の指導のもと、この古びた邸にかつての快適さを取り戻す修復作業に携わっている。ちょうど今朝も、彼らは一緒に、老朽化した鼻隠し（軒先の垂木の端を隠すための横板）を堅固なオーク材の板に取り替える作業を監督していた。その板には素敵な彫刻が施され、浮き彫りの文字で銘が掲げられている。〝神の恩寵こそは我が相続財産なり〟と。

訳者あとがき

一　錯綜したプロットをもつフリーマンの代表作

『キャッツ・アイ』（一九二三）は、『オシリスの眼』（一九一一）、『ポッターマック氏の失策』（一九三〇）と並んで、フリーマンの代表作の一つとして挙げられることが多い。

フリーマンの研究家、ノーマン・ドナルドスンは、In Search of Dr. Thorndyke（一九七一）において本作を「迷路のように複雑なプロット」と呼び、Twentieth Century Crime and Mystery Writers（一九八〇）でも、「全長編の中で最も複雑なプロットであり、全面的に成功している」と述べているほか、バタード・シリコン・ディスパッチ・ボックスのオムニバス版の序文では、「全ソーンダイク物の中でも、最も内容豊かでベストの作品に位置づけられる」としている。

トーマ・ナルスジャックも、『読ませる機械＝推理小説』（一九七三）において、『猿の肖像』（一九三八）と並び、本作を構成のしっかりした作品として挙げており、H・R・F・キーティング編の Whodunit?（一九八二）の「代表作採点簿」では、バークリーの『毒入りチョコレート事件』、クリスピンの『消えた玩具屋』、クリスティの『アクロイド殺害事件』、『そして誰もいなくなった』、クロフツの『樽』などと並んでプロットに満点を与えられている。

上記の評価に見られるとおり、本作のプロットは、フリーマンの作品の中でも最も緻密で錯綜した構造を持つものの一つである。冒頭で起きる強盗殺人事件、ブレイク家の不動産相続権の問題という、一見無関係とも思える二つの謎が絶妙に絡み合う展開の中に、正体不明の指紋、怪しげな金髪女性、ホテルの謎の宿泊客、手記の断片、青い髪、聖書を用いた暗号などの副次的な謎が幾重にも組み込まれ、バラバラとしか思えない各要素が最後にパズル・ピースのように一つの絵にまとまる大団円は、ドナルドスンの言うように、確かに「称賛に値する」ものだろう。

さらに、『キャッツ・アイ』は、もともと、「ウェストミンスター・ガゼット」紙に掲載された作品であり、連載小説らしくストーリー展開がめまぐるしい。もう一つの代表作『オシリスの眼』では、失踪したエジプト学者の謎を中心にストーリーがじっくりと展開していくが、『キャッツ・アイ』では、冒頭の強盗殺人から、毒入りチョコレート事件、空き家での殺人未遂、邸の門番の追跡、さらには、〝隠し部屋〟からの脱出劇と、サスペンスフルな出来事が次々と起き、ソーンダイク博士物の中でも、これほど盛り沢山の出来事と冒険小説的要素を持った作品は珍しい。

このため、難解で複雑なプロットもあって、その骨格を把握しきれないままにストーリーを上滑りに読み流すと、個々の出来事や派手な展開ばかりが目につき、推理の側面を度外視してスリラーや冒険物とみなしそうにもなるのだが、そうした読み方をしても楽しめるのも確かだ。暗号解読と〝宝探し〟の要素も、その謎自体は難解であるものの、解明と発見の場面は劇的な臨場感があり、わくわくするような面白さがある。

加えて、〝ジャコバイトの反乱〟と同時代に遡《さかのぼ》る手記、ブレイク家の相続財産をめぐる謎とその鍵を握る一族の家宝〝キャッツ・アイ〟の行方という歴史ロマンス的要素がストーリーを貫くライトモチーフとなり、事件の背景に神秘的な広がりと雄大なスケール感を醸し出させることに成功している。このあたりは、The Golden Pool（一九〇五）や The Unwilling Adventurer（一九一三）のような冒険小説も手掛けたフリーマンらしいストーリーテリングの巧さといえるだろう。

二　英国史との関連

本書の事件の背景を理解するには、ジャコバイトの反乱という英国史の知識が求められ、暗号解読には、聖書の翻訳史の理解も必要になるが、日本人の一般読者には馴染みの薄い分野と思われ、ここで補足的な説明を加えておきたい。

まず、海外ミステリ・ファンの間では、英国史と言えば、ジョセフィン・テイの『時の娘』の背景となった〝薔薇戦争〟が比較的馴染みのある出来事と考えられるため、敢えてその時期から、スチュアート朝の歴史とジャコバイトの反乱について、王統の流れを軸に据えながら概略してみたい。

リチャード三世をボズワースの戦い（一四八五年）で敗死させ、チューダー朝の初代国王としてイングランド国王の地位に就いたヘンリー七世は、エドワード四世（リチャード三世の兄）の王女、エリザベス・オブ・ヨークと結婚して、ランカスター家とヨーク家の統一を図り、王室の基盤強化に努める。しかし、戦いによって王位を勝ち取ったものの、王位継承の正統性は脆弱《ぜいじゃく》だったヘンリーにとって、当時は独立国家だった隣国スコットランドとの関係改善が大きな外交課題だった。

ヘンリーとエリザベスの間には、次の国王となるヘンリー八世のほか、王女マーガレットが生まれているが、ヘンリー七世は、スコットランドの王室スチュアート家のジェームズ四世にマーガレットを嫁《とつ》がせる。一種の政略結婚だ。ヘンリーの重臣たちは、スコットランド王室にイングランド王室の血が入れば、いつかスコットランドの王がイングランドの王になるおそれありと忠告したが、ヘンリーは「そのときは、イングランドがスコットランドにではなく、スコットランドがイングランドに併合されるであろう」と答えたとされる。

ジェームズ四世とマーガレット・チューダーの孫に当たるのが、スコットランド女王メアリ・スチュアートであり、彼女は、ヘンリー七世の曾孫であることを根拠に、エリザベス一世（ヘンリー八世の娘）とイングランドの王位継承権をめぐって争い、夫ダーンリー卿の謎の死やボスウェル伯とのスキャンダラスな結婚を経て、退位を余儀なくされてイングランドに逃亡し、最後はエリザベスの命によりフォザリンゲイ城で処刑されている（一五八七年）。

エリザベス一世は終生独身を通し、世継ぎがいなかったため、チューダー朝はエリザベスの逝去に伴って絶え、メアリ・スチュアートの子である、スコットランドのジェームズ六世が、イングランドのジェームズ一世として即位（一六〇三年）。イングランド、スコットランドの両国は、それぞれ独立を維持しつつも、共通のスチュアート家の国王を戴く同君連合となる（一七〇七年、アン女王の時代に、スコットランドの議会が廃止され、両国は完全に統合されてグレート・ブリテン王国となるが、これに不満を持つスコットランド人も少なくなく、のちのジャコバイトの反乱にスコットランド人が結集した一因となる）。

ジェームズ一世の子、チャールズ一世は、ピューリタン革命により処刑され（一六四九年）、イングランドは一時期、護国卿オリヴァー・クロムウェルの指導の下、共和制に移行するが、クロムウェルの死後、王政復古により、チャールズ一世の子、チャールズ二世が即位する（一六六〇年）。ジョン・ディクスン・カーの『エドマンド・ゴドフリー卿殺害事件』（創元推理文庫刊）は、このチャールズ二世の治世下で起きた事件である。

チャールズ二世の逝去（一六八五年）により即位した弟のジェームズ二世は、熱烈なカトリック信者だったため、親カトリック的な宗教政策を進めて議会との対立を深めていく。イングランドは、ヘンリー八世の時代に首長令を発してローマ・カトリック教会と決別し、国教会を設立したが（一五三四年）、その後も、カトリック信者のメアリ一世（ヘンリー八世の娘で、エリザベス一世の姉）による新教徒弾圧など、君主の宗教政策により国政が翻弄された経緯があった。

議会は、ジェームズに嫡子《ちゃくし》が誕生したのをきっかけに、オランダのオラニエ公ウィレム(オレンジ公ウィリアム。チャールズ一世の娘を母とし、ジェームズ二世の甥にあたる)とひそかに連絡をとり、その妻で、ジェームズ二世の娘であるメアリの即位を画策する。

一六八八年、ウィレムの率いるオランダ軍がイングランドに上陸、ジェームズ二世は家族とともにフランスに亡命し、ウィレムとメアリは翌年、ウィリアム三世、メアリ二世として共同統治の国王に即位する。いわゆる名誉革命である。

名誉革命は、イングランド国内で一定の支持を得たが、世襲君主制を支持する勢力も依然根強く存在し、亡命したジェームズ二世とその子孫の王位の正統性を支持する人々は、ジャコバイト(Jacobite)と呼ばれた。その名は、ジェームズのラテン語名 Jacobus に由来する。本作でも描かれているように、ジャコバイトは、大陸に亡命したジェームズ二世とその子孫の帰国を待望して〝海のかなたの国王〟に乾杯を捧げたという。特にスチュアート家発祥の地であるスコットランドはジャコバイトが有力な地域だったとされる。

ダンディー伯率いるジャコバイト軍と政府軍が衝突したキリークランキーの戦い(一六八九年)を皮きりに、ウィリアム三世とメアリ二世の共同統治開始直後からも、ジャコバイトの反乱や陰謀は散発していたが、その運動が一気に拡大するきっかけとなったのは、ジョージ一世の即位(一七一四年)である。

メアリ二世は一六九四年、ウィリアム三世は一七〇二年に逝去するが、二人には子がなかったため、そのあとは、ジェームズ二世の娘でメアリの妹にあたるアンが即位することになっていた。しかし、アンも流産や病気などで子供をみな失い、新たに子を儲ける見込みも乏しかったため、彼女が逝去すれば、スチュアート朝の世継ぎが絶える事態が予測された。

このため、英国議会は、カトリック信者だったジェームズ二世の嫡子、ジェームズ・フランシス・エドワード・スチュアート（ジャコバイトはジェームズ三世と呼んだ）の王位継承を未然に防ぐため、一七〇一年に王位継承法を制定する。この法により、王位継承者は、スチュアート家の血を引くだけでなく、国教会の首長となり得る新教徒であることが要件とされ、ジェームズをはじめカトリック信者のスチュアート家の血族は、ことごとく王位継承から排除されることになった（ジェームズは、新教に改宗しさえすれば王位継承が可能だったが、早晩、伯父チャールズ二世のように復位できると当て込み、改宗を拒否したとされる）。その結果、要件を満たす最も近い王位継承権者は、ジェームズ一世の孫娘ゾフィーの長男であるハノーファー選帝侯ゲオルク・ルートヴィヒとなり、アンの逝去に伴い、彼がドイツから迎えられてジョージ一世として即位する（ジェームズ一世は、娘エリザベスをプファルツ選帝侯フリードリヒ五世に嫁がせ、その娘ゾフィーはハノーファー選帝侯エルンスト・アウグストに嫁いだ）。

ジェームズ一世の曾孫とはいえ、英国との縁も遠く、ジョージ自身、英語が満足に話せず、英国の国内政治にも関心が乏しかったため、ドイツに滞在することが多かった。ジョージが国政を顧みず、ホイッグ党のロバート・ウォルポールが率いる内閣に政務の一切を委ねたことが、英国における議院内閣制の始まりとされている。

しかし、ほとんどドイツ人といっていい国王の即位は、国内でも大きな反響を引き起こし、現体制へのジャコバイトの反抗心を一層燃え上がらせる。本作中、ジャコバイトのパーシヴァル・ブレイクが、ジョージ一世の子、当時の国王ジョージ二世を「ドイツ人の国王」と呼ぶのも、ジョージ二世もまた、生まれ育ちはドイツであり、本来の名をゲオルク・アウグストといい、父の即位に伴って英国に移住した時は既に三十歳だったことを想起すれば、容易に理解できるのである。

ジョージ一世の即位に伴って国内で起こった民衆暴動に乗じ、ジェームズ・フランシス・エドワードは、一七一五年、スコットランドに上陸して反乱をもくろむが、ほとんどなすべもなくフランスに逃げ帰る。自身の王位の正統性を主張したジェームズ・フランシス・エドワードは、その子、チャールズ・エドワード・スチュアートと区別して〝老僭王〟(the Old Pretender)と呼ばれる。

しかし、ジャコバイトの最大の反乱は、一七四五年、そのチャールズ・エドワード(愛称はボニー・プリンス・チャーリー)によるものである。彼は、わずか七人の側近を引き連れてスコットランドに上陸するが、キャメロン一族をはじめとするハイランドの氏族を味方につけて勢力を拡大すると、エディンバラを占領し、プレストンパンズの戦いで政府軍を破り、イングランドに侵攻してダービーにまで迫る。

しかし、一七四六年のカロデンの戦いで、カンバーランド公ウィリアム・オーガスタス率いる政府軍に惨敗を喫し、チャールズ・エドワードは女装して正体をくらますなどしてフランスに逃げ帰る（本作では、カロデンの戦いの年を、反乱の起きた一七四五年と混同しているようだが、敢えて本文はそのままとした）。政府軍はその後、スコットランドにおけるジャコバイト勢力の徹底的な掃討を行い、以後、表立ったジャコバイトの反乱は起きていない。チャールズ・エドワード・スチュアートは、父と区別して〝若僭王〟(the Young Pretender) と呼ばれ、その後は酒に溺れる日々を送り、一七八八年に失意のうちにローマで没する。

チャールズ・エドワードに嫡出子はなく、その弟のヘンリー・ベネディクト・スチュアートは、カトリック教会の枢機卿《すうきけい》となって終生独身だったため、ジェームズ二世の嫡出の家系は絶え、その後、ジャコバイトの運動は鎮静化していく。なお、ジョージ三世（ジョージ二世の孫）は、財政的に困窮したヘンリーに年金を支給して援助し、ヘンリーの死後、彼が所有していたジェームズ二世から代々受け継いできたスチュアート家の家宝の宝石類は、ジョージ三世に遺贈された。

三　聖書の翻訳史との関連

聖書は旧約と新約からなるが、旧約聖書は、本来、ヘブライ語（一部アラム語）、新約聖書は、コイネーと呼ばれる当時の口語ギリシア語で書かれたものである。いずれも原典は現存しないが、多数の写本が存在し、本文批評に基づく校訂版が数種刊行されている。

もとよりヘブライ語やギリシア語は、その後の西洋社会における共通語ではなく、キリスト教の普及に伴い、古代世界においても、その翻訳は不可避の課題となり、以来、聖書はさまざまな言語に翻訳されてきた。

旧約聖書は、キリスト教成立以前にギリシア語訳が存在していた。ヘレニズム時代における地中海世界の共通語はギリシア語であり、パレスチナの地から他の地域に移住したユダヤ人（いわゆるディアスポラ）にとっても、旧約の言語であるヘブライ語は既に理解しがたいものとなり、ギリシア語訳が求められるようになっていた。

紀元前三世紀頃にエジプトのアレクサンドリアで成立したとされるギリシア語の「七十人訳聖書」（その名称は、七十二人の翻訳者が七十二日間でモーセ五書の翻訳を完成させたとの伝説に由来）は、新約聖書における旧約からの引用でも用いられ、キリスト教の拡大とともに帝政ローマ領内にも普及していった。

ローマ帝政時代のキリスト教会では、公用語のラテン語が用いられたため、聖書のラテン語訳の試みもなされていたが、教皇ダマスス一世の命を受け、既存のラテン語訳を改訂して新たなラテン語訳の翻訳に取り組んだのは、ラテン教父の一人、ヒエロニムス（三四七頃―四二〇）であり、四〇五年頃に「ウルガタ訳聖書」を完成させた。ウルガタ訳は、長きにわたってカトリック教会において権威を持ち続け、一五四六年のトリエント公会議でカトリック教会の標準ラテン語訳として定められた。

ウルガタ訳には、「トビト記」、「ユディト記」など、ヘブライ語の写本であるマソラ本文になく、七十人訳にある一連の文書が含まれ、これらの文書はカトリック教会においては第二正典として旧約聖書の一部とされているが、プロテスタント諸教会では正典と認められていない。また、ウルガタ訳の旧約聖書における詩編の数え方は、マソラ本文と異なり、七十人訳聖書と同じく第九編と十編を一つに数えて第九編としているため、その後の数え方がマソラ本文より一つずつ前にずれている。

そのラテン語も、中世を過ぎると、一部の学者や専門家などにしか読めない特殊言語となり、ウルガタ訳聖書も聖職者の独占物のようになって、一般人には容易に手の届かないものとなる。十六世紀に入り、宗教改革者マルチン・ルターは、聖書を一般庶民の身近なものとして開放するため、旧新約聖書のドイツ語訳を行い、普及した「ルター訳聖書」は近代ドイツ語の形成にも影響を与えたとされる。

英国においても、ほぼ同時期にウィリアム・ティンダルが聖書の英訳に取り組んでいる。彼は、当時まだカトリック信者だったヘンリー八世の追及を受け、一五三六年にベルギーで異端として処刑され、その訳業は未完に終わるが、彼の遺した翻訳は、のちにジェームズ一世の命により一六一一年に完成された「欽定訳」のベースとなった。その後も、聖書の英訳は様々な改訂版が刊行されているが、欽定訳の格調高い表現と文体は、今日においても多くの人々から親しまれている。なお、ルターのドイツ語訳、ティンダルの英訳、欽定訳は、いずれも旧約はヘブライ語、新約はギリシア語の底本から直接訳されたものである。

本作では、ウルガタ訳と欽定訳が重要な役割を演じているが、英国史の関連で触れたように、英国のキリスト教は国教会が主流だが、ジャコバイトにはカトリック信者が多く、フランスもカトリックの勢力が強かったことも留意すべきだろう。

なお、本書における聖書からの引用は、日本聖書協会刊行の新共同訳の訳文を使わせていただいた。ここで念のためおことわりさせていただく。

四　登場人物等についての補足

本作の語り手であるロバート・アンスティ弁護士のほか、ブロドリブ弁護士、犯罪捜査課のミラー警視、バジャー警部は、他の作品にも繰り返し登場する準レギュラー・メンバーである。

アンスティは、『赤い拇指紋』(一九〇七)でルーベン・ホーンビイの弁護士を務め、ミラー警視は、ホーンビイ事件の真犯人を刑事裁判所から尾行しながら、行方を見失っている(「前科者」より)。バジャー警部は、『赤い拇指紋』の続編と言うべきWhen Rogues Fall Out(一九三二)で悲劇的な最期を迎える。泥棒のモーキーも、「モアブ語の暗号」にアンスティ弁護士、ミラー警視、バジャー警部ともども登場している。

ウィニフレッド・ブレイクは、本作の前のHelen Vardon's Confession(一九二二)にチョイ役ながら登場し、本作に言及があるように、ボルトンの姉マーガレットがウェルクローズ・スクエアに構える下宿に、同作のヒロイン、ヘレン・ヴァードンや手芸品を生業とするほかの女性たちと同居していて、やはり神秘主義に関心の強い女性として描かれている。本名はウィニフレッドだが、リリスという愛称で呼ばれ、学校に通う弟がいるとの言及もある。彼女はのちに、短編「砂丘の秘密」でも、夫のアンスティ弁護士とともに顔を出し、やはり絵を描いているという言及があり、『アンジェリーナ・フルードの謎』(一九二四)では、ソーンダイク博士が、謎解きにあたってアンスティ夫人の絵の才能に支援を求めたことを語っている。

フリーマンの作品にしばしば見られる、やや時代がかった恋愛描写は本作でも顕著だが、アンスティがウィニーに〝気つけ薬(キスけ薬?)〟を繰り返し与えるユーモラスな挿話など、サスペンスフルな状況からの場面転換も絶妙だ。ソーンダイクのジュニア・パートナー、クリストファー・ジャーヴィスはアメリカ出張のため不在だが、助手のポルトンは、得意の発明の才を発揮して反射鏡眼鏡を考案するなど、レギュラー・メンバーを含め、登場人物たちの個性が光る点も注目される。

ウィニーが住む〝ジェイコブ・ストリート〟は架空の地名で、フリーマンの作品では、ほかにA Silent Witness(一九一四)、Flighty Phyllis(一九二八)、『猿の肖像』、The Jacob Street Mystery(一九四二)にも出てくるが、デヴィッド・イアン・チャップマンは、ハムステッド・ロードに近いヴァーンデル・ストリートかエドワード・ストリートがこれに当たると推定している。

第十九章のブッチャー・ロウ、ハロウ・アリー(現在のリトル・サマーセット・ストリート）は実在の地名で、現地には（若干名前の異なる）〝スティル＆スター〟というパブもあり、ミノリーズには、本作に登場するセント・ピーター教会のモデルと思われるホーリー・トリニティ教会がかつて建っていた（一九四〇年の空襲で破壊）。なお、同教会は、一五五四年に処刑されたサフォーク公爵ヘンリー・グレイのミイラ化した頭部が一八五一年に発見されたことでも知られる。

エイルズベリーの土地柄についても、フリーマンが実際に現地を訪れた経験を踏まえていて、第十四章の時計台はマーケット・スクエアに現存し、本作の〝キングズ・ヘッド〟のモデルとなった〝キングズ・ヘッド・イン〟という十五世紀に遡るパブもある。

なお、フリーマンがまえがきで言及している現実の事件とは、一九二二年十一月、スコットランド・ヤードの警視総監だった陸軍准将ウィリアム・ホーウッド卿に砒素《ひそ》入りの〝胡桃ホイップ〟チョコレート菓子が詰まった箱が届けられた事件である。ウィリアム卿は、娘から届いたプレゼントと思って食べてしまい、病院に運び込まれ、一時は絶望視されながらも一命をとりとめた。犯人は精神疾患の前歴がある園芸家で、裁判の結果、責任能力がないと判断され、精神病院に収容された。作者の困惑ぶりが伝わってくるまえがきも、〝愚者の毒〟たる砒素を用いた殺人事件が近年の我が国でも起きていることを想起すると、古い話と片付けられないように思える。なお、この事件は、アントニイ・バークリーの「偶然の審判」（中編ヴァージョン）でも言及されている。

五　謎解きのプロットの特徴

※ここからは本作のプロットに触れていますので、読了後にお読みください。

冒頭で述べたとおり、『キャッツ・アイ』は、推理におけるロジックを重視したフリーマンの特長が最もよく表れた作品の一つだ。第二十章において、容疑者の足音や足跡、被害者がつかんでいた毛髪、現場に残された指紋、ミラー警視の説明、ホテルの管理人の説明、マスコットの特徴、ブロドリブ弁護士の説明、アーサー・ブレイクの挙動などのバラバラの手がかりをロジカルに集約していくソーンダイクの推理の展開はシリーズ中でも出色のものであり、諸批評家が称賛するのも頷ける。

ただ、トリックのサプライズよりロジックの整合性を重視したフリーマンの作品にありがちなことだが、本作の事件におけるフーダニットの要素は希薄であり、推理小説を読み慣れた読者にとって、アンドリュー・ドレイトンの殺害犯は表舞台に登場した時からほぼ自明であろう。

謎解きのプロットにオリジナリティを求めるとすれば、それは、フリーマンにしては珍しく、ホワイダニット、つまり、「なぜ犯人は、殺人のリスクを冒してまで、さしたる値打ちもない宝石を盗んだのか」という動機の謎であろう。その宝石の所持者がブレイク家の財産の相続者たる資格を有するという〝迷信〟を頑なに信じる犯人は、宝石自体の価値ではなく、その〝付随的価値〟のゆえに〝キャッツ・アイ〟を是が非でも我が物にしようと試みたのだった。語り手のアンスティ弁護士やソーンダイク博士もだが、科学的な実証性を重視したフリーマンの作品だけに、その動機はなおのこと読者の意表を突くものといえる。

強盗殺人とブレイク家の不動産相続権の問題という、一見無関係と思える二つの謎は、このホワイダニットを結節点として必然的な一体性を持つようになり、さらには、語り手のアンスティが冒頭で触れているように、事件全体を集約するタイトルとして〝キャッツ・アイ〟を選んだ理由も、そこから改めて鮮明に浮き彫りになる。

写真や図版などのビジュアルな手がかりを好んだフリーマンらしく、本作では冒頭にロケットとマスコットの図版が掲げられている。ところが、ストーリーを追っていても、はじめのうちは、いずれの小物も事件の本筋とはほとんど無関係の些細な小道具としか思えない。ロケットは暗号解読の手がかりを秘めていることが次第に分かってくるが、謎解きの手がかりとして重要なのは、むしろ〝ハリバートン氏のマスコット〟だ。犯人が未開部族の呪術的アイテムであるマスコットを取り戻すことに異常なまでの執念を示すところに、犯人がお守りの類の呪術的な効力を頑なに信じるタイプの人物だという手がかりがあるのだが、読者の多くは、図版として掲げられている以上、物品の形状、性質、来歴などの詳細に目を凝らし、その手がかりが秘める意味を見出そうとするに違いない。ソーンダイクが明らかにしていくように、確かにそうした詳細情報自体も、マスコットがオセアニアにしか生息しないハリモグラの骨から作られていることを示すことで、犯人の正体の重要な手がかりとなるのだが、ややもすると、「木を見て森を見ず」のことわざのとおり、その手がかりが持つ真に重要な意味を見逃してしまう。

他方、聖書の聖句を手がかりに用いた暗号は、メッセージを秘匿する、いわゆるステガノグラフィーに属するものであり、メッセージを読めなくする、暗号の本流と言うべきクリプトグラフィーではないが、短編「モアブ語の暗号」、「青い甲虫」、「文字合わせ錠」などの暗号物も得意としたフリーマンらしいユニークな着想だ。だが、暗号自体の解読より、そこから発見へと至るプロセスの醍醐味にこそ注目すべきだろう。

なお、フリーマンは本作において、指紋鑑定（『赤い拇指紋』）、エックス線写真撮影（『オシリスの眼』）という、過去の作品でも用いた手法を再利用しているが、特に〝指紋の偽造〟のテーマは、短編「前科者」を含めて作品の中で繰り返し取り上げてきたものだ。『赤い拇指紋』が有名なこともあり、フリーマンは指紋鑑定に基づく捜査に懐疑的だったと思われがちだが、他の作品を読めば、決してそうではなかったことが分かる。というのも、指紋偽造の可能性を指摘する一方で、短編「深海からのメッセージ」や When Rogues Fall Out では、ソーンダイク博士自身が現場で指紋を採取して捜査に利用しているし、ハンフリー・チャロナー教授物の The Uttermost Farthing（一九一四：英題 A Savant's Vendetta）でも、チャロナー教授は、妻の殺害犯の指紋を採取して身元確認に利用しているからだ。

つまり、フリーマンは、指紋による人物同定の有用性を認めつつも、偽造の可能性に留意するよう警告を発したにすぎず、捜査における指紋の活用自体に否定的だったわけではない。『赤い拇指紋』の続編とも言うべき When Rogues Fall Out において、敢えて指紋の測定を実地に演じてみせたところにも、そうしたメッセージを伝えようとの意図が感じられる。

現代における目覚ましい科学捜査の発達により、いまやＤＮＡ鑑定が容疑者特定の重要な手法となり、過去に迷宮入りした事件までもが次々と解決されている。そこからすると、今日では、指紋の偽造というテーマ自体が時代を感じさせるのも事実だ。しかしその一方で、ＤＮＡ鑑定への過信を原因とする冤罪事件も発生していることも忘れてはなるまい。最先端の技術なるものが、時として過信を生み出し、それが冤罪につながるという教訓こそ、まさにフリーマンが〝指紋の偽造〟というテーマで投げかけた問題ではなかったか。その意味で、フリーマンの問題提起は、時代遅れであるどころか、驚くほど現代的な意義を持っているとすら思えるのである。

余談かもしれないが、『オシリスの眼』とは打って変わり、本書では自家用車やタクシーが登場し、懐中電灯も大いに活用されている。時代の推移を感じさせるのも興味深い。

なお、本書の底本には、英ホダー＆スタウトン社の初版を用い、米ドッド・ミード社初版、バタード・シリコン・ディスパッチ・ボックスのオムニバス版を適宜参照した。また、本書は二〇一三年に同人出版で刊行されたＲＯＭ叢書版を全面的に改訳したものである。

本書はちくま文庫のオリジナル編集です。

編集＝藤原編集室

エレンディラ
G・ガルシア＝マルケス
鼓直／木村榮一訳

大人のための残酷物語として書かれたといわれる中・短篇。「孤独と死」をモチーフに、大著『族長の秋』につらなるマルケスの真価を発揮した作品集。

素粒子
ミシェル・ウエルベック
野崎歓訳

人類の孤独の極北にゆらめく絶望的な愛——二人の異父兄弟の人生をたどり、希薄で怠惰な現代の一面を描き上げた、鬼才ウエルベックの衝撃作。

地図と領土
ミシェル・ウエルベック
野崎歓訳

孤独な天才芸術家ジェドは、世捨て人作家ウエルベックと出会い友情を育むが、作家は何者かに惨殺される——。最高傑作と名高いゴンクール賞受賞作。

きみを夢みて
スティーヴ・エリクソン
越川芳明訳

マジックリアリズム作家の最新作、待望の訳し下ろし！　作家ザン夫妻はエチオピアの少女を養女にする。「小説内小説」と現実が絡む。推薦文＝小野正嗣

ルビコン・ビーチ
スティーヴ・エリクソン
島田雅彦訳

マジックリアリスト、エリクソンの幻想的描写が次々に繰り広げられるあまりに魅力的な代表作。空間のよじれの向こうに見えるもの。　（谷崎由依）

スロー・ラーナー［新装版］
トマス・ピンチョン
志村正雄訳

著者自身がまとめた初期短篇集。「謎の巨匠」がみずからの作家生活を回顧する序文を付した話題作。驚異に満ちた世界。　（高橋源一郎、宮沢章夫）

競売ナンバー49の叫び
トマス・ピンチョン
志村正雄訳

「謎の巨匠」の暗喩に満ちた迷宮世界。突然、大富豪の遺言管理執行人に指名された主人公エディパの物語。郵便ラッパとは？　（巽孝之）

動物農場
ジョージ・オーウェル
開高健訳

自由と平等を旗印に、いつのまにか全体主義や恐怖政治が社会を覆っていく様を痛烈に描き出す。『一九八四年』と並ぶG・オーウェルの代表作。

カポーティ短篇集
T・カポーティ
河野一郎編訳

妻をなくした中年男の一日を、一抹の悲哀をこめ、ややユーモラスに描いた本邦初訳の「楽園の小道」他、選びぬかれた11篇。文庫オリジナル。

パルプ
チャールズ・ブコウスキー
柴田元幸訳

人生に見放され、酒と女に取り憑かれた超ダメ探偵が次々と奇妙な事件に巻き込まれる。伝説的カルト作家の遺作、待望の復刊！　（東山彰良）

ありきたりの狂気の物語　チャールズ・ブコウスキー　青野聰訳

すべてに見放されたサイテーな毎日。その一瞬の狂った輝きを切り取る、伝説的カルト作家の愛と笑いと哀しみに満ちた異色短篇集。（戌井昭人）

ブラウン神父の無心　G・K・チェスタトン　南條竹則／坂本あおい訳

ホームズと並び称される名探偵「ブラウン神父」シリーズを鮮烈な新訳で。「木の葉を隠すなら森のなか」などの警句と逆説に満ちた探偵譚。（高沢治）

生ける屍　ピーター・ディキンスン　神鳥統夫訳

独裁者の島に派遣された薬理学者フォックス。秘密警察が跳梁し、魔術が信仰される島で陰謀に巻き込まれ……。幻の小説、復刊。（岡和田晃／佐野史郎）

氷　アンナ・カヴァン　山田和子訳

氷が全世界を覆いつくそうとしていた。私は少女の行方を必死に探し求める。恐ろしくも美しい終末のヴィジョンで読者を魅了した伝説的名作。

奥の部屋　ロバート・エイクマン　今本渉編訳

不気味な雰囲気、謎めいた象徴、魂の奥処をゆさぶる深い戦慄。幽霊不在の時代における新しい恐怖を描く、怪奇小説の極北エイクマンの傑作集。

郵便局と蛇　A・E・コッパード　西崎憲編訳

日常の裏側にひそむ神秘と怪奇を淡々とした筆致で描く、孤高の英国作家の詩情あふれる作品集。新訳一篇を追加し、巻末に訳者による評伝を収録。

アンチクリストの誕生　レオ・ペルッツ　垂野創一郎訳

20世紀前半に幻想的歴史小説を発表し広く人気を博した作家ペルッツの中短篇集。史実を踏まえて花開く奔放なフィクションの力に脱帽。（皆川博子）

あなたは誰？　ヘレン・マクロイ　渕上痩平訳

匿名の電話の警告を無視してフリーダは婚約者の実家へ向かうが、その夜のパーティで殺人事件が起こる。本格ミステリの巨匠マクロイの初期傑作。

ロルドの恐怖劇場　アンドレ・ド・ロルド　平岡敦編訳

二十世紀初頭のパリで絶大な人気を博した恐怖演劇グラン・ギニョル座。その座付作家ロルドが血と悪夢で紡ぎあげた二十二篇の悲鳴で終わる物語。

悪党どものお楽しみ　パーシヴァル・ワイルド　巴妙子訳

足を洗った賭博師がその経験を生かし探偵として大活躍、いかさま師たちの巧妙なトリックを次々と暴く。エラリー・クイーン絶賛の痛快連作。（森英俊）

命売ります　三島由紀夫

自殺に失敗し、「命売ります。お好きな目的にお使い下さい」という突飛な広告を出した男のもとに、現われたのは？　（種村季弘）

三島由紀夫レター教室　三島由紀夫

五人の登場人物が巻き起こす様々な出来事を手紙で綴る。恋の告白・借金の申し込み・見舞状等、一風変ったユニークな文例集。　（群ようこ）

コーヒーと恋愛　獅子文六

恋愛は甘くてほろ苦い。とある男女が巻き起こす恋模様をコミカルに描く昭和の傑作が、現代の「東京」によみがえる。　（曽我部恵一）

七時間半　獅子文六

東京—大阪間が七時間半かかっていた昭和30年代、特急「ちどり」を舞台に乗務員とお客たちのドタバタ劇を描く隠れた名作が遂に甦る。　（千野帽子）

悦ちゃん　獅子文六

ちょっぴりおませな女の子、悦ちゃんがのんびり屋の父親の再婚話をめぐって東京中を奔走するユーモアと愛情に満ちた物語。初期の代表作。　（窪美澄）

笛ふき天女　岩田幸子

旧藩主の息女に生まれ松方財閥に嫁ぎ、四十歳で作家獅子文六と再婚。夫、文六の想い出と天女のような純真さで爽やかに生きた女性の半生を語る。

青空娘　源氏鶏太

主人公の少女、有子が不遇な境遇から幾多の困難にぶつかりながらも健気にそれを乗り越え希望を手にする日本版シンデレラ・ストーリー。（山内マリコ）

最高殊勲夫人　源氏鶏太

野々宮杏子と三原三郎は家族から勝手な結婚話を迫られるも協力してそれを回避する。しかし徐々に惹かれ合うお互いの本当の気持ちは……。　（千野帽子）

カレーライスの唄　阿川弘之

会社が倒産した！　どうしよう。美味しいカレーライスの店を始めよう。若い男女の恋と失業と起業の奮闘記。昭和娯楽小説の傑作。　（平松洋子）

せどり男爵数奇譚　梶山季之

せどり＝掘り出し物の古書を安く買って高く転売することを業とすること。古書の世界に魅入られた人々を描く傑作ミステリー。　（永江朗）

飛田ホテル　黒岩重吾

刑期を終えたやくざ者に起きた妻の失踪を追う表題作など、大阪のどん底で交わる男女の情と性。直木賞作家の傑作ミステリ短篇集。（難波利三）

あるフィルムの背景　結城昌治　日下三蔵編

普通の人間が起こす歪んだ事件、そこに至る絶望を描き、思いもよらない結末を鮮やかに提示する。昭和ミステリの名手、オリジナル短篇集。

赤い猫　仁木悦子　日下三蔵編

爽やかなユーモアと本格推理、そしてほろ苦さを少々。日本推理作家協会賞受賞の表題作ほか〈日本のクリスティー〉の魅力をたっぷり堪能できる傑作選。

兄のトランク　宮沢清六

兄・宮沢賢治の生と死をそのかたわらでみつめ、兄の死後も烈しい空襲や散佚から遺稿類を守りぬいてきた実弟が綴る、初のエッセイ集。

落穂拾い・犬の生活　小山清

明治の匂いの残る浅草に育ち、純粋無比の作品を遺して短い生涯を終えた小山清。いまなお新しい、清らかな祈りのような作品集。（三上延）

真鍋博のプラネタリウム　真鍋博　星新一

名コンビ真鍋博と星新一。二人の最初の作品『おーいでてこーい』他、星作品に描かれた挿絵と小説冒頭をまとめた幻の作品集。（真鍋真）

熊撃ち　吉村昭

人を襲う熊、熊をじっと狙う熊撃ち。大自然のなかで、実際に起きた七つの事件を題材に、孤独で忍耐強い熊撃ちの生きざまを描く。

川三部作
泥の河／螢川／道頓堀川　宮本輝

太宰賞「泥の河」、芥川賞「螢川」、そして「道頓堀川」と、川を背景に独自の抒情をこめて創出した、宮本文学の原点をなす三部作。

私小説 from left to right　水村美苗

12歳で渡米し滞在20年目を迎えた「美苗」。アメリカにも溶け込めず、今の日本にも違和感を覚え……。本邦初の横書きバイリンガル小説。

ラピスラズリ　山尾悠子

言葉の海が紡ぎだす、〈冬眠者〉と人形と、春の目覚めの物語。不世出の幻想小説家が20年の沈黙を破り発表した連作長篇。補筆改訂版。（千野帽子）

品切れの際はご容赦ください

吉行淳之介ベスト・エッセイ　吉行淳之介　荻原魚雷 編

創作の秘密から、ダンディズムの条件まで。「文学」「男と女」「紳士」「人物」のテーマごとに厳選した、吉行淳之介の入門書にして決定版。（大竹聡）

田中小実昌ベスト・エッセイ　田中小実昌　大庭萱朗 編

東大哲学科を中退し、バーテン、香具師などを転々とし、飄々とした作風とミステリー翻訳で知られるコミさんの厳選されたエッセイ集。（片岡義男）

山口瞳ベスト・エッセイ　小玉武 編

サラリーマン処世術から飲食、幸福と死まで。——幅広い話題の中に普遍的な人間観察眼が光る山口瞳の豊饒なエッセイ世界を一冊に凝縮した決定版。

色川武大・阿佐田哲也ベスト・エッセイ　色川武大／阿佐田哲也　大庭萱朗 編

二つの名前を持つ作家のベスト。文学論、落語からタモリまでの芸能論、ジャズ、作家たちとの交流も。もちろん阿佐田哲也名の博打論も収録。（木村紅美）

開高健ベスト・エッセイ　開高健　小玉武 編

文学から食、ヴェトナム戦争まで——おそるべき博覧強記と行動力。「生きて、書いて、ぶつかった」開高健の広大な世界を凝縮したエッセイを精選。

中島らもエッセイ・コレクション　中島らも　小堀純 編

小説家、戯曲家、ミュージシャンなど幅広い活躍で没後なお人気の中島らもの魅力を凝縮！　酒と文学とエンターテインメント。（いとうせいこう）

文房具56話　串田孫一

使う者の心をときめかせる文房具。どうすればこの小さな道具が創造力の源泉になりうるのか。文房具の想い出や新たな発見、工夫や悦びを語る。

ぼくは散歩と雑学がすき　植草甚一

１９７０年、遠かったアメリカ。その風俗、映画、本、音楽から政治までをフレッシュな感性と膨大な知識、貪欲な好奇心で描き出す代表エッセイ集。

快楽としてのミステリー　丸谷才一

ホームズ、００７、マーロウ——探偵小説を愛読して半世紀、その楽しみを文芸批評とゴシップを駆使して自在に語る、文庫オリジナル。（三浦雅士）

超発明　真鍋博

昭和を代表する天才イラストレーターが、唯一無二のＳＦ的想像力と未来的発想で〝夢のような発明品〟１２９例を描き出す幻の作品集。（川田十夢）

武士の娘　杉本鉞子　大岩美代訳

明治維新期に越後の家に生まれ、厳格なしつけと礼儀作法を身につけた少女が開化期の息吹にふれて渡米、近代的女性となるまでの傑作自伝。

ハーメルンの笛吹き男　阿部謹也

「笛吹き男」伝説の裏に隠された謎はなにか？　十三世紀ヨーロッパの小さな村で起きた事件を手がかりに中世における「差別」を解明。（石牟礼道子）

隣のアボリジニ　上橋菜穂子

大自然の中で生きるイメージとは裏腹に、町で暮らすアボリジニもたくさんいる。そんな「隣人」アボリジニの素顔をいきいきと描く。（池上彰）

サンカの民と被差別の世界　五木寛之

歴史の基層に埋もれた、忘れられた日本を掘り起こす。漂泊に生きた海の民・山の民。身分制で賤民とされた人々。彼らが現在に問いかけるものとは。

世界史の誕生　岡田英弘

世界史はモンゴル帝国と共に始まった。東洋史と西洋史の垣根を超えた世界史を可能にした、中央ユーラシアの草原の民の活動。

日本史の誕生　岡田英弘

「倭国」から「日本国」へ。そこには中国大陸の大きな政治のうねりがあった。日本国の成立過程を東洋史の視点から捉え直す刺激的論考。

島津家の戦争　米窪明美

薩摩藩の私領・都城島津家に残された日誌を丹念に読み解き、幕末・明治の日本を動かした最強武士団の実像に迫る。薩摩から見たもう一つの日本史。

それからの海舟　半藤一利

江戸城明け渡しの大仕事以後も旧幕臣の生活を支え、徳川家の名誉回復を果たすため新旧相撃つ明治を生き抜いた勝海舟の後半生。（阿川弘之）

その後の慶喜　家近良樹

幕府瓦解から大正まで、若くして歴史の表舞台から姿を消した最後の将軍の〝長い余生〟を近しい人間の記録を元に明らかにする。（門井慶喜）

幕末維新のこと　司馬遼太郎　関川夏央編

「幕末」について司馬さんが考えて、書いて、語ったことの真髄を一冊に。小説以外の文章・対談・講演から、激動の時代をとらえた19篇を収録。

明治国家のこと　司馬遼太郎　関川夏央編

司馬さんにとって「明治国家」とは何だったのか。西郷と大久保の対立から日露戦争まで、明治の日本人への愛情と鋭い批評眼が交差する18篇を収録。

方丈記私記　堀田善衞

中世の酷薄な世相を覚めた眼で見続けた鴨長明。その人間像を自己の戦争体験に照らして語りつつ現代日本文化の深層をつく。巻末対談＝五木寛之

東條英機と天皇の時代　保阪正康

日本の現代史上、避けて通ることのできない存在である東條英機。軍人から戦争指導者へ、そして極東裁判に至る生涯を通して、昭和期日本の実像に迫る。

戦中派虫けら日記　山田風太郎

〈嘘はつくまい。嘘の日記は無意味である〉。戦時下、明日の希望もなく、心身ともに飢餓状態にあった若き風太郎の心の叫び。（久世光彦）

責任 ラバウルの将軍今村均　角田房子

ラバウルの軍司令官・今村均。軍部内の複雑な関係、戦地、そして戦犯としての服役。戦争の時代を生きた人間の苦悩を描き出す。（保阪正康）

広島第二県女二年西組　関千枝子

8月6日、級友たちは勤労動員先で被爆した。突然に逝った39名それぞれの足跡をたどり、彼女らの生を鮮やかに切り取った鎮魂の書。（山中恒）

劇画 近藤勇　水木しげる

明治期を目前に武州多摩の小倅から身を起こし、ついに新選組隊長となった近藤。だがもしかしたら多摩で芋作りをしていた方が幸せだったのでは？

水木しげるのラバウル戦記　水木しげる

太平洋戦争の激戦地ラバウル。その戦闘に一兵卒として送り込まれ、九死に一生をえた作者が、体験が鮮明な時期に描いた絵物語風の戦記。

昭和史探索（全6巻）　半藤一利編著

名著『昭和史』の著者が第一級の史料を厳選、抜粋。時々の情勢や空気を一年ごとに分析し、書き下ろしの解説を付す。《昭和》を深く探る待望のシリーズ。

夕陽妄語 1（全3巻）　加藤周一

高い見識に裏打ちされた時評は時代を越えて普遍性を持つ。政治から文化まで、二〇世紀後半からの四半世紀を、加藤周一はどう見たか。（成田龍一）

品切れの際はご容赦ください

ちくま文庫

キャッツ・アイ

二〇一九年一月十日　第一刷発行

著　者　R・オースティン・フリーマン
訳　者　渕上痩平（ふちがみ・そうへい）
発行者　喜入冬子
発行所　株式会社　筑摩書房
東京都台東区蔵前二―五―三　〒一一一―八七五五
電話番号　〇三―五六八七―二六〇一（代表）
装幀者　安野光雅
印刷所　三松堂印刷株式会社
製本所　三松堂印刷株式会社

ISBN978-4-480-43560-6　C0197